»LA GAJA SCIENZA«

VOLUME 1528

I SEI DELITTI DI DAPHNE ST. CLAIR

Romanzo di

MACKENZIE COMMON

LONGANESI

www.longanesi.it

ISBN 978-88-304-6339-4

Titolo originale
The Six Murders of Daphne St Clair

Realizzazione editoriale:
Studio editoriale Littera, Rescaldina (MI)
Traduzione:
Elena Cantoni per Studio editoriale Littera

I SEI DELITTI
DI DAPHNE ST. CLAIR

A Henry e Remy. Seguite i vostri sogni.
Siate gentili, curiosi e coraggiosi. Vi amerò per sempre.

Prologo

Lo trovarono un giovedì mattina, avvolto nel suo piumino con la precisione di un cilindretto di tabacco dentro la cartina. Dormiva sempre così, ma adesso il suo volto era grigiastro e inerte. Il personale della casa di riposo Coconut Grove chiamò l'ospedale e, sebbene si trattasse di un rituale ormai collaudato, quel giorno la tristezza si fece sentire più del solito. Warren Ackerman era un beniamino del Coconut Grove, un rubacuori della vecchia scuola che amava rispolverare il suo repertorio di canzoni d'amore per strappare un sorriso alle infermiere. Era vedovo e al suo arrivo la popolazione femminile della struttura aveva reagito come un branco di collegiali, donandogli sorrisi al rossetto e cioccolatini dalle scatole che ricevevano ai compleanni.

Dopo quasi un anno, Warren si era scelto una fidanzata, e i rossetti erano tornati nelle trousse. La relazione con Daphne St. Clair non aveva fatto che incrementare il suo brio, rendendo i suoi passi di danza ancora più leggeri quando piroettava intorno alla sedia a rotelle della compagna. E ora, tutta quella gioia e la promessa di un'ultima possibilità di amare ed essere amati si erano spente.

Daphne restò immobile a guardare i paramedici che portavano via la barella, stringendosi le braccia magre. Sembrava così piccola e sola che le altre ospiti distolsero lo sguardo, riportate loro malgrado al ricordo istantaneo delle tante perdite analoghe. Quasi tutte avevano compiuto la triste metamorfosi da moglie a vedova, e l'immagine di Daphne e della barella era un promemoria che anche loro, un giorno, avrebbero lasciato quel posto nello stesso modo.

Il personale prodigò a Daphne attenzioni particolari, aiutandola a distendersi sui cuscini, offrendole coperte morbide e compagnia, ma lei chiese di restare sola. Le sue figlie gemelle non abitavano lontano, ma le facevano visita con la stessa frequenza con cui la neve si presentava in Florida. Davvero un peccato, perché Daphne era una vecchietta adorabile: vivace e insieme sofisticata, con il portamento regale di chi è stato bello per gran parte della vita. L'età poteva aver spento la sua avvenenza, ma la consapevolezza di essere stata ammirata illuminava ancora i suoi tratti.

Dopo cena, notando che non era ancora uscita dalla sua stanza, l'infermiera Rachel decise di chiamare una delle gemelle, Diane. Daphne doveva sapere che non era sola, che era ancora amata, e chi poteva dimostrarglielo meglio di una figlia? Quando Diane rispose al telefono, Rachel la informò della morte di Warren e le suggerì di mettersi in contatto con la madre, per informarsi del suo stato. La donna disse che avrebbe cercato di trovare il tempo, ma che era *molto* indaffarata.

«Ciao, mamma, ho saputo che oggi hai perso una persona cara» esordì Diane.

«Sì, è così. Un uomo molto gentile. Si chiamava Warren» rispose Daphne. Il tono era più sommesso del solito.

«Non sapevo avessi un fidanzato» commentò Diane.

«Ci frequentavamo da quasi un anno. Mi è stato di grande conforto durante la pandemia» spiegò Daphne con un filo di voce.

«Proprio una cosa triste, mamma, però è inevitabile, in un ospizio. E poi non è un po' imbarazzante, avere un fidanzato alla tua età?» Sua figlia sembrava distratta, come se stesse guardando la televisione.

«Lungi da me volerti mettere in imbarazzo» replicò Daphne, piccata. «Comunque, sono stanca, e vorrei dormire.»

«Okay... Cercherò di passare a trovarti. Magari potrei portare anche Harper» disse Diane, ma sua madre aveva già riagganciato. Si sentiva un po' in colpa per non essersi mostrata più empatica, ma non vi diede troppo peso. Sua madre era un panzer. Una bella notte di sonno e sarebbe passato tutto.

Dopo aver riagganciato, Daphne restò seduta sul bordo del letto; il materasso era talmente alto che i piedi sfioravano appena il pavimento. Non accese la luce, accontentandosi del bagliore grigio-azzurro del crepuscolo che aveva inondato la stanza. Era quel momento liminale, il confine sottile tra giorno e notte, in cui il buio comincia a infittirsi, ma la luce elettrica è ancora troppo brutale. E mentre il bagliore sfumava, lei rimase seduta, immobile, a fissare il vuoto.

Infine afferrò il telefono dal comodino e con gesti precisi e senza esitazioni digitò un numero.

«Stazione di polizia di Palm Haven. In cosa posso aiutarla?»

«Buonasera.» Daphne si schiarì la voce prima di proseguire. «Oggi un uomo di nome Warren Ackerman è stato trovato morto nella residenza per anziani Coconut Grove. Danno tutti per scontato che sia morto di vecchiaia, ma in realtà è stato assassinato. L'ho ucciso io. E non è stato il primo. Di persone ne ho ammazzate parecchie...»

PRIMO DELITTO

1

COMUNICATO DEL DIPARTIMENTO DI POLIZIA DI PALM HAVEN

Buongiorno. Due giorni fa, una donna di nome Daphne St. Clair ha contattato la polizia e confessato una serie di delitti commessi – nell'arco di sette decenni – in quattro Stati e due Paesi. Le vittime di questi presunti omicidi sarebbero vari uomini con i quali la signora St. Clair aveva allacciato una relazione sentimentale. L'ultimo caso, l'avvelenamento di Warren Ackerman, è avvenuto tre giorni fa in una casa di riposo della zona. Ieri è stata eseguita l'autopsia, e ora disponiamo di prove sufficienti per accusare la signora St. Clair di omicidio premeditato. Al momento non divulgheremo alcuna informazione sugli altri omicidi perché, a parte la confessione, non abbiamo prove per confermarli. Daphne St. Clair ha usato molti falsi nomi nel corso degli anni, e anche questo andrà verificato. Le indagini si svolgeranno in collaborazione con le forze dell'ordine delle altre giurisdizioni competenti, che hanno dimostrato un notevole interesse per quanto rivelato dalla signora.
La nostra inchiesta si concentrerà principalmente sull'omicidio di Warren Ackerman, avvenuto qui in Florida. Poiché il delitto è recente, siamo riusciti a preservare una quantità di prove rilevanti. Il caso è complicato dal fatto che la signora St. Clair ha novant'anni e il suo stato di salute è precario. L'ufficio del procuratore distrettuale sta cercando una struttura in cui possa essere detenuta in modo sicuro, ma i posti scarseggiano. Diramaremo aggiornamenti con il procedere delle indagini. Grazie.

All'indomani del comunicato della polizia, ricevetti la visita del mio avvocato, Arthur Tisdale. Restò alla finestra del mio salottino, con il suo completo tre pezzi, a fissare i giardini della casa di riposo, il prato talmente verde che sembrava rifulgere al sole della domenica pomeriggio. Tisdale era una celebrità in Florida, il tipo di difensore che permette ai magnati dell'immobiliare o ai campioni di basket di violare tutte le leggi dello Stato senza mai rischiare di scoprire se l'arancione gli dona.

« Be', è molto insolito che un serial killer confessi, soprattutto quando non è sospettato di niente » disse infine, scrutandomi come se fossi un extraterrestre.

« Si vede che, dopo avermi creata, Dio ha gettato via lo stampo » provai a scherzare, ma lui non accennò neanche a sorridere.

« Servirà una perizia psichiatrica, per accertarci della sua capacità di intendere e volere. Per la validità sia della confessione sia della sua dichiarazione al giudice. Ci sono buone probabilità che lei rimanga fuori dal carcere fino alla presentazione della dichiarazione di colpevolezza, perché è molto difficile che le autorità carcerarie possano trovare una sistemazione adeguata alla sua età e alle sue condizioni di salute; inoltre il personale della casa di riposo esclude che i suoi problemi motori le consentano di fuggire. »

« Okay » dissi, un po' delusa dal fatto che non sarebbe cambiato nulla. Dopotutto ero già detenuta: con il divieto tassativo di lasciare la mia stanza, non ero più autorizzata a scendere nelle sale comuni o a far visita agli altri ospiti. Quante storie! Ammazzi un vecchio e nessuno vuole più sedersi al tuo tavolo. Sapevo che adesso ero odiata da tutti gli ospiti del Coconut Grove, e persino gli inservienti che mi portavano i pasti e mi lavavano lo facevano in un silenzio di pietra. Non so se vi è mai capitato di farvi spugnare da qualcuno che vi considera la feccia della Terra: vi assicuro che non è una sensazione piacevole.

« È anche importante che non lasci la struttura, perché questo sarà un caso di alto profilo, con indagini e vittime plurime, e c'è il rischio che qualcuno voglia farle del male. Parecchie persone hanno già inoltrato al mio studio la richiesta di entrare in contatto con lei. Alcuni saranno giornalisti, ma altri potrebbero avere cattive intenzioni. »

« Be', a quanto pare sono come la luna piena: scateno gli svitati » dissi, scoppiando a ridere.

«Devo mettere in chiaro una cosa: un'ammissione di colpevolezza porta sempre a una pena detentiva. Nelle carceri di questo Stato ci sono anche persone di ottanta-novant'anni.»

«Lo so» dissi. «Siamo in Florida. Tolleranza zero eccetera. Per giunta ho ammazzato un vecchio, il che offusca un pochino l'immagine dello Stato come paradiso dei pensionati.» E alla Florida non stavano particolarmente simpatici nemmeno i serial killer, visto che aveva giustiziato Aileen Wuornos e Ted Bundy. In suo onore i forcaioli locali avevano persino organizzato un raduno nel giorno della sua esecuzione, inneggiando alla sedia che lo avrebbe «fritto».

«Infine, altri Stati potrebbero richiedere l'estradizione per i delitti commessi nelle loro giurisdizioni. Prevedo che, nei mesi a venire, riceverà parecchie visite da parte dei loro inquirenti per essere interrogata. Ovviamente, io sarò sempre presente a questi colloqui. Ciò detto, non credo debba preoccuparsi troppo dell'estradizione. Questi processi sono...» Si schiarì la voce, impacciato. «...lunghi, e non per essere indelicato, ma...»

«È probabile che io crepi prima» suggerii.

«Chi altro è crepato qui?» domandò una voce imperiosa. Alzando lo sguardo vidi Rose e Diane, le mie gemelle ora sessantenni, entrare nella stanza insieme a mia nipote, Harper.

«Be', vedo che ha visite. Tolgo subito il disturbo. Comunque per oggi avrei finito» disse Tisdale, agitando la mano in un saluto deferente e infilando la porta. Lo sguardo di Diane gli restò incollato addosso finché non sparì in corridoio. Ha sempre avuto un debole per i completi di alta sartoria.

«Guarda guarda. Come mai da queste parti?» chiesi. Le mie figlie abitavano ad appena un'ora di macchina dal Coconut Grove, eppure non le vedevo da mesi. Alla gente non piace far visita ai parenti anziani. È comprensibile. Quasi tutti i vecchi hanno un unico argomento di conversazione: le molte e mirabolanti modalità con cui il corpo li sta piantando in asso. Quanto a me, ero sempre stata un tipo interessante, anche se in tanti l'avevano capito solo adesso.

Ed eccovi una perla di saggezza sui fatti della vita: quando i tuoi figli sono piccoli, non puoi neanche immaginare che razza di stronzi diventeranno. Ma datevi tempo e lo vedrete. Il mio unico maschio era passato da bravo bambino a adulto buono e intelligente, mentre le gemelle, purtroppo, si erano afflosciate come soufflé. Avevo dato loro tutto, e quelle due invece di accontentarsi continuavano a chiedere e pretendere. Quando le portavo in grembo, mi si spezzavano le unghie e persi due denti: mi stavano risucchiando i minerali dalle ossa, letteralmente divorandomi dall'interno. Il problema è che non hanno smesso nemmeno dopo: quattro avide manine e due boccucce grette a esigere di più.

Scoccati i sessanta, avevano ingaggiato una lotta senza quartiere contro il tempo, iniettandosi in faccia così tanto botox e collagene da avere la pelle lucida e tirata come un palloncino che sta per scoppiare. Viste da lontano, sembravano davvero attraenti; i loro capelli erano tinti di un color biondo miele, e vantavano abbronzature dorate e denti di un candore abbagliante. Ma appena si avvicinavano, non si vedeva altro che il cartellino del prezzo. Persino i denti erano incapsulati. Quelli veri, che avevo visto spuntare dalle gengive e che avevo loro insegnato a lavare con lo spazzolino, erano stati limati in perni e rivestiti di porcellana.

«Okay, il tuo piccolo grido di aiuto ha funzionato. Siamo qui. Adesso ti decidi a dire alla polizia che ti sei inventata tutto per avere attenzione?» disse Diane, marciando avanti e indietro davanti alla mia poltrona, con la voce che grondava condiscendenza, manco fossi una bambina che aveva raccontato ai compagni di essere arrivata a scuola in sella a un dinosauro.

«Diane...» cominciai, ma fui subito interrotta da un grugnito e dallo sventolio di una mano fresca di manicure.

«Mamma, te l'ho detto un miliardo di volte: chiamami Dian*ah*. Diane mi fa sembrare una cameriera.»

«Ah, una donna con un lavoro, dunque? Sì, molto meglio sembrare disoccupata» risposi, alzando il mento. «Visto che ti ho partorita, avevo tutto il diritto di sceglierti un nome.» Bella ipocrita che ero. Diane voleva cambiare una sillaba, mentre io insieme alle compagnie telefoniche cambiavo anche nome e cognome. Ma la sua insistenza su un nome più sofisticato sottolineava l'incontenibile avidità delle gemelle. Sarebbero state pronte a sacrificare anche l'ultima speranza di felicità in cambio di una piscina, una carta Black dell'American Express e una casa in un quartiere più esclusivo. Anzi, l'avevano già fatto.

«Non siamo qui per parlare del nome di mia sorella» intervenne Rose. Ah, che tesoro, sempre la seconda ad aprire bocca e l'ultima ad accendere il cervello. «Mamma, che sta succedendo qui? Perché hai detto alla polizia di avere ucciso un uomo?»

«Be', a voler essere precisi, di uomini ne ho ammazzati più di uno» puntualizzai, senza scompormi. «Potrei dirvi quanti, ma avrei bisogno di carta e penna.»

«Cos'è, demenza?» domandò Rose alla sorella, a bassa voce.

Diane si strinse nelle spalle. «I medici dicono di no. Non so dirti degli... altri, però secondo la polizia su Warren ha detto la verità.» Si girò a guardarmi e alzò la voce, casomai mi fossi davvero rincitrullita negli ultimi dieci secondi.

«MAMMA, NON È CHE TI CONFONDI? MAGARI GLI ALTRI DELITTI LI HAI SOLO IMMAGINATI? FRUTTO DELLA TUA FANTASIA, TIPO?»

«No, tesoro. Se avessi ammazzato davvero tutti quelli che fantasticavo di far fuori sarei stata più prolifica di Riverman, poniamo, o del Golden State Killer. Entrambi celebri assassini, come saprete.» Cercai lo sguardo di Harper e le feci l'occhiolino. Lei ricambiò il sorriso, poi chinò di nuovo la testa sul suo libro, fingendo di leggere.

«Cioè è tutto vero?» sbottò Diane, afferrandomi un braccio, ma lasciò subito la presa, quando si rese conto di quant'era sottile. Un tempo mi portavo in giro entrambe le gemelle aggrappate al collo, e adesso una delle due avrebbe potuto spezzarmi come un grissino. La vecchiaia è una fregatura.

«Centro al primo colpo. Ehi, anche un genitore può riservare sorprese» risposi, provando un'improvvisa scarica di energia. Avevo passato settant'anni a mentire: era esaltante smettere di fingere.

«Cristo santo! Mamma, cos'hai fatto? Lo sai quant'è *umiliante* essere figlia di una serial killer?» ribatté Diane, con una voce così stridula che temetti crepasse lo specchio.

«No, tesoro, non lo so» risposi serena, rivolgendole il più cordiale dei miei sorrisi. «Mia madre non ha mai fatto male a una mosca.»

«Siamo sulla bocca di tutti. Ho dovuto annullare la mia iscrizione al golf club, con che faccia posso rimetterci piede? E Harper è devastata... lei *adorava* giocare a tennis là.»

«Veramente no» si inserì Harper. Era seduta a gambe incrociate sul mio letto, con un libro di Harry Potter in mano e l'espressione seria seria. «Io odio quel club. I ragazzi lì pensano solo a farsi i selfie e i video su TikTok. Era una tortura.»

Le sorrisi. Harper era la mia nipote preferita. Ci era voluto un mucchio per averne una che mi piacesse davvero. Avevo dovuto aspettare il secondo matrimonio di Diane e una gravidanza surrogata, dopo che la Natura aveva detto «basta». Per la mia generazione, partorire a quarantotto anni sarebbe stato impensabile, ma a quanto pare, nella cerchia delle mie figlie, un pargolo in menopausa è diventato uno status symbol, la borsa Birkin del nuovo millennio. Mi faceva rimpiangere i bei vecchi tempi, quando le donne ricche abbracciavano la terza età avvolgendosi in pellicce e fili di perle, campando di sigarette e Manhattan e collassando alle quattro del pomeriggio.

Peccato che sul fronte fisico Harper non mi somigliasse per niente, con gli occhiali spessi un dito e capelli color topo che le pendevano ai lati del volto come spaghetti scotti. Anche i denti davanti erano stranamente lunghi e sporgenti, come quelli di un roditore. Però era intelligente, e già alla sua età aveva capito il punto: non serve essere belli se nasci ricco.

«Ti rendi conto delle conseguenze per la carriera politica di Reid? Perché hai dovuto confessare proprio alla vigilia delle elezioni?» si inalberò Rose. Suo marito era un senatore, l'ennesimo rampollo nato in terza base e convinto di esserci arrivato grazie alle sue forze.

«Sì, immagino siate voi le vere vittime dell'intera faccenda» risposi in tono grave.

«Be', almeno questo l'hai capito» borbottò Diane.

«Su, non preoccupatevi. Tra un paio di giorni qualche politico – e non dico che debba per forza essere tuo marito, Rose – si farà beccare con le braghe calate, e i giornali si dimenticheranno di me.»

«Illusa... Non c'è niente che gli americani amino più del delitto! I media stanno andando a nozze con la tua storia. Hanno già annunciato servizi di approfondimento sul passato tuo e della famiglia. Harper ha persino sentito parlare di un podcast!» sbottò Diane.

«Podcast... sono come i programmi radiofonici, giusto?» chiesi. «In effetti ho ricevuto un paio di offerte, tramite il mio avvocato...»

«E cos'hai risposto?» chiese Rose.

Mi strinsi nelle spalle e mi rivolsi a Harper. «Tu che ne pensi? Ti va se la nonna fa un podcast?»

Harper annuì. «Altroché. Dovresti partecipare a *My Favorite Murder*, il podcast di Karen Kilgariff e Georgia Hardstark. È il migliore.»

«E dovrò scegliere anch'io il mio delitto preferito?» le chiesi.

«No, quello è solo il titolo» disse Harper. «Perché?» domandò poi, con un lampo di curiosità negli occhi. «Ne hai uno?»

«Certo» risposi. «È inevitabile.»

«Guarda cos'hai fatto!» sbottò Diane, accasciandosi sul mio letto. Io aggrottai la fronte al gemito delle molle. Ci tengo ai materassi. Mai permesso ai miei figli di saltare sui letti. «Harper sarà traumatizzata a vita!»

«In realtà a me sembra figo» ribatté lei, spensierata. «Mia nonna, una celebre assassina!»

Restammo tutte allibite. Persino io, che pure adoravo quella piccola svitata.

«Harper, va' ad aspettare nell'atrio» ordinò Diane, imperiosa, e tese il braccio, asciutto e palestrato, a indicare la porta. La figlia fece una smorfia e se ne andò, a testa china e con Harry Potter stretto al petto per nascondere al mondo il suo fisico da preadolescente. Quando sparì, Rose si sedette sul letto accanto alla sorella. Era sempre uno shock rendermi conto che avevano sessant'anni, come se il mio cervello fosse rimasto bloccato al tempo in cui loro erano bambine e io una splendida trentenne.

«Perché l'hai fatto, mamma?» chiese Diane a bassa voce. La

domanda mi sorprese. Le gemelle non erano mai state troppo curiose, sempre pronte ad accettare qualsiasi cosa, purché avessero gelati e vestiti nuovi a volontà. Avrei potuto sparare a qualcuno sotto i loro occhi, e la loro unica domanda sarebbe stata come si toglie il sangue dalla seta.

«Be', è complicato» cominciai, cercando le parole giuste per spiegare che non avevo avuto molte alternative, che era troppa la gente che mi aveva fatto del male. Ma Diane mi interruppe.

«Intendo perché hai dovuto confessare? Hai fatto cose terribili, d'accordo, ma non lo sapeva nessuno! Insomma, hai un piede nella fossa! Potevi portarti la tua storia nella tomba e risparmiarci l'imbarazzo!»

«Già, avrei potuto» dissi, annuendo. «Ma a volte senti il bisogno di far succedere qualcosa.»

«Be', adesso devo proprio chiedertelo: hai ammazzato anche nostro padre? La polizia dice che hai confessato delitti in vari Stati. L'elenco include lo Stato di New York?» domandò Rose.

«Vuoi saperlo davvero?» risposi. «Non preferisci aspettare il podcast?»

2

Fu più o meno allora che decisi di partecipare a un podcast. I libri non li leggeva più nessuno. Già alla mia nascita la gente temeva che la radio avrebbe ucciso l'editoria. Adesso al pubblico bisognava dire tutto in due frasi al massimo, altrimenti perdeva il filo. E poi avevo novant'anni: volevo che la mia storia uscisse subito. Certo, potevo optare per un documentario o un'intervista televisiva, ma i podcast mi sembravano più di tendenza. E poi Harper li adorava, e tanto bastava.

Quale podcast, però? Era questo il dilemma. Ero stata contattata da parecchie persone tramite Arthur Tisdale, che aveva trasmesso i messaggi con malcelata disapprovazione (gli avvocati non vedono mai di buon occhio le interviste). Così, quel martedì, presi il telefono e le richiamai tutte. Era passata meno di una settimana dall'assassinio di Warren, meno di una settimana dal gesto più radicale che potessi immaginare: confessare. E già la vita era tornata interessante.

La prima si chiamava Holly Blue, anche se sospettavo che, controllando il certificato di nascita, avrei trovato un nome più scialbo.

«Il mio podcast s'intitola *Guerriere*, e mi piacerebbe dedicare un'intera stagione alla sua storia. L'ultima stagione era su Heidi Fleiss, la tipa che gestiva un racket di squillo d'alto bordo a Hollywood. E ne ho fatta anche una su Bonnie Parker, ha presente? Quella di Bonnie e Clyde?»

«Scusi, ma 'guerriere' in che senso? È un giudizio positivo? Perché a me sembra che il suo podcast si concentri più che altro su zoccole e delinquenti» dissi, a sopracciglia aggrottate per la perplessità.

«Nel senso di donne indomite» rispose Holly. «Che sanno cosa vogliono dalla vita e non hanno paura di prenderselo. Spesso trasgrediscono le convenzioni sociali, che si tratti di come vestono o di chi si portano a letto. Possono non risultare simpatiche o non piacere, però incutono rispetto.» Il tono era cantilenante, come se quel discorsetto l'avesse imparato a memoria.

«Quindi è lecito che una donna uccida per raggiungere i suoi scopi?» chiesi.

Holly si affrettò a fare marcia indietro. «Be', magari non proprio uccidere. Però, tipo... se le piace vestirsi in modo provocante o farsi schiere di amanti, nessuno ha il diritto di giudicarla. E lo stesso se ama l'avventura, o decide di vivere da fuorilegge...»

Riagganciai, già stufa dello sproloquio.

La seconda telefonata andò a un trio, Andy, Tobin & Greg, che mi fecero passare subito ogni poesia presentandosi come «cabarettisti», e definendo il loro podcast un «true crime comico».

«Cioè, parliamo di crimine, ma con un mucchio di improvvisazioni e battute. Il nostro non è un podcast per tutti, perché noi non abbiamo paura della volgarità, però i nostri ascoltatori ci amano, cazzo» si vantò Andy. Mi sembrava di parlare con una matricola che comunicava con gli altri dandosi il cinque.

«E che genere di battute fareste su di me?» chiesi. Pausa di riflessione. Fossero stati tipi svegli, avrebbero smorzato i toni, per cercare di convincermi. D'altronde, se avessero avuto cervello, sarebbero diventati broker, non comici.

«Be'... ha appena assassinato un fidanzato piuttosto âgé, perciò immagino ci saranno battute sulla sua vita sessuale, per esempio se il suo tipo le ha tolto le ragnatele o roba simile. E lei l'ha avvelenato, quindi stavamo pensando a un piccolo sketch in cui fingiamo di averla vista metterci qualcosa nella birra, e ci prende il panico, perché potrebbe essere una pasticca tipo il Roipnol, per approfittare di noi. E poi tiriamo un gran sospiro di sollievo quando ci rendiamo conto che no, era proprio veleno, perciò ci toccherà solo morire, non scoparla.» Risate fragorose all'altro capo della linea.

«Capito. Quindi il succo del divertimento è che sono vecchia e nessuno vuole fare sesso con me» dissi, acida. «Una comicità rivoluzionaria, proprio.»

Inutile aggiungere che la telefonata non andò oltre. A una

certa età devi goderti il tempo che ti resta. E di sicuro non ne hai da sprecare con l'umorismo da spogliatoio di un branco di bambini troppo cresciuti.

La successiva chiamata andò a Gayle MacPherson, reporter di *Dateline*, della NBC.

«Vorrei chiarire da subito che non sono sicura di voler davvero invitarla a partecipare al mio podcast» esordì, senza preamboli. «E ammesso di trovare un'intesa, sappia che non esiterò a metterla alle strette.»

«Be', certo è un modo interessante di presentare un'offerta» osservai.

«Senta, il podcast noi lo facciamo comunque, con o senza di lei» ribatté la MacPherson, secca. «Anche se ammetto che la tempistica non è delle migliori. Ne abbiamo appena finito uno su due donne anziane che ammazzavano uomini per intascare i soldi dell'assicurazione.»

«Mi scuso dell'incomodo. Avrei dovuto aspettare l'anno prossimo per confessare.» Ovviamente il tono era sarcastico, ma lei proseguì imperterrita.

«Però dobbiamo proprio parlare della sua storia. È perfetta per *Dateline*. E abbiamo avuto un successo enorme con gli altri podcast sulle killer donne. Non so se ha seguito *Tutti pazzi per Pam* o *Mammina Apocalisse*, ma hanno fatto il botto.»

«Congratulazioni.» Mi sembrava di essere in una riunione di lavoro, quando si attacca con le sfilze di numeri... Non lo capiva il valore della mia testimonianza? A sentire Harper, era pieno di podcast su storie di assassinii. Ma il podcast *di* un'assassina? Quella sì che era una novità.

«Dunque, le interessa o no?» chiese.

«No» risposi.

«Benissimo» concluse, piccata, e riagganciò.

L'ultima persona con cui parlai si chiamava Ruth Robinson, una giornalista sui trent'anni che abitava in zona. I giornali per i quali aveva scritto non li avevo mai sentiti nominare, e avevo l'impressione che di podcast ne sapesse quanto me.

«Quale sarebbe il suo progetto? Perché io ho già ricevuto offerte da *Guerriere*, *Morire dal ridere* e *Dateline*» le dissi. Evitando di precisare che le avevo respinte tutte. Se avessi bocciato anche lei, non mi restava che comprare le apparecchiature e sguinzagliare Harper. Poteva valerne la pena anche solo per vedere la faccia di Diane.

« *Dateline?* Wow. Okay. Per la verità non ho ancora un progetto preciso... » rispose Ruth, con un tremito nella voce. « Ho pensato che potevamo semplicemente vederci e parlare della sua vita, e in base al materiale raccolto definire una narrazione. Magari con qualche approfondimento: interviste con conoscenti, o addirittura qualche esperto della sua... situazione. »

« C'è un unico esperto della mia situazione, e sono *io* » replicai.

« S-sì, certo » farfugliò lei, battendo in ritirata. Per fortuna eravamo al telefono e non poté vedermi sorridere. « Potremmo impostare il podcast solo sul suo punto di vista. In effetti sono tantissimi i podcast in cui un presentatore parla di un delitto. Ma un colpevole che racconta in prima persona la propria storia? Quello sì che sarebbe una novità. » Il suo entusiasmo sembrava quasi colare dal telefono. Volenterosa come una Girl Scout che spaccia porta a porta cioccolatini alla menta.

« E il titolo? » chiesi, divertendomi a tenerla in sospeso.

« Be', credo che *I delitti di Daphne St. Clair* potrebbe funzionare. Il suo è un nome così elegante... »

« Un po' fiacco, a mio avviso » sbuffai, alzando gli occhi al cielo. « Però sono disposta a offrirle una possibilità. Se poi non troviamo la sintonia giusta, stacco la spina. »

« Sul serio? » squittì lei. « Wow! Grazie mille. Non se ne pentirà, promesso! »

« Venga domani pomeriggio » tagliai corto io. « Ma non dica a nessuno dove abito. Il mio indirizzo deve rimanere segreto. Sa, per motivi di sicurezza... »

Ruth non aveva niente di speciale, salvo il fatto di essere molto meno irritante rispetto agli altri che volevano dare la mia storia in pasto alle masse e spremerci un profitto. Anzi, sembrava piuttosto insicura, e non potevo chiedere di meglio. Le persone sono come i cani: bisogna che capiscano fin da subito chi comanda.

3

EPISODIO 1: 1932-1948

RUTH: Salve, mi chiamo Ruth Robinson e in questo podcast intervisterò Daphne St. Clair. Dunque, cosa sappiamo finora? Sappiamo che Daphne è stata incriminata per l'omicidio premeditato di Warren Ackerman, avvenuto proprio qui, in Florida. Sappiamo anche che ha confessato di avere ucciso altre persone in un arco di vari decenni, e in località diverse. Ha riferito tutti i dettagli alla polizia, che però non li ha ancora resi pubblici. E poiché Daphne è rea confessa dell'assassinio di Warren, e quasi certamente si dichiarerà colpevole, non avrà mai un vero processo penale. Perciò questo podcast varrà da testimonianza storica, l'unica possibilità di arrivare al cuore della vicenda prima che Daphne finisca in carcere o – considerata la sua età – che venga a mancare, portando con sé la sua storia. Tenete a mente, però, che quella che sentirete è solo la *sua* versione dei fatti. Dunque, risolviamo insieme il mistero. Chi è Daphne St. Clair? E cosa ha fatto, di preciso?

L'infermiera che scortò Ruth Robinson all'interno del Coconut Grove aveva l'espressione arcigna. Era molto minuta e, con il suo metro e settantotto, Ruth torreggiava su di lei. La donna camminava spedita, superando una successione di stanze da cui volti rugosi si affacciavano a scrutare la nuova arrivata. Magari era solo una sua impressione, ma a Ruth quei vecchi sembravano spaventati. L'atmosfera nella casa di riposo aveva qualcosa di plumbeo e sospeso, come se la notizia di un delitto commesso tra le sue mura, e di un'assassina in fondo al corridoio, avesse impietrito tutti.

«Scusi, le spiace se faccio tappa in bagno?» chiese Ruth, avvistandone uno. L'infermiera sbuffò, seccata, ma si fermò, scoccandole un'occhiataccia mentre lei entrava.

Restò davanti al lavabo, mentre un'ondata d'ansia le si abbatteva addosso. Si lavò il volto con l'acqua fredda e si sistemò la coda di cavallo, guardandosi allo specchio. Decisamente non irradiava autorevolezza. Le sopracciglia erano belle, d'accordo, folte e scure, con un arco deciso. Ma la carnagione era pallida – un tratto raro, per una donna nata e cresciuta in Florida – e la recente fine di una relazione le aveva lasciato in eredità un bel debito di sonno e occhiaie scure come lividi.

Doveva uscire da quel bagno, presentarsi a Daphne e dare inizio al clamoroso podcast che avrebbe lanciato la sua carriera, ma non riusciva a convincere i piedi a schiodarsi dal pavimento. In quel periodo gli eventi della sua vita le procuravano solo rabbia e frustrazione. Da sei anni a quella parte era come imprigionata sul fondo di un pozzo, incapace di riemergere, di liberarsi del passato. Questa era la sua grande occasione, la prima vera possibilità di svolta.

E se invece avesse rovinato tutto? Aveva un gran bisogno di parlare con Jenn. Per due anni era sempre stata lei a restituirle la calma. Ma appunto per questo si erano lasciate: Ruth doveva imparare a reggersi sulle sue gambe.

Inspirò a fondo, si sistemò la maglietta e uscì di slancio dal bagno, sperando che sarebbe stata la forza d'inerzia a trascinarla, se non quella di volontà. L'infermiera la affiancò, scortandola in silenzio fino a una porta dietro l'angolo del corridoio davanti alla quale si fermò di colpo.

«Quella è la sua stanza» si limitò a dire.

«Pensavo ci fossero agenti di guardia» commentò Ruth.

La donna si lasciò sfuggire un sorrisetto malevolo, e i suoi denti lampeggiarono alla luce del neon sul soffitto. «Da sola non può andare lontano. Teniamo chiuse a chiave la porta della stanza e quella che dà sul patio, e la nostra struttura è già dotata di ottimi sistemi di sicurezza.»

«Okay. Grazie di avermi accompagnata» rispose Ruth.

«È il mio lavoro. Personalmente, trovo di pessimo gusto l'idea di intervistare quella donna. Eravamo tutti molto affezionati al povero Warren» ribatté l'infermiera, brusca, poi bussò e aprì la stanza con la sua chiave.

RUTH *[voce fuori campo]*: È stato strano intervistare una serial killer in una casa di riposo. Daphne non aveva le manette, e non c'erano guardie armate pronte a difendermi. Invece di una cella, mi trovavo in una suite spaziosa, con un'anziana signora seduta su un'elegante poltrona a strisce, mentre la luce del sole strappava riflessi alla tinta corvina della permanente. Non aveva l'aria di una donna pericolosa. Sembrava piuttosto il tipo che deve fare attenzione ai tappetini del bagno, perché una semplice caduta può esserle fatale. Per contro, sapevo che nel mio frigo c'erano bottiglie di latte più vecchie del suo ultimo omicidio, perciò dovevo ricordare di non mangiare o bere niente mentre ero lì con lei. Mi accolse con un saluto e l'invito ad accomodarmi, e subito restai colpita dalla sua voce. Aveva un tono spiccio e sbrigativo, il tono di una persona che può dedicarti solo un paio di minuti prima di tornare ai suoi impegni.

RUTH: Buongiorno. La ringrazio molto per avermi concesso quest'intervista, signora St. Clair.

DAPHNE: Diamoci del tu. Dovremo passare un bel po' di tempo insieme, quindi tanto vale mettere da parte le formalità e andare dritte al sodo.

RUTH: D'accordo. Allora grazie, Daphne. Io sono Ruth.

DAPHNE: Ruth? Ci sono un sacco di Ruth, qui. Le vecchie si chiamano tutte Ruth, Doris o Phyllis. Credevo che la tua generazione avesse smesso.

RUTH: Forse mia madre mi odia.

DAPHNE: Non lo escluderei. Ma scommetto che non lo ammetterebbe mai.

RUTH: Sei così schietta con tutti o solo coi giornalisti?

DAPHNE: Non prenderla sul personale. È il mio modo di parlare.

RUTH: Be', siamo qui per questo: per parlare. Dunque, perché hai deciso di confessare i tuoi delitti?

DAPHNE: Mi annoiavo. In questo posto le giornate sono tutte uguali. Mi è venuta voglia di smuovere un po' le acque.

RUTH: Ti rendi conto, immagino, che anche in prigione le giornate sono tutte uguali. E senza le comodità che hai qui.

DAPHNE: Sì, Ruth, il cervello mi funziona ancora bene. Magari volevo anche dimostrare alla gente che non sono la solita vecchia rimbambita. Quando la fai franca tanto a lungo, vuoi che si sappia.

RUTH: Okay, dunque non sei come le altre. Però è strano che un serial killer si faccia avanti a confessare un delitto che tutti avevano preso per una morte naturale.

DAPHNE: Vero. Di solito confessano solo quando la polizia ha già abbastanza prove da inchiodarli. Ma la polizia di Palm Haven non ci sarebbe mai arrivata. Sono una banda di fessi, con la faccia bruciata dal sole e il monopattino elettrico.

RUTH: Non posso darti torto, hanno alle spalle una serie di indagini per omicidio condotte in modo poco accurato. Gli hai fatto un favore a confessare.

DAPHNE: Vedi, a volte i serial killer confessano. Non è una cosa frequente, ma qualche volta capita. Ed Kemper, per esempio, telefonò lui stesso alla polizia. E se non sbaglio rientra nella categoria anche Reséndiz, quello che chiamavano il Killer dei Treni.

RUTH: Ti sei documentata, vedo.

DAPHNE: Leggo molti libri di true crime. Anzi, leggo molto in generale. Non è che qui ci sia tanto altro da fare. Perciò non c'è niente di strano.

RUTH: Anch'io sono appassionata di true crime. Libri, documentari, podcast. Fin da quando, da ragazzina, ho trovato una vecchia copia di *Un estraneo al mio fianco*, il libro di Ann Rule su Ted Bundy. Dopo è diventata una sorta di ossessione.

DAPHNE: E adesso eccoti qui, pronta a entrare nella mente del killer. Per questo ti piacciono, vero? Perché vuoi capire come funziona un mostro.

RUTH: Mmm... È un'ipotesi interessante. In realtà ad affascinarmi davvero è la soluzione del mistero. La mia parte preferita è sempre quella in cui catturano l'assassino e cercano di indurlo a confessare, a rivelare l'identità di tutte le sue vittime e i luoghi in cui ha occultato i corpi. Ma immagino che la tua storia sia diversa, perché hai confessato un delitto di cui nessuno sospettava niente. È stato il senso di colpa a spingerti?

DAPHNE: No, non credo sia stato quello. Mai avuto problemi di autostima.

[Bussano alla porta]

INSERVIENTE: Pastiglie.

DAPHNE: Vi serviamo con il sorriso, eh?

[La porta sbatte]

DAPHNE: Gesù, che permalosa! Queste vado a prenderle in bagno. Facciamo una pausa.

[In sottofondo, un suono di passetti incerti, una porta si apre e si richiude]

RUTH *[voce fuori campo]*: L'assenza di Daphne si protraeva, perciò mi sono alzata e ho cominciato a gironzolare nel suo salottino. C'erano un grosso televisore e una libreria stipata di volumi. Di solito le stanze degli anziani sono piene di foto di famiglia, ma lì c'erano soltanto riproduzioni di quadri. Ho notato un paio di Edward Hopper e qualche David Hockney (uno sembrava proprio un originale). La porta della camera da letto era solo accostata e io l'ho aperta, ben consapevole che stavo proprio cominciando a ficcare il naso. Un grosso letto da ospedale, di quelli che si possono sollevare e riabbassare. Un armadio zeppo di vestiti, scarpe e gioielli, tutto relativamente nuovo. E sul comodino opposto, l'unica foto di tutta la suite, un piccolo scatto in bianco e nero, dentro un portaritratti: una donna con un bambino sulle ginocchia. La donna aveva i capelli scuri, la pelle color avorio e un sorriso radioso. Era stupenda, con un abito attillato in stile anni

Cinquanta. Ma a colpirmi è stato il modo in cui lei e il bambino si tenevano abbracciati, entrambi a ridere, guancia a guancia. La foto aveva colto un vero momento di felicità.

DAPHNE: Come ti permetti?
RUTH: Io... ehm. Chiedo scusa.

[Un suono di passi frettolosi, la porta che sbatte]

DAPHNE: Tipico di voi giornalisti, sempre a frugare nei bidoni dell'immondizia.
RUTH: Sono davvero mortificata... Immagino sarai stanca. Se vuoi torno domani.
DAPHNE: Sì, torna pure, basta che tieni le manacce lontano dalle mie cose.

RUTH *[voce fuori campo]*: E questa è stata la prima intervista. Era evidente che Daphne giocava con me. Alle mie domande rispondeva puntualmente con un'alzata di spalle, come a suggerire che non prendeva niente troppo sul serio, nemmeno il delitto. E si capiva che voleva tenermi a distanza, per impedirmi di scavare troppo a fondo, rivelando la verità. Per l'incontro successivo dovevo preparare un piano per assumere il controllo dell'intervista.

Sulla strada di ritorno dal Coconut Grove, Ruth faticò a scrollarsi di dosso il senso di disagio. Si sentiva come in alto mare in un giorno di tempesta, sbatacchiata dalle onde, circondata da mulinelli e vortici insidiosi. La giornata era afosa, e lei si sollevò i capelli sulla nuca, sforzandosi di respirare a fondo.

Per convincere Daphne a concedere l'intervista aveva mostrato un atteggiamento remissivo, presumendo che non avrebbe accettato di parlare con una giornalista più aggressiva. Ma adesso si era creato uno squilibrio di potere, e con Daphne nel ruolo dominante, sarebbe stato più difficile indurla a confidarsi. Gli ascoltatori volevano conoscerla, capirla: da bambina, da donna, da madre e da assassina. Solo così sarebbero arrivati alla verità. Ma Daphne non sembrava interessata a rivelare niente di sé.

Tornò a chiedersi perché avesse confessato. Aveva una vita agiata e protetta: perché gettare tutto all'aria e ritrovarsi in una spoglia cella di cemento, sotto una lampadina al neon, e bollata come un mostro dal mondo intero? Per quale motivo sottoporsi all'inferno di un'indagine di polizia se potevi evitarlo?

4

Dopo una patetica cena a base di uova strapazzate e pane tostato, Ruth si sedette alla sua traballante scrivania Ikea. Quando viveva con Jenn, aveva approfittato di continuo del suo antico scrittoio a serrandina. Anche lei scriveva: era autrice di romanzi distopici e di fantascienza con un seguito non oceanico ma sorprendentemente sfegatato. E, oltre al dono della scrittura, aveva quello dell'autodisciplina ed era capace di spartire equamente le sue giornate tra lavoro, esercizio fisico e fornelli, riempiendo l'appartamento degli aromi agrumati dei suoi piatti mediterranei. Ma adesso Jenn, il suo scrittoio e quei profumi deliziosi erano spariti, e la nuova routine di Ruth – pasti insapori e scrivania traballante – era l'ennesima riprova del disastro che era la sua vita.

Basta piangersi addosso. Il tempo stringeva e doveva trovare il modo di comunicare con Daphne, prima che venisse prelevata e rinchiusa in carcere. Doveva abbattere le sue difese.

L'ostacolo principale, avendo a che fare con una donna nata negli anni Trenta, era la mancanza di risorse online. Su internet le informazioni su di lei erano scarsissime. A peggiorare le cose, Daphne aveva cambiato nome parecchie volte nel corso degli anni, avvolgendosi a cipolla in strati sovrapposti di pseudonimi e cognomi da sposata.

Però restavano le persone. E Ruth aveva il sospetto che, negli anni, Daphne avesse rivelato qualcosina di sé agli altri, anche solo frammenti. Come i suoi delitti, c'era da presumere che quelle persone fossero disseminate ai quattro angoli del Paese. E lei doveva rintracciarle.

Era sempre stata fiera della sua abilità da segugio. All'università era stata candidata a un premio per giornalisti esordienti dopo un servizio su una sciagurata festa di Capodanno a Miami, nel 2002. Quello cominciato come un tipico ricevimento in stile

Florida – gigantesco, sfarzoso, riservato ai ricchi e famosi – era finito in tragedia: diciotto invitati ricoverati per crampi addominali lancinanti e crisi convulsive, e quattro morti. Le ipotesi si sprecavano – avvelenamento da parassita della segale, formaggio guasto, un cameriere legato a gruppi di estremisti, un altro licenziato in tronco e in cerca di vendetta –, ma a distanza di anni il caso era rimasto un mistero. Per Ruth era stato affascinante lavorare a quell'inchiesta. Aveva passato mesi a intervistare scienziati e paramedici, e per quanto non fosse riuscita a presentare una soluzione definitiva, la candidatura a quel premio le aveva dato a credere che una carriera nel giornalismo fosse davvero una possibilità concreta.

Tranne che adesso la sua «carriera» consisteva nello scrivere da freelance per i siti web, affannandosi a caccia di clic con le classifiche dei video TikTok più di tendenza e le fini ingloriose dei divi bambini degli anni Novanta. Era un lavoro malpagato e di un'idiozia sconfortante, ma i tentativi falliti di aggiudicarsi incarichi più decenti erano stati così tanti che ormai ci aveva rinunciato.

Il punto di partenza più ovvio per il caso di Daphne erano le figlie. A differenza della madre, la rete traboccava di informazioni su Diane Hatton e Rose Prescott. Le loro immagini campeggiavano in ogni sito dell'alta società della Florida, un milione di foto tutte uguali in cui sorridevano agli eventi di beneficenza, sottobraccio a una schiera infinita di milionari dalla tintarella scintillante e le fronti paralizzate dal botox. Diane era sposata a un investitore immobiliare, il tipo di uomo che non si fa il minimo scrupolo a drenare un rarissimo habitat lacustre per costruirci l'ennesimo campo da golf (in Florida non ce n'erano già abbastanza?). Il marito di Rose era un senatore repubblicano dell'ala oltranzista, e Ruth provò un brivido di soddisfazione al pensiero delle notti insonni che stava passando, per il danno d'immagine causato dalla confessione della suocera.

Come immaginava, il numero di telefono di Rose e del senatore era privato, ma non le fu difficile scovare quello di Diane.

«Pronto?» rispose una voce femminile. Il tono era distratto, e in sottofondo si sentiva il brusio di un televisore acceso.

«Pronto, signora Hatton? Mi chiamo Ruth Robinson e sono una giornalista. Sto lavorando a un podcast su sua madre. Se possibile, vorrei chiederle qualche informazione sul suo passato.» L'aveva detto tutto d'un fiato, temendo che Diane riagganciasse al primo accenno a Daphne.

«Ha una bella faccia tosta a chiamarmi! Se osa citare me o mia sorella nel suo programma, i miei avvocati la ridurranno sul lastrico!» fu la risposta, sbraitata a un volume tale che Ruth dovette allontanare il cellulare dall'orecchio.

Con ogni evidenza, Diane era abituata a ottenere sempre ciò che voleva. Non era la prima volta che Ruth aveva a che fare con personaggi del genere, donne che usavano la rabbia e le reazioni istrioniche per costringere il mondo alla sottomissione. Decise di fare leva sull'istinto – senz'altro affinato – di autoconservazione della signora.

«Diane, io ho già una piattaforma per il podcast e intendo cominciare subito a pubblicare gli episodi. Inoltre posso garantirle che un podcast in cui una serial killer si racconta in prima persona susciterà un clamore enorme. Le sto offrendo la possibilità di dar voce al suo punto di vista.»

«Quale punto di vista? Non ne sapevo un tubo finché non ha confessato!»

«Vede? È precisamente questo che deve dire alla gente. Perché, se non lo fa, la gente vedrà solo due figlie che hanno vissuto per anni con un'assassina come madre. E potrebbe cominciare a farsi delle domande... Tipo: com'è possibile che non sapessero niente?» disse Ruth, sorprendendosi dell'autorevolezza nella sua voce, come se il brivido della caccia avesse risvegliato impulsi rimasti a lungo sopiti in lei.

Seguì un lungo silenzio. Diane stava riflettendo sulle sue parole, e sulla loro velata minaccia.

«Se accetto, voglio la garanzia che proteggerà la nostra reputazione. Perché, a pensarci adesso, è possibile che ci siano stati episodi... sospetti, nel corso degli anni. Anche se in realtà noi non sapevamo niente. I bambini si fidano di quello che dice la loro mamma.»

«Non intendo distorcere i fatti e nemmeno infangare il vostro buon nome. Dopotutto eravate piccole» disse Ruth, scegliendo con cura le parole per non precludersi nessuna strada. L'ipotesi più probabile era che le gemelle fossero davvero innocenti, colpevoli al massimo di essere state un po' sprovvedute e magari di aver chiuso qualche volta gli occhi. Ma restava la possibilità che fossero complici della madre, e in quel caso lei doveva essere pronta a inchiodarle alle loro responsabilità.

«Rose sarebbe disposta a collaborare?» chiese.

«Sarò io a parlare a nome di entrambe. Con un marito al Senato, mia sorella non può esporsi.»

«Okay. Nelle prossime settimane vorrei fissare qualche intervista con lei. Ma per prima cosa mi servono alcuni dati. Per cominciare, il nome di sua madre sul certificato di nascita. E il posto in cui è cresciuta.»

«Non conosco il suo cognome da nubile, ma il suo nome di battesimo era Loretta. Me l'ha rivelato una sera in cui aveva alzato un po' il gomito, dicendo di averlo sempre detestato.»

«E il luogo di nascita?»

«È nata... in Canada» rispose Diane, con il tono di chi confessa un'onta. «Un posto che si chiama Lucan, nel Saskatchewan meridionale. Lo so solo perché a volte attaccava a inveire dicendo che non intendeva mai più rimetterci piede e quanto invece eravamo fortunate noi, a crescere in una grande città, piena di gente interessante. Francamente non posso darle torto» aggiunse, con una risata asciutta.

«Okay, è già qualcosa. Un'ultima domanda. La definirebbe una brava madre?»

Seguì una lunghissima pausa. Quando Diane ritrovò la voce, si era fatta più bassa e nasale, come se avesse il raffreddore.

«Non lo so» disse. «Dipendeva dalle giornate.» E riagganciò.

Più tardi, quella sera, Ruth si mise a guardare i servizi dei telegiornali sul caso St. Clair. La polizia aveva divulgato pochissime informazioni, ma qualcuno (probabilmente un addetto del Coconut Grove) aveva passato ai media delle foto sottobanco: qualche scatto di Daphne già attempata, e uno nel pieno fulgore della giovinezza, bellissima in un bikini anni Cinquanta. Su ogni canale, gli opinionisti dissezionavano le immagini e le voci non confermate che Daphne fosse un'avvelenatrice seriale. Gli esperti di linguaggio del corpo disquisivano sulla «malevolenza del suo sguardo», le femministe e gli attivisti per i diritti maschili si accapigliarono su chi fosse il vero carnefice e chi la vera vittima dei suoi presunti delitti, e ci fu persino uno sketch comico, con un tizio travestito da anziana presentatrice di un programma di cucina in cui tutti gli ospiti finivano stecchiti.

Anche altri media si erano buttati nella mischia. Su Reddit, la frangia degli incel usava Daphne a sostegno delle proprie strampalate teorie sulle donne. Mentre giornali e riviste avevano pubblicato editoriali in cui Daphne veniva definita il simbolo di un'era, di un problema, di una questione, anche se nessuno sembrava sapere quale.

Comunque fosse, tutti parlavano di lei. Soprattutto le donne. Questa misteriosa assassina di uomini sembrava confermare – in modo segreto, occulto – l'idea che ci fosse qualcosa di pericoloso al fondo di tutte le donne, e che non erano il sesso debole come credevano i maschi. E ovviamente tutti volevano sapere che cosa, di preciso, avesse confessato. Da quando in qua un serial killer che si rispetti si costituisce?

Ruth si era sintonizzata sulla CNN per seguire l'intervento di un esperto di incarcerazione degli anziani, quando abbassò lo sguardo sul cellulare e notò una chiamata persa di sua madre. Louise Robinson lavorava in un call center nei pressi di Tampa. Era un lavoro desolante, ma dopo la diagnosi di Parkinson precoce più gestibile di quelli di cameriera e fattorina. Una vita di affanni a mantenere se stessa e la figlia piccola, e adesso Louise era costretta a sgobbare ancora di più per restare a galla in un Paese che non aveva pietà per i malati cronici. Per Ruth era dura vederla aggravarsi, guardare i medici giocare a rimpiattino con il miliardo di sintomi diversi che si manifestavano da un giorno all'altro, angosciarsi per il costo dell'assistenza sanitaria (un costo che Ruth avrebbe dovuto sostenere da sola).

A dispetto del rimorso di coscienza, decise di non richiamare. Era da un po' che non si sentivano, e Ruth temeva che, se le avesse parlato, avrebbe finito per raccontarle del podcast. Si augurò che Louise non ne avesse già avuto notizia per altre vie. Era la sensazione peggiore del mondo, sapere di far preoccupare sua madre, e Ruth la faceva preoccupare ormai da anni. Ma questa volta era diverso: la faccenda era davvero grave. Sua madre ci avrebbe perso il sonno.

5

L'indomani Ruth fece ritorno al Coconut Grove con una rinnovata determinazione a scoprire la verità sul conto di Daphne. Era in anticipo, perciò restò qualche minuto seduta in macchina, a riordinare la borsa e rispondere alle email. Senza pensarci, si collegò alla pagina Instagram di Jenn, cercando indizi della sua nuova vita. Un gesto automatico, ma ogni volta che vedeva il suo viso aveva una fitta al cuore, come sale su una ferita aperta. Il post più recente riguardava un firmacopie, e Ruth scrutò meticolosamente la foto di Jenn, ritratta a una prossimità sospetta con una sconosciuta. Aveva già trovato un'altra? Doveva anche lei riprendere a uscire con qualcuno? Non un'impresa facile, dopo i trent'anni. Il mondo aveva aspettative ben precise su ciò che dovevi aver raggiunto, a quell'età. Come tutto il resto, negli ultimi sei anni anche la sua vita sentimentale si era arenata, e la sua fluidità sessuale era servita solo a esasperare e deludere i rappresentanti dell'intero arcobaleno.

Era mattina presto ma l'aria era già calda e opprimente, tanto che le sembrava di avere un cuscino premuto sulla bocca. Sospirò, e alzando lo sguardo vide un cartellone pubblicitario del Sunshine Development Group, la più grande società di sviluppo edilizio di Palm Haven. Quei cartelloni svettavano ovunque, un promemoria costante che mentre lei campava a stento, scrivendo articoli sottopagati sulle protesi ai glutei delle celebrità, famiglie facoltose come i Montgomery – titolari del Sunshine Development – facevano soldi a palate costruendo orrendi casermoni per i poveracci e ville pacchiane per i nuovi ricchi, tramandandosi ricchezza e società d'affari di generazione in generazione. Il suo stesso condominio era una proprietà del Sunshine Group e, alla vista della targa all'ingresso, Ruth aveva sempre una gran voglia di sfondarla con un calcio.

Fu di nuovo un'inserviente a scortarla nella suite di Daphne. Stavolta però le consegnò subito le pastiglie. Daphne sparì in bagno e Ruth sistemò le sue apparecchiature. Appena la vecchietta riemerse dal bagno e si accomodò in poltrona, lei attaccò con le domande.

«Cominciamo dal principio» esordì.

«Senti, io ho novant'anni. È una vita un po' troppo lunga per raccontarla tutta. Passiamo direttamente al punto in cui le cose si fanno interessanti...»

«No» la interruppe Ruth. «Credo che l'inizio sia importante. La gente è sempre interessata al passato delle persone. Dove sei cresciuta?»

«New York. In un piccolo appartamento di Manhattan» rispose in fretta Daphne, come scagliando una manciata di spiccioli sul tavolo.

«Davvero? Perché tua figlia dice che sei originaria di una cittadina canadese...» fece Ruth, sforzandosi di non gongolare. Un lampo cupo brillò negli occhi di Daphne. Ruth l'aveva fatta arrabbiare. Be', pazienza.

«Se lo sapevi, perché me l'hai chiesto?» sbottò Daphne, acida. Incrociò le braccia sopra la camicetta di seta rosso ciliegia e restò a fissarla, seccata.

«Per vedere se mi avresti mentito» rispose con franchezza Ruth, appoggiandosi in grembo il taccuino ancora chiuso. A documentare l'intervista avrebbe pensato il registratore, lasciandola libera di concentrarsi sulle espressioni che si susseguivano sul viso di Daphne, rapide come il passaggio di uno stormo davanti al sole. Alla fine i suoi tratti si distesero, della rabbia non rimase traccia e il suo viso si distese come un lenzuolo stirato.

«Okay, beccata. Ma il senso stesso dell'America non è la libertà di reinventarsi? Nello spirito, io sono una newyorkese. È stato solo uno scherzo del destino a farmi nascere in culo al mondo.»

«Che lavoro facevano i tuoi?»

«Che domande. Erano contadini. Che altro vuoi fare, nel Saskatchewan?» ribatté lei. Come se Ruth potesse sapere qualcosa del Saskatchewan. O del Canada, per dirla tutta. Di certo non doveva essere un posto troppo interessante. Per le vacanze, i canadesi venivano tutti in Florida.

«Sei stata felice da piccola?» chiese.

Daphne alzò gli occhi al cielo. «Quanti serial killer conosci con un'infanzia felice? Mica facile andare a letto con la pancia piena e il cuore in festa e pensare: 'Accidenti, l'unica cosa che mi manca è un cassetto zeppo di denti strappati alle prostitute'.»

Le spara grosse per scioccarmi, pensò Ruth, perciò conservò un'espressione neutra, evitando con cura di tradire qualsiasi emozione. Il sarcasmo, la crudezza, le parolacce servivano allo stesso scopo del fascino superficiale che presumibilmente Daphne usava con gli uomini: tenere a distanza. Perciò non restava che insistere, cercando di aprire una breccia in quella messinscena.

«Che cosa ti rendeva infelice, da piccola?»

«Fai prima a chiedermi cosa mi rendeva felice: l'elenco è più corto.» Un'altra battuta sarcastica, invece di una risposta. Ruth restò impassibile, lasciando che il silenzio riempisse la stanza. Alla fine Daphne sospirò e riprese: «I miei erano poveri in canna, e avevano troppi figli. E per completare l'opera, io sono nata negli anni Trenta, nel pieno del Dust Bowl. Il decennio peggiore possibile per campare di agricoltura. I contadini persero tutto».

«Quanti bambini c'erano in casa?»

«Sette. Io ero la maggiore, il che significa che ho passato la mia infanzia a lavare pannolini e inseguire mocciosi.»

«E i tuoi genitori? Anche loro ti rendevano infelice?»

«Ovvio che sì. Mia madre non aveva mai tempo per noi. C'era troppo da fare, sempre a sgobbare per tenere a galla la fattoria. Non conosco nessuno che abbia lavorato più di lei, e gli effetti si vedevano. A trent'anni ne dimostrava sessanta, ossuta e ingrigita. Potrei contare sulle dita di una mano le volte in cui l'ho vista sorridere.» La voce era una strana miscela di orgoglio e amarezza.

«E tuo padre? Avevi un rapporto migliore con lui?» chiese Ruth, quasi certa che la risposta sarebbe stata un no. A prestar fede alla sua confessione, le vittime di Daphne erano tutti uomini. Un curriculum che non sembrava proprio gridare «cocca di papà». Ma doveva comunque sentirlo da lei.

«No. Mio padre era un bastardo.»

«In che senso?»

«Se credi che mi metto a parlare di lui, puoi scordartelo» ringhiò Daphne, rabbiosa, e all'improvviso la maschera cadde, lasciando scorgere una persona diversa, ma poi tornò al suo posto. Per un attimo, però, dietro la facciata era emersa la verità: un senso di frustrazione che Ruth aveva riconosciuto al volo. Ma l'argomento del padre andava affrontato con più cautela. Condividere certe cose costa troppo, lei lo sapeva bene. Perciò permise a Daphne di riprendere il controllo del racconto. Per il momento.

È difficile spiegare ai giovani quanto si può cambiare nell'arco di una vita. La persona che ero da piccola non esiste più. Le cose che oggi si danno per scontate – frutta esotica, un armadio pieno di vestiti, viaggi all'estero – durante la mia infanzia erano inconcepibili. Quello era un altro mondo, un tempo prima di Hitler, prima della Guerra fredda, della televisione, dei contraccettivi. I giovani non capiscono che un giorno viaggeranno da un Paese all'altro senza muovere un passo, e che il mondo in cui sono cresciuti sparirà per sempre.

Non sono il tipo di nonna che passa le giornate a raccontare la storia della sua vita ai nipoti, nella speranza che memorizzino ogni dettaglio e continuino a ricordarmi quando sarò diventata concime. Pressoché tutti i miei nipoti sono dei completi idioti, e quando non mi ignorano mi chiedono di ballare con loro, per postare un video su internet e passare per spiritosi con una massa di sconosciuti.

Sono nata nel 1932 a Lucan, nel Saskatchewan. Nient'altro che una distesa piatta di campi aridi. Al momento della mia nascita, la siccità durava già da due anni: erano i «tempi duri», come si diceva allora. Il sole bruciava i raccolti e la terra era così secca che il vento la sollevava e la trascinava via. Nel giro di poco è arrivato il Dust Bowl vero e proprio, con tempeste di sabbia che oscuravano il sole, si abbattevano sulle case, soffocavano il bestiame. La polvere mi ricopriva da capo a piedi, mi incrostava i capelli, mi accecava. Si insinuava sotto gli abiti e nelle pieghe del corpo, essiccando, fossilizzando anche me. Nei mesi di magra era l'unica cosa che avessi nello stomaco. E ci riempiva i polmoni, facendoci tossire tutto il giorno.

Una volta un medico di New York mi disse che sui miei polmoni erano ancora visibili le cicatrici di tutta la sabbia che avevo respirato da piccola. Si era fatto le ossa in Oklahoma, e diceva che una figlia del Dust Bowl sapeva riconoscerla a un miglio di distanza. Non tornai mai più nel suo studio. Non tolleravo l'idea che il mio corpo tradisse i miei segreti.

E dopo le tempeste di sabbia, nel Saskatchewan arrivarono le cavallette, come una piaga d'Egitto. Divoravano quanto restava dei raccolti, le verdure dell'orto, persino i vestiti e le lenzuola appesi ad asciugare. Si sentiva tutto il tempo uno strano ronzio di sottofondo, quasi che l'aria fosse elettrica. Era inquietante. Le cavallette erano talmente tante che fermavano i treni, i loro corpi spiaccicati si incollavano ai binari e bloccavano le ruote. Uscendo di casa camminavi su un tappeto di cavallette, le sentivi scricchiolare sotto i piedi come ossa triturate.

L'infestazione era così grave che il governo lanciò una campagna statale per cercare di eliminare le uova prima del ciclo stagionale di nascita. Distribuirono quantitativi enormi di insetticida a tutte le fattorie della provincia. Già alla mia nascita, nel Saskatchewan, si usavano centomila galloni di arsenico ogni anno. I contadini camminavano nei campi versandone taniche a ogni passo. In sostanza sono nata dentro una nube tossica. Il veleno era ovunque nell'aria. Il nostro modo di rispondere colpo su colpo a una natura ostile.

E molti persero la battaglia. Un anno mio zio rischiò di perdere la fattoria, ma riuscì a seminare qualche ettaro di frumento. All'alba del giorno del raccolto, il cielo si coprì di nubi. Era la grandine. L'intera famiglia restò ai margini del campo a pregare, tutti quanti, dai vecchi fino al figlio più piccolo, un bambino di quattro anni. La tempesta muoveva verso est, e per un momento sembrò che avrebbe risparmiato la fattoria. Ma poi, all'ultimo secondo, il vento cambiò direzione, e le nubi puntarono dritte su di loro. La grandine distrusse tutto, e la famiglia perse le sue terre. Mio zio finì in manicomio, mia zia e le cugine in un bordello.

Come lo spieghi a uno nato negli anni Novanta com'era la vita a quel tempo? Era un inferno. Un mondo sporco e orribile che ti schiacciava fino a ridurti a un niente. Non eri tu a scegliere: le cose accadevano e basta, e tu eri troppo povero e troppo stremato anche solo per pensare di reagire. Ora capisci perché preferisco dire alla gente che sono cresciuta a Manhattan?

Forse sarebbe stato gestibile se almeno fossi nata in una famiglia felice, ma non andò così. Ero una Cowell, e tutti ci consideravano feccia. Vivevamo in una baracca di una sola stanza, talmente piccola che bastava la rabbia a riempirla tutta. Mio padre era un alcolista e un violento. Su quel pezzetto isolato di terra, fuori dal mondo, era Dio, re e patria messi insieme. Tornava stanco morto da una giornata di lavoro nei campi, ma trovava comunque la forza per gonfiarci di botte. Quando non aveva soldi per comprarsi da bere, gli mancava la sua valvola di sfogo, e ci pestava il doppio.

Faceva anche altro, ma di questo preferirei non parlare. Mettiamola così: mio padre mi ha insegnato molto sull'amore e sul matrimonio, e le sue lezioni mi hanno fatto passare la voglia. Dicono che i luoghi duri fanno le persone dure. Be', anche le persone dure fanno le persone dure.

RUTH: La tua famiglia era in buoni rapporti con gli altri abitanti di Lucan?

DAPHNE: No. Per loro eravamo gentaglia. Mio padre perché beveva, e tutti noi perché eravamo straccioni. In quella città l'importante era avere un aspetto presentabile, tutto il resto passava in secondo piano.

RUTH: Cosa intendi dire?

DAPHNE: Ti faccio un esempio. C'era un predicatore, un certo Michael Cole. Era sposato, ma la moglie, che aveva vent'anni meno di lui, era morta di polmonite quando io avevo sei anni. Quasi tutti lo commiserarono, in particolare i notabili della cittadina. Ma girava voce – probabilmente messa in giro dalla domestica – che al predicatore piacesse rimettere in riga la moglie diciannovenne chiudendola fuori casa, di notte, in pieno inverno. E lei restava sulla porta, in vestaglia e pantofole, con le temperature sotto zero, a implorarlo di aprire, la faccia e le mani bianche di ghiaccio.

RUTH: Gesù. Per questo si era presa la polmonite?

DAPHNE: Be', era sempre stata cagionevole. Si moriva in modo diverso a quei tempi. Era ordinaria amministrazione.

RUTH: E cos'è successo al predicatore? È finito in prigione?

DAPHNE: Non gli è successo un bel niente. Era un uomo rispettato, e aveva tutto il paese a coprirgli le spalle. La domestica aveva parlato, ma solo i poveracci le avevano dato retta. E poi la moglie veniva da fuori. Delle mogli non fregava niente a nessuno, a quei tempi, ma peggio ancora se erano forestiere.

RUTH: Perché hai scelto proprio questo esempio? Cosa stai cercando di spiegare ai nostri ascoltatori?

DAPHNE: Ma cosa vuoi che ti dica, Ruth? Mi hai chiesto tu di parlare della mia infanzia, delle tempeste fuori e dentro casa. Non significa niente. È solo un ricordo.

REDDIT: R/IDELITTIDIDAPHNESTCLAIRPODCAST

Moderatore: Salve, e benvenuti nella chat sul clamoroso podcast *I delitti di Daphne St. Clair*! Finora è stato pubblicato un solo episodio, eppure è già in testa a tutte le classifiche. Se volete parlare del podcast, della vita di Daphne St. Clair e delle ipotesi sui suoi crimini e sui posti in cui ha vissuto, siete sulla pagina giusta!

ShockBlaBla
Cacchio, anche voi siete ossessionati quanto me da questo podcast? Un solo episodio, e per me ha già seppellito *Serial*, *Casefile* e *My Favorite Murder*!

Rock&Troll
Quella è robetta. Prova a uscire dal mainstream. C'è di meglio.

ShockBlaBla
Ti ho chiesto un parere sui miei podcast preferiti? Io voglio parlare di QUESTO podcast.

BibliotecariaD'Assalto
Lascialo perdere. È puro mansplaining. Fa il figo, ma ti garantisco che non ha niente da insegnare a nessuno.

MangiaPregaUccidi
Davvero il Dust Bowl aveva colpito il Canada? Ma non era in Oklahoma?

BibliotecariaD'Assalto
Era ovunque, mi sa. Ho fatto una ricerca su Google, e a quanto pare in

Canada l'epicentro è stato proprio il Saskatchewan (come cacchio si scrive? Grazie, correttore!). E le cavallette... mamma mia, che schifo.

Rock&Troll

Però erano una fonte di proteine. Non muori di fame se sai usare i frutti della terra. Era questo il problema di quella gente: non erano survivalisti.

BibliotecariaD'Assalto

Piantala subito coi survivalisti. Dico sul serio.

MangiaPregaUccidi

OMG, se crescevo in mezzo a tempeste di sabbia, cavallette e pesticidi, diventavo serial killer anch'io!

6

Ruth stava sistemando le apparecchiature per registrare il secondo episodio quando Daphne si piazzò alle sue spalle. Lo screensaver del portatile era una galleria di immagini della sua vita. Un weekend nella casa newyorkese di Chelsea, la sua migliore amica; una foto da bambina, raggomitolata su un divano insieme a sua madre; la cerimonia di consegna dei diplomi al college; vecchi ritratti di sua nonna, di suo padre.

C'era persino qualche foto di Jenn e, con una fitta al cuore, Ruth si ripromise di toglierle al più presto.

« Stai facendo ricerche su di me? » chiese Daphne, di punto in bianco.

« In che senso? » domandò lei, sorpresa.

« Quell'uomo ha un'aria familiare » rispose Daphne. Aveva la fronte aggrottata, come per lo sforzo di individuare un file in un hard drive troppo pieno. Ruth sentì una stretta allo stomaco e, resistendo all'impulso di chiudere di scatto il portatile, ruotò un po' lo schermo di lato. Non voleva che Daphne vedesse le foto della sua famiglia, che il suo sguardo le contaminasse.

« Non mi hai ancora detto niente del tuo passato, quindi come potrei fare ricerche? Non sono telepatica » disse, ostentando disinvoltura. Sentiva addosso gli occhi di Daphne, e il pensiero le metteva la pelle d'oca. Non aveva riflettuto su come si sarebbe sentita a stare chiusa in una stanza con una serial killer, anche se attempata. Le sembrava di nuotare in acque profonde, con le gambe che sforbiciano nel blu, quando all'improvviso ti accorgi di una lunga ombra scura che volteggiava sotto di lei.

« Be', a occhio è un po' troppo maturo per te. Più il mio tipo che il tuo » disse Daphne con una risatina asciutta, che le fece tremolare la pelle rugosa del collo.

« È un parente, e qui siamo in Florida, non in Alabama. Comunque, quale sarebbe il tuo tipo?» Si chiese come avrebbe reagito Daphne se le avesse detto di avere appena rotto con una donna.

«Ricco» rispose Daphne. «Il mio tipo è ricco. Li riconosco al volo. E quel tizio ha un'aria familiare, però non so, in Florida ho frequentato un bel po' di milionari stagionati. Le facce si confondono.»

«Le gioie della vecchiaia, eh?» replicò Ruth, prendendo il microfono e cercando di conservare un tono distaccato. «Comunque, abbiamo quasi novant'anni di storia da ripercorrere, perciò meglio darci una mossa.»

«Se ci tieni» disse Daphne con un'alzata di spalle. Tornò a fissarla, come se stesse cercando di decifrare qualcosa, ma poi il momento passò.

RUTH *[voce fuori campo]*: Alla mia visita successiva alla casa di riposo, ero determinata a scavare più a fondo nella vita di Daphne a Lucan e nella sua infanzia, perché di fatto è questo ad affascinarci davvero: capire come nasce un serial killer. Ma lei sembrava considerare l'argomento già esaurito.

[Stanza di Daphne. Lei sta schioccando la lingua, come per comunicare un fastidio]

DAPHNE: Non c'è altro da aggiungere, in realtà. La mia infanzia è polvere. Tempeste di polvere, povertà ed emarginazione. Il mio ricordo più bello di Lucan è il giorno in cui me ne sono andata. Ma dimmi di te. Com'è stata la tua infanzia?

RUTH: Io che c'entro? Perché me lo chiedi?

DAPHNE: Perché mi va.

RUTH: Be', io sono di qui. Cresciuta da una madre single che ha lavorato duro per tenermi un tetto sopra la testa.

DAPHNE: Così mi fai piangere.

RUTH: Appunto, torniamo a te. Quanti anni avevi quando te ne sei andata di casa?

DAPHNE: Sedici, credo. Anno più, anno meno. Alla mia età, certi dettagli si sfocano.

RUTH: E la scuola?

DAPHNE: Avevo smesso di andarci a dodici. Allora era diverso. Durante la Depressione non c'erano i soldi nemmeno per pagare gli insegnanti. Lo stipendio lo prendevano in cambiali, ed erano le famiglie a ospitarli. A volte dovevano condividere un letto con i loro stessi studenti! E in casa mia non fregava a nessuno che studiassi. Servivano braccia per i campi. Quegli anni non li ricordo quasi. Le giornate erano tutte uguali.

[Un sospiro appena percettibile]

RUTH: E la Seconda guerra mondiale? Che cosa ricordi di quel periodo?

DAPHNE: Credi che Hitler fosse venuto a fare parate nel centro di Lucan? Per noi non era cambiato niente. Qualche uomo in meno in circolazione e le donne a sferruzzare calze di lana per quelli al fronte. Uno strazio.

RUTH *[in tono irritato]*: Qualcosa sarà successo per forza.

DAPHNE: Be', qualcosina sì, in effetti.

Finalmente la siccità allentò la sua morsa, le tempeste di sabbia si placarono. Gli insetti sparirono: la campagna di avvelenamento del governo aveva compiuto il suo miracolo. Ma prima ancora che la gente tirasse un sospiro di sollievo, scoppiò la Seconda guerra mondiale.

Mio padre non partì soldato.

I contadini potevano contribuire allo sforzo bellico producendo derrate per il Paese, ma molti si arruolarono lo stesso. Chi non firmava veniva guardato in cagnesco. Prima ero solo la figlia di un alcolista, e adesso di un traditore della patria. In paese non andavamo quasi più, per evitare gli insulti sibilati alle spalle, gli sguardi di accusa.

A quattordici anni il mio mondo era grande quanto una monetina da un centesimo, e continuava a rimpicciolirsi. Odiavo la fattoria e odiavo mio padre. Ogni giorno era una battaglia, e a sera avevo addosso una stanchezza e una sporcizia tali che oggi io stessa fatico a crederlo. La siccità era finita, il Saskatchewan non era più una distesa arida, ma io quella polvere la sentivo ancora sulla pelle, come il bruciore che avverti sulle guance al ricordo di uno schiaffo.

E anch'io stavo cambiando, non ero più una bambina. Camminando, stavo sempre a braccia conserte, perché non avevo i soldi per un reggiseno e i seni mi dondolavano a ogni passo. All'inizio tutti i miei tratti sembravano sproporzionati: la bocca grossa e carnosa, gli occhioni, gli zigomi affilati come lame. Ma poi ho cominciato a crescere di statura, il viso si è allargato, ed è stato come se ogni dettaglio avesse trovato la giusta collocazione. Di colpo mi scoprii bella. Un tipo alla Ava Gardner: capelli neri come il carbone, occhi verde scuro. Non che la cosa mi andasse a genio. Era molto più sicuro essere invisibili.

A sedici anni attiravo i maschi come le mosche al miele, e non in senso positivo. Non si presentavano a casa con l'abito della festa, per invitarmi a un picnic. Certe galanterie le riservavano alle giovani perbene: ragazze coi capelli lustri e i vestiti nuovi, confezionati da quelle grassone pettegole delle loro madri; ragazze che vivevano in case pulite e ordinate, in città, e andavano trattate con riguardo, perché erano cresciute nella bambagia. Anche quelle come me si sposavano, ma mai a uomini che valessero qualcosa, e solo perché non avevano nessun posto in cui andare.

Una domenica, dopo la messa, il predicatore volle parlarmi. Era tutto un sorriso, e a bassa voce disse che voleva il mio aiuto per organizzare un ballo per i giovani del paese. Io ero orgogliosa che mi avesse scelta, che mi avesse considerata degna, malgrado fossi una Cowell. Se ripenso a com'ero allora, sento una specie di dolore sordo nel petto. Una ragazzetta patetica, con un bisogno disperato di farsi accettare.

Fissò un appuntamento per il sabato dopo, nel suo ufficio in parrocchia. Io passai tutta la settimana a escogitare idee per il ballo, e non vedevo l'ora di condividerle. Mi ero messa gli abiti migliori che avevo in casa: la gonna scozzese di mia madre e un maglione verde.

«Per il ballo ho pensato a un tema primaverile» cominciai. «Potremmo decorare la sala con i fiori di carta. Io li so fare. Mi serve solo un po' di cartoncino colorato.» Di colpo mi resi conto che stavo parlando troppo e troppo in fretta. Volevo fare colpo.

Non avevo mai avuto la possibilità di dimostrarmi brava in qualcosa. Da noi si faceva a turno ad andare a scuola, perché non c'erano vestiti e scarpe sufficienti per tutti. A volte, quando ancora frequentavo le lezioni, ci andavo scalza, con un abito ricavato dai sacchi di iuta che si usavano per la farina, e morivo di vergogna. A nessuno andava di fare amicizia con una disgraziata vestita con un sacco. In realtà studiare mi piaceva, ma in classe soffrivo perché i compagni mi tenevano a distanza, come se la povertà fosse contagiosa.

«Scusi, sto blaterando...» dissi, coprendomi la bocca con la mano. Il predicatore sorrise e mi accarezzò il braccio.

«Al contrario! Per questo ti ho scelta, perché sei piena di idee!» Arrossii. Con una frase gentile potevo tirare avanti mesi, era come benzina per l'anima.

«Pensavo che potremmo appendere delle ghirlande al soffitto, come rampicanti» ripresi, scrutando il predicatore in attesa della sua reazione.

«Perfetto!» disse lui. «Ora, che ne dici di un goccetto di vino, per festeggiare?»

«Ah. Okay.» Non avevo mai assaggiato alcolici in vita mia. Cercai di soffocare il brivido di inquietudine che provavo sempre quando vedevo bere un uomo, sentendomi sempre più in pericolo a ogni sorso.

«Un brindisi alla nostra amicizia» disse lui, tendendomi un calice di cristallo, pieno di vino rosso fino all'orlo. Io lo accettai, perché era l'oggetto più bello che avessi mai toccato, anche se il suo contenuto mi spaventava.

«Coraggio, butta giù. È buonissimo, vedrai» disse il predicatore, e con un vuoto allo stomaco mi resi conto che mi aveva appoggiato la mano sul ginocchio.

DAPHNE: Quel che accadde in seguito puoi indovinarlo anche da sola. Non starò a raccontarti i dettagli.

RUTH: Perché no?

DAPHNE: Senti, io non ho problemi a raccontarti degli uomini che ho ucciso. Vuoi sapere come rantolavano e vomitavano mentre io stavo in cucina a sbriciolare altre pillole? Benissimo. Però non mi va di ricordare le volte in cui sono stata io la vittima. E poi sappiamo come vanno a finire certe storie. Scommetto che i dettagli li hai già immaginati. O sbaglio?

RUTH: Be', io...

DAPHNE *[la voce è rabbiosa]*: La moquette ruvida, le mani che mi frugano, il suo peso che mi schiaccia. I miei lamenti terrorizzati, la paura, il senso di tradimento... lo SAI di cosa parlo. Lo sappiamo TUTTE. Cosa ci può insegnare l'ennesima storia di violenza sulle donne?

RUTH: La verità può sempre insegnarci qualcosa, no? Anche se non ha un lieto fine.

DAPHNE: Non nella mia esperienza, no. Mi ha violentata. Poi mi ha indicato la porta e mi ha ordinato di non dire a nessuno del vino, perché altrimenti mi avrebbero giudicata una poco di buono. Non si è nemmeno disturbato a precisare di tenere segreto lo stupro, tanto sapeva che a quello non avrebbe creduto nessuno.

RUTH: Che essere ripugnante. Credi l'avesse fatto anche ad altre?

DAPHNE: Probabile. Allora non si parlava di certe cose. Le ragazze non avevano le parole per dirlo. Quando ho lasciato la parrocchia, mi tremavano le gambe, e l'aria mi scuoteva come carta velina. Ricordo che strizzai gli occhi, per proteggerli, e li ho tenuti chiusi, camminando controvento alla cieca. Quella mattina è stata l'ultima volta in cui mi sono sentita intera... Dentro di me qualcosa si è spezzato, ho perso la fede.

RUTH: In Dio?

DAPHNE: Figurarsi! A quello mica ho mai creduto. Ho perso la fede nelle persone.

RUTH: Pensi che saresti diventata lo stesso un'assassina se non fosse accaduto? Non era possibile trovare un modo di superarla, di lasciarti l'esperienza alle spalle, anche se quell'uomo non ha mai pagato per il suo crimine?

DAPHNE: Bella domanda. Non lo so. Le persone non funzionano come le equazioni: non basta togliere una x per cambiare il risultato. E il predicatore non è stato né il primo né l'ultimo a farmi del male in quel modo. Però c'era una malvagità particolare nel suo gesto. Ha ucciso la ragazza che ero stata prima. E forse io ho passato la vita a uccidere lui.

Quella sera, quando andai a letto, pregai che mio padre continuasse a russare per la sbornia, perché avrei perso la ragione se un altro uomo avesse cercato di toccarmi. Ero circondata dai miei fratelli, stipati insieme come una cucciolata. Di solito, anche se puzzavano un po' di pipì, la sensazione dei loro corpi caldi addosso mi dava conforto, mi conciliava il sonno, mentre quella sera non riuscivo a dormire. Restai a fissare il buio, sforzandomi di respirare nell'aria viziata.

Per tutta la vita avevo accettato la realtà così com'era, per quanto difficile. Ma adesso, in quel letto, con il mio maglione buono premuto tra le gambe per cercare di smorzare il dolore che sembrava rimbombare in tutta la stanza, cominciai a rifletterci. Che cosa avevo fatto di male? A scuola mi ero impegnata, avevo difeso i compagni più gracili quando i più grandi li prendevano di mira, avevo asciugato le lacrime dei miei fratelli, strappando loro un sorriso anche quando niente sembrava in grado di consolarli. Dunque, perché dovevo subire gente come mio padre o il predicatore? E perché restare, solo per finire asservita a un marito capace solo di riempirmi di figli?

Di colpo mi fu tutto chiarissimo. Capii che avevo due sole alternative: uccidermi o andarmene. Non avrei tollerato di passare un'altra notte a Lucan, o nel Saskatchewan.

Il giorno dopo mi alzai presto, mentre tutti gli altri ancora dormivano, e uscii di soppiatto. Non portai niente con me, perché tutto ciò che avevo era in comune con i miei fratelli. Mi sentivo già abbastanza in colpa ad abbandonarli, sapendo che razza di vita avessero davanti. Mi dispiaceva soprattutto per le mie sorelle, ma non potevo farci niente. Erano troppo piccole per venire con me. Li guardai un'ultima volta, i miei fratellini e sorelline, tutti ammucchiati insieme, con le faccine che spuntavano appena da sopra le coperte, poi infilai la porta. Potrei raccontarti che lo strappo fu doloroso, che mi spezzò il cuore, ma in realtà non provai proprio niente. Una parte di me avrebbe solo voluto buttarsi in un fosso e morire, ma i piedi continuarono a camminare, i miei occhi a seguire la strada, e quasi senza rendermene conto arrivai in paese.

Sapevo che a quell'ora della domenica il predicatore e tutti i bravi concittadini erano in chiesa. La mia famiglia andava di rado a messa, ma a volte io ci andavo da sola, perché mi piaceva ascoltare la musica. Raggiunsi la casa del predicatore ed entrai (a quel tempo, a Lucan, nessuno chiudeva a chiave la porta). Era una ca-

setta a due piani, niente di che per gli standard di oggi, ma una reggia per una ragazzina vissuta in una baracca in aperta campagna. Il salotto era pieno di soprammobili, vasi di vetro, porcellane, un vero pianoforte, e un tappeto così fitto e morbido che i piedi sembravano affondarci. Era come essere entrata nel museo di tutto ciò che non avevo mai avuto.

Vagai per le stanze, fantasticando di far cadere ogni vaso, di sfasciargli la scrivania a colpi di accetta, di cacare sulla sua poltrona di velluto. Tremavo di piacere al pensiero di quella devastazione, immaginando di abbattermi come una furia su tutti i suoi ninnoli, e poi, appena fosse rincasato, anche su di lui, riducendolo in poltiglia con la stessa accetta. Invece strinsi i denti e guardai la pendola. Meno di un'ora prima del treno per Moose Jaw, che partiva alle 10.15. Potevo scegliere la vendetta o la libertà, ma non entrambe.

Imboccai la scala, salendo i gradini con estrema cautela, perché non ci ero abituata. C'erano quadri alle pareti, ritratti di parenti dall'aria arcigna, e un paio di una giovane con i capelli biondi e sottili, gli occhi tristi.

Presi tutti i contanti che riuscii a scovare, abbastanza da pagarmi il biglietto del treno e vitto e alloggio per qualche settimana. Ero ancora al piano di sopra quando notai un vecchio armadio nella stanza per gli ospiti. Aprii piano le ante, e lo trovai pieno di abiti da donna: vestiti, cappotti, persino un semplice abito bianco da sposa. Il guardaroba della moglie defunta. Quanto doveva essersi sentita sola, lontana da casa, a vivere con un mostro.

Sul fondo dell'armadio c'era una vecchia valigia. La afferrai, e con le dita che tremavano per la fretta la riempii dei suoi abiti. Ci misi anche il mio camicione lurido e gli stivali, nel caso un giorno ne avessi avuto bisogno, e indossai un abito verde e un paio di scarpe di cuoio, con il tacco basso. Erano quasi della mia misura, e fu come se la defunta mi stesse impartendo la sua benedizione. Era morta in quella casa, circondata dalle sue cose, ma voleva che fossi io a prenderle, per vivere.

Tornai sul ballatoio con la valigia e mi bloccai davanti alla stanza del predicatore, come in trance. Sanguinavo ancora per l'aggressione. Ficcai le dita sotto l'abito, entrai nella stanza e gli imbrattai il copriletto con il mio sangue.

Poco dopo ero sul treno, rannicchiata accanto al finestrino, a guardare Lucan per l'ultima volta. Mi strinsi la valigia al petto e giurai a me stessa che, qualunque cosa mi fosse accaduta, non sarei mai tornata indietro.

RUTH *[voce fuori campo]*: Al racconto della sua fuga è seguito il silenzio. Daphne si è chiusa a riccio, persino fisicamente. Sedeva con le braccia incrociate, premute sul petto, e le labbra strette, come se non volesse lasciarsi sfuggire altro. Aveva un'espressione astiosa, ma con una punta di spavalderia. Io non ero sicura di come reagire a quanto mi aveva rivelato. Aveva vissuto esperienze terribili, ma aveva a propria volta commesso azioni mostruose, probabilmente più di quelle che aveva confessato alla polizia. Non volevo capirla, non volevo provare pena per lei, però era difficile dopo un racconto simile. Infine mi sono limitata a riprendere con le domande.

RUTH: E dove sei andata?

DAPHNE: Da Moose Jaw ho preso un biglietto per Regina, poi un altro per Winnipeg. Dovevo andarmene dal Saskatchewan, e Winnipeg era in un'altra provincia. Non avessi dovuto centellinare i soldi, sarei andata ancora più lontano, in un posto che non aveva niente a che fare con campi e fattorie.

RUTH: E la tua famiglia, l'hai più rivista?

DAPHNE: No. Non penso mai a loro.

RUTH: Non ti credo. Nemmeno ai tuoi fratelli o alle tue sorelle? Nemmeno a tua madre? Immagina quanti nipoti e pronipoti avrai adesso. Magari alcuni vivono negli Stati Uniti. Non vorresti conoscerli?

DAPHNE: No. Io non sono più una Cowell. Non dal 1948.

RUTH: E se fossi io a cercarli? A contattarli? Potrebbe essere utile per il podcast.

DAPHNE: Cos'è questa fissa di parlare con la gente del mio passato? Che ti frega delle sardine se hai la balena? Comunque, non voglio e basta.

RUTH: Perché ti preoccupa tanto? Hai paura di ciò che potrebbero dirmi? Potrebbero rivelarmi cose che vuoi tenere nascoste?

DAPHNE: Preoccupata, io? Non dire fesserie! Io non ti nascondo niente. Solo non mi va che parli di me alle mie spalle.

RUTH *[voce fuori campo]*: Si era proprio innervosita, e ho avuto il sospetto che stesse davvero nascondendo qualcosa, tenendo qualche scheletro ben chiuso nell'armadio. Oppure aveva paura di scoprire cosa ne fosse stato della sua famiglia, le sofferenze patite dai fratelli dopo che se n'era andata. Finché restava all'oscuro, poteva fingere che fossero spariti dalla faccia della Terra nel momento stesso in cui era scappata. È un talento necessario, per un serial killer, saper cancellare la gente dalla memoria. Forse un talento che vorremmo tutti.

BibliotecariaD'Assalto
Bel pezzo di merda, quel predicatore. Ho scovato il suo necrologio: morto nel 1972, e spero stia bruciando all'inferno.

Rock&Troll
Be', questo se crediamo a lei. Magari si è inventata tutto, per attirarsi la simpatia della gente: « Povera me, sono una vittima... »

BibliotecariaD'Assalto
Ma perché non riesci a prendere in considerazione l'idea che un UOMO possa commettere una violenza sessuale?! O è perché lui era un predicatore? Certo, scusa, non è MAI capitato che un religioso abbia violentato qualcuno...

CapoteParty
Io le credo. Daphne non mi sembra il tipo da inventarsi una storia in cui è lei la vittima.

BibliotecariaD'Assalto
Che intendeva Ruth, all'inizio dell'episodio, quando ha detto: « Risolviamo insieme il mistero? » Daphne ha confessato. Dov'è il mistero?

Rock&Troll
Pura retorica. È una giornalista acchiappalike. Cos'altro ti aspettavi da una così?

ShockBlaBla
Magari il mistero è PERCHÉ ha deciso di confessare. Giuro, non vedo l'ora di sentire il prossimo episodio! Questa storia è PAZZESCA!

Hautehistoire, canale TikTok: Ciao a tutti. Io mi chiamo Alexis e questa è HauteHistoire. Che fare quando hai una passione per la moda e una laurea in storia e letteratura rimasta nel cassetto? Lanci un canale TikTok per abiti di alta sartoria che spaziano dal grande schermo a quello del cellulare!
Finora i nostri video hanno esplorato l'intero ventaglio del fashion, dai gangster anni Trenta in stile Bonnie e Clyde, al gangsta rap del Duemila al video di Jay Z e Beyoncé per il pezzo *Bonnie & Clyde*! Oggi ho il piacere di annunciarvi una full immersion nella storia di Daphne St. Clair e nel fantastico nuovo podcast dedicato ai suoi delitti. Passeremo in rassegna il look di ogni decennio della sua vita. Il tutto senza commettere crimini contro la moda, anche se al momento le strisce sono *troppo* di tendenza! Perciò unitevi a noi, mentre seguiamo l'evolvere del podcast, esplorando look da lasciarvi *stecchiti* – proprio come Daphne!
Per questo primo episodio avrei scelto un'estetica shabbychic, per rispecchiare gli inizi non proprio glamour di questa donna sensazionale. Le nostre muse saranno Dorothy nel vecchio Kansas, Alexis Bledel in *Vivere per sempre*, e quella compagna di scuola che sospettavate appartenesse a una setta. Eccovi dunque un abito a fiori, in stile pionieri, reso più tosto e contemporaneo da un paio di Dr. Martens perfettamente adatte al lavoro nei campi. Non che ci siano rischi, considerato che vivo a Brooklyn. Come ultimo accessorio, ho aggiunto un cappello di paglia Lack of Color per proteggermi dal bruciante sole in aperta campagna e, be', da tutta quella *polvere*...

7

Era una splendida mattinata resa tersa dalla brezza, e Ruth sedeva al Long Bean, la sua caffetteria preferita, cercando di superare l'ennesima notte in bianco con un'overdose di caffeina. Aveva sempre avuto problemi di sonno. Un tempo pensava fosse colpa dei divani sfondati su cui dormiva da bambina, ma ultimamente, ogni volta che chiudeva gli occhi, rivedeva il suo passato. Sua madre. Suo padre. Gli anni del college. Tutti i momenti in cui la sua vita sembrava avere imboccato il binario giusto, per poi deragliare.

La notte prima non aveva fatto che rigirarsi nel letto, ripensando al racconto di Daphne sul predicatore, sforzandosi di capire come fosse possibile passare da vittima a carnefice, se il processo di transizione fosse graduale o fulmineo. Solo un'altra riflessione cupa per allontanare la quale non c'era antidepressivo che tenesse.

Ma alla luce del giorno, sia pure vista con occhi arrossati, Ruth coglieva anche qualche barlume di cambiamento. Già nei primi due giorni, il suo podcast si era aggiudicato oltre diecimila ascolti, piazzandosi nello 0,05 percento dei contenuti audio più ascoltati. Era primo nella categoria true crime e raccomandato da tutti, da «Entertainment Weekly» ai club del libro di tua zia. La sua casella di posta elettronica traboccava di offerte da agenti, manager e editori. Il mondo intero aveva capito che lei aveva per le mani qualcosa di unico, lo scoop del decennio, e sgomitava per una fetta di quella torta.

Ma intervistare Daphne era *sfibrante*. Si perdeva in mille rivoli, eludeva le sue domande ribattendo con una domanda, e infarciva il racconto di aneddoti che la facevano apparire vulnerabile. Eppure in lei c'era davvero qualcosa che suscitava empatia. Ruth conosceva per esperienza la povertà, la rabbia, la frustrazione. La sensazione che il mondo intero ce l'avesse con te. Non aveva mai dovuto ricavare un abito da un sacco di iuta, d'accordo, ma in seconda media Katie Weir le aveva chiesto perché veniva a scuola alternando sempre le solite tre magliette, come se non avesse altro nel guardaroba. Era essenziale conservare il suo distacco di giornalista, però era dura passare intere giornate ascoltando la storia della vita di qualcuno senza sentirsi solidale.

«Ruth Robinson?»

Lei alzò lo sguardo, e i suoi occhi passarono in rassegna un paio di scarpe da tennis di marca, un gonnellino bianco, una Lacoste immacolata. Un tuffo nel passato. E non particolarmente piacevole.

Erin Demarco. Una ex compagna di college. Per quattro anni avevano vissuto a distanza prossemica nulla – stesso dormitorio, stesso corso di giornalismo, stessa redazione del giornale scolastico – senza mai godere della reciproca compagnia. Avevano amici in comune, persino amici intimi, ma erano troppo diverse. Erin aveva in rubrica il numero di un dermatologo privato, mentre Ruth il detergente per il viso lo aveva comprato a una svendita. Dopo la laurea, Erin aveva messo a frutto il patrimonio di famiglia (che non aveva mai nascosto) facendosi finanziare e raccomandare dai genitori per inanellare una sfilza di praticantati a New York fino al suo incarico attuale, per *Vanity Fair*.

Come se non bastasse, era pure parecchio stronza.

«Presente» rispose Ruth, accennando uno scherzoso saluto militare (*Gesù, ma che ti prende?*).

«Oddio, dopo tutto questo tempo, non sei cambiata di una virgola! I vestiti, quantomeno. Guarda che non hai più vent'anni, sai?» Erin scoppiò a ridere, scuotendo la lucida criniera castana.

«Sei tornata a vivere in Florida?» domandò lei, decisa a passare oltre.

«Solo una piccola pausa. Ho un mucchio di impegni, ultimamente. Abbiamo appena chiuso il numero speciale su Hollywood...» Erin lasciò la frase in sospeso e restò a guardarla, in attesa di una richiesta di pettegolezzi succosi.

Ma Ruth non abboccò. «Abbiamo?»

« A *Vanity Fair*, ovviamente! E tra poco bisogna cominciare a pensare agli Oscar, alla festa del dopo-cerimonia... un delirio, credimi! E tu che stai combinando? Consegni ancora pacchi per Amazon? »

Ruth alzò gli occhi al cielo. Erano passati anni dal suo ultimo impiego di fattorina. Adesso era assurta alla nobile professione di cronista di interventi di chirurgia plastica andati clamorosamente storti.

« Sto facendo un podcast. *I delitti di Daphne St. Clair*. Intervisto Daphne sulla storia della sua vita e sui dettagli dei suoi crimini. »

« Oh. Mai sentita nominare » fece Erin, ma lo sguardo evasivo diceva chiaro il contrario. Atteggiò il volto a un'espressione di falsa preoccupazione. « Mi sorprende che proprio tu sia finita a occuparti di true crime. Non ti senti a disagio? »

« A disagio a realizzare un podcast primo nelle classifiche di tutto il Paese? Credo riuscirò a sopravvivere » ribatté Ruth, ignorando di proposito il tentativo di umiliarla.

« Hai ragione. In fondo è solo un podcast » disse Erin, sottolineando con un delicato broncetto quel *solo*. Sembrò sul punto di aggiungere qualcosa, ma poi ci ripensò.

« Be', sono pur sempre uno dei media a più rapida crescita » puntualizzò Ruth. « E a proposito: come va l'industria dei periodici? » chiese, ben sapendo che si stavano spostando in fretta dal dominio del passivo-aggressivo all'aggressivo-e-basta.

« Mi spiace, adesso devo proprio andare. Però ti auguro buona fortuna con il tuo progetto. Certo è un po' volgare idealizzare una serial killer, ma se sta bene a te... »

« Per la verità... » cominciò a replicare lei, ma Erin aveva già infilato la porta. Non era riuscita ad avere l'ultima parola, però Erin aveva parlato di « serial killer »: aveva sentito eccome parlare del podcast, e quale soddisfazione migliore che essere l'invidia di Erin Demarco?

E ancora non aveva visto niente.

8

Quando il suo cellulare cominciò a squillare, Ruth era appena entrata nel parcheggio del Coconut Grove. Il numero era sconosciuto, ma lei rispose comunque, nel caso la chiamata riguardasse Daphne.

«Ciao, Ruth, sono l'agente Rankin. Non so se ti ricordi di me... È passato parecchio tempo.»

«Sì, mi ricordo» disse lei, aggrappandosi al volante. Aveva già chiuso i finestrini, e nell'abitacolo la temperatura cominciò di colpo a salire, facendola sentire come un'aragosta buttata in pentola.

«Immagino sarai sorpresa di sentirmi» disse lui con una risatina, come se trovasse divertente l'idea di averla destabilizzata.

«In effetti, sì» rispose Ruth, brusca. Per la verità aveva sperato di non risentire mai più la voce dell'agente Rankin. O di nessun poliziotto di Palm Haven.

«Be', il fatto è che questo tuo podcast è... un problema. Un problema per i Montgomery, e un problema per la polizia. E diciamo che in un certo senso io rappresento entrambi. Quindi ti consiglierei di lasciar perdere. L'indagine su Daphne St. Clair è ancora in corso. Non sappiamo perché abbia confessato e nemmeno se ha detto la verità sugli altri delitti. Rischi un mandato di comparizione. Persino una denuncia per intralcio alla giustizia. E chi può dire come la vedrebbe un procuratore o un giudice? Potrebbero appiopparti una pena esemplare, per dare una lezione a tutti gli altri influencer e giornalisti da strapazzo che ci rendono la vita tanto difficile.»

«Difficile ai Montgomery?» domandò lei.

«A tutti noi» rispose lui, in tono pacato ma a denti serrati. Ruth si era sempre chiesta quanto fossero stretti i rapporti dei Montgomery con l'agente Rankin, fino a che punto potessero esercitare pressioni sulle sue indagini, sulla scelta delle persone da perseguire. E quella conversazione stava fugando ogni dubbio.

Spalancò la portiera e inspirò a fondo, sforzandosi di non perdere le staffe, anche se aveva già un milione di imprecazioni sulla punta della lingua.

«Non sto interferendo con le indagini. E il Primo emendamento protegge la stampa. Senza contare che il mio podcast potrebbe persino esservi utile. Ho registrazioni dettagliate di Daphne che confessa tutti i suoi crimini.»

«Vuoi forse insegnarmi il mestiere?» ringhiò Rankin. «Sono un poliziotto, Ruth, credo di saperla un pochino più lunga di te in proposito. E con la giusta motivazione, in genere non abbiamo difficoltà a scovare un qualche tipo di infrazione...»

«È una minaccia?» ribatté lei, provando un vero impeto di collera. La credevano ancora una ventenne abbastanza ingenua da lasciarsi intimidire, ma si sbagliavano di grosso. Perché adesso era il 2022, e nessuno al mondo si fidava più degli sbirri.

«Certo che no, Ruth. La polizia non minaccia nessuno, e soprattutto non i giornalisti. Consideralo piuttosto un consiglio. Questo podcast... be', potrebbe causarti un mucchio di grattacapi.» La voce era suadente e compiaciuta, il tono di chi sa di avere il coltello dalla parte del manico.

«Capisco. Mille grazie del feedback» bofonchiò lei. Poi riagganciò ed entrò come una furia nella residenza per anziani, quasi lasciandosi indietro l'inserviente che doveva accompagnarla. Batteva i piedi a tutta forza sul pavimento coperto di moquette, cercando di sfogare l'angoscia strisciante suscitata da quella chiamata.

«Qualcuno ti ha ammazzato il gatto?» domandò Daphne, avvicinandosi a passetti incerti, sorretta dal deambulatore, e poi sedendosi in poltrona.

«Non ho un gatto» borbottò lei, lasciandosi cadere sul divano di fronte.

«Eppure sembri proprio il tipo. Dunque, cosa c'è che non va?»

«Ho appena ricevuto una telefonata dalla polizia di Palm Haven, che in sostanza mi ordina di sospendere il podcast. Gli sbirri di qui non sono altro che bulli ignoranti e incompetenti!»

Ruth schiumava, coi pugni stretti dalla rabbia. Si sforzò di ritrovare il contegno, rammentando a se stessa che era una reporter, una professionista, e quant'era importante conservare la calma e il controllo con Daphne.

«Già, neanch'io sono una grande fan della sottile linea blu» disse Daphne, continuando a scrutarla. A Ruth non andava proprio che la guardasse in quel modo. Quella donna era molto abile a capire le persone.

Inspirò a fondo. La conversazione con l'agente Rankin l'aveva scossa, ma adesso doveva metterla da parte e concentrarsi sull'intervista. Il modo migliore per mostrare il proverbiale dito medio a gente come Rankin era postare un episodio-bomba.

«A sospendere il podcast non ci penso nemmeno» disse. «Perciò parlami del tuo primo omicidio.» L'ultima volta, quando aveva brandito la frusta, Daphne si era dimostrata più accomodante. Il primo episodio era stato un successo, e Ruth aveva cominciato a sperare di ottenere davvero ciò che cercava, e chissà, magari persino ridare un po' di fiato alle sue finanze.

«Be', il primo non si scorda mai» rispose Daphne con una risatina. Ruth resistette all'impulso di alzare gli occhi al cielo. Restò immobile e in silenzio, come un'insegnante in attesa che il pagliaccio della classe si dia una calmata.

«Era il mio... ragazzo. Sembra buffo definire così un trentenne, però è stato il mio primo. Ragazzo, intendo. Ero a Winnipeg da poche settimane quando l'ho conosciuto.»

«Quindi tu ne avevi sedici. Pensi ancora a lui?»

«No. È morto» rispose Daphne, stringendosi nelle spalle. «Quando muoiono puoi... archiviarli.» Ruth chinò la testa per nascondere una smorfia. Era una cosa così spietata da dire, soprattutto considerato che tra gli ascoltatori della trasmissione potevano esserci i parenti delle sue vittime. Ma per il podcast sarebbe stata una citazione perfetta. Che strana esperienza, ascoltare la viva voce di Daphne e al tempo stesso montare mentalmente la registrazione, confezionandola a dovere per un pubblico immaginario.

«Tu però non sarai dimenticata dopo la tua morte. Non più.»

«È proprio questo il punto» disse Daphne. «Speriamo tutti

di essere ricordati, ma la stragrande maggioranza finirà nel dimenticatoio. E diciamo la verità: a nessuno fregherebbe qualcosa di Ted, un tizio morto in un altro Paese oltre settant'anni fa, se non fosse per me. Dovrà pur contare qualcosa.»

Contare per chi? si chiese Ruth.

EPISODIO 2: 1948-1952

RUTH: Qual è stata la tua prima impressione di Winnipeg?

DAPHNE: Be', era la prima volta che vedevo una vera città. Sapevo così poco del mondo che non potevo permettermi di rifletterci troppo, altrimenti mi sarei fatta prendere dal panico. Dovevo buttarmi a capofitto, come una mucca che sfonda una staccionata. Era *imperativo* cambiare vita.

RUTH: E che vita volevi?

DAPHNE: Al tempo, la mia priorità era essere al sicuro. Volevo un lavoro, la libertà di fare da sola le mie scelte, magari godermi qualche avventura. Non ci ho messo molto a trovare una pensione. La mia stanza consisteva di una branda ficcata nella dispensa.

RUTH: Nella... dispensa?

DAPHNE: Cristo santo. E dici che sei laureata? Per corrispondenza, mi sa. Secondo te prima dei frigoriferi dove si teneva la carne? Era uno stanzino, insomma, con l'aggravante di essere il locale più freddo della casa... Comunque, mi piaceva vivere in una pensione, perché la gente andava e veniva, e nessuno mi prestava attenzione. Il guaio era che non riuscivo a trovare un lavoro. Winnipeg era piena di contadini che avevano visto i loro sogni avvizzire e morire insieme ai raccolti, durante la Depressione, e reduci di guerra che avevano visto i commilitoni massacrati dalle mitragliatrici, e tutti cercavano un impiego. E ogni giorno che passavo da disoccupata, il mio gruzzolo diminuiva. Nel giro di poco, i soldi rimasti bastavano solo per un'altra settimana alla pensione, e mi prese la paura.

RUTH: Paura di dover tornare a casa?

DAPHNE: No, quello mai. Piuttosto che tornare a Lucan mi sarei buttata sotto un treno. Paura di trovarmi per la strada, di essere costretta a vendere il mio corpo per campare, e già allora degli uomini non volevo più saperne. È buffo ripensarci adesso, ma ero proprio terrorizzata. Di notte restavo come paralizzata sulla mia branda, schiacciata dal peso di quella situazione senza uscita. E proprio quando stavo per toccare il fondo, ho conosciuto Ted. È così che si incontrano gli uomini come lui, quando la vita ti ha mandata al tappeto...

Quell'ultima settimana fu una delle peggiori della mia vita. Non facevo che trascinarmi in giro per la città, bussando a ogni porta per chiedere lavoro, con l'angoscia che mi scorreva nelle vene. Le scarpe della moglie defunta del pastore mi stringevano i piedi, ma non potevo presentarmi alla gente coi miei vecchi stivali, perché avrebbero capito subito da dove venivo. Anche se in gran parte lo indovinavano lo stesso. Entravo in una panetteria, la tizia al bancone mi dava un'occhiata, vedeva la mia faccia scottata dal sole, la mia agitazione, l'abito usato, e prima ancora che aprissi bocca rispondeva che nel suo negozio non assumevano vagabondi. Tentai in tutte le botteghe e trattorie della città, ma nessuno aveva un lavoro per una minorenne senza istruzione e senza esperienza a parte quella nei campi di una fattoria fallita.

Un commerciante mi indicò la fila di reduci che aspettava fuori, nella speranza di trovare un impiego a giornata, e chiese se mi credevo migliore di loro. Me ne andai a testa bassa, resistendo all'impulso di chiedere a lui perché si credesse migliore di me, anche se non avevo altro che una valigia di vestiti rubati che avevo già cominciato a rivendere alle ospiti della pensione.

Ero arrivata a Winnipeg con qualcosa di nuovo – la speranza – e vederla sfumare tanto in fretta era peggio che non averla mai avuta. Digiunavo. Avevo un sapore acido in bocca, la gola secca, i crampi allo stomaco. Era come se il mondo intero stesse per finire. Non sentivo altro che il ticchettare assordante di un enorme orologio che sovrastava persino il battito del mio cuore.

« Cos'ha da piangere una bimba tanto bella? » Una voce, bassa e calda. Me ne stavo seduta sui gradini della porta di servizio, ad asciugarmi furiosamente le lacrime, quasi graffiandomi la faccia con

le mani ossute e screpolate. Ancora due giorni e sarei rimasta senza un centesimo.

«Non sto piangendo» mormorai, alzando lo sguardo. L'uomo davanti a me indossava una camicia bianca inamidata e pantaloni stirati con la riga. Era sulla trentina, ma i capelli biondi e le guance rosate lo facevano sembrare più giovane. Sorrideva, e quel briciolo di gentilezza dopo una settimana in una città sconosciuta in cui tutti mi sbattevano la porta in faccia mi mise voglia di piangere ancora di più.

«Non mentire. Io lo capisco subito quando una bella ragazza racconta una bugia» disse lui, con un brillio negli occhi. Si sedette al mio fianco, ma senza che la sua gamba toccasse la mia. D'aspetto non era male, con un fisico asciutto e occhi azzurri come due finestre spalancate sul cielo. Ma le orecchie, grandi e talmente sporgenti che il borsalino sembrava starci in bilico, guastavano l'insieme.

«Non riesco a trovare lavoro» ammisi, cercando di frenare il tremito della voce. «Ho cercato ovunque, ma qui sono completamente sola, e adesso ho quasi finito i soldi.» Poi la voce mi mancò del tutto, le lacrime ripresero a sgorgare e nascosi il volto tra le mani.

«Tesoro, non devi vergognarti. È dura trovare impiego in questa città. Io non ti conosco, però mi sembri una brava ragazza. Immagino sarai cresciuta in una cittadina di provincia, giusto? Perché non torni a casa? La vita di città non è per tutti.»

«No» risposi, decisa. «A casa non ci torno.» E a quel punto scoppiai proprio in un pianto dirotto, e pensai che lui se ne sarebbe andato, liquidandomi come un'altra causa persa, l'ennesima disperata arrivata dalle praterie e destinata al marciapiede.

Invece restò al mio fianco. Mi offrì il suo fazzoletto e io me lo premetti sugli occhi, tremando da capo a piedi per lo sforzo di trattenere i singhiozzi.

«Senti, non dovrei, però non sopporto di vedere una ragazza in difficoltà. Io ho degli appartamenti nel North End. Ne ho uno sfitto. Niente di elegante, solo una stanza con un bagno in comune sul ballatoio, ma te lo cedo volentieri. E invece di pagare l'affitto, potresti fare le pulizie nei miei locali.»

«Dici davvero?» domandai, con un filo di voce, francamente incredula.

« Certo » rispose lui, scrivendo un indirizzo su una confezione di fiammiferi. « Presentati qui domani. A proposito, io mi chiamo Ted. »

« Io sono... Rose. » Era il nome che mi ero scelta all'arrivo a Winnipeg. In quel momento mi sembrò di aver chiuso per sempre la porta sul mio passato, e sulle ultime tracce di Loretta Cowell. Quanto alla porta che stavo per aprire, non avevo idea di cosa nascondesse.

HauteHistoire: Ciao a tutti, e benvenuti alla mia serie TikTok ispirata a Daphne St. Clair e al podcast *I delitti di Daphne St. Clair*! Avevo sperato in un pizzico di glamour in più nel secondo episodio, invece... niente. Ma non temete: da quanto dicono di lei sui media, a un certo punto Daphne è diventata piuttosto ricca, perciò c'è luce in fondo al tunnel. Ma torniamo a bomba. Dal punto di vista della moda, gli anni Quaranta sono un po'... pallosi. C'era la guerra, il razionamento dei tessuti, perciò non c'è spazio per le frivolezze. Però si usavano un mucchio di tailleur, quindi per oggi ho scelto un completo bianco di Miu Miu, con le spalle squadrate, attualizzato da un top a fascia. Tipo un look da ufficio. Non che Daphne lavorasse in un ufficio, ma è decisamente il tipo di *mise* che potrebbe ispirare una giovane ambiziosa a dare la scalata alla piramide, costi quel che costi. Posso solo augurarmi che si sbrighi a diventare ricca.

Il giorno dopo andai nel North End, oltre i cantieri ferroviari, e Ted mi mostrò l'appartamento. Consisteva di un'unica stanza, con un angolo cucina e un letto sistemato sotto una finestra affacciata sul viavai di immigrati. Sorrisi. Ero cresciuta in una baracca di una sola stanza, da condividere con una famiglia intera, e adesso ne avevo una tutta per me.

Ci saremo rimasti non più di venti minuti, appena il tempo di abituare la vista, prima che Ted esigesse il suo compenso.

Non ero un'ingenua. Sapevo che avrei dovuto farci sesso. La città era piena di nuovi arrivati, e lui aveva scelto di offrire il suo aiuto a una ragazza bella e giovane che non poteva permettersi di rifiutarlo. Quell'appartamento – quel luogo pulito e tranquillo – era pieno di vincoli nascosti.

Ma io mi dissi che andare a letto con un uomo solo era meglio che battere, e ormai le alternative si erano ridotte all'osso. Non che ne fossi entusiasta, beninteso. Anzi, l'idea mi ripugnava proprio. Certe umiliazioni avevo sperato di essermele lasciate alle spalle, insieme a Loretta Cowell, la figlia disgraziata dello sbronzo del villaggio. Il tipo di ragazza che andava tenuta a debita distanza, perché non contaminasse le altre con l'esperienza, acquisita suo malgrado, del lato sordido della vita.

Ma crescere a Lucan durante la Depressione mi aveva insegnato anche un'altra cosa. Avevo visto una famiglia dopo l'altra – gente buona, generosa – perdere tutto perché non avevano abbastanza raccolto da vendere. Non contava chi eri, o quanto ti eri speso nell'aiutare gli altri: se non riuscivi a ripagare i prestiti, la banca gettava te e la tua famiglia per la strada. Nei tempi duri, eri solo ciò che avevi da vendere. E tutte quelle nobili virtù – carità, compassione, castità – andavano rimandate a un domani in cui forse avresti potuto permettertele.

Nell'accettare la proposta di Ted mi imposi di essere ottimista. Chissà, magari sarebbe stato l'inizio di una grande storia d'amore. Magari il sesso almeno relativamente consensuale era diverso da quello preso con la forza. Magari potevo usarlo per cancellare il passato e ricominciare da zero. Anche se forse era pretendere troppo da una cosa che ci accomuna alle bestie.

« Ti sono davvero grata, Ted » dissi, appoggiandomi al muro. Lui mi accarezzò una guancia e sorrise.

« Non devi più preoccuparti di niente, tesoro. Sei al sicuro, adesso. » Si chinò e mi baciò piano sulle labbra. Fu un momento tenero, e io mi sorpresi a pensare che sembrava davvero diverso, che magari stavolta avrei scoperto cosa significa fare l'amore.

Tutto il mio ottimismo si sgonfiò come un palloncino forato, perché Ted si lanciò in una serie di preliminari che non avrebbero mai potuto incontrare il favore di una donna. Mi strizzò i seni come se volesse impastare il pane, poi mi ficcò un dito dentro. Affrontò quella fase come la prefazione di un romanzo, un paio di paginette da sbrigare appena possibile, poi mi sbatté sul tavolo e mi prese. Per un momento provai un fiotto di paura, come se stessi soffocando, e mi sforzai di respirare, rammentando a me stessa che non mi trovavo più a Lucan.

Ted notò la mia reazione, ma immagino l'avesse presa per un segno di piacere, perché cominciò a stantuffare in modo ancora più energico. Mi concentrai sul mio respiro finché il panico si placò, lasciando posto soltanto alla noia. Puntai lo sguardo sulla cassettiera e lentamente cominciai a contare i secondi – milleuno, milledue... –, pregando che si sbrigasse a venire. Ne impiegò centosettantanove.

« È stato bello » disse, mentre si rivestiva. « Credo che ci intenderemo alla perfezione. »

« Ne sono sicura » risposi, sollevata di aver già saldato l'affitto.

Mi trasferii il giorno stesso. Ovvio che avessi accettato stanza e lavoro. Nel 1948, se il diavolo in persona mi avesse offerto un bel posticino all'inferno, avrei accettato al volo. E fu esattamente così che andarono le cose.

9

DAPHNE: All'inizio è stato tutto abbastanza tollerabile. Ogni mattina mi alzavo e andavo a fare le pulizie. Mi piaceva girare a piedi per il quartiere, vedere gente di ogni parte del mondo che viveva nel North End. Erano tutti della classe operaia, ma c'era un'energia contagiosa nell'aria – parecchi di quei lavoratori erano comunisti.

RUTH: Interessante. Ti appassiona la politica? So che hai un genero senatore.

DAPHNE: No, non ho la minima intenzione di parlare di politica. Che diavolo, forse l'unico modo per farmi odiare ancora di più sarebbe confessarmi repubblicana o democratica. E non so molto del lavoro di mio genero, ma posso dirti che non voterei mai per un uomo che vuole i calzini stirati e una moglie muta.

RUTH: D'accordo. Parliamo del tuo lavoro a Winnipeg.

DAPHNE: Facevo le pulizie: che altro c'è da dire? Non ci ho messo molto a capire che quasi tutti gli appartamenti in cui Ted mi mandava non appartenevano a lui: si faceva solo pagare per il servizio. Però mi piaceva avere un posto tutto mio. Quando non dovevo vedere lui, passavo la serata raggomitolata nel letto con un libro della biblioteca. Avevo smesso di studiare già da un pezzo, ma una delle cose che avevo deciso, a Winnipeg, era di istruirmi da sola. Perciò per un po' sono stata quasi felice.

RUTH: Però dipendevi di nuovo da un uomo: prima tuo padre e adesso Ted. Avevi sperato di trovarti un lavoro vero, di renderti indipendente, e invece...

DAPHNE: Be', speriamo tutti in qualcosa, no? E che mi dici di te? Sei andata al college, giusto? Cosa speravi di diventare, dopo la laurea?

RUTH: Giornalista dello *Slate Magazine*. O dell'*Huffington Post*.

DAPHNE: Mai sentiti nominare. Comunque, questa era la speranza. E la realtà?

RUTH: Fattorina di Amazon... e un praticantato gratis per un settimanale di oroscopi. Che dopo due settimane è fallito.

DAPHNE: Anche loro speravano di meglio, eh? Lo vedi che ho ragione? Certo, il mio era un lavoro pesante, e in aggiunta ogni tot giorni dovevo rendermi disponibile per una cena e una scopata con Ted, però sul momento mi sembrò gestibile.

Non mi sorpresi la prima volta che Ted mi picchiò. Era arrabbiato già di suo perché un inquilino era sparito nel cuore della notte senza pagare l'affitto. Attaccò a sbraitare che ero un'ingrata, che non mi rendevo conto da cosa mi avesse salvata.

La somiglianza tra l'idiota ubriaco che avevo davanti e mio padre mi diede le vertigini, e commisi l'errore di voltargli le spalle, restando a fissare le fredde luci giallastre dei lampioni, per rammentare a me stessa che no, non ero tornata di colpo nel Saskatchewan. Ted, imbestialito che avessi smesso di ascoltare il suo sermone, mi assestò uno spintone, facendomi sbattere la testa contro il vetro.

Provai una sensazione stranissima. Fu come se in tutte quelle settimane fossi rimasta in sospeso, in attesa che accadesse. Il mio corpo si irrigidì, preparandosi al seguito. E quando infine arrivò il pugno, pensai: Ah, ecco. Ora ci siamo. *Era una sorta di conferma, la prova che l'universo era davvero come me l'ero aspettato, che agli uomini non bastava il sesso, volevano anche pestarmi.*

Quando infine se ne andò, mi rannicchiai nel letto e mi tirai la coperta sopra il viso. Era un sollievo essere di nuovo sola. Però sapevo che lui sarebbe tornato.

DAPHNE: Se Lucan era la padella, allora Ted fu la brace. Era buffo. Me n'ero andata in cerca della libertà e avevo trovato solo un'altra gabbia.

RUTH: Si direbbe proprio di sì. L'hai sposato?

DAPHNE: No, grazie a Dio. Lui una moglie ce l'aveva già, e anche dei figli. Quindi non ero neanche una moglie maltrattata, solo un'amante maltrattata! Scommetto che pestava pure lei.

Chi gode tanto a picchiare una donna non può accontentarsi di un part-time.

RUTH: Posso chiederti come sei riuscita a sopravvivere? Come hai trovato la forza di non soccombere?

DAPHNE: Gli insulti, le botte... quando accadeva cercavo di estraniarmi. Non so dirti quanti uomini, negli anni, hanno tentato di convincermi che non valevo niente. La scelta è tra crederci o no. Inoltre già a quell'età, per quanto giovane, stavo cominciando a capire che gli uomini che mi vessavano non erano esempi di prima scelta del genere umano. Vedi, Ruth, quello che può aspettarsi dagli uomini una donna lo impara da suo padre. Il tuo com'era?

RUTH: Oh, io... io sono cresciuta solo con mia madre.

DAPHNE: E tuo padre non l'hai mai conosciuto?

RUTH: Non davvero. Era più grande della mamma e non cercava una storia seria. Aveva già dei figli e non ne voleva altri. Quand'ero piccola mia madre rifiutava persino di accennare a lui. Da adulta però papà mi ha contattata.

DAPHNE: Era già sposato? Quando frequentava tua madre, voglio dire.

RUTH: Preferirei non parlarne.

DAPHNE: Ah, quindi la risposta è sì! Be', cose che succedono. Ma un cattivo padre ti insegna a legarti a uomini cattivi. E tutte le lezioni che avevo appreso dal mio mi avevano spedita dritta tra le braccia di Ted.

RUTH: Però lavoravi, giusto?

DAPHNE: Sì, ma senza un centesimo di stipendio. Il mio lavoro copriva solo vitto e alloggio. Vale a dire una stanza e un sacchetto della spesa quando Ted era in buona.

RUTH: E non hai mai pensato di cercarti un altro impiego?

DAPHNE: Certo che ci pensavo. Solo così avrei potuto affrancarmi da Ted. Ma ero stremata. Sono cresciuta in una fattoria, la fatica non mi spaventava. Però, oltre alla stanchezza del corpo, c'era quella dell'anima. Una volta, a Winnipeg, ho visto un aereo con un motore in avaria. Volava a scossoni, sfiorando le cime degli alberi, cercando invano di sollevarsi. Io mi sentivo così. Non c'era libertà, non c'erano soldi. C'era soltanto Ted. Ted oggi, Ted domani, Ted per sempre. E io non provavo altro che sfinimento e amarezza.

RUTH: È un modo interessante di descriverti. Ti consideri una persona amareggiata?

DAPHNE: Certo. Non è evidente? Tra simili ci si riconosce, tra l'altro. Ho avuto l'amaro in bocca per tutta la vita, fin da piccola, con tutte quelle notti a pancia vuota e i risvegli violenti. Non sono mai stata davvero felice, nemmeno quando le cose andavano per il verso giusto.

RUTH: Ora però sei ricca. Vivi in una casa di riposo di lusso, vesti abiti firmati. Cos'è che ti amareggia?

DAPHNE: La vecchiaia. Essere diventata invisibile. Aver perso la salute e la mobilità.

RUTH: D'accordo, però hai novant'anni. Ci sono persone che perdono salute e mobilità molto prima, e non hanno una sistemazione comoda, circondate da infermiere e inservienti che si prendono cura di loro.

DAPHNE: Cosa vuoi che ti dica? La vita è ingiusta. In ogni caso, io non mi sono mai sentita appagata, o mai troppo a lungo. Potrebbe sorprenderti, ma i serial killer non sono le persone più equilibrate del mondo...

ShockBlaBla
Secondo voi quali altri delitti ha commesso? Perché io avrei una teoria. Non è che è lei la vera killer nel caso della Dalia Nera? Nelle foto da giovane somiglia parecchio a Elizabeth Short. E magari non le andava giù di avere una sosia.

BibliotecariaD'Assalto
Tu devi cambiare spacciatore: Elizabeth Short è stata uccisa nel 1947, quando Daphne aveva quindici anni!!! Ti sembra plausibile che la figlia minorenne di un contadino spiantato abbia attraversato mezzo Paese per giocare a Jack lo Squartatore? E poi Daphne uccide solo uomini. È incredibile: ogni volta che si parla di delitti, c'è sempre qualcuno che tira fuori la Dalia Nera. È come la versione true crime della legge di Godwin.

ShockBlaBla
Esattamente quel che direbbe una nazista. LOL

CapoteParty
E che mi dite di Gabrielle Hanks? Magari è stata Daphne a ucciderla.

Rock&Troll
Di nuovo: genere sbagliato, somaro.

MangiaPregaUccidi
LA STRAGE DEL TYLENOL! Quelle morti sì che combaciano! Sappiamo che Daphne usava il veleno – è stato così che ha ucciso Warren Ackerman. E il caso del Tylenol risale al 1982, quindi al tempo aveva cinquant'anni. Per giunta aveva richiamato una pubblicità enorme, e sappiamo che Daphne ama essere al centro dell'attenzione. Senza contare che gli anziani ADORANO il Tylenol. Mia nonna lo considera un integratore alimentare!

CapoteParty
Non abbiamo prove che nel 1982 Daphne vivesse a Chicago.

MangiaPregaUccidi
Neanche prove del contrario!

ShockBlaBla
Se basta l'assenza di prove, allora io rilancio il caso della Dalia Nera.

Rock&Troll
[questo commento è stato cancellato dal moderatore]

BibliotecariaD'Assalto
Magari era implicata in quel caso di Miami, la festa di Capodanno negli anni Duemila, avete presente? Con tutti quegli ospiti intossicati. Se non sbaglio *La cantina degli orrori* gli ha dedicato un episodio.

ShockBlaBla
Ecco, stavolta sono dalla tua. Anche se non sappiamo con certezza che le vittime siano state avvelenate. Non c'erano state ipotesi di cibo avariato o condizionatori d'aria difettosi? Durante una vacanza in Messico mia nonna è finita in ospedale per uno yogurt. Non possiamo escludere che sia andata così.

CapoteParty
Però mi sembra in contraddizione con il personaggio. Daphne ha continuato a uccidere per decenni perché riusciva sempre a spaccia-

re un delitto per morte naturale. Nel caso di Miami, invece, c'è stata subito un'inchiesta.

Rock&Troll

Io ho sentito dire che i colpevoli erano immigrati clandestini. Per questo il caso non è mai stato risolto. Perché le autorità non hanno potuto identificare tutti i presenti alla festa.

BibliotecariaD'Assalto

Certo, perché gli «americani americani» non hanno MAI ammazzato nessuno, VERO?!!!

ShockBlaBla

Io resto dell'idea che è stato uno yogurt.

10

Una sera, Ted arrivò all'appartamento sbronzo marcio, più ubriaco di quanto l'avessi mai visto. Gli occhi gli giravano nelle orbite come se si trovasse su una giostra. Ma era al settimo cielo, perché aveva intascato una grossa vincita al tavolo da gioco.

«Se sei carina con me, magari domani ti porto fuori a cena» disse, cercando di accendersi una sigaretta. Ci riuscì al quarto tentativo.

«Mi piacerebbe» risposi in tono piatto. Le mie serate di festa erano quelle che passavo da sola. La presenza di Ted mi toglieva la voglia di vivere, come un'ombra che oscura il sole.

«Oh, al diavolo» biascicò lui, lanciandomi addosso la sigaretta. «Perché dovrei portare al ristorante una stronza ingrata come te?»

«Non sono un'ingrata» mormorai, chinandomi a raccogliere la sigaretta che si consumava sul pavimento. Il mio pavimento.

«Sì, invece! Mi faccio in quattro per accontentarti, ma a te non basta mai!» ruggì lui, sbattendo una mano sul tavolo.

Mi impietrii. Aveva cambiato umore di colpo, e io ero sull'orlo dell'abisso. Un solo passo falso e sarei precipitata. Quindi restai immobile.

A volte rimpiangevo di non avere io quel potere, il potere che hanno gli uomini di cambiare l'atmosfera di un'intera casa solo col loro umore.

«Be', che c'è? Adesso non ti abbassi neanche a rispondermi?» In un attimo mi raggiunse e mi afferrò per i capelli. «Non dimenticare che sono stato io a salvarti il culo. Non fosse stato per me, adesso saresti morta in un fosso.»

«Lo so, e non smetterò mai di ringraziarti, Ted» dissi in tono suadente, anche se mi stava scotennando. «Oggi è stata una giornata importante per te. Perché adesso non torni a casa, riposi un po', e domani festeggiamo la tua vincita come merita?» Aprii lentamente

la porta, sperando di convincerlo ad andarsene, di sopravvivere fino al mattino.

Invece di barcollare alla porta, lui emise un verso inarticolato di rabbia pura, mi si avventò addosso e mi strinse le mani al collo. Premeva con tutte le energie che aveva in corpo, stritolandomi la gola con la stessa facilità con cui avrebbe appallottolato un foglio di carta. Il mondo cominciò a sfocarsi. Stavo per morire in quella topaia, avendo sprecato la mia breve e schifosa vita. L'ennesima ragazza che un uomo aveva deciso di uccidere.

Con la forza della disperazione, alzai una gamba e gli sferrai una ginocchiata nelle palle. A quel punto il mio campo visivo era già punteggiato di bianco, come una nevicata davanti alla finestra di un capanno di montagna. Però il colpo andò a segno. Sentii un gemito, poi la morsa al collo che si allentava.

Mi affannai a riprendere fiato, sforzandomi di rimettere a fuoco la vista. Ted era indietreggiato sul ballatoio, appena oltre la soglia. Era piegato in due, e si teneva l'inguine con le mani. Per un istante pensai che la sua furia fosse sfumata e il peggio fosse passato, ancora scioccata che fossimo arrivati a tanto.

«Brutta puttana!» ringhiò, raddrizzandosi di colpo. Aveva già teso le mani, pronto a completare l'opera, quando gli assestai un calcio nello stomaco. Lui vacillò all'indietro, roteando le braccia come un ballerino sul palco, poi cadde dalle scale, battendo la testa su ogni gradino, finché non lo vidi più.

Io restai sul ballatoio, cercando di sentire qualcosa sopra il fischio asmatico del mio respiro. Silenzio. Attesi un altro po', con una mano stretta alla maniglia della porta, pronta a barricarmi dentro nel caso fosse tornato alla carica. Poi, finalmente, trovai il coraggio di scendere la rampa buia.

Ted era steso a terra, con il collo piegato a un'angolatura innaturale. Stentavo a riconoscerlo. I colpi sui gradini gli avevano spappolato la faccia, e aveva un grosso squarcio sulla testa.

Capii subito che era morto, e la scoperta che una vita potesse spegnersi così, in un attimo, mi lasciò senza parole. Tremavo di una strana eccitazione, come se avessi assistito a uno spettacolo di magia e fossi rimasta elettrizzata da un trucco prodigioso.

Mi chinai e gli sfilai il portafoglio dalla tasca. Estrassi con cura i soldi della sua vincita al gioco, ma gli lasciai un po' di contanti perché non sembrasse una rapina. Ted giocava in bische clandestine che di giorno sbaraccavano. Nessuno avrebbe mai saputo che aveva sbancato.

Corsi di sopra a prendere le mie poche cose e nascosi la borsa sotto il cappotto. Dovevo spicciarmi a lasciare l'appartamento, nel caso i vicini avessero sentito la lite. La gente teneva la testa bassa, in quel quartiere, e dubitavo che avrebbero chiamato la polizia, ma nel caso fossero arrivati gli sbirri, qualcuno poteva informarli che Ted manteneva una ragazza al piano di sopra.

Mi fermai a rivolgere un ultimo, tenero sguardo al suo corpo. Vederlo inerte a terra mi infondeva coraggio. Poi scavalcai il cadavere e sparii nella notte. Dovevo raggiungere la stazione e prendere il primo treno diretto verso una grande città. Il punto di partenza non aveva più importanza, perché adesso avevo deciso la mia destinazione.

Il furto mi aveva portata a Winnipeg. L'omicidio mi avrebbe portata a New York.

«E quello fu il mio primo omicidio» disse Daphne. «Fu allora che scoprii che ero capace di uccidere.»

«Ma si è trattata di legittima difesa... Perché lo definisci omicidio?» obiettò Ruth, sforzandosi di non tradire l'irritazione. Quella morte non diceva niente di Daphne, delle azioni di cui era capace. Non era il tipo di delitto che aveva sperato di dissotterrare.

Daphne restò zitta per qualche istante, a scrutarla con uno sguardo freddo, indagatore. *Sta cercando di decidere fino a che punto scoprirsi,* pensò Ruth.

«È stato omicidio per ciò che ho provato dopo. Nessun rimorso. Mi sentivo... calma. Come se finalmente avessi preso il controllo.»

Seguì un lungo silenzio, che infine fu interrotto dalla sua risata, un suono aspro, rabbioso. «Be', questi primi episodi del tuo podcast non saranno esaltanti da ascoltare. Avrei preferito non dover spuntare la lista degli uomini che mi hanno trattata come una pezza da piedi. Se potessi, cancellerei del tutto dalla memoria i primi vent'anni della mia vita.» Un sospiro. «Quasi mi vergogno di aver subito passivamente tanto a lungo.»

«Non devi» disse Ruth. «Non avevi scelta.» Si chiese se era questo che significava il delitto, per lei: un'alternativa.

«Comunque, ora sai come mi sono trasformata da bucolica pastorella ad assassina cosmopolita» disse Daphne, battendosi le mani ossute sulle ginocchia per mettere il punto alla frase. Ruth annuì. Aveva già notato come si esprimesse con uno strano miscuglio di modi di dire, parolacce e termini ricercati (a volte pronunciati in modo sbagliato, come se li avesse solo visti scritti su una pagina). La voce di un'autodidatta.

«Dalle stalle alle stelle, insomma» commentò, sorridendo per comunicare a Daphne che era una battuta. Era il caso di scherzare? Forse poteva servire a conquistare la sua fiducia, dandole a credere che stava dalla sua parte.

Daphne rise dal naso. «Dalla zappa al veleno, semmai.»

ShockBlaBla
Non è omicidio! Quell'uomo l'avrebbe uccisa se non lo avesse ammazzato prima lei!

MangiaPregaUccidi
Quand'è che cominciano i veri delitti? Detesto i podcast che impiegano venti puntate a raccontare un solo omicidio! Puoi sbrigarlo in mezz'ora e poi passare agli altri!

ShockBlaBla
Giornata nera?

Rock&Troll
E voi le CREDETE? È LEI a dire che quel tizio la maltrattava e la stuprava. E ancora LEI a sostenere che quella sera l'aveva aggredita. Magari l'ha spinto di proposito giù dalle scale per rubargli i soldi.

MangiaPregaUccidi
Ma se credi che racconta solo balle, cosa la ascolti a fare?

Rock&Troll
Perché quella donna voglio vederla inchiodata al muro.

BibliotecariaD'Assalto
Incel del cazzo.

MangiaPregaUccidi
Dite che ha confessato solo per diventare famosa?

ShockBlaBla
Be', se è così... ha funzionato!

Rock&Troll
Solo gli idioti vogliono diventare famosi.

BibliotecariaD'Assalto
In effetti, una fama del genere non mi sembra tanto desiderabile. È anche vero che io non ho passato la vita ad ammazzare la gente, perciò non posso sapere cosa succede dentro la sua testa. Ma non dubito che Ruth decifrerà l'enigma.

Quella sera Ruth era a casa, a piluccare la sua cena da studente fuori sede a base di cracker e uva mentre fissava un post di Jenn su Instagram, sbavando alla vista della terrina di riso al latte di mandorle con confit di melagrane ritratta nella foto. Avevano la stessa età, ma delle due era stata Jenn la vera adulta, il tipo da «congelo i miei ovuli perché magari in futuro vorrò un figlio, la spesa la faccio al mercatino biologico e pianifico la settimana sull'agenda», mentre l'unica cosa che Ruth avesse mai surgelato erano i burrito.

Dopo cena, scese a controllare la posta nella cassetta del condominio. Sperava di trovare una lettera intestata a Jenn, da usare come scusa per contattarla, anche se sapeva che era patetico.

Invece trovò una busta intestata a lei. Aggrottò la fronte e cominciò ad aprirla mentre risaliva la scala. La lettera recitava:

c.a. Ruth Robinson.

Ho saputo di questo nuovo progetto, un podcast di true crime su un caso di cronaca avvenuto nella zona, e ne ho discusso con il resto della famiglia e con i nostri legali. Raccomando caldamente di riflettere a fondo sul proseguimento di questa trasmissione offensiva, che mette in pessima luce la nostra comunità. Palm Haven è una cittadina accogliente e amichevole, e conviene a tutti che investitori e turisti si concentrino sui suoi aspetti positivi.

Diffido anche dall'includere nel podcast qualsiasi riferimento alla famiglia Montgomery, al Sunshine Development Group o ai suoi fiduciari. Qualunque commento lesivo sarà trattato come diffamazione, e perseguito con tutta la severità della legge. Aggiungo che a un'inquilina di una proprietà del Sunshine Development Group conviene astenersi da qualsiasi iniziativa nociva ai nostri interessi.

Distinti saluti,
Lucy Montgomery

Ruth accartocciò rabbiosamente il foglio e lo scagliò nel cestino. Lucy Montgomery era a capo del dipartimento immobiliare del Sunshine Group, e gestiva personalmente le vendite delle proprietà di lusso costruite dal gruppo. Ruth aveva sempre avuto l'impressione che esercitasse una notevole influenza sulla famiglia oltre che sull'azienda. Insomma, più una capo-cosca che un'ereditiera. Agli eventi mondani i Montgomery si inchinavano tutti al suo cospetto, dai nipoti agli zii. Solo il padre sembrava in grado di opporsi al suo dispotismo, come se avesse sviluppato una resistenza immunitaria ai suoi giochi di potere. E adesso Lucy aveva puntato gli occhi su di lei e sul suo esplosivo nuovo podcast.

Lucy aveva avuto tutto dalla vita. Era ora che anche Ruth esigesse la sua parte.

11

RUTH *[voce fuori campo]*: Lisa Diaz gestisce una pagina Etsy dedicata a gadget sulle assassine seriali.

RUTH: Dunque, Lisa, vedo che oggi indossi una T-shirt in tema. Per gli ascoltatori, la maglietta è decorata da un ritratto sorridente di Daphne St. Clair, con la scritta: «Mangiauomini».

LISA: Già. Ti piace?

RUTH: È... interessante. Vende bene su Etsy?

LISA: Altroché. Gli articoli ispirati a Daphne hanno superato quelli di Aileen Wuornos, da sempre il mio prodotto di punta. Forza Florida!

RUTH: E quale gadget St. Clair vende di più?

LISA: I calici da vino. Una collezione di bicchieri decorati da foto di Daphne. A quanto pare c'è una notevole sovrapposizione tra gli appassionati di true crime e gli amanti del vino. Va' a capire perché... Ma abbiamo anche dei fantastici grembiuli da cucina, con la scritta: «Ho preso lezioni da Daphne!».

RUTH: Cosa risponderesti a chi ti accusa di glorificare il crimine?

LISA: Be', di collegarsi alla mia pagina Etsy e di dare un'occhiata al mio catalogo. Io sono una donna d'affari. Se il consumatore vuole comprare certi articoli, con quale diritto posso impedirglielo? Non c'è niente di illegale e non fanno del male a nessuno.

RUTH: Secondo te, come mai il pubblico è tanto affascinato da St. Clair?

LISA: Credo che tutti si stiano chiedendo la stessa cosa: perché un'assassina insospettabile ha deciso di costituirsi? Poteva portarsi i suoi delitti nella tomba, soprattutto considerando che ha già un piede nella fossa... A te l'ha detto?

RUTH: Finora la sua spiegazione è stata che si annoiava, e voleva smuovere un po' le acque. E per la soddisfazione di rivelare al mondo di averla sempre fatta franca.

LISA: Tutto qui? Non sono convinta. Scommetto che c'è sotto dell'altro. Ma qualunque sia la spiegazione, Daphne St. Clair fa bene al mercato! Per giunta era proprio sexy da giovane, e fotogenica, perciò funziona molto meglio come icona. Perché diciamo la verità, *nessuno* vuole la faccia di Nannie Doss o Rose West sulla maglietta. L'ho imparato a mie spese, dopo che un'intera partita di top ispirati a Rose West è rimasta invenduta in magazzino.

RUTH: La tua clientela è a maggioranza femminile?

LISA: Direi di sì. Potrà sembrare strano, ma credo sia un fatto di *empowerment*. Siamo talmente bombardate di casi di cronaca in cui siamo noi le vittime che è quasi liberatorio quando i ruoli si invertono. E forse identificarsi con Daphne è un modo per dire al mondo: non dare per scontato di potermi calpestare. Su Etsy, le killer seriali sono di gran lunga più popolari dei loro colleghi maschi. Quindi agli appassionati del settore direi: invece di una T-shirt di Ted Bundy o un poster di John Wayne Gacy, perché non una felpa di Myra Hindley o un sottobicchiere di Belle Gunness? E a te, Ruth, manderò in omaggio un bicchiere della collezione Daphne. Sono stupendi!

RUTH: Potrei usarlo da stimolo alla conversazione per le cene. Oppure regalarlo a Daphne. Credo apprezzerebbe un grosso calice da vino con la sua faccia sopra.

LISA: Un po' narcisista?

RUTH: Parole tue, non mie.

Dopo molta insistenza, Ruth riuscì a strappare a Diane, la figlia di Daphne, una data precisa in cui superare i cancelli e imboccare i viali alberati della sua esclusiva comunità di residenza, sbirciando le megaville in cerca di quella giusta.

Le ville in questione erano costruite in uno sconcertante potpourri di stili. Nel suo girovagare, Ruth superò la replica di un palazzo Tudor, con la facciata bianca e nera semicoperta dall'edera, poi quella che somigliava alla dimora del padrone di una piantagione del Sud, con tanto di porticato e colonne svettanti verso il cielo, seguita da un'altra il cui unico parametro architettonico sembrava essere il gigantismo. Entrare nel mondo dei ricchi era come inoltrarsi in un Paese straniero. Ruth incassò la testa nelle spalle: magari anche qualche Montgomery viveva in quell'enclave dorata. Non Lucy, certo: Ruth sapeva esattamente in quale edificio di lusso abitasse lei.

Ancora non si era ripresa dallo shock della sua lettera, e la sera prima era rimasta sveglia ben oltre la mezzanotte, a leggere blog di giurisprudenza sui diritti dei giornalisti. Non che le sarebbe servito a molto, se i Montgomery avessero davvero deciso di dichiararle guerra, visto che non aveva i soldi necessari a sostenere una battaglia legale. E poi sospettava che i sovrani locali del mattone avessero anche conoscenze losche, gente che aveva modi extragiudiziari per comunicare un messaggio.

Anche l'allusione a un possibile sfratto la tormentava. Quando Ruth aveva sette anni, lei e sua madre erano state sloggiate da un appartamento in affitto ed erano finite a vivere in una stanza di motel, con il rumore delle auto di passaggio a tutte le ore del giorno e della notte, l'aria ammorbata dai fumi di scarico. Andando a scuola, Ruth camminava rasente i muri, con il terrore che i compagni di classe scoprissero dove abitava. Quella sistemazione la faceva sentire emarginata e terribilmente diversa, anche se quasi ogni stanza di quel motel ospitava una famiglia, stipata con tutto ciò che possedevano.

Erano rimaste là per settimane, finché sua madre aveva ceduto e chiesto aiuto al padre di Ruth. Durante tutta l'infanzia della figlia si era rivolta a lui solo due volte. Louise non parlava mai di quell'uomo, e a Ruth non aveva nemmeno rivelato il suo nome. Lei l'aveva conosciuto solo dopo i vent'anni, quando era stato lui a contattarla. Ma conservava un ricordo vivido della prima volta in cui l'aveva visto: era arrivato al motel al volante di una Lexus e dal finestrino aveva teso a sua madre una busta di contanti. Ricordava il suo braccio abbronzato, il Rolex d'oro che gli luccicava al polso, l'adesivo di un parcheggio Sunshine Development sul parabrezza. Lei era seduta su un muretto, sola e spaventata, lui l'aveva appena degnata di uno sguardo e se n'era andato. Già da piccola Ruth aveva capito di non aver alcun controllo sulla propria vita: era stata la minaccia costante di sfratto e miseria a insegnarglielo.

Daphne era cresciuta allo stesso modo, ma sembrava averne tratto una lezione diversa. Sbagliata, beninteso, ma Ruth non poteva fare a meno di pensare che forse qualsiasi cosa era meglio di quel perenne senso di impotenza.

«Salve» disse Diane, in tono rigido, quando aprì la porta. «Mi segua.» Indossava un abito fucsia di seta, ed era coperta di gioielli. Ruth si sorprese che riuscisse a tenersi dritta, con tutto quell'oro addosso.

I tacchi delle sue scarpe riecheggiavano sui pavimenti di marmo mentre Ruth la seguiva a passetti incerti, con le polacchine scadenti che cominciavano già a infiammarle i calcagni nel macinare gli spazi infiniti di quella reggia. Si chiese che tipo di persona sarebbe diventata se fosse cresciuta con suo padre invece che con sua madre, se in tal caso le sarebbe sembrato normale quello sfarzo. Si sentiva sleale già solo a pensarlo, ma forse un'infanzia infelice lasciava meno cicatrici se comprendeva un pony nella rimessa. Chissà, magari sarebbe stato una consolazione.

«Casomai un mio vicino le chiedesse perché è venuta qui, risponda che è la *masseuse* del mio cane. Avevo già in mente di chiamarne una, per aiutarlo a superare i suoi disturbi da ansia.»

«Come sa che soffre d'ansia?» chiese Ruth.

«Dalla pipì sui nostri portatili» rispose Diane alzando gli occhi al cielo, come se fosse ovvio per chiunque che una tastiera gocciolante di urina era la prova inequivocabile di una crisi psicologica canina.

Entrarono in un salotto il cui arredo si poteva descrivere solo come «faraonico obbrobrio». Le fodere dei divani erano decorate da una miscellanea di immagini di animali e le pareti rivestite di carta da parati dorata di Versace.

Subito una domestica comparve nella stanza, portando una caraffa di acqua al cetriolo e bicchieri griffati Gucci. Ruth bevve un lungo sorso, poi scrutò all'interno del bicchiere.

«Ma sono...?» fece per chiedere.

«Sì. Cubetti Gucci» la anticipò Diane, sollevando la caraffa, piena di G galleggianti.

«Un tocco di classe» commentò Ruth. Per la verità le sembrava una cazzata allucinante, ma moriva dalla voglia di scoprire quanto i ricchi idioti fossero disposti a pagare per uno stampo del ghiaccio firmato. Si chiese se anche l'acqua fosse marca Gucci.

«Non ho molto tempo da dedicarle» disse Diane, gelida. «E vorrei chiudere la faccenda prima che mia figlia torni da scuola. Devo proteggerla da tutta questa storia.»

«Certo» disse lei, prendendo il registratore dalla borsa. Le era capitato di sentire Daphne parlare al telefono con Harper, e l'aveva sorpresa il tono rilassato e amichevole della conversazione. Anche Ruth aveva voluto bene a sua nonna, ma lei era stata una vecchina innocua, che amava i quiz televisivi e si lagnava delle badanti. Era sano per Harper essere tanto in confidenza con una serial killer? Per contro, finiamo tutti per perdere le nostre nonne: per colpa di un aneurisma nel caso di Ruth, per colpa della cella di un penitenziario in quello di Harper.

«Ora accendo il registratore» disse, esitante, poi premette il pulsante. «Come domanda di partenza: sta seguendo il podcast?»

«No» rispose Diane, secca. «Perché dovrei prestare tanta attenzione a mia madre? Soprattutto adesso. Comunque, so che Harper lo sta seguendo, perciò sarà lei ad avvertirmi se mi sfugge qualcosa di importante.»

«Oh. Okay» disse Ruth, colta alla sprovvista. «Dunque, come sta vivendo la confessione di sua madre?» chiese infine.

Diane emise un sospiro di profonda esasperazione. «È un incubo. Ancora non mi spiego perché abbia confessato, sapendo benissimo che razza di guai avrebbe causato alle figlie. La mia vita sociale ha subito un duro colpo. Nessuno mi vuole più nei comitati di beneficenza o ai ricevimenti di raccolta fondi. Mi hanno espulsa dal consiglio di amministrazione della Peony Foundation, e quest'anno avrei dovuto essere la presentatrice alla serata di gala!» sbottò alla fine, battendo una mano sul tavolo.

«Cos'è la Peony Foundation?»

«Un'associazione di beneficenza che aiuta le vittime di un crimine a rifarsi una vita. A quanto sembra, non mi giudicano 'compatibile' con lo spirito dell'associazione» disse Diane, inasprita, e tracciando le virgolette in aria. «Non si rendono conto che anch'io sono vittima dei crimini di mia madre?»

«Scandaloso...» commentò Ruth. Che Diane si definisse una vittima, intendeva, ma Diane la prese per una dimostrazione di solidarietà.

«Esatto. Perché io volevo solo aiutare il prossimo, capisce? E poi avevo già comprato un *delizioso* abito di Dolce & Gabbana per il gala.»

«Mi dispiace» mentì Ruth.

«Grazie. Io e mio marito ci siamo visti annullare l'invito a tutte le feste da qui a Miami. E ovviamente le vacanze le passiamo sempre a Miami, perciò si tratta di un colpo molto duro» disse Diane. «Per non parlare della preoccupazione per le ricadute sugli affari di mio marito nel campo immobiliare.» Indicò con un sospiro le sue pareti firmate Versace. «Tutto ciò che vede, Brad se l'è costruito con le sue mani. Certo, poteva contare sul patrimonio della famiglia, oltre al fondo fiduciario a lui intestato, però aveva un paio d'anni, cinque al massimo, per farsi un nome. Ed è una tragedia pensare che tanto duro lavoro venga distrutto.»

«Già» disse Ruth.

«E a proposito del lavoro di mio marito» riprese Diane, con una certa cautela. «Sono stata contattata da una persona del Sunshine Development Group. Lucy Montgomery? Mi ha chiesto di non collaborare con il suo podcast. Dice che lei è una minaccia per l'azienda.» Sorrise, ma gli occhi scrutavano Ruth, come per decidere se fosse davvero un personaggio tanto pericoloso. «Io le ho spiegato che la mia intervista non riguardava affatto i Montgomery, che era solo un'opportunità per mettere in chiaro il mio rapporto con mia madre, però quella telefonata mi ha dato da pensare. Mio marito lavora spesso per il Sunshine Group. Non vorrei ci fossero strascichi.»

Ruth trattenne un verso sarcastico. Dunque il marito di Diane se la faceva con il Sunshine Development. Un'altra ragione per disprezzare ancora di più quella gente.

«Non si preoccupi. Si tratta di una questione di famiglia. Non le creerò problemi con Lucy, promesso. Parliamo d'altro. Come si è sentita a scoprire che sua madre è una pluriomicida?» chiese Ruth, prima che Diane potesse indagare oltre sul perché ai Montgomery interessasse un podcast di true crime.

La donna sbatté piano le palpebre, come per riorientarsi. «Be', mi dispiace per le vittime, ovviamente» disse poi, ritrovando il filo. «Però bisogna fare certe distinzioni... Alcuni degli uomini che mia madre aveva sposato erano... più innocenti di altri.» La voce grondava allusioni comprensibili soltanto a lei.

«Com'è morto suo padre?» chiese Ruth.

«Gli avevano già diagnosticato una malattia terminale quando si sposarono. Io ero molto piccola quando mancò, perciò non lo ricordo. Però mi sono informata a fondo sulla sua famiglia d'origine: una dinastia molto antica e illustre di New York.» Seguì un silenzio così eloquente che Ruth si stupì di dover porre la domanda successiva.

«Crede sia stata sua madre a ucciderlo?»

«No. A me e Rose ha sempre detto che era stato il cancro. A quel tempo la gente aveva abitudini proprio malsane. Mio padre fumava un pacchetto di sigarette al giorno, beveva a pranzo e cena, e non mangiava altro che bistecche e patate. Non aveva idea dell'importanza degli antiossidanti o della cura di sé» disse Diane, scuotendo la testa. «Un trentasettenne di allora era come un sessantasettenne di adesso.»

«Okay» commentò Ruth, ignorando di proposito il gigantesco elefante omicida nella stanza.

«Sono sicura che, se l'avesse ucciso, mia madre ce l'avrebbe detto» aggiunse Diane, con una punta di dubbio nella voce. «A che scopo nasconderlo, ormai?»

Ruth abbassò lo sguardo sul bicchiere Gucci. Daphne stava usando il podcast per raccontare la sua storia, sciorinando delitti per un pubblico di avidi ascoltatori, ma era impossibile sapere quanti avrebbe deciso di ammetterne e quanti invece avrebbe tenuto nascosti per sempre. Diane però non sembrava molto interessata alla verità. Se avesse potuto, sarebbe stata felicissima di continuare a vivere nella menzogna.

«È un'osservazione sensata» disse Ruth, preferendo cambiare argomento. «Che genere di madre è stata quando eravate piccole?»

«Be', Daphne ha sempre amato i riflettori. Era lei la star dello spettacolo, e noi soltanto le comprimarie. Sa, io e Rose ricevevamo un mucchio di attenzioni, perché eravamo gemelle, e anche molto carine. E credo che mia madre ne fosse invidiosa. Lei ha sempre preferito nostro fratello, il suo primogenito. James era il suo cocco» rispose Diane, abbassando gli occhi incupiti sui cubetti di ghiaccio griffati.

«So che sua madre e James hanno troncato i rapporti. Lei e Rose siete ancora in contatto con lui?» domandò Ruth, ripensando alla foto nel portaritratti, con Daphne e il figlio piccolo in braccio. Per quanto difficile a credersi, l'amore era lampante in quell'immagine.

«No. Non da quando si è laureato, negli anni Ottanta» rispose lei, in fretta.

«Sa perché avessero litigato?»

«Daphne non ci ha mai parlato di un *litigio*. Disse solo che James aveva in programma un lungo viaggio all'estero, in luoghi da dove sarebbe stato difficile comunicare. Ma poi sono passati anni e lui non si è mai fatto vivo.»

Un'altra pausa lunghissima, carica di sottintesi. Persino più imbarazzante della precedente. Ruth si agitò sulla sedia, resistendo all'impulso di sistemarsi l'elastico del reggiseno conficcato nella pelle.

«Crede che sua madre...»

«Impossibile» dichiarò Diane, decisa. «A James non avrebbe mai fatto del male. Lo ama più di qualsiasi cosa al mondo.»

Più di se stessa? si chiese Ruth. Forse James aveva scoperto la verità sul suo conto e minacciato di denunciarla. Poteva una persona come Daphne amare davvero qualcuno? Quanto poteva essere profonda la sorgente di un amore, quand'era avvelenata da tanta violenza?

Impossibile non chiedersi se James fosse davvero in giro per il mondo oppure sepolto in un burrone, in qualche recesso oscuro mai illuminato dal sole.

«Ne è proprio sicura? Fino a pochi giorni fa non sapeva neanche che sua madre fosse un'assassina. Crede davvero di sapere di cos'è capace?»

«Be', è la domanda da un milione di dollari, non le pare?» replicò Diane. «Daphne ha distrutto le vite delle sue figlie, probabilmente anche quelle dei nipoti. Come non domandarsi che razza di persona possa arrivare a tanto, con la sua stessa famiglia?»

Ruth restò in silenzio, dubitando che servisse davvero una risposta. Era strano, ma sapere che Diane era figlia di un'assassina la poneva sotto una luce diversa, facendola apparire più forte o più interessante di quanto non fosse in realtà: una donna banale, trasformata da eventi esterni al suo controllo.

«Glielo dico io che razza di persona» disse Diane, infine. «Un mostro.»

BibliotecariaD'Assalto
Certo che Diane è proprio una Karen: bianca, ricca, viziata, e indifferente alla sorte degli altri.

> **ShockBlaBla**
> Però non dev'essere stato facile avere Daphne come madre... anche prima di sapere che è una serial killer.
>
> > **CapoteParty**
> > Sarà stata a disagio. Sapeva che il mondo intero avrebbe ascoltato il podcast, compresa gente del suo ambiente. Qual è la reazione giusta quando scopri che tua madre è un'assassina?
> >
> > > **MangiaPregaUccidi**
> > > Il rimorso. La solidarietà per le vittime, alcune delle quali erano senz'altro persone che ha conosciuto.
> > >
> > > > **ShockBlaBla**
> > > > Magari le stavano antipatiche. E poi perché dovrebbe provare rimorso? Lei mica ha fatto niente di male.

HauteHistoire: Salve, gente. Il nostro video TikTok di oggi è dedicato alle figlie gemelle di Daphne, che hanno un'estetica tutta loro! Sui media i gemelli hanno sempre un'immagine inquietante. Pensate a *Shining*. A *Inseparabili*. O a Patty e Selma dei *Simpson*. E in effetti c'è qualcosa di sinistro nelle gemelle St.

> Clair. Agli eventi dell'alta società vengono regolarmente fotografate fianco a fianco, e il loro stile è così simile che sembrano sempre vestite uguali, anche quando non è così. Ed è evidente che i loro interventi di chirurgia plastica sono sincronizzati, perché altrimenti non potrebbero essere ancora così identiche! Perciò sì, sono proprio il tipo di gemelle che popola i nostri incubi... per giunta con Freddy Krueger come mamma! Non dimentichiamo però che le gemelle possono anche essere chic, come dimostrato dalla coppia iconica Mary-Kate e Ashley Olsen.
> Dunque, sappiamo che le gemelle St. Clair vanno matte per i capi firmati. Una breve scorsa su Google e sarete abbagliati dalla carrellata di Versace, Gucci, Pucci. Se il nome è italiano e il cartellino del prezzo da capogiro, potete star certi che l'avranno addosso. Perciò eccovi la toelette di oggi: blusa vintage di seta, griffata Gucci, fascia per capelli di Prada, shorts attillati a disegno scozzese di Versace. Aggiungete un paio di tacchi e avrete il look perfetto per una giornata di shopping, un aperitivo allo yacht club di Palm Beach, oppure un colloquio con mammina cara in penitenziario.

Le cose stavano finalmente cambiando per Ruth. Il podcast era un successo, e cominciavano anche ad arrivare un po' di soldi. Fu sull'onda di quella nuova euforia che accettò di andare a una festa con Chelsea, la sua migliore amica, tornata per qualche giorno da New York. In circostanze normali avrebbe evitato come la peste un ritrovo con tutti gli ex compagni di college, dolorosamente consapevole di essere diventata un caso esemplare di studentessa brillante miseramente fallita nella vita reale. Senza contare che le voci sul suo conto dovevano essere arrivate anche a loro. Come a tutti. Ma questa volta aveva al suo attivo il podcast e mezza bottiglia di prosecco nelle vene, quindi perché no? Quando andò a vestirsi, le tornò in mente Daphne, e scelse una minigonna aderente e un rossetto color prugna. Tutt'altra storia rispetto alla sua abituale combo maglietta e jeans (davvero il suo paio preferito l'aveva comprato da Costco? Gesù), ma non poté negare che, alta e magra com'era, il look le donava.

Chelsea si stava ancora sistemando il trucco (quando era successo che tutte tranne Ruth erano diventate maestre del make-up?), perciò lei andò a sedersi sul divano e prese il cellulare.

Altre due chiamate perse di sua madre. Cazzo. Questa volta però Louise le aveva lasciato un vocale. La voce era molto più tesa e nervosa del solito, come se avesse solo pochi secondi di tempo per comunicare un messaggio urgente.

«Ruth, devi smetterla con quel podcast. Le cose che stai dicendo sono... pericolose. Il rischio è troppo alto. Smetti subito, prima che finisca male.»

Rimise il cellulare nella borsa e bevve un'altra sorsata di prosecco. La paura che aveva sentito nel tono di sua madre le aveva affossato l'umore. Sapeva che la paranoia era uno dei sintomi del Parkinson, una malattia che tendeva ad accentuare certi tratti della personalità, rendendoli incontrollabili. Ma sapeva anche che sua madre aveva motivi fondati per dirle di rinunciare al podcast, anche se lei non ne aveva la minima intenzione.

Senza contare che, per quanto Louise non volesse ammetterlo, avevano bisogno di una nuova fonte di introiti. Tra pochi anni potevano rendersi necessarie infermiere e medici specializzati, montascale e vasche con sportello, e Ruth doveva trovare un modo di contribuire alla spesa. Per un attimo le venne da pensare che capiva chi uccideva per soldi. Forse persino lei ne sarebbe stata capace.

Scolò il bicchiere e cancellò il vocale. Chissà che, continuando a seguire il podcast, anche sua madre non finisse per capire. Comunque, non era il momento per i pensieri tenebrosi. C'era una festa ad aspettarla.

Appena entrata nella sala, calamitò l'attenzione di tutti i presenti.

«Ruth, adoro il tuo podcast! Già alla prima puntata ho pensato: ecco, questa è la Ruth che tutti aspettavamo di vedere!»

«Ruth, com'è possibile che abbiamo perso i contatti? È passato troppo tempo! Com'è Daphne di persona? E perché diamine ha confessato? Qualcuno era sulle sue tracce?»

«Hai fatto interviste con la polizia? Ricordo che avevi avuto qualche problema con loro, anni fa. Non sarà un intralcio alla tua inchiesta, vero?»

Finora non si era resa conto fino in fondo di quante persone seguissero il suo podcast. Adesso le aveva davanti: una folla di ex compagni di college, tutti di colpo affascinati dal suo lavoro. Era un po' disorientante, perché se alcuni erano stati veri amici, molti altri l'avevano scaricata quando la sua vita si era tramutata in una spirale deprimente di problemi di soldi, ansia e tragedie personali. Ma adesso, contro ogni aspettativa, Ruth Robinson, la secchiona senza il minimo gusto nel vestire, ce l'aveva fatta.

Provò uno struggimento fisico al pensiero di tutto il tempo passato senza concedersi un momento di spensieratezza con qualcuno, un incontro libero dalle complicazioni di una relazione a lungo termine. Quand'era stata l'ultima volta che si era avventurata fuori, pronta a prendere decisioni deliziosamente sbagliate?

Quella sera non tornò a casa da sola.

SECONDO DELITTO

12

EPISODIO 3: 1952

DAPHNE: La storia decolla dopo il mio arrivo a New York. Tu ci sei mai stata?

RUTH: Sì, più di una volta.

DAPHNE: Non è fantastica? Non *uccideresti* per essere una newyorkese?

RUTH: Non saprei. Costa tutto così tanto. E fa un freddo cane. Francamente, ho l'impressione che certa gente usi il fatto di vivere a New York come sostituto di una personalità.

DAPHNE *[seccata]*: Be', che ne sai tu? Sei della *Florida*.

RUTH: E tu vieni dal *Canada*.

DAPHNE: Ah, capisco. La reginetta liberal del politicamente corretto vorrebbe rispedirmi al mio Paese! Io sono di New York, cocca. Se ci vivi per più di dieci anni, acquisisci il diritto di chiamarti newyorkese. E io ci ho abitato per cinquanta. Fosse stato un matrimonio, avremmo festeggiato le nozze d'oro.

RUTH: Un matrimonio durato più di quelli veri...

DAPHNE: Perché New York non mi ha mai delusa. Non è mai diventata noiosa. Avevo sempre saputo che era quella la mia città. Quand'ero piccola, la gente citava New York da esempio per difendere Lucan. Se volevano criticare un nuovo disco suonato a un ballo o i vestiti di un'insegnante, dicevano: « Qui mica siamo a New York ». Dicevano che era una città immorale, ma l'unico messaggio che recepivo io era che New York era il contrario di Lucan. Poi sono arrivata a Winnipeg, e ho scoperto che le città, come gli uomini, non sono tutte uguali. A me ne serviva una più grande, più bella, una città che contasse *davvero*. Un posto in cui diventare me stessa.

RUTH: Gesù. Potresti scrivere brochure turistiche per New York.

DAPHNE: Non possono permettersi la mia parcella.
RUTH: Quindi, come è andata al tuo arrivo?
DAPHNE: Ho trovato lavoro in una fabbrica e un posto in cui vivere. Desolanti, l'uno e l'altro, ma per me è stato un sollievo riuscire finalmente a mantenermi da sola. Ero determinata a non incappare in un altro Ted...

[Una risata. Asciutta e roca, come quella di un fumatore incallito]

RUTH: Che c'è da ridere?
DAPHNE: Il fatto che un altro Ted l'ho incontrato davvero, in un certo senso. Il mio primo appartamento era un buco, a Brooklyn, il tipo di posto che persino i ratti snobbano. In quello accanto abitava una famiglia, i Flanagan, ma le pareti erano talmente sottili che era come vivere tutti insieme. Sentivo tutto: le conversazioni a cena, i programmi che ascoltavano alla radio. E altri rumori, terribilmente familiari...
RUTH: I Flanagan, dunque. Parlami di loro. C'era violenza in quella casa?
DAPHNE: Il padre, Frankie Flanagan, era un animale. Pestava chiunque gli capitasse a tiro: la moglie, i figli, tutti e tre sotto gli otto anni. Non dubito che, se avesse potuto sfondare il muro con un pugno, avrebbe gonfiato anche me. Dall'istante in cui tornava dal lavoro, non si sentivano altro che urla, pianti e botte. Più cattivo di un serpente a sonagli. Una carogna da sobrio quanto da sbronzo.
RUTH: Dev'essere stato traumatico per te.
DAPHNE: Be', diciamo che interferiva parecchio con il sonno. La sera restavo sveglia a digrignare i denti, per tutta l'infelicità che filtrava dalla porta accanto. Ero andata a New York per sfuggire al mio passato, e ogni giorno c'era quel prepotente a ricordarmelo, una canaglia da quattro soldi incapace di controllarsi neanche il tempo di ascoltare un episodio di *Gunsmoke*.
RUTH: Hai mai parlato con la moglie?
DAPHNE: No. Non avrei saputo cosa dirle. Sylvia Flanagan era una donnina schiva, quando la si vedeva in giro aveva sempre la

testa bassa, mezza morta di paura. E i figli ti facevano stringere il cuore. Mai visti sorridere. Ero sicura che Sylvia non avrebbe mai osato andarsene. Suo marito non faceva che sbraitare: «Se provi a lasciarmi, ammazzo i bambini e poi anche te». E quello era uno squilibrato vero, perciò persino io sapevo che diceva sul serio.

RUTH: Sai come è andata a finire?

DAPHNE: Secondo te? C'è un motivo per cui ti ho raccontato questa storia, e non certo per intrattenimento.

RUTH: L'hai ucciso? Hai ucciso Frankie Flanagan?

DAPHNE: Sai, i predicatori non fanno che ripetere che nel giorno del Giudizio dovremo tutti espiare i nostri peccati, ma io ho deciso che il signor Flanagan meritava di trovarsi al cospetto del Creatore un po' in anticipo, prima che ammazzasse uno di quei bambini.

RUTH: L'hai proprio giurata ai padri violenti, eh? I cattivi mariti e i cattivi padri sembrano sempre richiamare la tua attenzione. Ma è una giustificazione sufficiente per l'omicidio? Gli esseri umani sono complicati. Anche i peggiori hanno un lato buono.

DAPHNE: Forse non ti è chiaro che tipo fosse Frankie Flanagan. Perché da quello che avevo visto io, lui di buono non aveva proprio niente.

RUTH: Parlavo in senso più generale. È questo il tuo movente? Ti consideri una sorta di giustiziera?

DAPHNE: Non sono sicura di seguirti. Forse non ci ho mai riflettuto.

RUTH: Eppure non è difficile: usavi il delitto come un modo per ottenere giustizia?

DAPHNE: Forse è solo che tifo per i perdenti. A volte quei perdenti erano una moglie e dei bambini maltrattati. E a volte ero io stessa.

RUTH: Okay. Sentivi ogni giorno un uomo che picchiava la moglie e i figli e minacciava di ucciderli. Perché non ti sei rivolta alla polizia? Bastava telefonare, senza bisogno di rivelare la tua identità.

DAPHNE: Brava, ottima idea. Come se negli anni Cinquanta agli sbirri fregasse qualcosa di quello che faceva un uomo a casa sua. Non gliene frega nemmeno adesso, a dire il vero. L'hai visto quell'articolo sul giornale di oggi, sul tizio che ha ucciso l'ex moglie? Lei aveva fatto tutto secondo le regole: preso nota della targa, registrato le chiamate sul cellulare, chiesto un ordine restrittivo. E quando ha avvertito gli sbirri di averlo visto ronzare intorno alla casa, loro si sono precipitati a soccorrerla? Macché. Quando si sono scomodati, lui l'aveva già pugnalata a morte, sotto gli occhi del figlio.

RUTH: Benvenuta in Florida. Qui gli sbirri causano più omicidi di quanti ne risolvano.

DAPHNE: Com'è che ce l'hai tanto con i nostri ragazzi in blu? Avanti, sputa il rospo. Per cosa ti hanno arrestata? Hai attraversato la strada con il rosso oppure stazionavi sul marciapiede?

RUTH: No. È solo che avrei qualcosa da ridire su una forza di polizia con trascorsi di razzismo, brutalità e corruzione. A differenza tua, non giudico soltanto in base alla mia esperienza personale.

DAPHNE: E va bene, non c'è bisogno di scaldarsi tanto. La mia era solo una battuta. Gesù, chi si aspettava di trovare Miss Perfettina in Florida?

RUTH: Lasciamo perdere. Vorrei parlarti del titolo del podcast. Stavo pensando di cambiarlo, per precisare il numero dei tuoi delitti. A questo punto diventerebbe *I due delitti di Daphne St. Clair*, ma posso correggerlo di volta in volta. A meno che tu sia disposta a rivelarmi subito il totale, insieme, magari, a un piccolo spoiler sui nomi e i luoghi...

DAPHNE: E che gusto ci sarebbe, così? No, non mi va di rovinare la sorpresa. Però il nuovo titolo mi piace. Hai la mia benedizione.

RUTH *[sospiro]*: Dunque, cosa è successo a Frankie Flanagan?

Un giorno mi alzai alle sei per andare al lavoro. Al tempo ero operaia in una fabbrica tessile, nel Garment District. Lavoravo in uno stanzone rumoroso e soffocante, e ogni sera avevo la schiena rotta e le orecchie che ronzavano. Stavo scendendo nella stazione della metropolitana quando lo vidi sulla scala, pochi gradini sotto di me.

Frankie Flanagan, probabilmente diretto alla bettola in cui lavorava, per ricevere le consegne. Era stempiato, coi capelli biondi slavati come la faccia e il fisico muscoloso di un attaccabrighe. Aveva il figlio maggiore con sé e, sebbene non potesse avere più di otto anni, non dubitavo che l'avrebbe usato per arrotondare lo stipendio, costringendolo a caricarsi in spalla i barili di birra, e tanti saluti alle leggi contro il lavoro minorile.

Li seguii all'interno della stazione e fino al mio stesso binario. Al bambino non rivolse mai la parola. Si degnava di notarne la presenza solo quando non camminava abbastanza svelto, e in quel caso lo afferrava per il bavero della giacca e lo trascinava di peso. Quel poveretto non reagiva quasi, come se per lui fosse normale venir trattato in quel modo.

Come sempre, a quell'ora, la stazione era stipata di gente e l'aria era ammorbata dal fumo di sigaretta. Frankie si fece largo a forza nella calca, sgomitando e spintonando vecchie signore e madri con i loro bambini. Teneva il figlio davanti a sé e io gli stavo alle calcagna, approfittando del varco aperto dal suo fisico massiccio. Ero come ipnotizzata dalle sue mani, grosse e ruvide, con le nocche arrossate. Un suo schiaffo doveva essere come prendere in faccia una padella.

Lui e il figlio arrivarono alla banchina. Il bambino si scostò un poco, mettendosi appena fuori dalla portata di quei badili. Io mi piazzai proprio alle spalle di Frankie, con lo sguardo puntato sul suo collo taurino. La ressa era tale che avevo la faccia a due centimetri da lui. Il treno successivo non si sarebbe fermato alla stazione. Sentii il rombo inequivocabile, lo stridore dal fondo del tunnel, come una grossa bestia che si riscuote nella sua tana.

Frankie dovette avvertire il mio sguardo, perché si girò a fissarmi, con le labbra arricciate in una smorfia di disgusto. « Che cazzo... » Ma era già troppo tardi. Tesi di scatto una mano e gli assestai uno spintone, un gesto così fulmineo che nessuno si accorse di niente. Lui sbarrò gli occhi, barcollando all'indietro, e mi stava ancora fissando quando il treno lo centrò in pieno, spappolandolo. Il conducente cercò di frenare. La folla urlava e strillava, e io mi unii al coro.

Poi mi voltai verso il bambino. Era rimasto a bocca aperta, con gli occhi fissi su di me. Aveva un livido sul sopracciglio sinistro, sbiadito in un giallo verdognolo. Sembrava così piccolo e solo in mezzo a tutto quel caos e al panico.

Io gli sorrisi.

Una settimana dopo vidi Sylvia Flanagan e i suoi figli che allineavano sul ballatoio gli scatoloni con i loro pochi averi. La guardai portarli al pianterreno. I bambini la seguivano come una fila di anatroccoli. Quando salì a prendere l'ultimo, uscii sulla porta e la salutai. Lei si asciugò la fronte e mi rivolse un sorriso stanco.

« Strano conoscerci proprio il giorno in cui me ne vado » disse. Io annuii, osservandola con attenzione. Niente indicava che il figlio le avesse rivelato ciò di cui era stato testimone.

« Dov'è diretta? » chiesi.

« Torno in Virginia. I miei hanno un allevamento di cavalli, con un maneggio. Andremo a vivere con loro. Non so quante volte ci avevano invitato, per vedere i nipoti, ma mio marito non aveva mai voluto saperne. Credo che i bambini saranno felici là. Io lo ero. » Aveva dipinta in volto una strana espressione, quasi a metà tra il nostalgico e il fiducioso. Sapeva che la vita le aveva offerto una seconda possibilità.

« Le auguro tutta la fortuna del mondo » dissi, restando a guardarla dalla soglia del mio appartamento. Avrei voluto aggiungere: « E prego, non c'è di che », ma i killer che si vantano delle loro imprese finiscono dietro le sbarre.

Sylvia chiuse a chiave la porta e scese al pianterreno, di nuovo coi piccoli appresso. L'ultimo ad andarsene fu il maggiore, quello che mi aveva vista nella stazione della metropolitana. Si attardò un momento in cima alla scala, poi si girò e incrociò il mio sguardo.

E sorrise.

RUTH *[voce fuori campo]*: Ho parlato al telefono con Brendan Flanagan, il primogenito di Frankie Flanagan e l'unico ad aver visto Daphne spingere suo padre sotto il treno. Oggi ha settantotto anni e vive nella Virginia rurale. Si è sorpreso che l'avessi contattato. Era ancora scioccato dalla notizia che non soltanto Daphne aveva confessato l'omicidio di suo padre, ma che ce n'erano stati altri.

Brendan: Non riesco proprio a crederci. Certo, ho saputo di lei al telegiornale. L'ho riconosciuta subito, anche se ha cambiato nome e da allora sono passati settant'anni.

Ruth: Ricorda quel giorno?

Brendan: Non si dimentica il giorno in cui vedi morire tuo padre. Mi stava portando al lavoro con sé. Capitava spesso, anche nei giorni di scuola, perché il mio aiuto gli fruttava qualche dollaro in più. Odiavo quelle giornate. Siamo scesi nella stazione, e io ho notato subito la nostra vicina. Non era tipo da passare inosservata: capelli neri, pelle chiara e incredibili occhi verdi. E portava sempre il rossetto. Sembrava diversa dalle altre donne della palazzina, anche se doveva essere povera quanto tutti noi. Liz Taylor!

Ruth: Scusi, non ho capito.

Brendan: Volevo dire che somigliava a Liz Taylor. Per anni, ogni volta che vedevo Liz Taylor in un film, pensavo a lei.

Ruth: Poi cos'è accaduto?

Brendan: Be', io ho cercato di tenermi un po' alla larga da mio padre, perché quel giorno aveva un diavolo per capello. Lui si è girato a dirle qualcosa, e lei l'ha spinto. Poi il treno l'ha travolto. È stata l'ultima volta che l'ho visto. La polizia mi ha riportato a casa prima che il corpo venisse recuperato.

Ruth: E lei, come si è sentito?

Brendan: Be', è stato uno shock, ovviamente, ma anche... una liberazione. Frankie ci teneva prigionieri. Mia madre non aveva un lavoro, niente soldi propri, e lui ci avrebbe ammazzati se avessimo cercato di andarcene. Se non ci fosse stata Liz – Daphne, intendo –, sarei stato io a lasciarci la pelle. Mia madre era la seconda moglie di Frankie. La prima si era suicidata, probabilmente per sfuggire alle sue violenze. I figli di quel matrimonio sono finiti in orfanotrofio, perché lui si è rifiutato di occuparsene. È un tormento pensare che da qualche parte ho un fratello e una sorella che non ho mai conosciuto. Ma forse per loro è stato meglio crescere in un istituto che con lui.

Ruth: Può darsi. Secondo lei perché Daphne l'ha fatto?

Brendan: Ho sempre pensato che volesse salvarci. Le pareti di casa erano sottilissime. Di sicuro sentiva tutto.

RUTH: Ed è stato allora che vi siete trasferiti in Virginia?

BRENDAN: Proprio così. Siamo andati a stare dai genitori di mia madre. Da lì è cominciata un'altra vita. Il nonno è stato l'unico vero padre che abbia conosciuto. Mi ha insegnato tutto quello che c'è da sapere sui cavalli. Vivo ancora nella sua casa. Quando ha smesso di lavorare, gli sono subentrato io nella fattoria e nella scuola di equitazione. Quando avevo una ventina d'anni, mia madre si è risposata, ed è andata a vivere a un paio di chilometri da qui, perciò la vedevamo ogni giorno. Adesso sono mia figlia e mia nipote a gestire l'attività, e io posso starmene tranquillo in veranda, a godermi un tè freddo e guardare i miei cavalli.

RUTH: Piuttosto piacevole, mi sembra.

BRENDAN: Non vorrei stare in nessun altro posto. Ho vissuto otto anni all'inferno e settanta in paradiso. Tra l'altro: Daphne ha spiegato come mai si è costituita? Ha ucciso mio padre decenni fa: perché non portarsi il segreto nella tomba?

RUTH: È quello che si chiedono tutti. Francamente, la signora St. Clair resta un enigma. Ma se riesco a decifrarlo, prometto di farglielo sapere.

BibliotecariaD'Assalto

Ecco un buon esempio di solidarietà femminile. Daphne ha salvato quella donna e i suoi figli.

> **ShockBlaBla**
>
> D'accordo, però Daphne non è DIO. Non spetta a lei decidere chi vive e chi muore. Quel tizio sarà anche stato una carogna, ma che ne sappiamo che a un certo punto non potesse cambiare vita, diventando una persona migliore? Daphne l'ha privato della possibilità di riscattarsi.
>
> > **BibliotecariaD'Assalto**
> >
> > Stai dicendo che dovremmo restarcene con le mani in mano, lasciando che i cattivi tormentino chi vogliono, nell'improbabile eventualità che un domani vedano la luce? Perché, come ha detto Daphne, nel '52 chiamare gli sbirri sarebbe stato tempo perso. Prima del 1973 non esisteva nemmeno l'espressione «violenza domestica».

Rock&Troll
E basta coi piagnistei. Ti rendi conto che stai difendendo una serial killer?

MangiaPregaUccidi
A me piace in veste di vendicatrice. Spingere un tizio sotto un treno e sorridere quando lo spappola? Fico. Degna di un episodio di *Dexter*.

BibliotecariaD'Assalto
Okay, vuota il sacco: genitori divorziati? Bullismo a scuola? Disturbi da ansia? Qual è il tuo trauma?

MangiaPregaUccidi
Credo saresti tu a restare traumatizzata, se sapessi quanta gente normale la pensa come me.

13

EPISODIO 4: 1953-1957

DAPHNE: Sono rimasta a New York, nella stessa palazzina in cui avevano vissuto i Flanagan. All'inizio bastavo a me stessa. Ma dopo qualche anno ho incontrato Carl, il padre di mio figlio e il primo uomo che abbia amato davvero.

RUTH: L'hai sposato?

DAPHNE: No. Mica sposavo tutti quelli con cui andavo a letto, sai? Erano gli anni Cinquanta, non il Cinquecento. E poi Carl mi ha lasciata dopo un anno. Non mi ha dato il tempo di stancarmi di lui.

RUTH: Eravate felici?

DAPHNE: Ovvio che no. Una mia amica diceva sempre: «Se sai che è merda, evita di toccarla», e Carl era una merda. Ma io non ho saputo fare a meno di raccoglierla e metterla nella borsetta.

RUTH *[sottovoce]*: Meno colore, grazie.

DAPHNE: Scusa tanto se ti ho scandalizzata. Ma questa è la mia storia, perciò posso raccontarla come mi pare. E ti sarei grata se avessi un po' di rispetto.

RUTH *[risentita]*: Cerco solo di stringere i tempi, per arrivare alla fine prima che ti sbattano dentro. E ultimamente sono in parecchi a essersi scandalizzati per il mio podcast.

DAPHNE: Oh, povera piccola. Si chiama *lavoro*, Ruth. Se non riesci a tollerare qualche critica, ti conviene cambiare mestiere.

RUTH: È questo che vuoi? Vuoi che lasciamo perdere? Che la chiudiamo subito, qui e ora?

[Un silenzio teso. Che si protrae finché qualcuno bussa alla porta]

INFERMIERA: Le sue pastiglie.
DAPHNE: Lasciale sul tavolo. Le prendo dopo l'intervista.

[Il suono della porta che si richiude. Un colpo di tosse, il fruscio di qualcuno che si agita sulla poltrona]

DAPHNE *[in tono rigido]*: Allora, vuoi sentirla o no la storia di Carl?
RUTH: Sì.

Carl era l'uomo più bello che avessi mai visto. Un irlandese fatto e finito: capelli neri come il carbone, pelle bianco latte e stupendi occhi color azzurro scuro, come il jeans bagnato. E sapeva ballare. Gli altri uomini se ne stavano impacciati a fare da tappezzeria, al massimo battendo il ritmo con la punta di un piede, mentre lui planava sulla pista, sciolto e tranquillo come per una passeggiata al parco. Era sempre l'anima della festa, con due bicchieri di whisky nelle mani e due sigarette in bocca.

È stato il primo uomo per il quale abbia provato attrazione, il primo con cui sia andata volentieri a letto. Di solito non mi piace, per me gli uomini è più facile ammazzarli che farci sesso, ma con lui era diverso. Tornavamo tardi da una festa e facevamo irruzione nell'appartamento, carichi di quell'eccitazione sorda, potente che si prova da ubriachi. Ci rotolavamo nel letto, aggressivi e scatenati come animali. Io ho avuto una vita lunga, ma sono quelli i ricordi che mi tornano in mente quando di notte non riesco a dormire, momenti in cui tutto sembrava al tempo stesso normale e miracoloso. A quel tempo mi facevo chiamare Jacqueline, il mio nuovo nome per la mia nuova vita americana.

Eravamo entrambi giovani, belli e pieni di energia, e chissà come questo rendeva tollerabile il fatto di non avere un quattrino ed essere pronti ad accettare qualunque lavoro per campare. Le nostre liti erano accese, ma le riconciliazioni ancora di più. E poi io ero sola in una città ancora estranea, e volevo qualcuno al mio fianco.

Per un anno sembrò che finalmente (finalmente!) la mia vita avesse imboccato la strada giusta. Cominciavo quasi a essere ottimista sul futuro perché ero felice nel presente. Carl parlava sempre di cercare fortuna altrove, magari in California o addirittura in Sudamerica, e io credevo che mi avrebbe portata con sé.

Era un'anima libera, selvaggia e avventurosa. Naturale che rimanessi incinta...

Quando ne fui certa, provai uno strano misto di paura e sollievo. Paura, perché per la prima volta in vita mia ero felice e non avrei voluto che cambiasse niente. Sollievo, perché con tutte le canaglie che avrebbero potuto incastrarmi in quel modo, almeno era capitato con un uomo che amavo.

Mi lasciò una grigia domenica mattina di ottobre. Fece le valigie mentre dormivo, poi mi svegliò per darmi la notizia. Il bastardo non ebbe neanche la delicatezza di lasciar riposare una donna incinta.

«Jacqueline, me ne vado. È stato divertente, ma adesso la faccenda si è fatta troppo seria. Io devo trovare la mia strada, e non posso lasciarmi zavorrare da te.»

Restai seduta sul bordo del letto, a fissare instupidita il muro. Non gli chiesi di restare. Ero troppo orgogliosa per implorarlo, persino in quelle circostanze. E in fondo me l'aspettavo. Da quando gli avevo detto del bambino sembrava irrequieto, e tra noi si era insinuata una freddezza sconosciuta.

«Benissimo» sbottai, lasciando che la rabbia soffocasse la paura. «Vattene, allora.» Che privilegio essere un uomo, libero di scegliere la paternità o di chiamarsene fuori, come annullando l'abbonamento a una rivista!

Carl si fermò sulla porta ad accendersi una sigaretta. Non mi guardava nemmeno, come se per lui avessi già smesso di esistere.

«Sbarazzatene e passa oltre» bofonchiò, indicando la mia pancia con un gesto vago della mano. «Al mondo i bambini indesiderati sono già troppi.» Poi sbatté la porta, e io lo sentii danzare sulle scale, il suono dei suoi passi sempre più fioco e leggero, mentre mi lasciava indietro.

DAPHNE: Senti, so che sembra strano. Un uomo mi tratta da schifo e la scampa. Altri che mi hanno trattata molto meglio sono finiti sotto la mannaia. Ma la vita è così. Ora, Ruth, perché non fai una delle tue piccole ricerche online e me lo rintracci? Carl Fitzroy. Originario di Rochester, Stato di New York.

RUTH: Okay, se vuoi. *[Pausa]* Mi dispiace. Questo è il suo necrologio. È morto dieci anni fa. A Orlando, in Florida. Lasciando tre figli e otto nipoti.

DAPHNE: Ma pensa. Viveva in Florida. Avremmo persino potuto incrociarci. Ed ecco l'ennesima dimostrazione di una norma infallibile: tutti i bastardi che dicono di non volere figli in realtà stanno dicendo che non vogliono farne *con te*. Pazienza, almeno sono vissuta più a lungo di lui. È già qualcosa.

RUTH: Però è triste che vi abbia lasciati soli, te e il bambino. Non riesco a capire come si possa abbandonare un figlio e poi continuare a vivere sapendo di avere una famiglia da qualche parte, sicuramente in ristrettezze, senza il tuo aiuto.

DAPHNE: Già. Tuo padre però è tornato, anche se a distanza di anni, e ha cercato di rimediare.

RUTH: Stavo parlando di te e di James, non di me.

DAPHNE: Certo, come no. Be', scommetto che adesso tuo padre non si perde una puntata del podcast, ed è orgogliosissimo di te.

RUTH: Ti sbagli.

14

Quando Carl se ne andò, mi sentii persino più sola di prima. La città stessa sembrava diventata ostile, a zanne e artigli scoperti, più brutta e spietata rispetto ai mesi in cui ero innamorata e ogni strada era un tappeto di stelle. Avevo un'unica certezza: volevo il mio bambino. Sarebbe stato la mia famiglia, e un'occasione per ricominciare. La sera, nel letto, mi premevo le mani sulla pancia, con la testa piena di sogni e desideri informi che non avrei saputo esprimere a parole.

Feci del mio meglio per prendermi buona cura di me e del nascituro. Mangiavo tutta la carne rossa che riuscivo a permettermi, e fumavo solo qualche sigaretta al giorno. Anche se non potevo niente contro lo smog che si respirava in città, con le polveri che sembravano rilucere dietro i vetri. E nemmeno potevo smettere di lavorare, passando le mie giornate in piedi, nelle tintorie e nelle fabbriche tessili, perché a una donna incinta, senza marito e senza istruzione, erano disponibili solo gli impieghi peggiori.

Partorii in uno squallido ospedale pubblico, assistita soltanto da un'ostetrica bacchettona, che continuava a guardarmi le mani, manco si aspettasse di vederci comparire per magia una fede nuziale. A ogni contrazione sentivo tutto il mio essere lasciare il corpo e poi sprofondare, mentre il bambino scendeva – lentamente, dolorosamente – lungo il canale del parto. Le fitte mi squassavano, a ondate, mi laceravano. Poi, di colpo, si placarono, e io restai così muta e inerte che l'ostetrica mi controllò il battito, certa che stessi per morire. Ma io strinsi i denti, chinai la testa e spinsi con tutte le forze, finché avvertii un corpicino magro venire alla luce.

« È un maschio » disse l'ostetrica, sistemandolo tra le mie braccia. Un maschio. Strillava come un ossesso, sgolandosi con una vocetta stridula che mi fece salire le lacrime agli occhi. Strinsi al petto il fagottino, avvolto nelle fasce, e piansi di sollievo.

Quella sera, mentre mio figlio dormiva, io restai sveglia a guardare il fremito delle sue ciglia, ad ascoltare il suo respiro, calmo e tiepido, sfiorando in punta di dita le sue manine minuscole. Volevo dargli tutto. Non l'avrei cresciuto in un lurido monolocale, scacciando gli scarafaggi persino dal letto e risparmiando ogni centesimo solo per comprargli un paio di scarpe. Quel bambino era il mio capolavoro e meritava il meglio.

Forse, in segreto, avevo temuto che quello che avevo passato mi avesse resa inadatta alla maternità, come un albero avvelenato non può dare frutti. Ma dall'istante in cui mio figlio venne al mondo, lo amai come non avevo mai amato nessuno. Scommetto che ti sorprende sentirmi dire così. Mi avrai pensata il tipo di persona capace di amare soltanto se stessa.

Ma insieme all'amore provai anche un impeto di odio. Non per il bambino, ma per tutto ciò che non era lui. La gente sembra credere che, alla nascita di un figlio, una donna sorrida al mondo intero. Che la maternità le spalanchi il cuore e le braccia, inducendola a prendersi cura di tutto e tutti. Be', non c'è niente di più falso. Una madre è una creatura pericolosa. Sarebbe pronta a incendiare la terra, solo per far felice suo figlio.

DAPHNE: Tu hai figli?

[Un impacciato colpo di tosse]

RUTH: Figli? Io non ho neanche un cane! Nemmeno una pianta!
DAPHNE: Mica ci si arriva per gradi, facendo pratica col basilico.
RUTH: Non so niente di bambini!
DAPHNE: Gesù. Sei proprio una ragazzina, intrappolata in un corpo di donna. Non ci vuole una laurea per crescere un figlio. Ai miei tempi si facevano quando non eri ancora cresciuta tu stessa. Voialtre giovani non fate che rimandare, convinte che a un certo punto arriverà il momento perfetto. Che per cambiare un pannolino serva un diploma.
RUTH *[fredda]*: In questo momento sono più concentrata sulla mia carriera professionale. Tu non hai mai avuto una carriera o sbaglio?

DAPHNE: No. Io avevo un lavoro e basta. Oggi il mondo delle donne è cambiato, comprese quelle spiantate, come te e me. Allora non esisteva il concetto di divario retributivo di genere o violenza domestica o molestie sessuali, perché certe cose nessuno le considerava... sbagliate. Erano solo... la quotidianità. Io non avevo un'istruzione, però ho studiato a fondo gli uomini. È questa la mia laurea. Ho imparato a usarli per creare opportunità, per me e i miei figli.

RUTH: E ti sembra... bello?

DAPHNE: No, ma era meglio di niente. Comunque, Ruth, se vuoi dei figli, hai ancora tempo per pensarci. In fondo quanti anni hai? Ventiquattro?

RUTH: Trentadue.

DAPHNE: Oh, Gesù.

Ruth sedeva alla sua scrivania traballante, a guardare sul portatile gli ultimi servizi dei media su Daphne. Dalla finestra scorse un'auto della polizia entrare nel parcheggio del condominio, e si abbassò sulla sedia, sbirciando da dietro lo schermo del computer. La luce di un lampione illuminò il profilo del conducente. L'agente Rankin? Non ne era sicura, ma provò comunque un brivido di inquietudine. Di certo gli somigliava.

Il telegiornale locale riferiva che quella mattina, in centro, c'era stata una manifestazione contro Daphne, organizzata da Tucker Winn, influencer di TikTok e attivista per i diritti del genere maschile.

Dai filmati era evidente che la partecipazione era stata piuttosto scarsa: una trentina di persone, con soltanto tre donne. Agitavano cartelli con scritte come « Bruciate la strega sulla sedia elettrica » e « Basta col genocidio dei maschi ». Tucker salì i gradini all'ingresso del tribunale e diede il via al comizio. Indossava un nastro sul bavero della giacca e una maglietta con lo slogan: *Men's Lives Matter.*

« Daphne St. Clair è una predatrice di uomini. La società moderna venera quelle come lei: una donna che sa ottenere ciò che vuole, che non considera gli uomini come benevole figure di autorità, ma come ostacoli da abbattere! Sia chiaro, io non dico che le donne non debbano avere diritti. Dopotutto siamo in America! Ma erano più felici quando non cercavano di essere uomini! »

Ruth si chiese a quando, con esattezza, risalisse questo periodo mitico in cui le donne erano più felici. Sapeva che il mondo (e internet soprattutto) era ancora pieno di gente che considerava tutte le donne, non soltanto Daphne St. Clair, come una minaccia. Le tornò in mente un commento di Daphne: « I maschi sono sempre a favore dell'emancipazione femminile, finché non ci rimettono qualcosa. Una babysitter. Una cuoca. E si ritrovano costretti a stirarsi da soli le camicie. E il guaio è che, se non ti limiti alle chiacchiere, ci si rimette sempre qualcosa ».

Una notifica dal cellulare. Abbassò lo sguardo sul display. Altre due chiamate perse di sua madre, e un SMS: *Ruth, devi chiudere il podcast. È troppo rischioso. Rinuncia.* Il cuore le accelerò i battiti a quell'avvertimento imperioso. Ovvio che sua madre fosse preoccupata. Ovvio che non la volesse in pericolo.

Ma Ruth non poteva smettere proprio adesso.

La tirata di Tucker era passata a un nuovo bersaglio: il suo podcast. « E quando sento la voce di quella donnaccia, Daphne St. Clair, che su quel cosiddetto podcast si vanta di avere ucciso due uomini – due lavoratori, due *padri di famiglia* – scaraventandoli dalle scale o sotto un treno della metropolitana, la sento ridere della morte di un uomo anziano il cui unico errore era stato innamorarsi di lei, io non mi stupisco. Perché è *questo* il mondo che vogliono le femministe! Posso garantirvi che sono state le radicali di sinistra a convincerla a confessare, per tramutarla in una bandiera del loro movimento! Affinché le femministe possano proseguire indisturbate il genocidio degli uomini! »

Ruth spense il video, già nauseata dalle fesserie di Tucker. Gli omicidi di Ted e Frankie non la toccavano. Erano stati due aguzzini e nessuno ne aveva sentito la mancanza. Ma Daphne aveva ucciso anche innocenti, compreso un delitto che aveva riverberato nella sua stessa vita, lasciando un buco nero nelle esistenze di tante persone. E Ruth voleva la verità.

Fece un respiro profondo, tremulo, poi digitò in fretta e furia un SMS. *Mamma, è stata lei. Ne sono certa. È stata Daphne a uccidierlo. E io lo dimostrerò.* Poi spense il cellulare, senza aspettare una risposta.

No, non avrebbe rinunciato.

Daphne St. Clair si era presa qualcosa di suo, e Ruth era decisa a toglierle tutto.

MangiaPregaUccidi
Quindi niente delitti questa settimana? Che cavolo, a me il true crime piace cruento. Ruth farà meglio a incrementare la conta delle vittime, se no tanti saluti: torno a seguire *Graphic Detail* e *Last Podcast on the Left*!

BibliotecariaD'Assalto
Ti girano le palle che non abbia ammazzato più gente? Morboso.

MangiaPregaUccidi
Perché, a te no? Siamo tutti qui per lo stesso motivo.

ShockBlaBla
Non saprei. Io i true crime li preferisco con un taglio un po' comico.

Rock&Troll
Ricevuto. Ti cercheremo qualche strage divertente, allora. Per tua info: l'idea di ridere dei delitti è più perversa dello splatter.

ShockBlaBla
Quel che vorrei sapere è che fine ha fatto il figlio di Daphne. Sappiamo delle figlie, ma dov'è James? Il cognome non l'ha rivelato, perciò non possiamo neanche cercarlo su Google.

BibliotecariaD'Assalto
In effetti è strano. I media hanno parlato tantissimo delle gemelle, e su di lui manco una parola.

CapoteParty
Sarà morto, immagino.

ShockBlaBla
Eppure Daphne deve averlo amato davvero. Secondo voi è possibile? Essere una buona madre e una serial killer?

MangiaPregaUccidi
La figlia di Dennis Rader diceva che era stato un buon padre.

Rock&Troll
Figurarsi. Spara solo balle.

BibliotecariaD'Assalto
Ma cos'hai nella testa? Per te tutte le donne sono bugiarde.

Rock&Troll
Dimostrami il contrario.

Harper mi telefonò alle tre e mezza del pomeriggio, l'orario in cui di solito tornava da scuola. Parlava sottovoce e in tono concitato, perciò doveva aver chiamato di nascosto, probabilmente dalla sua cabina armadio.

«Ciao, nonna.»

Le avevo provate tutte per addestrare i miei nipoti a usare un nomignolo più raffinato, tipo Gigì o Di, come Lady Diana, ma le mie figlie avevano continuato a insistere su «nonna». Immagino per ficcarmi bene in testa che ormai il mio tempo era passato: una donna utile solo a starsene in cucina a impastare biscotti. Erano sempre state invidiose di tutte le attenzioni che ricevevo, soprattutto dagli uomini.

«Sei gentile a chiamare» risposi. «Come vanno le cose?» Non parlavamo spesso al telefono. Era più bello vederci di persona, scambiare due chiacchiere e poi immergerci insieme in un bel libro di true crime. Harper sembrava apprezzare la quiete, una pausa dal ménage frenetico che le imponeva sua madre, con tutte quelle lezioni di equitazione e festicciole con ragazzini che la detestavano.

«Volevo dirti che online parlano tutti del tuo podcast e, be', di te!»

«Grazie, cara. E cosa dicono?»

«Oh, le solite cose. Che sei un mostro.»

«Pazienza.»

«Ti hanno soprannominata la Vedova grigia» bisbigliò Harper. «Sai, tipo una vedova nera, però vecchia.»

«Davvero?» chiesi. «Potevano inventarsi qualcosa di meglio. Quasi peggio della Nonna ridacchiante...»

«Chi sarebbe?»

«Nannie Doss. Le scappava sempre da ridere quando parlava dei suoi delitti. Qualcuno la chiamava anche Cuore solitario, ma attecchì l'altro soprannome. Magari potrei inventarmi io stessa un nomignolo e suggerirlo a Ruth durante il podcast. Qualcosa tipo la Tentatrice tossica o la Lucrezia Borgia della Florida.»

«È una buona idea. Tranne che forse Lucrezia Borgia della Florida non funziona: troppo lungo. Allora, come va il podcast? Finora a me è sembrato fantastico!»

«Sicura che sia un programma adatto? Vabbè, non sono tua madre. Comunque, Ruth è diversa da come la immaginavo. È insistente e un pochino moralista. A volte la sorprendo a fissarmi come se le avessi sputato nei cereali o roba del genere. E ho anche l'impressione che nasconda qualcosa. Be', almeno questo la rende più interessante» conclusi, allungandomi sullo schienale della poltrona.

Era il sogno di tutti i matusalemme del Coconut Grove: la telefonata spontanea di un nipote davvero interessato a sapere come stavi. E per ottenerla, era bastato confessarmi pluriomicida. La dimostrazione che «ho conosciuto tuo nonno a una fiera di paese» e «ai miei tempi si tirava la cinghia» non erano racconti avvincenti come credevano gli altri reclusi del mio ospizio.

«Non vedo l'ora di sentire il prossimo episodio» proseguì Harper. «Adesso a scuola mi cercano tutti. Ieri Buckley ha portato in classe il pappagallo che gli hanno comprato i suoi come sostegno emotivo, ma nessuno se l'è filato: erano troppo impegnati a farmi domande su di te. Tipo quanta gente hai ucciso, perché hai confessato, se hai fatto a pezzi qualche cadavere: cose così.»

«Bene» dissi, chiedendomi quale supporto emotivo potesse mai fornire un pappagallo. Harper era iscritta a una costosissima scuola privata dove i bambini mangiavano budini al tofu e a ginnastica facevano yoga invece che giocare a palla prigioniera. Non che questo l'avesse protetta dal bullismo, perciò ero contenta che finalmente avesse vinto la lotteria della popolarità. Spiacente, Buckley: la Vedova grigia batte i pappagalli.

Stavamo ancora parlando quando sentii una notifica in sottofondo, il segnale che qualcun altro stava cercando di contattarmi. Due telefonate in un giorno: un evento memorabile per la mia linea fissa!

« Harper, devo andare. Potrebbe essere il mio avvocato. » Era stato lui a sbrigare le pratiche per cambiarmi numero, ed erano in pochissimi a conoscere quello nuovo: le mie figlie, Ruth e, appunto, il legale.

Ci salutammo, poi passai all'altra chiamata.

« Qui è la reception » disse una voce gelida. Ah, l'ennesima dipendente del Coconut Grove che mi odiava a morte.

« E? » chiesi.

« Abbiamo appena ricevuto una chiamata da un investigatore privato. Non ha voluto rivelare il nome del suo cliente, ma sta contattando tutte le case di riposo della zona, per trovarla. Ci siamo rifiutati di parlargli e di confermare che vive qui, ma devo chiederle di stare alla larga dalla finestra e di tenere chiuse le tende. Non sappiamo per chi lavori quest'uomo, o nemmeno se sia un vero investigatore, perciò lo stiamo trattando come una possibile minaccia. »

« Cioè dovrei restarmene tappata nella mia stanza, con la finestra e le tende chiuse, solo perché qualcuno mi sta cercando? Non state un po' esagerando? » mi inalberai io.

Una pausa, poi la voce riprese, più bassa e roca, come se la tizia non volesse avere testimoni del suo sfogo.

« Faccia come più ritiene opportuno. Le direi che la sua presenza ci mette tutti in pericolo, ma tanto so che non gliene potrebbe fregare di meno! E noi siamo costretti a sopportarla finché la polizia non ci libererà della sua presenza. Perciò sì, là fuori c'è qualcuno che la sta cercando, forse per farle del male. Come userà questa informazione è affar suo. »

E riagganciò. Non proprio la cortesia cui ero abituata al tempo in cui ero la fidanzata di Warren e tutti mi trovavano una vecchina così adorabile. A quanto pareva, non avevano ancora mandato giù il fatto che lo avessi ammazzato. Era acqua passata, santo Dio!

Comunque, mi alzai a prendere il deambulatore, raggiunsi la finestra e a fatica tesi un braccio artritico per chiudere le tende. Oltre il prato c'era un boschetto fitto di alberi, festonati di muschio spagnolo e avvolti nella foschia dell'afa pomeridiana. Restai immobile per qualche istante, prendendo in considerazione il boschetto per la prima volta dal mio arrivo in quella struttura. Poteva esserci chiunque acquattato là dentro, a spiare, ad aspettare il suo momento. Cos'avrebbe visto adesso? Un volto pallido e rugoso che lo scrutava? Una faccia che riconoscevano dai telegiornali?

Forse una notte, aprendo gli occhi, avrei trovato una sagoma scura ai piedi del letto, con le mani già tese verso la mia gola, decisa a soddisfare un'ossessione patologica o magari a vendicare un torto del passato.

Sbuffai, tirai le tende di scatto, poi andai a controllare che la porta fosse chiusa a chiave.

Che venissero pure a prendermi. Solo... non subito.

TERZO DELITTO

16

A ventotto anni, ero una madre single e squattrinata, ancora in fuga da un passato piuttosto traumatico. Ma ero anche giovane e bella, e vivevo a New York. In circostanze simili puoi compiere miracoli, basta che non ti perdi d'animo.

Dopo una sfilza di demoralizzanti impieghi di fabbrica, mi capitò un colpo di fortuna: fui assunta da Bergdorf Goodman, gli splendidi grandi magazzini sulla Quinta. Acquisii una nuova immagine glamour e un nome all'altezza: Jacqueline Dubois, perfetto per una donna che lavora a Manhattan. Ogni mattina mi vestivo e mi truccavo con la massima cura, affidavo James a una vicina e prendevo la metropolitana. Negli anni Sessanta parecchie donne avevano paura della metropolitana, ma io sapevo che ogni vagone su cui viaggiavo io aveva già un'assassina a bordo. E, in caso di bisogno, sapevo anche quanto fosse efficace la metropolitana stessa come arma del delitto.

Il vero vantaggio di lavorare da Bergdorf era la quantità di ricchi signori che incontravo. Stavo dietro il bancone insieme a una schiera di altre commesse, e li vedevo tutti puntare dritto verso di me. Uscivo con un mucchio di uomini, in quel periodo. E se qualcuno mi giudica una zoccola, posso solo rispondere che è facile rispettare la morale quando le bollette sono tutte pagate e puoi permetterti il pulpito. Non sempre i miei corteggiatori erano attraenti, anzi, in genere erano piuttosto attempati. Ma giovane-e-bello era un binomio già sperimentato, che mi aveva messa incinta e scaricata. E New York è tutt'altra città quando hai soldi da spendere. Dà il suo meglio quando sei brilla di champagne e vedi scorrere le luci sfocate di lampioni e insegne al neon stando al calduccio di un taxi.

Quegli appuntamenti si tramutarono in un secondo lavoro, e io diventai abilissima a capire che tipo di donna volesse il mio accompagnatore del momento, fuori e dentro la camera da letto. Il sesso non era un problema, anche se non mi piaceva molto. Immagino di averlo sempre considerato una transazione, comunque preferivo nettamente quando gli uomini lo compravano anziché rubarlo. Ero sempre a caccia di soldi, e poco importava se erano sotto forma di regali, pasti, o persino un mese di affitto, quando a qualche galantuomo veniva voglia di giocare al principe azzurro.

Non persi mai di vista il fatto che tutto questo era necessario per James, per risparmiargli di crescere nella miseria com'era toccato a me. Al ritorno da ogni appuntamento passavo a recuperarlo dalla vicina e lo sistemavo nel mio letto. Era bellissimo addormentarmi così, accoccolata insieme al mio bambino, con l'aria dalla finestra che mi rinfrescava la pelle sudata. Erano gli unici momenti in cui potevo davvero rilassarmi, restando ferma e in silenzio, con il mio piccolo immerso nel sonno. Momenti in cui sapevo che il mondo era contro di noi, ma anche che eravamo noi contro il mondo.

E poi accadde. Un giorno, al negozio, incontrai la creatura in assoluto più rara, a New York: un uomo con tanti soldi e senza moglie.

Geoffrey Van Rensselaer aveva la carnagione pallida e morbida di un alcolizzato facoltoso, come se l'avessero conservato sotto formalina. Era il tipo di persona che non tocca mai il fondo, perché ogni volta che sfondava una rete di sicurezza ne trovava un'altra, di solito tesa da un vecchio amico di suo padre. Era di statura media e fisico snello, anche se sotto il mento la pelle cominciava a cedere, le guance a farsi un po' cascanti. Però era ancora piacente. Aveva i tratti delicati e la sicurezza arrogante di chi è nato ricco.

Conoscendolo meglio, scoprii che anche nel suo passato c'era stato qualcosa di tragico, per quanto possa essere tragica una vita con un fondo fiduciario e un appartamento nell'Upper East Side. Geoffrey era l'unico figlio di genitori agiati. Il padre era morto e la madre era finita in manicomio dopo essersi presentata una volta di troppo a fare shopping in biancheria intima e stivali di gomma. Ma tutto questo era accaduto quando lui era già ventenne, e aveva alle spalle anni di governanti, scuole private e università della Ivy League. Poteva sfidare il pericolo senza temerne le conseguenze, come fosse protetto dagli angeli invisibili del privilegio.

Capii subito che con lui dovevo giocare con cautela le mie carte. Geoffrey era ricco e scapolo, il tipo di uomo che poteva cambiare per sempre la vita mia e di mio figlio. Ma sapevo di dovermela vedere con la concorrenza. Gli sentivo volteggiare intorno una folla di altre donne, tutte identiche a me: commesse, cameriere, aspiranti attrici, un intero branco di squali che lo assediava, e che rischiava di mettermi in ombra. Perciò feci in modo che mi vedesse con altri uomini, finché un giorno lo trovai davanti all'uscita del negozio, a stringere nervosamente un giornale tra le mani. Notai l'inchiostro di stampa che gli macchiava la fronte, nei punti in cui si era asciugato il sudore.

«Jacqueline, tesoro, non sopporto di saperti con gli altri. Ieri sera, quando ti ho vista in quel locale con Terrence Havemeyers... ho creduto di morire. Sono pronto a impegnarmi: d'ora in poi devi essere soltanto mia.» Il tono era sofferente, ma era pura autocommiserazione. Geoffrey era un uomo viziato, e ad affliggerlo era solo il fatto di non potermi avere. Non perché mi amasse, anzi, io non contavo affatto. Era solo che era abituato ad avere tutto, e non tollerava che la vita lo scontentasse. Ma non aveva importanza. Avevo vinto.

I mesi successivi furono i più gloriosi della mia vita. Geoffrey mi portò ovunque, a New York, e la città stese un tappeto rosso ai miei piedi. Non c'era musicista o intrattenitore che non avessi visto dal vivo, ed era raro che non concludessero la serata bevendo Martini o tirando coca con me. Avevo a mia disposizione un appannaggio esorbitante, sufficiente a licenziarmi dal lavoro, finalmente libera di passare tutto il mio tempo con James, tranne quando Geoffrey mi invitava fuori. E gli hotel... In quei primi mesi, scopammo in tutti i cinque stelle di New York, e anche in un paio oltre i confini dello Stato.

E fu allora che la fortuna mi baciò in fronte per la seconda volta. Mi aveva parecchio trascurata in passato, ma di tanto in tanto persino lei si impietosisce. Una sera Geoffrey si presentò a casa in preda a uno strano nervosismo: doveva parlarmi, disse. Io lo portai in un bar del quartiere, una bettola male illuminata, con la segatura sui pavimenti. Lui aveva insistito per cercare un posto più decente, ma io avevo solo fretta che vuotasse il sacco. Qualunque cosa dovesse contenere: una moglie e una nidiata di figli nascosti da qualche parte, un vizio del gioco che l'aveva lasciato in mutande, una vocazione per il sacerdozio che gli imponeva la castità. Quando un uomo dice che deve parlarti, puoi star certa che non saranno buone notizie.

«Senti, tesoro, ecco come stanno le cose» cominciò. Io attesi, con la borsetta già in mano, pronta a filarmela non appena avesse attaccato la solita solfa dell'«è stato bello, ma...».

«Sono stato dal medico, e... be', butta male. Pare sia cancro» disse, esitando. Non l'avevo mai visto così scosso, agitato, spaventato.

«E non ci sono cure?» chiesi.

«Be', c'è qualche trattamento che possono tentare, ma dicono che al massimo mi restano due anni di vita» rispose, con la voce strozzata, gli occhi gonfi di lacrime. Aveva trentasette anni; doveva aver pensato di averne altri quaranta davanti a sé. Considerato il suo consumo di alcol, io avrei detto non più di venti, ma la prospettiva della stessa cifra senza lo zero doveva essere stata un duro colpo.

«Mi dispiace» dissi, ed ero sincera. Geoffrey era un alcolista e un impiastro, ma la sistemazione «campa fino a ottant'anni e continua a coprirmi di soldi» era stata vantaggiosa per entrambi.

«Jacqueline, non ce la faccio ad affrontare questa cosa da solo. Non mi è rimasto più nessuno, a parte una madre che non mi riconosce nemmeno. Combatterò con tutte le forze, ma comunque vada voglio una moglie e dei figli. Una famiglia.» Mi prese la mano. Io restai immobile, sforzandomi di capire dove andasse a parare. Era una proposta di matrimonio?

«Stai chiedendo di sposarmi?» domandai.

Lui annuì. «E di darmi un figlio. Voglio diventare padre e tramandare il nome di famiglia, per essere certo di non aver sprecato la vita tra feste e bevute.»

Però l'hai fatto, *pensai io,* ed è stato uno spasso.

«Ma cosa farei con un figlio piccolo se... insomma, se succedesse il peggio?» chiesi.

Geoffrey non era diventato un uomo migliore, era lo stesso egoista di sempre. Solo che adesso aveva paura. Non stava pensando alla cosa migliore per me o per un bambino: voleva la certezza di non essersi perso niente e perpetuarsi con un erede, convincersi che ci fosse ancora il tempo di avere tutto.

«Farò in modo che tu e i nostri bambini abbiate una vita agia-

ta anche quando... non ci sarò più» disse. Bambini? Plurale? Gesù, che imbecille. Quanto a lungo contava di trascinarsi come malato terminale?

«Mi stai chiedendo molto» dissi.

«Lo so» rispose lui, con l'implorazione negli occhi. «E so che molte donne non sarebbero disposte a sposarsi e fare figli sapendosi destinate a diventare vedove. Ma ti prego, Jacqueline, dammi qualcosa per cui vivere.»

Aveva ragione. La stragrande maggioranza delle donne avrebbe tagliato la corda. E questo mi dava un vantaggio. Sentii il sapore delizioso del ricatto sulla lingua.

«Io... voglio essere tua moglie e la madre dei tuoi figli» cominciai, avvertendo già le carie che cominciavano a formarsi, per l'eccesso di zucchero nella mia voce. «Ma c'è una cosa di me che ancora non sai. Mia sorella è morta di parto. E suo marito è impazzito per il dolore. Il neonato era rimasto solo, perciò l'ho adottato. Ora ha quasi quattro anni.»

Seguì un lungo silenzio mentre la mia panzana restava sospesa nell'aria. Geoffrey strinse gli occhi. Sapevamo entrambi che era una menzogna; a quel tempo non c'era attricetta di Hollywood che non avesse usato lo stesso trucco, spacciando per «adottivo» un bambino che le somigliava come una goccia d'acqua. Ma lui era disperato. Magari un domani ci avrebbe ripensato, ma quella sera lo avevo in pugno.

«Che gesto nobile» disse, stringendomi la mano. «Facciamo così: tu mi dai un figlio e io adotto tuo nipote. E penserò anche al suo futuro.»

«È un'offerta generosa» dissi, in tono imparziale, come stessimo negoziando un contratto. E in fondo era davvero così.

«Credo che saremo felici insieme, Geoffrey. E chissà, magari riuscirai a vincere sulla tua malattia» dissi, incrociando le dita perché non accadesse.

«Ci spero» rispose lui, scolando il bicchiere.

Fu il giorno più bello della mia vita. Un uomo ricco e con la data di scadenza scritta in fronte si era offerto di sposarmi e di adottare mio figlio. E in cambio dovevo solo dargli qualche bel ricordo e un marmocchio.

RUTH: Non capisco. Da come ne parlavi, mi è sembrato che fossi felice prima di incontrare Geoffrey. Avevi un buon lavoro, una vita sociale, e la possibilità di occuparti di James.

DAPHNE: Forse ho un po' calcato la mano sugli aspetti positivi. Di fatto non avevo un attimo di tregua, e in più dovevo anche portarmi a letto una sfilza di sfigati. Però è vero che mi piaceva essere indipendente. Per la prima volta nella mia vita ero in grado di mantenermi da sola, senza dover rendere conto a nessuno.

RUTH: Ma allora perché non continuare così? Magari col tempo avresti incontrato un vero compagno. Invece hai rinunciato a tutto per sposare un alcolizzato che nemmeno amavi.

[MONTAGGIO: NON INCLUDERE NEL PODCAST]

DAPHNE: Cioè avrei dovuto fare come tua madre, continuando a sgobbare per mantenere un figlio da sola?

RUTH: Sarebbe stato tanto brutto?

DAPHNE: Che mi dici di te? Non avresti preferito crescere con una madre ricca invece che sempre preoccupata di come arrivare a fine mese? Una madre in grado di offrirti un futuro?

RUTH: Forse. Ma non se il prezzo era che sposasse il primo imbecille in grado di sistemarla. Avrei voluto che fosse felice, non soltanto ricca.

DAPHNE: Che vuoi che ti dica? Io non credo neanche di sapere cosa significa essere felici. Tu lo sei?

RUTH: Be', io... non del tutto. Le cose mi vanno un po' storte, ultimamente.

DAPHNE: E vuoi farmi credere che un po' di soldi extra non sarebbero d'aiuto?

RUTH: Può darsi, ma...

DAPHNE: Perché non ti rivolgi a tuo padre? Che lavoro fa?

RUTH: Ora è in pensione. Era chirurgo plastico e aveva un'azienda di famiglia. Però no, non è una strada percorribile. Lui non è... non può aiutarmi.

DAPHNE: I chirurghi plastici guadagnano bene, soprattutto da queste parti. Ti ha almeno inclusa nel testamento?

RUTH: È una questione piuttosto complicata... e non posso parlarne per motivi legali. Comunque, la risposta breve è no.

DAPHNE: Gesù, non te ne va dritta una. Magari dovresti essere tu a cercarti un riccone con un piede nella fossa. Ora, vuoi sapere del mio matrimonio con Geoffrey?

RUTH: Sì, meglio.

[FINE DELLA SEZIONE TAGLIATA]

DAPHNE: Abbiamo sbrigato la faccenda piuttosto in fretta, prima che Geoffrey avesse il tempo di ragionarci a mente fredda. Era facile sposarsi, allora: non c'era il rischio che qualcuno potesse smascherare la tua vera identità solo accendendo un computer. Per l'occasione ho indossato un miniabito di pizzo, con le maniche a sbuffo. Il mio preferito fra tutti i miei abiti da sposa. Ero davvero stupenda, da giovane. Dubito che in caso contrario sarei riuscita a passarla liscia così a lungo. A una donna bella la gente perdona quasi tutto, Ruth. Mi dispiace che l'esperienza ti sia stata negata. È inebriante.

RUTH *[seccata]*: Sei molto gentile. E dopo le nozze?

DAPHNE: Sono rimasta incinta quasi subito. Con ogni evidenza, benché alcolista e malato, il mio neo-marito era ancora piuttosto fertile. Ma forse Dio dà con la destra e toglie con la sinistra. Geoffrey era al settimo cielo nel sapere che aspettavo un bambino. Parlava già di chiamarlo Geoffrey Junior e di come l'avrebbe iscritto alla sua stessa scuola privata.

RUTH: Come sapeva che sarebbe stato un maschio?

DAPHNE: Non lo sapeva. Però era ciò che voleva. Un figlio da destinare a una vita identica alla sua, come se cercasse di clonarsi. Io lo trovavo strano. Per i figli, i ricchi vogliono sempre un futuro uguale al loro passato, mentre i poveri vorrebbero cambiare tutto.

RUTH: Dove vivevate?

DAPHNE: Nello stesso appartamento in cui Geoffrey era cresciuto, nell'Upper East Side. Un posto gigantesco, e arredato con una valanga di pezzi d'antiquariato. Io non avevo mai visto niente di simile in vita mia. C'erano intere stanze inutilizzate, ancora zeppe delle carte di suo padre e dei farmaci di sua madre. James aveva una camera tutta sua e montagne di giocattoli, anche se io avevo nostalgia dei tempi in cui dormivamo nello stesso letto. Quanto a me, le mie giornate erano divise tra lo shopping, le gite con James allo zoo e gli aperitivi con le altre ricche signore.

RUTH: Ma eri incinta!

DAPHNE: Le gravidanze degli anni Sessanta non erano uno strazio come adesso. Nessuno ti faceva la predica sulle sigarette e i cocktail.

RUTH: Dunque, eri felice?

DAPHNE: In teoria sì. Finalmente avevo una vita agiata e rispettabile. Però detestavo essere di nuovo incinta. Questa volta mi sentivo enorme, mi sembrava di avere addosso tutto il peso del mondo. Ero diventata una macchina da riproduzione. E più ingrassavo e più Geoffrey mi tradiva. La diagnosi di cancro l'aveva spinto a eccessi persino più scatenati di prima, come se bere e scopare potessero esorcizzare la paura. La vita mi ha insegnato innumerevoli volte a non aspettarmi mai la fedeltà da un uomo. Se vuoi un compagno fedele, prenditi un cane. E se non ti va di vederlo strofinarsi contro ogni gamba che gli capita a tiro, allora comprati un cactus.

RUTH: Bello stronzo, a tradire una moglie incinta! Tu ci soffrivi?

DAPHNE: Ho toccato un tasto dolente, eh? Be', mi scocciava restare sola. E il fatto che Geoffrey non tollerasse quasi la presenza di mio figlio. James gli piaceva solo quand'era silenzioso e invisibile in un'altra stanza. I ricchi sono tutti così: adorano i loro cagnetti di razza, ma detestano i bambini. Io me ne sarei infischiata, non fosse stato che Geoffrey non aveva ancora mantenuto la parola di adottarlo. Continuava a prometterlo, ma poi rimandava. Era una preoccupazione. L'avevo sposato e avevo accettato di restare incinta perché mio figlio avesse una vita migliore, ma cominciavo a temere di aver pagato un prezzo troppo alto...

17

Le doglie cominciarono una sera di luglio, nell'afa newyorkese. Avevo chiesto a Geoffrey di affittarci una casa in campagna per l'estate, un posto in cui James potesse nuotare e andare in canoa, e dove io avrei potuto dormire nella brezza fresca di un lago. Ma lui aveva insistito per restare in città, dicendo che i migliori ginecologi erano tutti a New York e che non mi conveniva trovarmi a partorire nell'ambulatorio di un qualche medico condotto nelle Catskills. Io sapevo benissimo che il vero motivo era che New York vantava la più alta densità di prostitute per chilometro quadrato di tutto il Paese, e che un bel panorama non puoi scopartelo.

Mi sentivo particolarmente fiacca, quel giorno, incapace di mangiare un boccone. Avevo solo voglia di restarmene a letto a guardare le mie soap opera. Ma mio figlio mi chiese di andare al parco, perciò uscimmo, e passai il pomeriggio stesa sull'erba come una tovaglia da picnic, a fissare un cielo bianco abbacinante.

Stavamo attraversando la strada per tornare a casa quando avvertii le prime fitte, un dolore che mi squassò da capo a piedi, così lancinante da sfocare tutto intorno a me. Mandai James da un amichetto che abitava nel nostro palazzo, sperando di non averlo salutato per l'ultima volta. Sentivo il confine tra vita e morte assottigliarsi di minuto in minuto. Allora non era come adesso: quando entravi in travaglio, la morte era già sulla porta, pronta a varcare la soglia. Se non possiamo sopravvivere entrambi, pregai, prendi il bambino. Geoffrey era completamente inaffidabile. Se fossi morta, avrebbe piazzato James in orfanotrofio ben prima di andarsene a sua volta al Creatore. Ma chi stavo pregando, poi? Io non credo in Dio, e ammesso che esistesse davvero, fino a quel momento non aveva mai dato cenno d'avermi ascoltata.

Se Geoffrey si fosse precipitato subito in quella stanza d'ospedale, mentre ero così sola e spaventata, si sarebbe guadagnato la mia leal-

tà eterna. O almeno per un paio d'anni, finché avesse tirato le cuoia. Gli avevo lasciato un messaggio in portineria, ma dubitavo che sarebbe rincasato in tempo. Giurai a me stessa che, se fossi sopravvissuta, avrei cambiato vita. Di certo non sarei tornata a quella di prima, quando lavoravo tutto il giorno, senza avere neanche un minuto da dedicare a James. Volevo la vita che Geoffrey mi doveva, solo senza averlo tra i piedi.

In quel letto, persi ogni cognizione del tempo. A volte c'erano altre persone nella stanza, medici e infermiere, ma a me sembravano solo ombre sul muro: nei miei ricordi, quel parto lo vissi in totale solitudine. Mi sembrò di scorgere la fiammata rossa di un tramonto dietro i vetri della finestra, e la mia mente tornò a quelli immensi, in technicolor, che avevo visto nelle praterie del Saskatchewan, quando mi fermavo un momento ad asciugarmi il sudore dalla faccia o dovevo correre nel gabinetto esterno, mentre il vento gelido sollevava mulinelli di neve asciutta come sabbia. Ero atterrita, come un animale in trappola, con gli occhi bianchi di paura, gli arti che tremavano: per questo avevo ricordato la fattoria, quando vivevo nel terrore dei capricci del clima e di mio padre. Poi un'ennesima, misericordiosa contrazione spazzò via i ricordi, e mi trovai a fissare i grattacieli, illuminati come torte di compleanno.

«Adesso devi spingere» dissero. Ma io lo sapevo già. Certe cose una donna le impara dal mondo, altre le sa fin dalla nascita. Qualcosa si stava lacerando da dentro, si staccava da me. Il dolore mi paralizzò dalla vita in giù, mentre le mie braccia si dimenavano, le mani si aggrappavano al lenzuolo. Urlai, spinsi, e di colpo qualcosa scivolò fuori, qualcosa di rattrappito e viscido, come un pollo crudo. Sentii uno strillo acuto e ricaddi all'indietro sul letto. Il bambino era nato.

«È una femminuccia» annunciò il medico. Io risposi con un sorriso stremato. E tanti saluti a Geoffrey Junior. Una parte di me era felice che Geoffrey non avesse la possibilità di marchiare la mia creatura con il suo nome, imprimendo la sua identità sul mio bambino come i bavosi baci da ubriaco che mi stampava in faccia. In qualche angolo della città, il bastardo stava facendo il cascamorto con la figlia di qualcun altro, senza sapere che adesso anche lui ne aveva una.

Cominciai a rilassarmi. Il parto è impossibile da descrivere. È un momento di pericolo, un'esperienza pazzesca, un terremoto di emozioni senza nome. Nessuna donna lo dimentica, ma quando cerchi di parlarne, annaspi invano in cerca delle parole, scoprendo che è una cosa che puoi solo vivere, mai comunicare.

Poi un'altra ondata mi travolse, e io mi lasciai sfuggire un grido, scioccata dal tradimento del mio stesso corpo. Il bambino era nato. Che altro voleva da me?

Il medico e l'infermiera mi palparono con cura la pancia, parlottando nel loro gergo incomprensibile. Io restai inerte, appena consapevole dell'assenza di mia figlia, che un'infermiera aveva portato in un'altra stanza.

«Sono gemelli. Deve ricominciare a spingere.»

Il dolore mi afferrò di nuovo, come una morsa, ma io avevo esaurito le forze. In quell'istante fui davvero certa di morire. Ero così sfinita che cominciavo ad avere le allucinazioni. Avevo dato tutto per partorire la prima bambina, e adesso ero come scorticata, a sanguinare su quel letto. Tutto cominciava a sbiadire – la mia patetica vita, la sporcizia, la disperazione, le cose che gli uomini mi avevano fatto. La mia vista si annebbiava, si oscurava, e scorsi una sagoma in un angolo della stanza. Era Ted, venuto a trascinarmi all'inferno? Oppure mio padre, venuto a riportarmi a casa? Dovendo scegliere, preferivo Ted.

Strizzai le palpebre, pronta a gettare la spugna. Ero stanca di lottare. Ma poi mi venne un pensiero. Sì, c'erano stati tempi duri. Anni e anni di sofferenze. Io però ero sopravvissuta. Sarei potuta morire già mille volte, se non mi fossi salvata da sola. Restando a Lucan per finire incinta a sedici anni e morire dissanguata nella baracca di mio padre, cercando di partorire il figlio di un incesto. Oppure impiccandomi nel fienile per sfuggire al predicatore, perché tanto nessuno avrebbe creduto che mi stuprava. O ancora finendo io in fondo alle scale, al posto di Ted, riducendomi a un mucchietto di ossa e speranze infrante.

Invece ero sopravvissuta. A Ted, a mio padre e al predicatore, e sarei sopravvissuta anche a Geoffrey, e al fottutissimo mondo intero, se necessario. Avrei fatto cose che nessuno di loro avrebbe mai neanche sognato. Ma dovevo salvarmi da sola.

Così ricominciai a spingere, e tutto sparì nel bianco abbacinante del dolore. Spinsi con tutte le forze, sola nel caos.

«Due gemelline, come sono graziose!» disse l'infermiera, con un sorriso, mettendomele tra le braccia, come due filoni di pane appena sfornati. Non provai l'impeto d'amore che mi aveva suscitato James. Forse perché mi ricordavano Geoffrey, oppure perché non riuscivo a perdonare loro di avermi costretta a un parto gemellare. Ma nemmeno mentre giacevo in quel letto d'ospedale, sfinita e amareggiata, dimenticai la promessa fatta a me stessa. Le cose dovevano cambiare.

DAPHNE: Era una faticaccia occuparsi di due neonate, molto peggio che di uno solo. Nelle giornate nere, quando finalmente mi si addormentavano addosso, mi sentivo in trappola, come sepolta viva. E poi sapevo che quella nidiata di figli mi avrebbe resa meno attraente agli occhi degli uomini. Dovevo sembrare il tipo di ragazza cui basta stare sottovento a un maschio per restare incinta! Erano gli anni Sessanta; la donna ideale era Jackie Kennedy, non Ethel.

RUTH: Amavi le gemelle? Quand'erano piccole?

DAPHNE: Senti, certe cose sono complicate. James era appartenuto soltanto a me, e già solo guardarlo mi rendeva felice. Era stato la prova che non ero una cattiva persona. Amare Diane e Rose era più difficile. Erano adorabili, beninteso, ma esistevano l'una per l'altra. Mi escludevano.

RUTH: Dev'essere dura da ammettere, soprattutto considerato che potrebbero essere in ascolto.

DAPHNE: Be', ho già confessato una serie di omicidi, quindi perché dovrei farmi degli scrupoli? Però è vero, le madri non parlano di certe cose, e a quel tempo meno ancora di adesso. È assurdo. La gravidanza cambia per sempre il tuo corpo, con il parto rischi la pelle, la maternità distrugge la tua libertà, e a te tocca dire che è tutto un miracolo, una scampagnata nel paradiso terrestre. Però ho fatto davvero del mio meglio per le mie bambine, perché sapevo cosa si prova a essere indesiderati.

RUTH: E hai imparato ad amarle?

DAPHNE: Sì. E poi era divertente fare compere per le femmine. Adoravo andare da Bergdorf e comprare montagne di giocattoli e abitini costosi dalle mie ex colleghe, vederle diventare verdi d'invidia. A essere sincera, mi sa che spendevo un po' troppo a quei tempi. E, proprio come gli uomini, mi stancavo di tutto, appena diventava mio. Ma dopo la nascita delle gemelle, lo shopping era la mia unica evasione. Be', lo shopping, e la dieta.

RUTH: La dieta?

DAPHNE: Per me era essenziale tornare subito in forma. Dovevo essere al meglio, in vista della vedovanza, soprattutto perché avrei avuto tre marmocchi appresso. Dovevo tenermi aperte tutte le porte, mi spiego?

RUTH: Geoffrey non era ancora morto e tu già pensavi al marito successivo?

DAPHNE: Senti, Ruth, nella vita è importante avere un piano. Altrimenti diventerai una pedina nel piano di qualcun altro. Pensa al tuo caso: è evidente che non hai nessun piano per la tua vita. Con il tuo cervello e una laurea, saresti già dovuta arrivare molto più lontano. E senza aspettare l'aiutino di una killer novantenne.

RUTH: Ce l'avevo, un piano. Più di uno, per la verità. Ma sono andati in fumo.

DAPHNE: *Ha!* A me lo dici? Ora, lascia che ti riveli il mio segreto di bellezza. Nemmeno a te farebbe male perdere un paio di chiletti. Una donna deve presentarsi al meglio, quando è single.

RUTH: Fingerò di non aver sentito. *[Sospiro]* Forza: qual era questa dieta miracolosa?

DAPHNE: Succo di pomodoro, caffè nero, mezzo pompelmo e sigarette, con un Martini di tanto in tanto per calmarmi i nervi.

RUTH: Caspita. La ricetta perfetta per farsi venire l'acidità di stomaco.

DAPHNE: Senti, nessuno era sano, a quei tempi. Ci credevamo già dei miracolati per essere sopravvissuti alla guerra, quindi figurati se ci preoccupavamo dei carboidrati e del fumo passivo. E certo, avevo una fame da lupo e mi sentivo da schifo, però avevo anche acquisito una strana lucidità, come se dopo mesi a vivere rintanata in casa mi fossi finalmente riscossa dal letargo. E, adesso che ero sveglia, cominciavo a rendermi conto di quant'era vuota la mia vita.

RUTH: Vuota?

DAPHNE: Ero dimagrita. Mi ero rifatta il guardaroba e poi l'avevo rinnovato da capo, in colori diversi. Ma niente riusciva a distrarmi dalla vera zavorra che mi intralciava: Geoffrey.

HauteHistoire: Salve a tutti, eccoci al nuovo video della nostra serie TikTok ispirata al viaggio di Daphne nell'haute couture! Per cominciare, è stato un vero sollievo che nell'ultimo episodio Daphne abbia finalmente cominciato a dimostrare un po' di interesse per la moda! E in suo onore, oggi ho scelto un ensemble da autentica e ricchissima mangiauomini anni Sessanta. Niente a che vedere con le hippie adolescenti. Questo è il look di un'arrampicatrice sociale arrivata in vetta: una *mise* da Upper East Side, non da Woodstock. E c'è un'unica firma al mondo capace di irradiare quell'aura da Jackie Kennedy con gli artigli, e quella firma è Chanel. Ecco dunque un completo nero di Chanel, vintage ma attualizzato da un paio di stivaletti con tacco e una collana a borchie. Non c'è colore di Coco che non possa funzionare, ma io sconsiglio i completini rosa, che sono sì iconici, ma per i motivi sbagliati! Dopotutto, nessuno, nemmeno Jackie, è riuscito a portare con successo gli schizzi di sangue come accessorio, anche se mi chiedo se Daphne ci abbia provato!

Geoffrey notò la mia trasformazione, e tornò a trovarmi interessante. Ed ecco l'unico lato negativo della faccenda: l'incremento nel numero di notti in cui mi svegliavo con le sue zampacce addosso e il suo alito da sbronzo che mi sussurrava porcherie all'orecchio. Non che avesse smesso di andare a letto con le altre. Quando un uomo comincia a tradirti, è dura levargli il vizio, come quando un cane attacca a pisciarti sul tappeto.

Alla loro nascita, si era esaltato per i suoi «angioletti», in visibilio per le loro boccucce rosa, le unghie delicate. Ma la realtà della vita genitoriale non tardò a farsi sentire: i pannolini puzzolenti, i pianti striduli, le nottate a camminare avanti e indietro in corridoio per addormentare una gemella, per poi ricominciare da capo con l'altra. Beninteso, Geoffrey non faceva niente di tutto questo. Non alzò mai un dito, lasciando il lavoro sporco a me e alle governanti. Ma già solo il fatto di dover condividere il suo appartamento con due marmocchie lo irritava. Credo che il suo vero desiderio fosse quello di trovarsi davanti un figlio già grandicello, pronto a venir spedito in collegio e da riconvocare solo per le occasionali gite in barca padre-figlio.

Credeva che avere un figlio fosse come comprare un bel quadro, qualcosa con cui decorare la casa e suscitare l'invidia degli ospiti. Sogno che si infranse la prima volta che uno dei suoi nuovi quadretti rigurgitò sul suo completo su misura. Alla fine cominciò proprio a odiarci. Restava a fissarci come un rettile, con gli occhi acquosi ridotti a due fessure, e io gli leggevo in faccia che era pentito di avermi sposata e di aver avuto dei figli. Non erano serviti a salvarlo. A quanto sembra i bambini non curano il cancro. Scioccante, lo so, considerato quanto sono noti per le loro proprietà taumaturgiche.

Ma il peggio era che Geoffrey non stava morendo abbastanza in fretta. Avevo incubi in cui lo vedevo inseguire sottane per decenni a venire, mentre io mi fossilizzavo lentamente sul divano, riducendomi all'ennesimo pezzo d'antiquariato del nostro appartamento dell'Upper East Side.

Una sera in cui mi sentivo particolarmente sola, sedetti sul letto a guardarlo tirarsi a lustro in vista di un'altra notte brava. Io indossavo un abito nuovo e quel pomeriggio ero stata dal parrucchiere, ma lui era troppo preso a fischiettare e sistemarsi la cravatta per accorgersene. Detestavo la sua spensieratezza, come se bastasse la prospettiva di lasciarci tutti indietro a farlo camminare a un metro da terra.

«Ehi, perché stasera non resti a casa?» chiesi. «Potremmo stappare una bottiglia di vino, rilassarci un pochino insieme...» Mi sentivo patetica solo a dirlo ad alta voce. Geoffrey nemmeno mi piaceva. Ma mi dava sui nervi vederlo godersi da solo tutto lo spasso che prima era spettato a me.

«Mmm. Magari un'altra volta» rispose, troppo impegnato a controllarsi allo specchio per degnarmi di uno sguardo.

«Guarda che sei stato tu a dire che volevi una famiglia, che non vedevi l'ora di avere una vita domestica» dissi, inasprita. «Oltre a promettermi che avresti adottato James. Tutte balle, dunque? Non riesci a rinunciare alle tue sciacquette neanche per una sera?»

«Sarà che non mi piace il tuo atteggiamento. Ti ho dato tutto, e tu ancora mi tormenti perché una sera mi va di uscire a bere un goccetto?» ribatté, con la voce tesa come una corda di violino.

«Ma se esci ogni sera! So benissimo che mi tradisci!» Sapevo di avere alzato la voce. Detestavo interpretare la parte della casalinga frustrata, ma era stato lui a ridurmi così. Che razza di ingrato. Mi aveva implorata di sposarlo, di dargli un figlio. Io gliene avevo date addirittura due, ero tornata subito bella come prima, e qual era il suo ringraziamento? Un distratto bacetto di seconda mano, che ancora puzzava del dentifricio di un'altra.

«Tu non sai un cazzo. Sei solo una sgualdrina venuta su dal niente, convinta di essere una signora perché lavoravi in un grande magazzino. E io mi ritrovo incastrato con una moglie inacidita, un moccioso che non è neanche mio, e un paio di piscialletto capaci solo di strillare. Perciò ti consiglio di cambiare atteggiamento per quando sarò tornato!» sbottò lui, dando sfogo a tutta la sua malevolenza di snob.

«E tu sei un patetico alcolizzato, che se la fa sotto all'idea di morire!» ribattei. Per tutta risposta lui mi diede uno spintone, scaraventandomi sul letto, e infilò la porta.

Me ne restai lì immobile, paralizzata nella posizione in cui mi aveva lasciata. Una donna normale sarebbe scoppiata in singhiozzi, inzuppando la trapunta di lacrime per poi crollare in un sonno di piombo. Ma a me non andava di piangere. Mi sentivo bruciare da un odio incandescente, che mi lasciò spolpata e secca come un osso nel deserto.

Diventa molto più facile odiare tuo marito quando hai avuto un figlio. È un sordido piccolo segreto di cui non ti avverte nessuno. La sposina che si sdilinquisce sull'uomo meraviglioso che ha avuto la fortuna di incontrare si trasforma in un distillato di acidità e rancore, quando vede il suo uomo restare identico mentre lei non sarà mai più la stessa. Sono donne che passano le giornate a piangere, chiedendosi se si disperano per la mancanza di sonno, per gli ormoni, o se perché il cretino che hanno sposato non riesce a capire che una madre non ha voglia di tramutarsi in una gattina sexy appena ha cinque minuti liberi. E non c'è scampo. Quale che sia la città, quale che sia il ceto sociale, le vedi ovunque: donne che hanno perso la loro luce perché non hanno avuto la possibilità di preservarla.

Certo, quasi tutte il rancore lo imbottigliano. Ne sfogano una parte quando sbottano coi figli o piangono di notte, tormentate dallo spettro della persona che erano.

Ma credo ci siano altre mogli, là fuori, che si sono sbarazzate del marito e l'hanno fatta franca. Donne che finalmente dormono sonni beati, senza il fastidio del consorte o della coscienza. E scommetto che moltissime altre l'hanno almeno sognato a occhi aperti. Le donne hanno bisogno dei loro sogni, anche quelli malvagi, per sopravvivere.

Per quasi tutte, dopo un figlio, restare sposate non è più questione di scelta, ma di necessità. Io invece sapevo che me la sarei cavata benissimo senza Geoffrey. Avere un marito inetto ha un vantaggio: ti toglie la paura di restare sola. Quando lui usciva per un'altra delle sue nottate a base di bistecche e champagne, puttane e gioco d'azzardo (in pratica un veglione di Capodanno ogni sera!), mi sembrava letteralmente di vederlo sperperare il mio avvenire. Ogni dollaro che lanciava sul bancone lucidato di un bar, ogni minuto che passavo ancora sposata con lui, erano un furto alla mia felicità futura. Doveva morire e, dal mio punto di vista, meglio prima che dopo. Perciò decisi di dargli un aiutino.

[MONTAGGIO: NON INCLUDERE NEL PODCAST]

RUTH: Significava uccidere il padre delle tue figlie.

DAPHNE: Perché è tanto difficile immaginare di uccidere un padre? Il tuo, per esempio. Mi hai detto tu stessa che non ha mai fatto parte della tua vita, che aveva avuto una storia con tua madre per poi tornarsene di filato dalla moglie, favorendo i figli legittimi e abbandonando a se stessa quella nata fuori dal matrimonio.

RUTH: Okay, hai tracciato il quadro. E i figli legittimi erano uno solo: una figlia, per l'esattezza.

DAPHNE: E mi hai detto che non ti ha neanche citata nel testamento, escludendoti dalla linea di successione. Non ti fa arrabbiare? Non vorresti che pagasse lo scotto delle sue azioni?

RUTH: Io... no... Non sto troppo a pensarci...

DAPHNE: Non ti credo, menti.

RUTH: Lasciamo stare, okay?

DAPHNE: Insomma, diciamo la verità: che ci sarebbe di male se qualcuno lo facesse fuori?

RUTH: Stai scherzando?! Sarebbe una tragedia se qualsiasi membro della mia famiglia dovesse morire! Stiamo parlando di esseri umani. E d'accordo, mio padre mi ha ignorata quand'ero piccola, però poi mi ha cercata, e ci siamo riconciliati. Io non sono come te, Daphne! La gente riesco a perdonarla!

[Rumore di una sedia che cade a terra. Ruth è scattata in piedi ed è andata in bagno. Dopo un po' fa ritorno]

DAPHNE: Okay, messaggio ricevuto. E non preoccuparti: nessuno ammazzerà i tuoi parenti.

RUTH: Basta così. Io... sono una giornalista, e sto solo cercando di fare il mio lavoro. Perciò lascia fuori la mia famiglia. Cambiamo argomento e basta.

DAPHNE: Figurati, manco mi ricordo di cosa stavamo parlando prima della tua piccola crisi isterica.

[FINE DELLA SEZIONE TAGLIATA]

RUTH: È stato il tuo primo avvelenamento? La polizia dice che è il tuo modus operandi. È vero?

DAPHNE: Sì. Altro che i diamanti: è il veleno il migliore amico di una donna. Gli uomini sono violenti. Vanno matti per i coltelli, perché ai loro occhi è come brandire l'uccello e ficcarlo dentro qualcuno. Le donne invece sono diverse. A loro non interessa il teatro: puntano al risultato, da ottenere nel modo più discreto ed efficace possibile. Dicono sia da codardi, ma non c'è niente di codardo a crescere femmina, sapendo che la terra intera (che diavolo, persino la tua stessa casa!) è piena di maschi che di punto in bianco potrebbero decidere di stuprarti e ucciderti. Vivere ogni giorno con questa consapevolezza senza perdere la ragione: è questo il vero coraggio. Tutti gli uomini che ho sposato pesavano da venti a cinquanta chili più di me. Erano grandi e grossi, e non per loro merito: era la natura ad avergli dato quel vantaggio. Perciò io dovevo usare gli strumenti che la natura aveva concesso a me.

RUTH: Stai dicendo che il veleno è uno strumento del femminismo? Un grande emancipatore delle donne?

DAPHNE: Almeno ti permette di giocare ad armi pari. Però ci vuole fegato a uccidere un po' alla volta; a sorridere a qualcuno mentre gli servi una tazza bollente di mortalità, a tenerlo tra le braccia mentre soffre, per poi svegliarti ogni mattina e servirgli un'altra dose. Tu ne saresti capace?

RUTH: Mai.

DAPHNE: Be', con Geoffrey è stato facile. Ogni mattina doveva prendere una sfilza di pastiglie per tenere a bada i sintomi della sua malattia. E non era uno che prestava molta attenzione ai dettagli... Era più il tipo capace di scolarsi una boccetta di profumo se la lasciavi troppo vicina all'armadietto dei liquori, e senza nemmeno domandarsi come mai l'alito gli odorasse di rose. Non è stato difficile trovare in giro le confezioni dei vecchi farmaci per il cuore di suo padre e dei sedativi che prendeva sua madre prima che la rinchiudessero. A quel punto ho dovuto soltanto sostituirli alle sue medicine. Nessuno avrebbe avuto sospetti, perché tutti sapevano che per Geoffrey era solo questione di tempo. E il mio piano non poteva fallire: a ucciderlo sarebbero state le medicine sbagliate oppure il fatto che avesse smesso di prendere le sue. Vittoria in ogni caso.

RUTH: Vittoria per te, sconfitta per lui.

DAPHNE: Non vedo la differenza.

Ci volle un mese e mezzo. Forse avrei potuto accelerare i tempi, ma preferivo procedere con prudenza, affinché tutto sembrasse normale. Geoffrey cominciò a soffrire di disturbi allo stomaco e i medici gli prescrissero altre pastiglie che gli aggravarono la nausea. Diventò sempre più debole, anche se rifiutò eroicamente di smettere di bere. Una sera andò a letto con un doppio whisky e non si svegliò più. Fu il mio primo risveglio accanto a un cadavere, ma di certo non l'ultimo. Rischi del mestiere.

Nel giorno del funerale, vestii le gemelle (che avevano dieci mesi) con due abitini neri e James con il suo primo completo. Per me scelsi un tailleur nero di Chanel e un cappello a falde larghe, con un fitto velo scuro. Non volevo che i presenti mi leggessero il trionfo in faccia quando avessero calato la bara nella fossa. Non intendevo lasciarmi seppellire insieme a un uomo tanto fiacco e deludente. La vita gli aveva dato tutto e lui l'aveva buttato nel cesso. Io avrei fatto di meglio.

> *HauteHistoire*: Non ho potuto resistere a un altro video per voi, perché questo episodio del podcast è stato il migliore finora! Eccovi dunque il mio look funeral-chic. Tutto in nero, ovviamente, ma anche il lutto stretto si può vivacizzare, combinando tessuti diversi. Perciò ho scelto una gonna in lattice a tubino di Saint Laurent, una camicetta con volant di pizzo, un blazer un po' mascolino a tre quarti e un paio di Christian Louboutin super sexy con tacco a spillo, tanto per segnalare agli eventuali papabili presenti alla funzione che oggi dovete recitare il discorso commemorativo, ma domani siete libere per l'aperitivo! E non dimenticate il velo, magari appuntato a un cappello da urlo. In questo mi sono ispirata a Jackie Kennedy ai funerali di Stato. Tra l'altro il velo è anche un ottimo modo per nascondere il fatto che forse siete una vedova non proprio così inconsolabile. Et voilà, la *mise* è completa! Una mia prozia è appena morta in un tamponamento tra buggy al campo da golf, e non vedo l'ora di sfoggiare il look!

MangiaPregaUccidi

Un altro avvelenamento, dunque! Finora nel podcast ha avvelenato Geoffrey, e ammazzato Ted e Frankie con uno spintone. Però sappiamo che anche

Warren Ackerman è morto avvelenato, è solo che non siamo ancora arrivati a quella parte della storia.

Rock&Troll

Certo è proprio da psicopatici, dormire per un mese e mezzo con il tizio che stai avvelenando.

ShockBlaBla

Da BRIVIDO!

CapoteParty

Ehi, qualcuno di voi sa se non sia possibile telefonarle? Ho sentito dire che sta in una casa di riposo e che è contattabile al telefono.

MangiaPregaUccidi

Impossibile. Riceverebbe troppe chiamate oscene.

BibliotecariaD'Assalto

Curioso che il tuo primo pensiero siano state le chiamate oscene. Dice parecchio di te...

Rock&Troll

[questo commento è stato cancellato dal moderatore]

18

Ruth camminava lentamente sulla spiaggia, stringendo un thermos di caffè in una mano e inspirando a fondo l'aria frizzante dell'oceano. L'alba tingeva di rosa il cielo e la sabbia era avvolta in una luce soffusa.

Si era svegliata presto, con la testa piena di cose da fare, e un'altra chiamata persa di sua madre sul cellulare. Aveva sperato di dormire un po' più a lungo, quella mattina, perché la sera prima era rimasta alzata fino a dopo l'una, cercando di smistare la valanga di email che stava ricevendo da mittenti come il *New Yorker* o la NPR, che le chiedevano di rilasciare un'intervista o di scrivere un articolo. Finora aveva sempre declinato, rimandando tutto a dopo la fine del podcast, ma la tentazione era forte.

Aveva anche dedicato ore a montare l'ultimo episodio della serie, ora intitolata *I tre delitti di Daphne St. Clair*. Le rivelazioni sul conto di Geoffrey erano state particolarmente avvincenti, e senz'altro esplosive per le figlie, Rose e Diane, ma Ruth era ancora in attesa di sapere di un altro delitto, e mordeva il freno. Quella mattina si era svegliata con le palpitazioni e un mal di testa lancinante, e aveva deciso che le serviva una pausa dal portatile.

Era ancora presto, eppure la spiaggia era piena di gente che faceva ginnastica o lanciava la palla a un cane. Ruth era strabiliata dall'energia che sprizzavano già a quell'ora del mattino. Notò che molti portavano le cuffiette. Stavano ascoltando il suo podcast? Spesso immaginava i suoi ascoltatori, disseminati in tutto il Paese, o persino all'estero: uomini a passeggio con il cane in una giornata nuvolosa, pendolari bloccati nel traffico, mamme che vagavano senza meta con un bebè in braccio, tutti ad ascoltare la sua voce. Il pensiero era confortante.

Lungo la strada svettavano condomini di lusso, impettiti

come sentinelle bionde, tutti costruiti dal Sunshine Development Group. L'Ashburton, il Blue Diamond, il Seacrest: erano tra i complessi residenziali più costosi della zona. Lo sguardo di Ruth risalì lentamente le linee curve e le luccicanti pareti di cristallo del Seacrest fino a fermarsi sull'attico. Era stupendo, come la prua maestosa di una nave rivolta verso il mare. Ruth sapeva che dall'interno la vista era ancora più spettacolare. Ne sentiva la nostalgia.

Quella spiaggia significava molto per lei. Era stato in un caffè del lungomare che aveva incontrato per la prima volta suo padre. Aveva appena compiuto ventisei anni, e lui era sui settanta. Ruth non sapeva neanche come si chiamasse finché, dal nulla, aveva ricevuto una sua email. Pochi giorni dopo si erano visti in quel caffè, e Richard le aveva chiesto perdono per la latitanza, ammettendo di aver preso le distanze da sua madre affinché la moglie non venisse a sapere della relazione. Ma un anno prima la moglie era morta di cancro, e adesso lui voleva cambiare vita. Aveva rinunciato sia al suo studio medico sia alle partecipazioni nell'azienda di famiglia (il Sunshine Development Group), venduto la villa nella periferia residenziale, ripreso a uscire. Ma il suo desiderio più grande era conoscere Ruth. Quell'anno avevano instaurato un vero rapporto. Richard era sembrato orgoglioso dei traguardi e dell'ambizione di sua figlia, si era detto convinto che sarebbe arrivata lontano e aveva deciso di aiutarla.

Mesi dopo, su quella stessa spiaggia, le aveva fatto una promessa che avrebbe potuto cambiarle per sempre la vita. Aveva cominciato a riflettere sul suo testamento, una questione pressante per un ultrasettantenne che soffriva di diabete e di una quantità di altri acciacchi, e che aveva visto morire la moglie di cancro. In passato non era stato presente per Ruth, aveva detto, ma adesso voleva garantirle un futuro. Lei aveva ripensato spesso a quella conversazione, il momento in cui aveva avuto la certezza di avere un padre che la amava e che da quel momento in poi sarebbe andato tutto per il meglio. Un ricordo felice durato appena un istante. E una fonte di dolore per gli anni a venire.

Bevve un altro sorso di caffè e restò a guardare le creste bianche dei cavalloni. Era bello staccare dal computer, anche se per poco. Ma non poteva indugiare. Da un momento all'altro Daphne sarebbe finita in carcere, e lei avrebbe perso l'ultima occasione di crearsi una carriera, un futuro più simile a quello che suo padre le aveva promesso quel giorno, quando credeva ancora al lieto fine.

Il tempo a sua disposizione era agli sgoccioli.

«Ciao, nonna. Ho sentito l'ultimo episodio del podcast.» Al telefono la voce di Harper era sempre un bisbiglio concitato, probabilmente perché chiamava da qualche anfratto della casa, di nascosto da sua madre.

«Giudizio?»

«È stato interessante, ma anche un po' strano, per me. Voglio dire, tecnicamente il tizio che hai ammazzato era mio nonno.»

Annuii. «Non l'avresti conosciuto comunque, ho solo velocizzato la cosa. Harper... non posso impedirti di ascoltare il podcast, però cerca di ricordare che io non sono soltanto la somma dei miei delitti.»

«Sicura che puoi fidarti di Ruth?» mi chiese lei. «Non ho tanto l'impressione che stia dalla tua parte. A volte ti fa certe domande... come se lavorasse per la polizia.»

«Non credo sia uno sbirro. Anzi, la polizia di qui la detesta proprio. Credo abbia dei trascorsi con loro. Però capisco cosa intendi. Quella ha fiuto.»

«Hai provato a cercarla su Google? Io sto seguendo un forum su Reddit che parla del podcast, con tutti i link agli articoli di Ruth. Ne aveva scritto uno sulla strage di Capodanno a Miami. Le piace risolvere misteri.»

«Oh... Be', buono a sapersi» dissi io, rimpiangendo di non aver chiesto a mia nipote una piccola indagine su Ruth prima di accettare la proposta del podcast. In fondo, cosa sapevo di quella donna? A parte la disastrosa mancanza di gusto nel vestire e di soldi in banca. Non avevo previsto che scavasse nel mio passato. Io volevo solo qualcuno che schiacciasse il pulsante «registra» e condividesse la mia storia su internet. Forse ero stata troppo affrettata nel decidere di affidarle i miei segreti.

«Quasi dimenticavo» proseguì Harper. «Lo sai che hanno postato le tue vecchie foto su *Sexy Devils*?»

«E che diamine è?» chiesi. «Se è roba porno non voglio saperne niente, e non dovresti saperne niente neanche tu.»

«È una pagina Instagram dove la gente pubblica foto di delinquenti sexy, perlopiù assassini. È molto popolare.»

«Un onore, dunque» ribattei io, sarcastica. Non mi ero mai iscritta a Instagram, anche se in un'altra epoca credo l'avrei proprio apprezzato. Avrei passato le giornate a fotografarmi, quand'ero giovane e bella. «E dimmi, chi altro c'è in classifica su questo sito tanto illustre?»

«Oh, i soliti. Perlopiù maschi. Richard Ramirez, Ted Bundy, gente così.»

«Mai subito il fascino di Ted Bundy» dissi. «Dicevano tutti che era così bello, ma secondo me bastava un'occhiata a quegli occhi allucinati per capire che era fuori come un balcone.»

Harper rise. Io guardai il soffitto.

«Secondo me dovresti stare alla larga da quei siti. Ti corrodono il cervello.»

«E se invece da grande divento una detective della Omicidi e risolvo un mucchio di casi proprio grazie alle cose che sto imparando adesso?» chiese Harper. Non riuscivo a capire se scherzasse o parlasse sul serio. Quella ragazzina era una mina vagante.

«Certo. Come tutti quegli astuti detective che hanno beccato me? Non sprecare il tuo tempo. Trovati un lavoro che paghi bene e ti lasci libera nei weekend. È quella la strada giusta.»

«Tipo?»

«Dentista. O se proprio vuoi lavorare nel settore, fonda una società di pulizie per scene del crimine. Ho visto un programma in tv che ne parlava. Guadagnano alla grande lavando il sangue dai pavimenti e smantellando laboratori di metanfetamine.»

«Non è un po' disgustoso?» obiettò lei.

«Altroché. Anche affittare cabine-cesso ai festival musicali, eppure scommetto che fruttano bene. Il segreto per diventare ricchi e potenti è essere disposti a fare cose che gli altri schifano. Pensaci, Harper» dissi, battendomi un dito sulla fronte anche se lei non poteva vedermi.

« Uccidere, per esempio? » domandò lei, subdola.
« Non fare la furba con me » replicai.

« Che ti è preso con le tende? » domandò Ruth a Daphne. « C'è un tempo splendido. Perché da un po' le tieni chiuse? »

Passavano sempre qualche minuto a parlare del più e del meno prima di mettersi al lavoro, un momento per tornare in sintonia prima di cominciare a registrare. Di solito Daphne metteva a frutto la parentesi criticando l'abbigliamento di Ruth. Quel giorno aveva squadrato la sua T-shirt, lavata un numero tale di volte da essere quasi trasparente, e commentato che si vestiva come i vagabondi che viaggiavano di straforo sui vagoni merci durante la Depressione.

« In Florida c'è sempre bel tempo » rispose, sbuffando. « Per la verità... è stato il personale della casa di riposo a chiedermi di tenerle chiuse, perché a quanto pare qualcuno mi sta cercando. »

« Ti cercano? In che senso? » chiese Ruth, provando un vuoto allo stomaco. Restò a fissare i rettangoli scuri delle tende, con la luce del sole, gialla come un tuorlo d'uovo, tutt'intorno ai bordi.

C'erano altri come lei? Persone che volevano giustizia per un caso irrisolto, ma che non potevano vantare un accesso privilegiato a Daphne? O magari gente con piani più oscuri? Ruth capiva la tentazione. Non era facile restarsene seduta in quella stanza, giorno dopo giorno, a guardare una donna che si vantava di tutti gli uomini che aveva ucciso, soprattutto considerato che aveva firmato sentenze di morte per trasgressioni che non erano tutte da pena capitale. Ruth dormiva sonni sempre più agitati, e aveva costantemente lo stomaco sottosopra. Ma doveva tenere duro, resistere finché il racconto non fosse arrivato all'episodio cruciale, a una vittima e a un delitto ben precisi.

« Un investigatore privato, o uno che si spacciava per tale. Non lo so. Qui dicono che potrebbe essere pericoloso, perciò mi hanno ingiunto di barricarmi. »

« Strano quanto tutti si prodighino a proteggere dal mondo una serial killer » osservò Ruth, asciutta, cercando di conservarsi impassibile.

«Già, la vita è piena di sorprese. Di' un po'... la gente chiede mai a *te* cosa si prova a intervistare un'assassina?»

«Di continuo» disse Ruth, aprendo e richiudendo le dita, nel tentativo di sciogliere le contratture per le ore passate alla tastiera.

«E tu cosa rispondi?» domandò Daphne, trapassandola con lo sguardo come una farfalla conficcata da uno spillo. C'era un bagliore sinistro nei suoi occhi, come se le fosse tornato in mente che anche a novant'anni suonati poteva essere pericolosa.

«Be', in genere dico che sei un tipo interessante...» rispose Ruth. «Da *intervistare*» precisò. «Ma che comunque è strano parlare con una persona capace di azioni così terribili. E che mi resta il dubbio che in realtà non mi stai davvero raccontando tutto, e che certi segreti li terrai sempre per te.» Restò in attesa di una reazione. *Dimmi solo che non mi sbaglio su di lui*, cercò di incalzarla con il pensiero.

«Ma quali segreti!» sbottò Daphne. «Sono stata io a confessare, ricordi?»

«Certo. Io però non sono la polizia. E ascoltandoti è inevitabile chiedersi: ucciderebbe una persona che amo? Ucciderebbe anche me?» Aveva abbassato la voce. Quelle domande erano il cuore stesso della vicenda, ma Ruth si era sforzata di mantenere il distacco, di attenersi al ruolo di reporter diligente, interessata solo alla ricostruzione dei fatti.

Uno strano silenzio calò nella stanza. Un silenzio inquietante, da pelle d'oca, con le due donne rimaste a fissarsi. Ruth sapeva quanto Daphne detestasse venir messa alle corde, quanto odiasse i giornalisti che cercavano di coglierla in contropiede. E forse cominciava a temerla, almeno quanto Ruth temeva lei.

Di certo il suo sguardo era minaccioso, pieno di una collera che sobbolliva appena sotto la superficie. Ma oltre alla paura, Ruth provava anche rabbia. Con quale diritto quella donna si era arrogata il potere di vita e di morte sugli altri? Fin dalla prima volta che aveva saputo di Daphne, e capito che era lei la colpevole, l'assassina cercata tanto a lungo, Ruth aveva sentito quella rabbia montarle dentro, avvilupparsi alle sue viscere, riempirle il cuore, i polmoni, la mente, lasciando sempre meno spazio a empatia e comprensione.

« Fossi in te non starei a preoccuparmi troppo » disse Daphne, infine, in tono svagato, ma con una punta di avvertimento. « Io ammazzo solo gli uomini. »

Un altro silenzio. Ruth provò lo strano impulso di afferrarla per quelle spalle ossute, di far ciondolare sul collo fragile quella permanente tinta di nero e la faccia rugosa.

Ma il momento passò. « Non perdiamo il filo » disse, riprendendo la solita danza. « Cos'è successo dopo la morte di Geoffrey? »

« Mi si è aperto il mondo » disse Daphne. « Vendetti il suo appartamento e ne comprai uno fantastico in pieno centro. Assunsi una governante che viveva con noi, per aiutarmi con i bambini, e ripresi a uscire. »

« Eri a caccia di uomini? » domandò Ruth.

Daphne scosse forte la testa. « Macché! Al contrario, li scacciavo come le mosche. Ero ricca! Libera! Certo, magari accettavo un invito di tanto in tanto, ma niente di più. Avrei voluto vivere così per sempre. » Il tono era quasi sognante, e Ruth ne prese nota. Era raro che Daphne sembrasse felice di ricordare il passato, di tornare a immergersi in un momento effimero in cui si era creduta davvero appagata.

Ruth sospirò, sentendosi di colpo svuotata. Se la storia si fosse conclusa lì, se Daphne avesse deciso di tornare in riga e avesse passato il resto della vita crescendo i suoi tre bambini, usando i soldi di Geoffrey per offrire ai figli le opportunità che a lei erano mancate, forse sarebbe stata perdonabile. Sì, aveva ucciso quattro uomini (se non ne aveva taciuti altri), ma due erano stati canaglie violente e il terzo uno sciupafemmine già terminale. C'era anche Warren, certo, ma lui era molto vecchio. Ogni vita è preziosa, d'accordo, ma quasi chiunque avrebbe ammesso che alcune erano un *filino* più preziose di altre. Se la storia fosse finita lì, senz'altro alcuni l'avrebbero assolta.

« Ma allora, perché hai cambiato idea? » chiese Ruth.

Daphne si strinse nelle spalle, e un'espressione assente, a occhi socchiusi, invase il suo volto.

« Per noia. »

QUARTO DELITTO

19

EPISODIO 6: 1968-1970

DAPHNE: Non sono un mostro, sia chiaro. Per alcune delle mie vittime ho dei rimpianti. David Priestly, il mio secondo marito, rientra nella categoria. L'ho conosciuto a New York nel 1968. A quel tempo mi chiamavo Cecilia. Vivevo in centro, in un magnifico nuovo appartamento e con uno strepitoso guardaroba anni Sessanta. A una festa ho addirittura incontrato Andy Warhol, che mi ha implorata di partecipare a uno dei suoi «corti». Ma ho declinato l'offerta. Quell'uomo mi dava i brividi. Non mi sorprende che una donna gli abbia sparato. Non è normale essere tanto fissato con le zuppe.

RUTH: Hai conosciuto Andy Warhol? Wow. Lui era una celebrità.

DAPHNE: Se vivevi a New York abbastanza a lungo, e spendevi quanto me, prima o poi conoscevi tutti. Truman Capote, Mia Farrow, Frank Sinatra. La mia biografia è la storia del Ventesimo secolo.

RUTH: Oltre a una fetta non indifferente del Ventunesimo.

DAPHNE: La parte vissuta in Florida non la conto nemmeno. La Florida è il posto in cui la Storia va a morire. Comunque, era il 1968, e io ero single, bella e invitata a una festa diversa ogni sera.

[MONTAGGIO: NON INCLUDERE NEL PODCAST]

RUTH: Un'esistenza un po' dispendiosa, mi sembra, soprattutto se la tua unica risorsa è un'eredità. O almeno lo immagino...

DAPHNE: Be', tu hai perso una nonna, giusto? Non ti ha lasciato un gruzzolo?

RUTH: Non aveva granché da lasciare. Perlopiù mucchi di vecchi giornali e una quantità di roba dell'ex marito. Era un po' fissata con lui, perché se n'era andato.

DAPHNE: E non sei inclusa nel testamento di tuo padre. Dunque non puoi contare su nessuna eredità.

RUTH: Decisamente no. C'era stato un momento in cui avevo pensato... però no.

DAPHNE: Mmm...

[FINE DELLA SEZIONE TAGLIATA]

•

RUTH: Comunque, l'impressione è che stessi dando fondo al patrimonio. Cosa pensavi di fare quando l'avessi esaurito?

DAPHNE: Trovarmi un altro uomo, prima di arrivare a quel punto. È una forma insolita di pianificazione finanziaria, però funziona.

RUTH: Quindi... David?

DAPHNE: Era di passaggio a New York per lavoro, e fin dal primo incontro ho capito che era una brava persona. Uno di quei rarissimi ricchi che possono aspirare al paradiso, diciamo. Insieme ci divertivamo un mondo, e lui ha prolungato il suo soggiorno perché aveva perso la testa per me. Lo sorprendevo a guardarmi con l'espressione rapita, come se non riuscisse a credere di essere tanto fortunato.

RUTH: Sapeva che avevi tre figli?

DAPHNE: Sì. A volte li portavo persino con me, quando uscivamo insieme. Mica facile, eh? Trovare un uomo disposto ad accettare una donna con tanta zavorra.

RUTH: Ah... ti riferisci ai figli! Sì, non è facile. Mia madre è rimasta quasi sempre single quando io ero piccola.

DAPHNE: Adesso è sposata?

RUTH: Da qualche anno ha un compagno. È un bene. Le è di grande aiuto. La salute di mia madre è... precaria, e lui si presta a fare da autista, svolge persino le faccende di casa.

DAPHNE: Davvero una perla rara. David era bravissimo con i bambini. A quel punto James aveva undici anni e le gemelle sei. Un giorno David ci ha portati a Coney Island: siamo andati sulle giostre e poi a mangiare un gelato sulla spiaggia. Prima di ripartire, ha chiesto ufficialmente la mia mano. Ci trovavamo in un locale di birra e ostriche della Grand Central Station, uno sfondo che nessun newyorkese avrebbe mai scelto per una dichiarazione, perché al tempo quella stazione era una fogna. Ha detto che avremmo vissuto nel Vermont, che sarebbe stato un padre per i miei figli, e che non avrei mai più dovuto preoccuparmi dei soldi. Un'offerta davvero difficile da rifiutare, come un rappresentante di aspirapolvere che blocca la porta con la punta del piede.

RUTH *[scioccata]*: E tu hai accettato? Di sposarlo e trasferirti altrove? Così, di punto in bianco?

DAPHNE: Senti, a quel tempo la gente non stava a ruminare all'infinito sulla scelta se sposarsi o no: infilava l'anello e basta. E poi David doveva avermi sorpresa in un momento di vulnerabilità, perché la mia rutilante vita sociale aveva cominciato a stufarmi. Certo, da ragazza avevo detestato la vita di provincia, ma allora ero *povera*. Credevo che essere ricca in una grande città sarebbe stato molto meglio.

RUTH: Certo i soldi aiutano.

DAPHNE: Non esistono posti sbagliati in cui essere ricchi. Tu sei cresciuta qui, giusto?

RUTH: Già.

DAPHNE: Be', devo proprio dirtelo: dovresti andartene dalla Florida. Ti limita. È adatta ai pensionati, non agli esordienti. Dovresti sceglierti un posto più elettrizzante, tipo...

RUTH: Non dire New York.

DAPHNE: New York!

RUTH: New York non è la soluzione a ogni problema! E io non sono ancora pronta a lasciare la Florida. Ho ancora faccende in sospeso qui. E poi c'è mia madre. Comunque, dimmi di David.

DAPHNE: Ci siamo sposati a New York e poi trasferiti a Leosville, nel Vermont. Io amavo la città, ma David non avrebbe mai accettato di viverci in pianta stabile. E poi volevo dare ai miei figli un'infanzia ideale, tutta la felicità che a me era stata negata. Credo di essermi lasciata intortare dal quadretto in stile Norman Rockwell che David aveva dipinto per me, con i bambini che giocavano in un frutteto mentre io sedevo al sole su una poltroncina di vimini, con un gin rickey in una mano e un numero di *Vogue* nell'altra.

RUTH: Una prospettiva piuttosto allettante, in effetti. Anche se dovrò fare una ricerca online per scoprire cos'è un gin rickey. E i bambini, come reagirono?

DAPHNE: All'inizio sono rimasti scioccati, ma si sono convinti dopo che David ha promesso un cane a James e corsi di equitazione alle gemelle. Le gemelle non avevano alcun ricordo del padre biologico, e per James Geoffrey era stato al massimo un coinquilino molesto. E David era davvero felice che avessi già dei figli. Era rimasto sterile per gli orecchioni presi da piccolo, ma aveva sempre sognato di avere una famiglia. Avevo vinto la tripletta: uno scapolo con un buon lavoro e una splendida casa, entusiasta di diventare padre adottivo.

RUTH: Davvero un esemplare raro.

DAPHNE: Che io stessa ho contribuito a mettere a rischio di estinzione.

[MONTAGGIO: NON INCLUDERE NEL PODCAST]

RUTH: Hai mai distrutto un matrimonio?

DAPHNE: Perché? È lì che poni il limite? Ammazzare uomini va bene, purché non siano già sposati?

RUTH: Ero solo curiosa...

DAPHNE: Curiosa di sapere se sono come tua madre?

RUTH *[seccata]*: Mia madre non ha distrutto nessun matrimonio. Era solo molto giovane, e lui il suo datore di lavoro. E in fondo non c'erano stati strascichi. Lui era rimasto con la moglie.

DAPHNE: Okay, okay, non è il caso di scaldarsi. Tua madre ha cercato di sfasciare un matrimonio e ha fallito: e capirai! Anche se una figlia io la definirei eccome uno «strascico». Comunque. Sì, mi è capitato di uscire con qualche uomo sposato, però li preferivo senza troppi vincoli finanziari. Non mi andava granché la prospettiva di consolarli durante una battaglia legale.

[FINE DELLA SEZIONE TAGLIATA]

«Ed eccoci a casa» disse David, aprendomi la portiera dell'auto. Io scesi e dovetti allungare il collo per contemplare la casa. Era dipinta di azzurro con i profili bianchi, alta tre piani con un tetto spiovente. Riverniciata di fresco, e tirata a lustro. Tutto impeccabile, dalle tendine a quadretti alle finestre alle aiuole fiorite oltre il cancelletto bianco.

«E che casa» mormorai. Lui sorrise e cominciò a prendere le valigie dal portabagagli. Anche i bambini erano scesi dall'auto, restando incantati a fissare l'edificio.

«E ci abitiamo solo noi?» domandò James.

Sorrisi. «Sì, tesoro. Qui non è come a New York. La gente non vive in appartamento. Anche se dubito siano in molti ad avere una casa così.»

«Appartiene alla mia famiglia da più di cent'anni» disse David. «Anzi, la nostra famiglia» aggiunse in tono timido, e appoggiando una mano sulla spalla di James. Mio figlio gli sorrise e lui ricambiò con uno sguardo radioso. Era davvero felice di avere dei bambini, invece che passare i suoi giorni da solo, smarrito in quella casa immensa, incapace di creare abbastanza rumore e movimento da riportarla in vita.

«Benvenuta» mi sussurrò all'orecchio, prendendomi per mano e accompagnandomi sui gradini all'ingresso. Non riuscivo a smettere di sorridere. Davvero niente male per una figlia di contadini cresciuta in una baracca.

L'indomani decisi di portare i bambini ai giardinetti. Tenevo James per mano, con le gemelle che ci seguivano imbronciate, strisciando di proposito i piedi sull'asfalto per rovinarsi le scarpe. Camminavamo all'ombra delle case e la strada era deserta. Era inquietante, come una città fantasma, con i residenti morti dietro le porte chiuse, riversi sui tappeti puliti di fino, sui copriletto profumati alla lavanda. Io ero abituata alla sinfonia di New York, una cagnara di clacson e voci rabbiose che filtrava dalle finestre, lo sferragliare eterno di una città in perpetua costruzione. Almeno i giardinetti erano più vivaci, e James sospirò di sollievo alla vista di altri bambini che strillavano e scorrazzavano.

Sulle panchine era riunito un consesso di mammine modello. Erano infiocchettate come uova di Pasqua, con le gonne a sbuffo in *colori pastello o delicate fantasie floreali, e vitini talmente stretti da far sospettare corsetti impiantati chirurgicamente. Io indossavo una maglia a strisce alla marinara e una minigonna nera sopra un paio di costosissimi stivali. Sembravo una Brigitte Bardot bruna, tutta tette e gambe, ma con tratti più raffinati. Mentre là era ancora Doris Day a regnare sovrana.*

Accesi una sigaretta e restai a guardare distrattamente tre donne che si staccavano dalla mandria e avanzavano verso di me. Mi squadrarono da capo a piedi e sorrisero, ma io lessi nei loro occhi l'ammissione riluttante che io ero bella davvero e loro soltanto decorate. Non ho mai avuto problemi a riconoscere la mia bellezza. È utile avere le idee chiare sui tuoi punti di forza e di debolezza, altrimenti rischi di sprecare la vita affannandoti a diventare neurochirurgo, quando hai la testa dura come il cemento.

«Ben arrivata! Ti stavamo aspettando!» esclamò una delle tre, come fossi in ritardo per un appuntamento.

«Sei la nuova signora Priestly, giusto?» chiese un'altra, con gli occhi puntati sulla mia fede.

«Proprio così!» risposi, in tono giulivo, cercando di irradiare l'effervescenza tipica della sposina a sentirsi chiamare col cognome del marito. A quel punto avevo già cambiato talmente tanti nomi che avrei voluto rispondere: «Non saprei. Mi chiamo così, adesso?».

Indicai con un gesto ai bambini di andare a giocare. Diane e Rose scapparono via, mano nella mano, e furono subito circondate da altri bambini, affascinati dalla loro somiglianza. Era sempre la stessa storia. Piccoli o grandi, andavano tutti matti per le gemelle. E loro accettavano quell'adorazione come qualcosa di dovuto.

James invece esitò, facendo scorrere lo sguardo sul parchetto mentre scavava una piccola buca con la punta del piede. Mi si spezzò il cuore a vederlo così timido, con la testa china a sbirciare il mondo da sotto la frangia. Ma poi individuò un altro maschietto seduto per conto suo, intento a costruire un'elaborata montagna di sabbia, con alberi e ponticelli fabbricati coi rametti. Impiegarono un attimo a fare amicizia, e già nel giro di minuti parlottavano fitto del loro progetto. Mi sentii invadere dal sollievo. È impossibile spiegare a chi non ha figli fino a che punto una madre sia sempre appesa al loro stato d'animo, tanto che persino le delusioni più ordinarie diventano tragedie, perché le vive attraverso i loro occhi.

«Benvenuta in città. Io sono Belinda Vaughn. E loro sono Patsy Beauteen e Carol Davidson» disse la megera numero uno, indicando il resto della compagnia. Incredibile come la cotonatura fosse rimasta perfettamente immobile, indenne agli sforzi del vento di scompigliarla. Era come plastificata dalla lacca. Probabilmente a tenuta antiproiettile.

«Piacere» disse Patsy, appoggiandomi una manina delicata sul palmo, come un dono. Capii all'istante quali fossero i loro ruoli. Belinda era il capo, la bulla che impartiva ordini a tutti. Non era carina, però era magra e sapeva truccarsi, e sono in parecchi a confondere magrezza e make-up per bellezza autentica. Carol invece era un incanto, con una folta chioma dorata e iridi colore del cielo, ma bastava un'occhiata per capire che era il cervello a farle difetto. Mi rivolse uno sorriso assente, manco le fosse toccata una lobotomia all'ora di pranzo. Patsy era la meno graziosa, l'amica bruttina che le altre si tiravano appresso per consolarsi con le sue disgrazie. Che so, un marito alcolista, una suocera dispotica e i figli in riformatorio.

«Salve. Io sono Cecilia» dissi, stringendo forte la mano di Carol, e accertandomi di conficcarle nella carne lo spigolo del mio anello con rubino.

«Abbiamo sentito che tu e David vi siete conosciuti a New York. E che ti ha chiesta in moglie dopo una settimana?» disse Belinda. Sorrideva, ma gli occhi erano piccoli e malevoli, come quelli di un piccione di città.

«Be', qualcosina in più di una settimana» precisai, voltandomi a controllare James, ancora concentratissimo a giocare con il suo nuovo amico. Mi chiesi quali di quei bambini fossero figli del trio di streghe. Considerata la mia cattiva stella, sarebbero diventati amici inseparabili dei miei.

«Perché tanta fretta?» chiese Patsy.

Le sorrisi e mi piantai una mano sul fianco. «Be', non vedevamo l'ora di arrivare qui e conoscervi» risposi, con la voce grondante di melassa. Loro aggrottarono la fronte, sforzandosi di capire se fosse una battuta.

«Comunque siamo felici che David si sia sposato. Temevamo

tutti che restasse scapolo a vita. La gente cominciava a farsi domande su di lui...» disse Patsy. Il sottinteso era lampante. Nel 1968, «scapolo a vita» era un eufemismo di provincia per intendere un uomo effeminato. A New York li chiamavano semplicemente gay.

«E quelli sono i tuoi figli da... un matrimonio precedente?» domandò Belinda, insistendo a scavare. Mi scrutava come fossimo sul ring e lei aspettasse un varco nella mia guardia.

«Sono vedova» risposi, in tono piatto.

All'unisono, mandarono un sospiro di sollievo. «Oh, bene. Cioè, non bene...» si impappinò Patsy. Io continuai a fumare, guardandola annaspare.

«Sai, la nostra è una piccola città, e temevamo che fossi una di quelle divorziate newyorkesi. Donne un po' troppo... disinibite, per Leosville» spiegò Belinda, come se le divorziate fossero una specie infestante, capaci di piombare come uno sciame di cavallette, seducendo gli uomini del posto e traviando i bambini. A quanto pareva, a Leosville rischiavi l'ostracismo per aver servito il dessert sbagliato, mentre a New York dovevi immolare un lustrascarpe a Satana prima che qualcuno inarcasse un sopracciglio.

«Non c'è pericolo. Io i miei mariti me li tengo finché morte non ci separi» dissi, con un sorriso. Il trio ricambiò con un sorriso incerto.

«Saremo felici di accoglierti nell'associazione genitori, nel club femminile e in alcuni dei nostri altri gruppi. Sai, sono le donne come noi a impedire a questa città di diventare... be', come New York» disse Belinda, arrogante. Non dubitavo che fosse presidentessa di tutte quelle associazioni. Probabilmente a Leosville non potevi aprire una bancarella di limonata senza il suo benestare.

«Allora meglio lasciarmi fuori» dissi, già tediata dalla conversazione. «Ho l'impressione che a questa città farebbe bene un pizzico di New York.»

Usai la sigaretta per accenderne un'altra, poi lasciai cadere il mozzicone un po' troppo vicino ai loro piedi. Patsy e Carol sembravano allibite che avessi snobbato l'invito della loro reginetta da due soldi. Ma io non mi lascio calpestare dalle altre, e meno ancora da un gregge di casalinghe decise a rimettere in scena Il signore delle mosche.

Manco a dirlo, il nuovo migliore amico di James era davvero figlio di Belinda.

ShockBlaBla
Non proprio solidale con le donne, vi pare?

BibliotecariaD'Assalto
No, Daphne è il tipo che vive per lo sguardo maschile. Le altre le vede solo come rivali. Anche se è interessante che abbia scelto una giornalista per il podcast.

ShockBlaBla
Come sai che è stata lei a sceglierla?

MangiaPregaUccidi
Facevano tutti a gara per intervistarla. Perché scegliere una tipa qualsiasi che nessuno aveva mai sentito nominare?

BibliotecariaD'Assalto
Magari perché non ha rispetto per gli uomini, e non voleva che fossero loro a raccontare la sua storia. Per lei i maschi possono essere solo o aggressori o burattini.

CapoteParty
Io ho l'impressione che non rispetti proprio nessuno, maschi o femmine.

DAPHNE: All'inizio è stato quasi divertente, come recitare la parte della casalinga per una sitcom. Mettevo i tacchi per andare al supermercato. Ho comprato un libro di ricette. Avevo sofferto tanto in vita mia, e pensavo che a furia di cera per pavimenti, bigodini e fiori freschi in vaso, magari anche la mia anima sarebbe tornata a nuovo. Mi sono addirittura sforzata di apprezzare l'aria pura, tra una sigaretta e l'altra.

RUTH: Insomma, eri nella tua fase di moglie devota. E i tuoi figli come si trovavano, a Leosville?

DAPHNE: Da Dio. Passavano tutto il tempo a giocare all'aperto, scorrazzando nel frutteto insieme ai loro amichetti. Avevamo persino un cane, che James chiamò Ruffles. La vista di mio figlio stretto a Ruffles sui gradini della veranda, a bisbigliargli segreti all'orecchio, quasi compensava le pozze di pipì in giro. Quasi.

RUTH: Una vita davvero perfetta per i bambini. Sarebbe piaciuto anche a me crescere in un posto simile. Una grande casa in una piccola città. Con un mucchio di amici nelle case vicine.

DAPHNE: Molti traslochi, nella tua infanzia?

RUTH: Già. Ho cambiato sette scuole in dodici anni. Dopo un po', ho proprio smesso di tentare di farmi nuovi amici. Leggevo e stringevo i denti, in attesa di andare al college.

DAPHNE: Mi ricordi mia nipote. Spero solo che non finisca come te! A proposito, voglio darti una dritta di stile: quando sei troppo vecchia per le Girl Scout, sei fuori tempo massimo anche per gli zaini.

RUTH: Grazie, prendo nota. E spero anch'io che tua nipote abbia un'infanzia più facile, malgrado la pessima fama che le avrai dato tu.

DAPHNE: Al contrario, secondo me le sarà d'aiuto. Un giorno, quando sarò sottoterra, potrà scrivere un memoir su di me, un bestseller strappalacrime sul rapporto con sua nonna.

RUTH: Chissà che non scriva anch'io un memoir su di te.

DAPHNE: È che ti servirebbe un taglio diverso. Cosa potresti dire che il pubblico non abbia già sentito nel tuo podcast?

RUTH: Magari qualcosa di davvero esplosivo. Esumare qualche scheletro che hai tenuto sepolto, o dimostrare che mi hai raccontato un mucchio di balle.

[Lungo silenzio]

DAPHNE: Non sei abbastanza intelligente da riuscirci.

RUTH: Chi vivrà vedrà... Sarà capitato anche a te di essere sottovalutata, magari persino dalle tue vittime. Ma ora basta divagare. Gli ascoltatori vogliono saperne di più della tua vita a Leosville. Ti eri fatta qualche amicizia, in città?

DAPHNE: Non direi. Però ho cercato davvero di inserirmi. A Leosville non facevo altro: mi sforzavo. Ma non faceva per me. Ogni giorno era uguale al precedente, e non perché lo spasso non finisse mai. Le mie incombenze di casalinga erano una barba, i programmi televisivi erano una barba, e le conversazioni con David erano una barba, perché di cosa potevamo parlare, quando io sprecavo le mie scarpe più belle per andare al supermercato? Sarebbe stata dura anche per te, Ruth, se avessi scarpe decenti.

RUTH: Io...

DAPHNE: Non interrompermi, se no perdo il filo. A Leosville il tempo si trascinava, si allungava a fisarmonica. Non mi riconoscevo neanche più. Anche a New York ero stata una mamma, d'accordo, ma quella era solo una parte di una vita favolosa. Mentre a Leosville potevo essere *solo* una moglie e una madre. E ogni notte, nel letto, cercavo di convincermi che ero felice. Da povera avrei dato qualsiasi cosa per una vita simile, con una bella casa e un marito sollecito e ricco sfondato. Ma c'era una vocina dentro di me che continuava a bisbigliare: *Ti stai buttando via. Con i suoi soldi e la tua libertà, potresti diventare qualsiasi cosa...*

[MONTAGGIO: NON INCLUDERE NEL PODCAST]

RUTH: In un certo senso ti capisco. Io ho passato l'ultimo decennio a scrivere idiozie online, solo per pagarmi l'affitto. Avrei ucciso per avere i soldi necessari a diventare una giornalista vera.

DAPHNE: *Ucciso?*

RUTH: Ecco, magari proprio uccidere no... Diciamo piuttosto che mi sarebbe *piaciuto*...

DAPHNE: Mi sembri un po' nervosa.

RUTH: Grazie, sto benissimo. Scusa, è solo che ho dormito male... Questo podcast sta facendo scalpore, e forse comincio a preoccuparmi un po' per la nostra incolumità. Tua e mia. L'ultima volta che sono uscita dal Coconut Grove, avrei giurato che qualcuno mi pedinava. Ovviamente non posso dimostrarlo, ma...

DAPHNE: Be', io non riesco proprio a immaginare un motivo per braccare *te*. Sono io l'assassina. Tu mi stai solo aiutando.

RUTH: Non direi che ti sto aiutando. Sono una giornalista che vuole arrivare alla verità.

DAPHNE: Certo, come no. Se hai proprio bisogno di una scusa per ricavare un profitto dalla mia storia...

[FINE DELLA SEZIONE TAGLIATA]

RUTH: Dunque non eri felice a Leosville?

DAPHNE: Era come se avessi perso la mia identità. Mi ero ridotta all'ennesima donna anonima incastrata in cucina, a pregare che anche tutte le altre facessero la stessa fine, perché non tollera di sapere che ne esistano ancora di libere.

RUTH: Non sembra piacevole.

DAPHNE: Non fingere di commiserarmi. Tanto lo so cosa pensi, in realtà. Ed è comprensibile. Alla tua età, avrei ucciso perché i miei unici problemi fossero le frustrazioni da povera ricca. Anzi, *ho* ucciso! Cercavo solo di spiegarti che avevo fatto il possibile per evitarlo. Ammazzare David non è mai stato altro che il Piano B.

HauteHistoire: Ehilà, mie amate fashion victim! Oggi vi propongo un viaggetto nel tempo, fino all'America di metà secolo scorso. La nostra ispirazione sarà Nicole Kidman nella *Donna perfetta*, Florence Pugh in *Don't Worry Darling*, o Betty Draper in *Mad men*, prima di scoprire che Don era un fedifrago seriale. Torneremo all'epoca dei tacchi per passare l'aspirapolvere in salotto, dei caschi dal parrucchiere e delle dipendenze da antidepressivi! Per vivere il vostro sogno di ragazza acqua, sapone e pasticche, eccovi un camicione Dolce & Gabbana con cintura di vernice e stampe floreali rosso fuoco. Aggiungiamo un paio di occhialoni da sole a forma di cuore, per dimostrare che sapete ancora divertirvi, malgrado le vostre nevrosi segrete! E, naturalmente, un bel paio di tacchi di Roger Vivier, perché in quegli anni i tacchi erano irrinunciabili, persino sulle pantofole! Un perfetto look da Barbie Vampira, mentre tramate di uccidere il caro maritino.

Passò un anno e io ero sempre più infelice. Non potevo nemmeno confidarmi con qualcuno, perché tutti gli altri, in città, sembravano perfettamente appagati da un ricco palinsesto televisivo con cui ammazzare il tempo fino all'ultimo rantolo. Una sera, mentre lavavo i piatti e David si attardava sulla sua seconda fetta di crostata, provai a parlarne con lui.

«Tu non ti senti mai insoddisfatto di questa vita? Non ti viene voglia di buttare tutto all'aria e ricominciare da zero?» chiesi, guar-

dandolo con la coda dell'occhio. Era seduto al bancone della cucina, come un bambino piccolo sul seggiolone.

«Non più. Prima mi mancava una famiglia. Ma adesso che ho te e i bambini, mi sento davvero realizzato» rispose. Il volto era perfettamente liscio, come se nessuna preoccupazione gli avesse mai corrugato la pelle. E forse era davvero così. Era cresciuto ricco in una tranquilla cittadina in cui conosceva tutti e tutti gli volevano bene. Magari ci aveva messo un po' più degli altri ad accasarsi, ma è universalmente noto che se hai abbastanza soldi, prima o poi, un consorte lo trovi. Soprattutto se sei un uomo. Potresti avere un secondo naso che ti spunta dalla fronte, e ci sarà sempre una venticinquenne belloccia, pronta a lodare la tua anima delicata e il tuo irresistibile senso dell'umorismo.

«È solo che Leosville non mi piace» borbottai. «Mi dà sui nervi. Pensavo che la mia vita sarebbe stata... speciale.»

«Tesoro, con il tempo diventerà più facile» disse lui, cingendomi la vita con un braccio. «È stato un cambiamento radicale, e devi ancora ambientarti.»

«Non voglio ambientarmi» ringhiai, sfuggendo alla sua presa. Lui sembrò ferito, e a me venne voglia di prenderlo a schiaffi. Era troppo accomodante. Avrei dovuto apprezzare la sua bontà, dopo tutte le carogne che mi erano capitate, ma a prescindere da ciò che ha vissuto, quando una donna ti definisce «affidabile», ti sta destinando al macero.

«Ancora un po' di pazienza e finirà per piacerti una vita più stabile» disse, uscendo dalla stanza. Io appoggiai la fronte sul bordo del pensile davanti a me e restai a fissare le bucce di patata che galleggiavano sulla schiuma nel lavabo. Le sue parole mi facevano pensare a un sasso inghiottito da uno stagno. Stabile sul fondo.

Quella notte restai sveglia, stesa accanto a mio marito. Lui dormiva beato, e questo acuì il mio risentimento. Non gli importava proprio che fossi infelice? Perché non si rigirava insonne nel letto, ad arrovellarsi su un modo per aiutarmi? Gli bastava avermi al suo fianco, e la sua gratitudine serviva solo a irritarmi. Ero abituata ad abbattere ostacoli, a trarre spinta ed energia dall'odio che provavo. Ero come un cane randagio che ti azzanna quando gli allunghi un boccone, perché è capace solo di combattere.

So che uccidere è sbagliato. In chiesa non andavo più da un pezzo (capita, quando sei stata aggredita da un predicatore), però « non uccidere » è proprio l'ABC del catechismo, e quello non si dimentica. Eppure togliere una vita non mi ha mai causato sofferenze; semmai è stata la vita a farmi soffrire. Vivere circondata da gente che se ne fregava di me e delle mie aspirazioni. E il delitto è stato un modo per affrancarmi. È stato la mia dichiarazione d'indipendenza (dopotutto adesso sono americana!) e mi ha sempre procurato un brivido, la sensazione di essere padrona del mondo. Non mi vergognavo di ciò che avevo fatto, solo di ciò che era stato fatto a me.

Fissai il soffitto finché i miei occhi cominciarono a vedere lampi nel buio. Il cuore mi batteva all'impazzata, la mia stessa pelle mi stava stretta: qualcosa doveva cambiare o rischiavo di esplodere. Potevo limitarmi a chiedere il divorzio, ma a New York i miei risparmi sarebbero finiti nel giro di sei mesi. Avrei potuto stabilirmi altrove, ma soltanto a Manhattan mi ero sentita davvero me stessa. E senza soldi sarei tornata la poveraccia di un tempo, una campagnola con le scarpe sporche di letame. Una certezza cupa cominciò a crescermi dentro, sospinta dal vortice dei miei pensieri e dal russare tranquillo di mio marito. L'avevo già fatto in passato, e stavo per farlo di nuovo.

David doveva perdere la vita affinché io non perdessi me stessa.

20

BibliotecariaD'Assalto
È questo che le altre casalinghe non dicono. Che dietro tutti quei begli abitini e quelle cucine specchiate, le donne SBROCCANO. Devono ficcarselo bene in testa, tutti quelli che si riempiono la bocca con le gioie della vita domestica, dall'educazione parentale al pane fatto in casa: essere l'angelo del focolare è un supplizio! Spirito di Betty Friedan, batti un colpo, perché siamo di nuovo alle prese col «problema senza nome».

MangiaPregaUccidi
Ammazza, che comizio! Mi puzza di discorso preparato. Da quanto aspettavi di cliccare «incolla»?

Rock&Troll
Ma qual è il problema? Quel David era un cazzo di santo! Un brav'uomo disposto a mantenerla, offrendole una vita agiata, persino ad accollarsi figli non suoi. E invece di fargli un monumento, lei lo avvelena! Ecco perché ci servono le associazioni della manosfera!

MangiaPregaUccidi
Fammi capire... Ti stai davvero chiedendo quel è il problema di una serial killer??? Ancora non avete capito che è fuori come un balcone?!

ShockBlaBla
Okay, non hai torto, però... È un'impressione solo mia, o David era un tipo un po' freddino? Io mica lo vorrei uno così per marito...

BibliotecariaD'Assalto
Be', di certo non le prestava ascolto. Lei gli aveva detto chiaro e tondo che era infelice, e lui l'ha ignorata.

CapoteParty
Non mi sembra un motivo sufficiente per ucciderlo.

Rock&Troll
Ma non mi dire, Sherlock.

DAPHNE: Così ho rispolverato il vecchio piano. Non è stato difficile, perché David non era un tipo sospettoso. Era il genere di persona che nei negozi non controlla mai lo scontrino o gli spiccioli del resto, perché il suo mondo era popolato solo di gente perbene, e ciò che aveva era sempre pronto a condividerlo.

RUTH *[in tono di rimpianto]*: Davvero un brav'uomo.

DAPHNE: Già. Ma vedi di non affezionarti troppo.

RUTH: Come ci sei riuscita? Senza che nessuno si accorgesse di niente?

DAPHNE: Mi alzavo prima dell'alba. È quello il vero momento delle donne, l'unica ora del giorno in cui sono davvero libere, quando in casa dormono tutti. Macinavo le pasticche, riducendole in polvere, e le mescolavo ai fiocchi di latte, perché i bambini detestavano il formaggio, perciò non c'era pericolo che li toccassero. E al risveglio, David trovava una splendida colazione imbandita nella sua cucina inondata di sole.

RUTH: Con cosa l'hai avvelenato?

DAPHNE: Dexilcromato, che è il modo più premuroso di avvelenare qualcuno. Non dà bruciori di stomaco o crisi di vomito. Va dritto al cervello, e gli unici sintomi sono affaticamento e debolezza. Un po' come invecchiare, solo a un ritmo accelerato. David non poteva saperlo, ma adesso ero io a dettare i tempi.

RUTH: Poveretto.

DAPHNE: Guarda che si è capito da che parte stai. Sappi che mi ero trasformata nella mogliettina più tenera possibile, una volta cominciato ad avvelenarlo. Mi veniva naturale, perché appena avviato il mio piano, sono tornata me stessa. Il rischio che mi scoprissero, la consapevolezza di custodire un segreto, il potere che sapevo di esercitare su mio marito mi elettrizzavano. E il giorno in cui si è ritrovato senza forze, l'ho aiutato a salire le scale e gli ho rimboccato affettuosamente le coperte nel suo letto di morte.

Il quarto giorno chiamammo un medico. David aveva insistito e io sapevo che la gente avrebbe cominciato a mormorare se nessuno l'avesse visitato. Ma avvertii comunque una scarica di adrenalina al suono del campanello, e inspirai a fondo per non perdere la calma. Dovevo apparire preoccupata per David, ma non come se avessi qualcosa da nascondere.

Era essenziale conservare il controllo della situazione, evitare che il medico si insospettisse e convincere David che stava ricevendo tutte le cure necessarie. Ma la mia mente era piena di immagini spaventose, con il medico che dopo la visita si voltava di scatto e puntava il dito contro di me. David che mi scoccava uno sguardo pieno d'odio. La polizia che mi ammanettava e mi scortava in carcere sotto gli occhi dei bambini.

Era un azzardo, ma dovevo giocare fino in fondo. Finora era il delitto più rischioso del mio curriculum, perché stavolta non avevo la scusa dell'autodifesa o di una diagnosi terminale. Stavo uccidendo un uomo perfettamente sano che non mi aveva minacciata in alcun modo (a parte la promessa di farmi morire di noia). Quando aprii la porta, però, provai un'ondata di sollievo. Il dottor Penney era un giovane magro e allampanato, con il pomo d'Adamo che saliva e scendeva di continuo. Aveva le orecchie a sventola e i boccoli di un ragazzino. Sembrava terrorizzato alla prospettiva di una chiamata d'urgenza e si stringeva al petto la valigetta con lo stesso fervore di un bambino col suo orsacchiotto.

«Salve» disse, con la voce strozzata.

«Prego, si accomodi.» Gli indicai di entrare, e lui obbedì, inciampando sulla soglia. Si scusò e io dovetti impormi di non sorridere, mentre la mia sicurezza cresceva di minuto in minuto.

«È di queste parti?» domandai, mentre iniziavamo la lunga scalata verso la camera da letto.

«S-sì» balbettò lui. «Cioè, per l'università sono andato altrove, ovviamente. Ma ho appena finito gli studi e sono tornato.» Un neolaureato. Musica per le mie orecchie. Un pivello senza esperienza.

«Chi era il medico della città prima di lei?» chiesi.

«Mio padre» confessò lui. «È morto qualche mese fa, e alla gente di qui serviva un dottore, perciò... be', adesso sono io il loro medico.» Lui stesso non sembrava convinto.

«Be', il suo arrivo è un vero sollievo» dissi, badando a conservare una voce bassa e solenne, anche se avrei voluto saltare dalla gioia.

Aprii la porta e lo invitai nella stanza. Mio marito giaceva nel letto con la testa affondata nei cuscini, come se un peso enorme gli premesse addosso, impedendogli di muoversi.

«Dunque, signor Priestly, qual è il problema?» domandò il dottor Penney.

«David, per favore» mormorò lui. «Negli ultimi giorni mi sento proprio fiacco. Ogni sera prego di svegliarmi più in forze, ma poi passo un'altra giornata a letto, incapace anche solo di tenere gli occhi aperti.» La voce aveva qualcosa di implorante, di febbrile. Stava supplicando quell'uomo di scienza di aggiustarlo.

«Nessun altro sintomo?» chiese il dottore, trafficando impacciato con il manicotto dell'apparecchio per la pressione. Sembrava un mago che fruga nel cappello a cilindro in cerca del coniglio.

«Ho la mente offuscata, non riesco a concentrarmi» rispose David, osservando con aria assente il medico che gli misurava la pressione, come se stesse guardando la scena in televisione.

«La pressione è a posto, direi» concluse il dottor Penney. «Il viso però è molto pallido. Forse una carenza di ferro?» Aggrottò la fronte. Sembrava smarrito, come se si fosse presentato a un esame senza aver frequentato il corso. Probabilmente il padre aveva pensato di tenerlo come assistente per un po', per permettergli di fare esperienza prima di cedergli l'ambulatorio, invece era morto all'improvviso, e adesso lui doveva imparare a nuotare in mare aperto.

«Dice?» domandò David. Il tono del medico era stato interrogativo, e lui aveva bisogno di certezze: una diagnosi definitiva e un piano per tornare alla normalità.

«Penserò io a prepararti tutta la carne rossa che ti serve» intervenni io, in tono rassicurante, sorridendogli e accarezzandogli il braccio. «Se anche non fosse carenza di ferro, una bella bistecca ti risolleverà il morale.»

«Appena una settimana fa ero là fuori a tagliare la legna» mormorò lui, girandosi sul fianco e puntando lo sguardo sulla finestra. «E adesso non riesco neanche ad alzarmi dal letto.»

«Presto tornerai in forma, vedrai» risposi, baciandolo sulla fronte. «Ora accompagno il dottore e poi ti preparo la bistecca.»

Ma lui era già perso nel suo mondo, mentre la luce screziata del giorno metteva in risalto le ombre sul volto scavato.

«Credo sia venuto il momento di ricoverarlo» mi disse il dottor Penney, una settimana dopo. Era un tiepido pomeriggio d'autunno, il tipo di clima che mette una voglia matta di stare all'aperto. Il tramonto diffondeva la sua morbida luce dorata. Io guardavo fuori dalla finestra. Smaniavo dal bisogno di uscire, ma dovevo ancora essere prudente, dimostrarmi una moglie devota e al di sopra di ogni sospetto.

«Io sono pronta a tutto, dottore. David ha continuato a peggiorare e io voglio solo che guarisca.»

«Il primo ospedale con le équipe di specialisti di cui potrebbe aver bisogno è quello di Glendale, e dista due ore di macchina. Li avvertirò oggi stesso, ma per il trasporto rimanderei a domani. Suo marito si è addormentato, e il viaggio sarà sfiancante per lui. Ci metteremo in strada domattina alle otto.»

«Affiderò i bambini a una vicina» dissi. «Magari chiedendole di tenerli per una notte, così potrò restare con lui.»

«Bene» disse il dottor Penney. Scosse la testa, e dopo un paio di tentativi a vuoto riuscì a cavarsi le parole. «Comincio a sospettare che David soffra di una forma di cancro molto aggressiva. Temo che debba prepararsi al peggio, signora.»

«Non so cosa dire» mormorai. Feci un sospiro e mi strofinai gli occhi, arrossati dallo sfinimento di assistere David giorno e notte. Penney annuì, comprensivo.

«A Glendale avremo le risposte che ci servono. A domani.»

«Grazie» dissi, accompagnandolo alla porta. Quando se ne andò, strinsi le labbra e cominciai a preparare il brodo. Presi il veleno dall'armadietto in cui l'avevo nascosto.

Quella sera, mentre il sole spariva dietro le tendine, restai al capezzale di David, rannicchiato nel suo letto come un bambino piccolo. Non so come, sembrava aver capito che era la fine. Lo aiutai a prendere un altro po' di brodo, sapendo che stavolta la dose di veleno era tale che sarebbe morto prima ancora dell'ultimo cucchiaio. Era così confortato dalla mia presenza, la fonte stessa di tutti i suoi mali.

Si spense serenamente, con un sorriso sulle labbra che mi fece sentire quasi in colpa di averlo ucciso. Almeno gli avevo dato la possibilità di diventare marito e padre, andandosene nella convin-

zione di essere amato. Quanto a me, provai uno strano brivido alla sua morte, la stessa emozione di quando ero rimasta a fissare il cadavere di Ted o pensato a quanto il mio gesto in quella metropolitana avesse svoltato la vita ai Flanagan. Questa volta, però, la sensazione fu molto più intensa, come una droga iniettata direttamente in vena. E lo stesso il senso di potere. Un potere puro e assoluto. Ero io a decidere chi viveva e chi no. Tutti esistevano solo in virtù della mia misericordia. E quando hai sperimentato quel potere, be', è difficile tornare alle teglie di pasta al forno e alle sitcom.

David mi aveva amata davvero. Ancora adesso provo un piccolo rimorso per come l'ho ripagato. Credeva che avrebbe passato il resto della sua vita con me. E in fondo ci aveva visto giusto.

21

DAPHNE: Per il dottor Penney la morte di David è stata la prova che aveva il cancro. Immagino gli rendesse più facile affrontare il fatto che uno dei suoi primi pazienti fosse morto senza diagnosi e senza trattamento. Così, già alla comparsa del necrologio sul giornale, il generico «cancro» era diventato «leucemia fulminante». Un decesso come un altro, triste ma ordinario, sul calendario di una piccola città.

RUTH: Quanto a lungo sei rimasta a Leosville dopo la sua morte?

DAPHNE: Due mesi. Detestandone ogni minuto, ma dovevo muovermi con prudenza, accertarmi che nessuno si facesse domande. Poi ho venduto la casa a gente venuta da fuori e ho intascato l'eredità. David era più ricco di quanto avessi immaginato, il tipo di uomo con una rendita sicura e che non spende mai un centesimo per se stesso, risparmiando con accortezza in vista di eventuali avversità. Che nel suo caso ero io. Davvero il marito perfetto. Poi ho caricato i bambini e il cane in macchina e sono partita.

RUTH: Anche il cane?

DAPHNE: Sì, anche il cane. Lo stramaledetto sacco di pulci è sopravvissuto ad altre due delle mie relazioni. Alla fine è morto di vecchiaia, un evento raro sotto il mio tetto.

RUTH: E i bambini come hanno preso il trasloco?

DAPHNE: Hanno pianto come fontane, ma io sapevo che anche a New York erano stati felici. Quanto a me, non stavo nella pelle. Il mondo intero sembrava brillare di possibilità. Leosville era una discarica. Se David avesse abitato in un posto con qualche boutique decente e un paio di locali notturni, forse gli avrei concesso un paio di anni extra.

RUTH: I-io... ancora non riesco a crederci! Hai ucciso un uomo che ti amava, che amava i tuoi figli, solo perché ti annoiavi?

Perché non ti andava di vivere in provincia e volevi tornare a New York?

DAPHNE: Era la soluzione più pratica.

RUTH: Per chi? Di certo non per David! Io avrei dato tutto per un genitore come lui! Non ti disturba avere ucciso l'unico vero padre che i tuoi figli avessero mai avuto? Non pensi al fatto che le tue vittime avevano madri, sorelle, bambini?

DAPHNE: Scusa, ma di chi stiamo parlando, esattamente? David non aveva nessuno.

RUTH: Dico in generale! Una morte violenta lascia tracce sulle persone!

DAPHNE: Su di te senz'altro.

RUTH *[reticente]*: In che senso? Io sono qui solo per raccontare la tua storia.

DAPHNE: Però questo podcast ha lanciato la tua carriera. Dovresti essere felice che io abbia ucciso David, dando al pubblico ciò che voleva davvero: la cattiva della storia, una donna talmente perfida da far sembrare irrilevanti tutti i loro sordidi piccoli segreti: « Oh, almeno sono meglio di lei! ».

RUTH: Non sto cercando di dipingerti come il cattivo. O come un angelo. Quello che voglio è la verità.

DAPHNE: Be', eccotela, allora: David era un brav'uomo, ma io l'ho accoppato lo stesso. L'ho ucciso, ho preso i suoi soldi e ho tagliato la corda. E a quel punto sapevo di averci davvero preso gusto. Per me il delitto non era più una scelta obbligata. Uccidevo perché mi piaceva.

Quando Daphne finì di parlare, Ruth restò in silenzio, con un nodo di emozioni che le stringeva la gola.

Per la prima volta sentiva tutto il peso della situazione. *Sono seduta davanti a un'assassina.* L'aveva sempre saputo, ma solo come un'astrazione, mentre adesso toccava con mano le conseguenze delle azioni di Daphne. Quella donna aveva privato le sue vittime dell'unico tempo che avrebbero potuto passare sulla Terra.

La guardò negli occhi, che a dispetto delle palpebre cascanti apparivano lucidi e astuti come quelli di un corvo. I tre uomini che aveva ucciso prima di David erano stati così sgradevoli che le sue azioni le erano sembrate quasi giustificabili. Ma la morte di David cambiava tutto, cancellando l'immagine di vittima per farla emergere come carnefice. Per Ruth era la prova che Daphne era davvero il killer che aveva cercato, la tessera mancante del puzzle che le era sfuggita tanto a lungo. Dal momento che era stata capace di uccidere David, poteva uccidere *chiunque*.

Prese la bottiglia d'acqua dalla borsa e bevve un lungo sorso, sforzandosi di tenere a bada l'agitazione che sentiva nello stomaco. Stava prendendo tempo, cercando di placare il panico e l'orrore che le avevano invaso la mente, che le urlavano di fuggire. Solo ora capiva che, nelle circostanze giuste, Daphne non avrebbe avuto scrupoli a far fuori anche lei. Non aveva importanza che Ruth fosse una brava persona, o quanto sua madre avrebbe sofferto la sua mancanza, o che lei non le avesse mai fatto del male. Niente di tutto questo poteva salvarla. *Perché per Daphne la sua vita non aveva importanza.* Un pensiero che la riempiva di terrore. E di rabbia.

«Comunque, questo conclude la parentesi di Leosville» disse Daphne, allungandosi sulla sua poltrona e battendo di scatto le mani nodose sulle gambe ossute. Era nauseante, vederla gongolare in quel modo al ricordo di avere assassinato un innocente.

«E poi cos'hai fatto?» chiese Ruth, sperando che il seguito del racconto la portasse a un qualche approdo, una conclusione naturale per interrompere l'intervista e filarsela. Per non dover più guardare in faccia la donna che le aveva rovinato la vita.

«Mi sistemai a New York, ovviamente. E presi anche la decisione di chiamarmi Daphne. Ora che i bambini erano un po' cresciuti, non potevo continuare a cambiare nome, quindi ne scelsi uno che mi piaceva davvero.»

«Ispirato a cosa?» domandò Ruth, a fatica, con l'acqua che minacciava di riaffacciarsi.

«Un programma televisivo» rispose Daphne, stringendosi nelle spalle.

«Era... *Scooby Doo*?» chiese lei.

Daphne ridacchiò. Aveva una strana risata, come un crepitio che le raschiava la gola.

«No, ma nemmeno molto meglio. Una soap intitolata *Confessioni*, da cui ero diventata dipendente quando cercavo di ammazzare la noia a Leosville. Daphne era una stronza ricca che aveva sposato una sfilza di uomini. A volte è vero che la vita imita l'arte.»

«E da allora sei sempre stata Daphne?»

«E lo resterò finché muoio» rispose lei, in tono tranquillo e a volto sereno. La morte era stata una presenza così costante nella sua vita da essere diventata come una vecchia amica, una compagna affidabile che non ti stanchi mai di rivedere.

Mostrerò al mondo intero chi sei in realtà, pensò Ruth, interrompendo la registrazione e cominciando a riporre nella borsa le apparecchiature. Doveva sbrigarsi a montare il materiale, sistemando i file per postare subito l'episodio.

Per prima cosa, però, doveva cambiare di nuovo il titolo.

I quattro delitti di Daphne St. Clair.

Sulla strada del ritorno, incappò in un traffico tremendo e, quando infine entrò nel parcheggio del condominio, il sole era già tramontato, anche se l'aria che le accarezzò la pelle era ancora tiepida e vellutata. Il cielo era di un perfetto blu scuro, e solo gli aloni ambrati dei pochi lampioni interrompevano l'oscurità.

La scala del condominio era una spirale umida e buia. Salendo i gradini, alla luce lampeggiante del neon difettoso, Ruth avvertì una presenza alle sue spalle. Era un uomo, almeno a giudicare dalla stazza, sbucato dal nulla al secondo ballatoio e che ora la seguiva come un'ombra. Provò un brivido sulla nuca. Si sentiva esposta e a disagio, a dare le spalle a uno sconosciuto. I loro passi echeggiarono nella rampa. Ruth indossava un paio di sandali che battevano sui gradini, mentre il tizio portava suole di gomma, e il cigolio segnalò che aveva stretto le distanze.

E muoviti, stronzo, lo incalzò lei col pensiero. *Vuoi deciderti a superarmi? A starmi dietro mi metti ansia.* Magari non lo faceva apposta. Gli uomini non si rendono conto di quanto, senza volerlo, facciano sentire vulnerabili le donne. Anche se alcuni lo vogliono eccome.

Era sempre più vicino, con il piede che atterrava su un gradino appena dopo che quello di Ruth l'aveva lasciato. Superarono il terzo pianerottolo, con la spirale della scala che si perdeva nel buio sopra le loro teste, come la torre di un vecchio campanile.

Doveva girarsi a scoccargli un'occhiataccia? Ma se gli avesse visto un'espressione minacciosa in viso, lo sguardo di chi aspetta solo che la sua vittima si volti e si renda conto di cosa la aspetta? Non era meglio mettersi semplicemente a correre? Forse anche questo era nei suoi piani. E ormai lui era talmente vicino da riuscire a bloccarla solo tendendo una mano. Ruth si chiese se fosse lì di sua iniziativa o perché qualcuno ce l'aveva mandato. Magari i Montgomery l'avevano assunto come sicario, incaricandolo di scaraventarla giù dalle scale così che la sua morte passasse per accidentale. Un ostacolo in meno sulla strada di Lucy.

Accelerò il passo, in vista del suo piano. Spalancò la porta del quarto pianerottolo, il cuore le batteva così all'impazzata che sembrava volerle uscire dal petto. Si girò per richiudere la porta ma lui era già entrato, bloccandola con la sua figura massiccia.

«Oh, Ruth! Che sorpresa!»

L'agente Rankin. In divisa e giubbotto antiproiettile, con un gran sorriso stampato in faccia. E gli occhi che brillavano di piacere al pensiero di averla spaventata.

«Ho una faccenda di polizia da sbrigare nel condominio. Avevo dimenticato che abitavi qui. Appartamento 407, giusto?» chiese.

Lei annuì, diffidente. Era al sicuro? Perché l'impressione era tutt'altra.

«A quanto sento, stai andando avanti con il tuo podcast» riprese Rankin, assumendo il tono di un padre deluso.

Lei annuì di nuovo, eludendo il suo sguardo. Non voleva entrare in casa per paura che lui cercasse di seguirla all'interno.

L'agente scosse la testa con aria contrariata. «Strana coincidenza che sia toccato proprio a te intervistare Daphne St. Clair. Ma forse era inevitabile. Voi due avete *molto* in comune.» Fece una risata vagamente ostile. «Anche se mi piacerebbe proprio che seguissi il suo esempio, decidendoti a confessare. I miei colleghi al distretto sono ancora perplessi, non si spiegano come mai si sia costituita, ma io sono contento che almeno alcuni delinquenti dimostrino un minimo di spina dorsale.»

Ruth era ancora impietrita sul posto.

«Comunque, ora devo andare, Ruth. I Montgomery ti mandano i loro saluti. Ci rivediamo presto.» Ciò detto voltò le spalle e imboccò di nuovo la scala.

Ruth lo guardò scendere i gradini e sparire nel vano scala, poi corse in casa e si precipitò alla finestra. Restò in attesa finché non lo vide uscire, salire su un'auto della polizia e allontanarsi. Dunque non aveva nessuna «faccenda da sbrigare» nel condominio. L'aveva davvero pedinata. Di certo i Montgomery gli pagavano un lauto salario per starle addosso. Ma a che scopo? Per convincerla a piantarla con il podcast o per sbatterla in galera? Impossibile saperlo.

Ruth si era sempre sentita al sicuro quando c'era Jenn con lei, a riempire l'appartamento di suoni confortanti: il brusio delle repliche di *MasterChef*, i suoi passi nelle stanze. Mentre adesso, con la casa vuota, il minimo rumore le riverberava nel corpo come uno sparo. Di notte restava sveglia, con l'adrenalina alle stelle, certa che fosse davvero entrato un intruso.

Non sarebbe stato impensabile. Capitava di continuo che la gente venisse assassinata in casa. Lei lo sapeva meglio di chiunque altro.

Quella sera, preparata la sua valigia, vide accendersi il display del cellulare. Una chiamata di sua madre. Non poteva più continuare a ignorarla.

«Ruth! Sono giorni che cerco di parlarti!»

«Lo so, mamma. Ho ascoltato i tuoi vocali e letto i tuoi messaggi. Però, come ti ho detto, so che è stata Daphne a ucciderlo. Devo solo trovare il modo di dimostrarlo.»

«Ruth, non ha importanza quel che credi di sapere. Quella donna è pericolosa. L'intera situazione è pericolosa! Smetti di scavare, e se hai delle prove devi...»

«Devo cosa? Consegnarle ai poliziotti? L'unico caso che siano riusciti a risolvere da non so quanto tempo è stato quello di una killer che ha confessato di sua spontanea volontà! Da loro non otterremo giustizia.»

«Al diavolo la giustizia, Ruth. Al diavolo la soluzione dei

misteri. Credi che me ne freghi qualcosa?» sbottò Louise. «A me interessa solo che tu sia al sicuro.»

«Mamma, mi dispiace, ma che tu lo voglia o no io non intendo rinunciare» ribatté lei. «Comunque, ho appena fatto le valigie. Vado fuori città per qualche giorno, a condurre ricerche nel Vermont, perciò puoi smettere di preoccuparti. Nessuno si fa male nel Vermont!» Be', tranne David Priestly, ma non era il momento di precisarlo.

«Io non mi arrendo, Ruth. Continuerò a insistere» disse sua madre.

«Sarebbe meglio che smettessi» replicò lei, ma Louise aveva già riagganciato.

Con un sospiro, Ruth si premette il cellulare sulla guancia, sentendo lo schermo tiepido che le si incollava alla pelle. Inspirò a fondo e restò a fissare le ombre oltre i lampioni, dietro la finestra. Si erano mosse? Difficile a dirsi. Ma una cosa era certa. A prescindere dai desideri di sua madre, sapeva di non essere al sicuro. Non più.

BibliotecariaD'Assalto
Okay, quest'ultimo episodio è stato davvero scioccante. Avrò bisogno di parecchio yoga e tè verde per riprendermi.

Rock&Troll
Basta poco a sciogliermi il cuore di panna.

CapoteParty
Povero David. E poveri bambini. Che esperienza tremenda dev'essere stata. Mi auguro solo che la gente lasci in pace Diane e Rose, ora che Daphne ha confessato. Ne hanno già passate abbastanza.

Rock&Troll
Chi, quelle due stronze viziate? Si fottano. Scommetto che David manco lo ricordano.

ShockBlaBla
Non dire assurdità: certo che lo ricordano. È stato la loro unica figura paterna.

Rock&Troll
A Ruth sì che è mancato un vero paparino. D'altronde sono quelle le ragazze migliori...

BibliotecariaD'Assalto
Sei un porco.

CapoteParty
Ehi, qualcuno ha indagato sui delitti ad Abrams, nello Stato di New York? Daphne c'entra qualcosa?

Rock&Troll
[questo commento è stato cancellato dal moderatore]

MangiaPregaUccidi
Al momento sono troppo concentrata sulla strage del Tylenol. Credo ci siano ottime probabilità che sia lei la responsabile.

Rock&Troll
Daphne uccideva PER SOLDI. La strage del Tylenol non ha fruttato un centesimo a nessuno, perciò piantala, una buona volta.

ShockBlaBla
Sul serio. Tanto non abbocchiamo.

22

Ruth contemplava la grande casa azzurra, allibita dalle sue dimensioni. Era esattamente il tipo di casa che aveva sempre sognato da ragazzina, quando passava da un appartamento striminzito all'altro, o leggeva *Piccole donne* in una stanzetta umida. Si ritrovò a riflettere che sarebbe stata felice a crescere lì, ma allontanò subito il pensiero. Non basta una casa a renderti felice. Per quanto, si disse, scrutando quello splendido colosso e immaginando i caminetti e le librerie stipate di volumi al suo interno, male non può fare.

Aveva provato qualcosa di simile alla prima visita nell'attico di suo padre, al Seacrest. Lui si era trasferito là dopo la morte della moglie, perché la casa di famiglia era troppo piena di ricordi, e lei era rimasta incantata dalla splendida vista sul mare, dalla collezione di libri di Richard, dalle foto che documentavano vari momenti della sua vita.

Perlopiù erano ritratti di sua moglie e della figlia, ma lui le aveva indicato con orgoglio il selfie che lo ritraeva insieme a Ruth, ora ingrandito, incorniciato e collocato al posto d'onore sulla sua scrivania. Al tempo lei ne era stata felice, considerandolo il segno che adesso faceva parte della famiglia, ma poi, alla festa di compleanno di Richard, aveva notato che tutti evitavano di guardare quello scatto, così come evitavano di rivolgerle la parola.

Da allora erano passati sette anni. Una vita intera.

Una vita che adesso, sia pure per poco, Ruth si era lasciata indietro, in Florida. Era come la carta di credito usata per pagarsi il viaggio nel Vermont: quel giorno poteva spendere senza pensieri, ma sapeva che a un certo punto, nel futuro prossimo, sarebbe arrivato il conto.

La saga di Leosville aveva tutto per piacere agli appassionati di true crime: casalinghe assassine, ambientazioni pittoresche e i sordidi segreti della provincia americana. Il materiale raccolto dall'intervista richiedeva un po' di contesto: descrizioni della cittadina, le impressioni di Ruth e, soprattutto, interviste con persone che ricordavano David e Daphne. Insomma: l'equivalente di un sorbetto, per permettere agli ascoltatori di rinfrescarsi il palato dopo un piatto forte piuttosto impegnativo.

Ruth si sentiva al sicuro a Leosville, lontana dall'agente Rankin, dai Montgomery, dagli stalker di Daphne. Anche prendersi una pausa dalla vecchietta assassina era un sollievo, sebbene fosse lei il motivo per cui si trovava in viaggio. Per Ruth era sempre più difficile restare in quella stanza, mettere da parte le sue sofferenze personali e rimanere obiettiva. Soprattutto perché Daphne sembrava avere un sesto senso per tutti i tasti sui quali Ruth avrebbe voluto sorvolare, i dettagli dolorosi che non voleva rivelare a una killer così spietata. Ma era proprio questo il problema. Aveva percorso quasi duemilacinquecento chilometri, l'intera lunghezza della costa orientale, ma non poteva sfuggire ai suoi ricordi.

EPISODIO 7: 2022

RUTH *[voce fuori campo]*: Ho superato i gradini, sperando che gli abitanti di quella splendida casa sarebbero stati disposti a parlarmi. Il registratore lo tenevo in mano, bene in evidenza, per presentarmi da subito come giornalista e perché sapevo che le leggi sulle registrazioni nascoste sono un ginepraio. Speravo che mi permettessero di entrare e guardarmi attorno. Pensavo a quanto dovesse essere strano per gli attuali proprietari stare nella camera da letto dove era morto David Priestly, completamente ignari che dopo sessant'anni qualcuno avrebbe finalmente raccontato la sua storia, la sua vera storia. Ho suonato il campanello ed è venuta ad aprirmi una donna della mia età. Ho notato subito che portava i tacchi. Di primo mattino. In casa!

PROPRIETARIA DELLA CASA *[in tono diffidente]*: Desidera?

RUTH: Buongiorno. Mi chiamo Ruth Robinson, sono una giornalista, e sto realizzando un podcast intitolato *I quattro delitti di Daphne St. Clair*. Forse lo conosce?

PROPRIETARIA DELLA CASA: No, mai sentito nominare.

RUTH: Oh. Capisco. Be', Daphne St. Clair è una novantenne che ha appena confessato di avere ucciso una sfilza di uomini nel corso della sua vita.

PROPRIETARIA DELLA CASA *[disgustata]*: Sì, forse ho sentito qualcosa in proposito. Ma lei perché è qui?

RUTH: Be', una delle sue vittime... viveva qui.

PROPRIETARIA DELLA CASA: Qui? Sta dicendo che quella donna ha assassinato qualcuno in casa mia?

RUTH: Esatto. Sessant'anni fa. Un uomo di nome David Priestly.

PROPRIETARIA DELLA CASA: Al tempo ci avevano detto che la famiglia si era tramandata la casa per oltre un secolo, e mi sembra di ricordare che il cognome fosse quello. Dunque lei è venuta a intervistare la gente di Leosville per il suo... podcast?

RUTH: Sì. Speravo che lei potesse concedermi un'intervista, magari permettendomi di visitare la casa...

PROPRIETARIA DELLA CASA *[gelida]*: Perché il mondo intero venga a sapere che qualcuno è stato ammazzato in casa mia? Preferivo non saperlo nemmeno io. Le consiglio di andarsene, prima che chiami la polizia.

[Tonfo di una porta che sbatte]

Ruth tornò in macchina e si allontanò, sentendo lo sguardo della donna che la spiava finché non sparì dietro l'angolo della via. Quell'incontro era stato un buco nell'acqua, ma si augurò che quello con Belinda Vaughn, fissato per l'indomani, andasse un po' meglio.

Ogni volta che intervistava Daphne, Ruth si accertava di spremerle più dati verificabili possibile: indirizzi, nomi, date. Per il podcast, naturalmente, ma anche per mettere Daphne spalle al muro, assediandola con una quantità tale di verità da lasciarle poco spazio per mentire.

Dalla registrazione del suo racconto su Leosville aveva trascritto un elenco di nomi e cercato di rintracciarli. Si trattava di scovare persone di ottanta e novant'anni che abitassero ancora in zona e fossero disposte a parlarle. L'uno dopo l'altro, aveva vistato e scartato i nomi della sua lista, finché ne era rimasto soltanto uno: *Belinda. L'ape regina.*

Imboccò Main Street, seguendo le indicazioni verso l'albergo in cui aveva prenotato una stanza. Guardandosi intorno, ebbe l'impressione che non molto fosse cambiato da quando Daphne viveva in città, sessant'anni prima. Prati curati, facciate lustre di mattoni rossi, e nessun mendicante o negozio sfitto in vista. Chissà come, l'epidemia degli oppioidi che devastava la provincia americana sembrava aver risparmiato Leosville, la città che il fentanyl aveva dimenticato. In ogni vetrina e capannello sulla strada le sembrava di intravedere Daphne, giovane e seducente, un corvo in uno stormo di canarini, ma la sua immagine svaniva appena si girava a guardarla.

La mattina dopo fu svegliata da un messaggio di sua madre che le augurava buon viaggio e la esortava a impiegare quei giorni di pausa riflettendo a fondo sul suo podcast: valeva davvero la pena correre tanti rischi? Ruth lo ignorò.

Collegandosi alla sua pagina Instagram, scoprì che Jenn aveva pubblicato un nuovo libro, e annunciava un firmacopie il giorno stesso, in una libreria di Palm Haven. Era come se la loro separazione non l'avesse neanche scalfita. La vita di Ruth era sempre stata incasinata, ma Jenn era apparsa in un periodo particolarmente difficile: la sua esistenza era stata sconvolta e lei stava cercando di capire se fosse meglio girare pagina, ignorando completamente il passato, o provare a risolvere il mistero che la stava lentamente consumando. Aveva oscillato tra depressione e ossessione finché quel pendolo aveva distrutto la loro relazione, per ironia della sorte appena prima della svolta che Ruth stava aspettando: la confessione di Daphne.

Trovò Belinda seduta nel salottino comune di Willowdale, la casa di riposo di Leosville. L'anziana signora si era impegnata per presentarsi al meglio, impiastricciandosi le ciglia rade con il mascara e strizzando il fisico rotondetto dentro un giacchino ricamato di perline e un paio di pantaloni eleganti, il tutto più adatto a un ricevimento di nozze che a un'intervista. Sembrò delusa dalla tenuta della giornalista, consistente in jeans e felpa, ma ringalluzzì quando Ruth le fece i complimenti per la giacca.

«È stupenda. Davvero raffinata.»

«Oh, mi è sempre piaciuto vestirmi bene. La mia generazione ci teneva a essere in ordine, a differenza di quella di oggi» commentò Belinda, con un sorriso. Ruth sospettava che fosse una frecciatina, e anche se così fosse stato? Quella con la vecchia signora era l'unica intervista importante di tutto il weekend, che per il resto avrebbe impiegato a farsi un'idea dell'atmosfera locale e a sfogliare vecchi giornali in biblioteca.

«Concordo. Il mondo era un posto migliore quando gli uomini portavano giacca e cappello e le donne andavano dal parrucchiere» disse, emulando le banalità che aveva sentito ripetere alle vecchie amiche di sua nonna.

«Parole sante» commentò Belinda, piacevolmente colpita. «Sa, sono davvero felice di rendermi utile alla sua inchiesta. Anche se devo ammettere che mi ha sorpresa scoprire che Daphne era un'assassina, e ancora di più che si sia consegnata lei stessa alle autorità. Io credevo che fosse soltanto un'arrampicatrice sociale come tante.»

«Era stata questa la sua prima impressione di lei?» le chiese Ruth, affrettandosi ad accendere il registratore per non rischiare di perdersi altre malignità. Belinda intrecciò le dita e si appoggiò allo schienale della poltrona, preparandosi a tenere banco.

«Sono ammesse le parolacce? Perché la mia prima impressione di Daphne – o Cecilia, come la conoscevo io – era che fosse proprio una grandissima... stronza.» La parola l'aveva pronunciata in fretta e serrando subito i denti, come per gustarsi una caramella particolarmente saporita. «Non la finiva mai di decantare la sua favolosa vita a Manhattan, vantandosi delle boutique in cui faceva shopping, delle mille celebrità che aveva conosciuto. Ma io avevo capito a colpo d'occhio che era una bifolca ripulita. Tuttavia, non le ho dedicato molte attenzioni perché ero molto impegnata a mandare avanti la mia famiglia. Sa, mi impegnavo molto per essere la migliore moglie e madre possibile» concluse, guardando la sua ospite dall'alto in basso. Ruth aveva creduto che le invidie e le meschinerie passassero sempre più in secondo piano man mano che ci si avvicinava alla fossa, ma evidentemente si sbagliava. Le persone restavano persone, a prescindere dall'età. E di solito erano pessime.

«Suo marito... c'è ancora?» domandò, incerta su come chiedere se il consorte di qualcuno stesse riposando sulla poltrona davanti al caminetto o dentro un'urna sulla mensola.

«Separati» rispose Belinda, secca. «Già da trent'anni, ormai.» Nel dirlo si era incupita, come stesse parlando di una fulgida carriera troncata da un ingiusto licenziamento.

«Tornando a Daphne... Ricorda niente di insolito in lei?» chiese Ruth.

«Be', era legatissima a suo figlio. Il che era strano, perché credo che gran parte delle donne avrebbe perso la testa con due gemelline identiche. Almeno prima che andassero tutte a farsene impiantare sei nelle cliniche per la fertilità. In ogni caso era senz'altro il maschio il suo preferito. Certo lui era un tesoro. Come se la passa, tra l'altro?» chiese Belinda. «Immagino sia stato un brutto colpo scoprire che la sua adorata mammina è un'assassina» aggiunse, con malcelata soddisfazione.

Ruth si chiese cosa spingesse le donne a godere tanto delle disgrazie altrui. Banchettavano su tradimenti e divorzi divorandoli di gusto, succhiando il midollo e poi leccandosi le dita. Forse non era possibile essere nobili ed elevati quando il mondo ti negava ogni potere. Schiacciati al livello del suolo, non restava che scavare nel fango in cerca delle briciole, trovando consolazione nei fallimenti e nei difetti del prossimo.

«Non si sentono da decenni» rispose, «perciò non so se sia al corrente della confessione di sua madre.»

Belinda annuì, stringendo le labbra in una linea sottile. «Be', allora abbiamo qualcosa in comune» disse. «Anche mio figlio William mi ha tolto il saluto. Non ho mai approvavo il suo... stile di vita.»

Ruth sospirò. Non era mai riuscita a spiegarsi perché diamine un genitore potesse decidere di respingere un figlio per qualcosa di così innato come la sessualità. Lei stessa non aveva mai perso tempo a spiegare la propria a Louise. Si limitava ad aggiornarla dei nuovi sviluppi nella sua vita sentimentale, e a informarla se la persona che l'avrebbe accompagnata a un pranzo della domenica era vegana, paleo o soltanto vegetariana vecchia maniera.

«Sa, sono stati gli anni più belli della mia vita, quando i bambini erano piccoli. Sentivo di avere uno scopo» disse Belinda, in tono nostalgico. Ruth si intristiva sempre sentendo le signore anziane parlare di quant'erano felici quando i mariti erano vivi e i figli bambini. Era un promemoria di ciò che le aspettava adesso, e che un giorno era in serbo anche per lei. A volte persino Daphne si inteneriva ripensando al suo passato, anche se in genere capitava al ricordo di come avesse ammazzato un uomo e speso tutti i suoi soldi, il che era un po' meno commovente.

RUTH: Cos'è successo dopo la morte di David? Non per fare la Signora in giallo, ma in città nessuno si è insospettito?

BELINDA *[indignata]*: Cosa? E perché avremmo dovuto pensare male, quando il suo stesso medico continuava a ripetere che era morto di cancro? Peccato che quell'inutile ciarlatano non sia ancora vivo: mi sarebbe proprio piaciuto sentire cosa avrebbe detto in sua difesa!

RUTH: Dopodiché Daphne ha venduto la casa ed è sparita...

BELINDA: Questo non ci ha sorpreso per niente. Certo, era triste che la casa non appartenesse più ai Priestly, ma forse è stato meglio così. Non avrei sopportato che quella donna orribile continuasse a vivere nella casa più bella della città, sentendosi superiore a tutti noi.

RUTH: Capito. C'è altro che vorrebbe aggiungere, su Daphne o in merito a quegli anni?

[Belinda mormora tra sé e si agita sulla poltrona]

BELINDA: Solo che... tutte queste rivelazioni danno da pensare. Viene da chiedersi quanto sappiamo davvero delle nostre vite. A quante altre menzogne ho abboccato?

RUTH *[voce fuori campo]*: Ho lasciato Leosville chiedendomi se avessi davvero scoperto qualcosa sul conto di Daphne. Avevo sperato che il suo passato potesse fornirmi la chiave per decifrarla, permettendomi di risolvere il suo enigma. E forse era proprio per questo che Daphne detestava l'idea che interpellassi altri testimoni. L'unica cosa che ho imparato è che, a prescindere dal nome che usava, dalla città in cui aveva vissuto o dall'uomo che aveva sposato, Daphne è rimasta per decenni la stessa forza malevola e imperscrutabile. Tutte le persone cui ho chiesto di lei hanno risposto la stessa cosa: che era bella, astuta e un po' perfida, il tipo di donna che flirta con gli uomini sposati sotto il naso delle mogli. Ma quelle descrizioni non mi dicevano niente. Gli unici ad averla capita davvero, ad aver visto la vera Daphne, non erano più in grado di raccontarlo.

Ruth era in macchina, di ritorno dall'aeroporto, con i capelli già arricciati dall'umidità (grazie tante, Florida!) quando le squillò il cellulare. Accostò nel parcheggio del condominio e controllò il display. Il numero era sconosciuto, ma lei rispose comunque, nell'eventualità che si trattasse di una bella sorpresa, tipo una consegna di Amazon o il direttore di un giornale che le offriva un contratto a tempo indeterminato (ehi, non c'è niente di male a sognare).

«Pronto?» Lanciò un'occhiata all'indicatore della benzina, poi spense il motore e abbassò il finestrino. Malgrado fosse sera, fu investita da una ventata torrida, manco avesse aperto lo sportello di un forno.

«Pronto, Ruth? Sono Lucy.»

«Ah... ciao» balbettò, sorpresa, e drizzando le spalle sul sedile. Cazzo. Con lei si sentiva sempre una mocciosa imbranata. E non per i quindici anni di differenza e il gap generazionale. A metterla in soggezione erano il contegno regale e il guardaroba impeccabile di Lucy Montgomery, che la rendevano una specie di Ivana Trump di Palm Haven. Era solo questione di tempo prima che diventasse la star di un reality sugli immobiliaristi d'élite, costringendo Ruth a scrivere articoli acchiappalike su di lei.

«Immagino avrai ricevuto la mia lettera.»

«Sì, l'ho ricevuta» rispose Ruth, con cautela, strofinandosi gli occhi stanchi. « È stato bello avere tue notizie. Anche se il tono lasciava un po' a desiderare... »

« Eppure stai continuando con il podcast » la interruppe Lucy, gelida. « Francamente mi sorprendi. Ti rendi conto di cosa stai rischiando? »

Ruth sentiva la testa pesante, e si chiese se la conversazione fosse davvero minacciosa o se era la stanchezza a renderla paranoica. Entrambe le ipotesi sembravano perfettamente plausibili.

« Non ho niente da perdere. Sono anni che mi avete precluso ogni opportunità di carriera. Be', finalmente ho trovato qualcuno che non potete ricattare, imponendogli di bandirmi. Mica facile spaventare una serial killer. »

« Se ti abbiamo reso la vita tanto difficile, perché non te ne sei andata? Presto non avrai neanche una casa. Possiamo sfrattarti quando ci pare. Vattene sulla West Coast a scrivere i tuoi articoletti. Sarebbe meglio per tutti, e a quel punto ti lasceremmo in pace. »

Ruth deglutì a fatica, consapevole che per la prima volta qualcuno confermava i suoi sospetti. C'erano davvero i Montgomery dietro le tante offerte di lavoro sfumate nel nulla, i tanti contatti promettenti che avevano smesso di rispondere alle sue chiamate.

« Io da qui non mi muovo » ribatté. « Ho ancora un paio di faccende in sospeso. E adesso anche un podcast tutto mio, perciò resistere ha dato i suoi frutti. »

« Ruth, non hai il diritto di raccontare questa storia. Appartiene a me. La mia storia. La mia famiglia. I miei soldi » disse Lucy, con un tremito nella voce. « Devi smetterla. Stai mancando di rispetto alla sua memoria. »

Ruth deglutì di nuovo, sforzandosi di capire se Lucy fosse davvero sul punto di piangere oppure se fingesse, facendo leva sui sentimenti per riuscire a manipolarla.

« È anche la mia famiglia » bisbigliò. « E io non voglio farti del male. Sto solo cercando di scoprire la verità. Questo podcast... sarà un bene. Te lo prometto. »

« Ruth, credi davvero che un paio di licenziamenti siano il peggio che possa capitarti se ti ostini su questa strada? Non c'è persona potente in tutto lo Stato che non sia nostra amica. Quel che possiamo farti supera persino le tue paure. E poi il tuo podcast è disgustoso. Le confessioni di una serial killer non interessano a nessuno» disse Lucy. E riagganciò.

Ruth sospirò e abbandonò la testa sul volante, con mille repliche possibili rimaste a vorticarle nel cervello e l'ansia che riprendeva a roderle lo stomaco.

Lucy era ricca, piena di agganci e – cosa ancora più importante – ce l'aveva a morte con lei. Ruth sapeva di essersi fatta una nemica temibile. Ma sapeva anche che Lucy si sbagliava di grosso.

Le confessioni di una serial killer interessavano a *tutti*.

MangiaPregaUccidi

Okay, ragazzi, non ci crederete, ma HO VISTO RUTH! Dev'essere appena tornata dalla spedizione in Vermont. Io vivo a Palm Haven (niente stalking, grazie), in un quartiere sulla spiaggia. Non so quanto c'è di vero, ma avevo sentito dire che prima di trasferirsi nella casa di riposo Daphne abitava in un condominio da queste parti (il Blue Diamond). Comunque, stasera stavo tornando a casa, e in un parcheggio ho visto Ruth, seduta in un'utilitaria scassata, a guardare fuori. Le ho scattato una foto, e una rapida ricerca per immagini su Google l'ha confermato: era proprio lei. Sul lunotto aveva persino un adesivo del college in cui si è laureata!

ShockBlaBla

Wow! Dunque abita nel tuo quartiere?

MangiaPregaUccidi

Impossibile. Nel podcast si lamenta sempre di quant'è povera, perciò non può abitare da queste parti. Più probabile fosse un sopralluogo per il podcast.

BibliotecariaD'Assalto

Cosa stava facendo?

MangiaPregaUccidi

Guardava e basta. Avrei voluto presentarmi, ma sembrava troppo concentrata.

BibliotecariaD'Assalto

Cioè sorvegliava il Blue Diamond?

MangiaPregaUccidi

No, stava fissando un altro complesso. Il Seacrest. È

il più bello in assoluto, super esclusivo. Però mi sembra di ricordare che ci fosse accaduto qualcosa. Prima che arrivassi io. Una morte sospetta. Dovrei fare qualche ricerca.

BibliotecariaD'Assalto
Dunque soldi ne hai, eh? CVD.

MangiaPregaUccidi
Pensa ai c@@@@ tuoi.

QUINTO DELITTO

23

Scoprii dal telegiornale che mio genero, il senatore Reid Prescott, si era candidato all'elezione di governatore della Florida. Nessuno si era preso il disturbo di informarmi. Reid se ne stava impettito sul podio, con la sua mascella scolpita, la chioma folta e tutta l'aria dello spocchioso studente di college il cui padre ha appena insabbiato una denuncia per stupro.

Entrambe le mie figlie si erano scelte per marito uomini che ricordavano la propria sorella. Diane era sempre stata la gemella dominante, quella che prendeva le decisioni e proteggeva Rose. E aveva sposato Jonathan e poi Brad, due cuccioli servizievoli che si buttavano a terra a mostrarle la pancia appena lei abbaiava. Mentre Rose aveva sposato un maschio alfa, identico a Diane, il tipo di uomo che considera romantico ordinare per te al ristorante, senza neanche chiederti un parere. D'accordo, è psicologia da bar, ma è come per la storia: se non la conosci, sei condannato a ripeterla. Come era successo a Diane con il secondo maritino.

« Era già da qualche anno che pensavo a questa candidatura, ma gli eventi recenti sono stati la conferma definitiva che le persone oneste devono farsi avanti, per combattere il degrado che ci circonda » annunciò Reid, scuotendo platealmente la testa davanti al grave disagio sociale che senz'altro vedeva intorno a sé, nella sala conferenze di un hotel a quattro stelle. Io alzai gli occhi al cielo. I discorsetti pomposi erano una sua specialità, anche prima di diventare senatore. Probabile fosse per questo che Rose alzava il gomito.

« Con 'eventi recenti' si riferisce alla confessione di sua suocera? » chiese un reporter. Reid appoggiò una mano sulla spalla di Rose e lei chinò la testa, l'immagine stessa di una pudica, signorile penitente. Davvero egoista da parte sua avermi avuta come madre: avrebbe dovuto pensare alle conseguenze politiche per il futuro marito prima di imboccare il mio canale del parto.

« Sì. Daphne St. Clair è l'emblema stesso di come la società moderna abbia eroso gli ideali cristiani e i valori della famiglia » rispose Reid.

La società moderna? Avevo novant'anni, per la miseria! E avevo cominciato a uccidere negli anni Cinquanta, il decennio che quegli idioti di conservatori consideravano l'età dell'oro! Sembravano credere che a quei tempi fosse tutto *Happy Days*, quando in realtà anche allora la gente si scopava i vicini e pestava le mogli; solo che quelle cose finivano sotto il tappeto, non in televisione. Per non parlare della manfrina sui valori della famiglia e della religione. Chi era stato più devoto alla famiglia di me? Tutto ciò che avevo fatto era stato per il bene dei miei figli. E dov'erano i valori cristiani quando venivo stuprata da un predicatore?

« Lei o sua moglie siete ancora in contatto con la signora St. Clair? » chiese un altro giornalista.

« Assolutamente no » rispose Reid, con veemenza. « Devo proteggere la mia famiglia da un mostro simile. »

« Secondo lei perché ha confessato? Crede che la tempistica c'entri qualcosa con queste elezioni? »

« Più che possibile » assentì lui. « La madre di mia moglie non condivide le mie convinzioni politiche. »

Scoppiai a ridere. Che buffone. Credeva davvero che avrei mandato a catafascio la mia vita solo per impedirgli di diventare governatore? E poi non gli serviva il mio aiuto per perdere le elezioni: poteva riuscirci benissimo da solo.

« Quale crede sarebbe una punizione adeguata? » chiese lo stesso reporter.

« È mia convinzione che un atto efferato come l'omicidio meriti la pena capitale, a prescindere dall'età del responsabile » rispose Reid. Rose restò impassibile mentre suo marito parlava di legare sua madre alla sedia elettrica.

Un regalo in meno di cui preoccuparsi a Natale.

La conferenza stampa proseguì, con i giornalisti che chiedevano di me e delle rivelazioni del podcast mentre Reid si sforzava di riportare la conversazione sulla sua agenda politica e sui soliti slogan Dio, America e famiglia. Avevo sempre trovato sospetta l'ossessione dei maschi conservatori per i valori tradizionali. Erano sempre loro a farsi beccare stecchiti, con la faccia dentro una montagna di cocaina.

Però era strano vedere Rose che mi rinnegava in diretta televisiva, anche se non era lei a parlare. Sapevo che la mia confessione avrebbe offeso qualcuno, ma non pensavo bastasse a ripudiarmi. Alle mie gemelle avevo dato così tanto. Non meritavo almeno una briciola di lealtà? Mai una volta in vita mia avevo anteposto un uomo a me stessa o ai miei figli, e avevo sperato che loro ricambiassero il favore.

A un certo punto Reid rinunciò a esporre la sua visione per il futuro dello Stato e si mise a elencare le mille ragioni della mia malvagità. Immagino per distinguersi da eventuali rivali che pensassero di candidarsi contando su un elettorato pro-serial killer.

« Come se non bastasse, non è neanche nata in questo Paese. Potrebbe persino esserci entrata illegalmente » aggiunse in tono grave e lasciando una pausa, casomai qualcuno in sala volesse sussultare per lo shock. Restò deluso. « Daphne St. Clair è... canadese. » Rose si coprì il volto con le mani per la vergogna.

Un nuovo giorno, e un'altra visita di Arthur Tisdale. Non che il mio avvocato fosse un ospite particolarmente eccitante, ma almeno spezzava la routine.

« Dunque, ci sono novità? » chiesi. « Ormai sono passate quasi sei settimane, e ancora non è cambiato niente. »

Tisdale fece un sorrisetto ironico, come se mi trovasse divertente. Mi venne voglia di cancellarglielo con un manrovescio.

« Non ho mai assistito nessuno così impaziente di andare in galera! Tra non molto ci comunicheranno una data per la sua dichiarazione di colpevolezza. Però, a proposito di quel podcast... »

« Ne abbiamo già parlato » lo interruppi io. « Il suo consiglio è di interromperlo, ma io continuerò a fare di testa mia. Tanto qual è il peggio che può succedere? Ho novant'anni. Qualsiasi sentenza decidano di appiopparmi, sarà per il resto dei miei giorni. »

« B-be', sì » farfugliò lui. « Capisco che non abbia molto da perdere, ma che mi dice della giornalista? Quella Ruth Robinson. Se ci sarà un processo riceverebbe un mandato di comparizione. Se non addirittura una condanna per intralcio alla giustizia. »

« Perché? Io ho già confessato. Inoltre, grazie a Ruth, la procura ha ottenuto ore e ore di informazioni registrate. Altro che intralcio: gli sta risparmiando la fatica! Siamo in America, e l'unico diritto a tenere ancora botta è quello di libertà di parola » proseguii. « Puoi finire crivellato a scuola da una raffica di AK-47, però dopo hai il diritto di protestare. E almeno coi soldi del podcast Ruth potrà pagarsi un costoso principe del foro come lei. »

« Okay, d'accordo. Ma se proprio si ostina a proseguire con questa storia, almeno prenda qualche misura di sicurezza. C'è un uomo che telefona al mio studio tutti i giorni. E ho anche visto un tizio aggirarsi in modo sospetto intorno alla mia auto. Credo che ieri abbiano persino cercato di pedinarmi, ma sono riuscito a seminarli. Ho dovuto mandare mia moglie a stare con i suoi parenti a Savannah, perché temevo per la sua incolumità. Daphne, qualcuno la sta cercando. Forse più di uno. »

« Be', non mi troveranno » borbottai, ostentando spavalderia, anche se un nodo d'angoscia mi aveva stretto il petto. « Dopotutto è la mia specialità, no? Nessuno è mai riuscito a braccare Daphne St. Clair. »

24

Ruth era al Long Bean, a bere un tè matcha freddo aromatizzato al lampone e sforzarsi di smistare la valanga inarrestabile di email, quando nel locale entrò una donna minuta, con i capelli biondi corti, calzoncini e canottiera da CrossFit. Si impietrì.

Jenn.

I loro sguardi si incrociarono. Ruth si aggrappò al matcha come a un salvagente. Jenn esitò, e una nube attraversò i suoi occhi azzurro-cielo; poi si fece largo tra la folla di avventori e raggiunse il suo tavolo.

«Ciao, Ruth» esordì.

Lei si portò il bicchierone alle labbra, ingollandone metà in un unico, costosissimo sorso. «Ciao, Jenn. Wow! Sei proprio tu!»

Seguì una lunga pausa, in cui entrambe sembrarono rivivere mentalmente quell'ultima, terribile giornata. I loro pianti; Ruth che sbraitava, mentre tra le lacrime Jenn cercava di spiegarle che non poteva più vivere con una donna così ostinata a essere infelice, incapace di lasciarsi indietro la vita che credeva le fosse stata negata per costruirsene una davvero degna di essere vissuta. E il peggio era che aveva assolutamente ragione.

«Ehi, adesso hai un podcast!» esclamò.

«Già. Lo stai seguendo?» chiese Ruth, quasi temendo la risposta.

«Sì» rispose Jenn, in tono contrito. «Anche se mi ero ripromessa di non farlo, per paura che mi scombussolasse.»

«La violenza, intendi?»

«No. La tua voce.»

La frase restò sospesa nell'aria, facendo sentire Ruth nervosa e un pochino euforica. «Adesso però lo ascolti?» chiese, infine.

Jenn annuì. «Sì. Ed è fantastico. Hai trovato la tua risposta, vero? Credi che sia stata Daphne a ucciderlo.»

«Sì» mormorò lei, scioccata. «E l'hai capito solo dal podcast?»

«Certo. Mi avevi parlato tanto del delitto. Ne eri quasi ossessionata» disse Jenn, con una punta polemica nella voce. Forse perché quell'ossessione aveva rubato tutto l'ossigeno disponibile, togliendolo alla loro relazione, rendendo Ruth più inasprita e paranoica che mai. «E poi certe domande che le stai facendo... intuisco dove vuoi andare a parare.»

«Be', ormai siamo a un passo dalla verità. Dopodiché sarà un capitolo chiuso, e potrò cominciarne un altro» disse Ruth, indugiando con lo sguardo sul volto della sua ex. Non era passato molto tempo da quando stavano insieme, rincantucciate nel suo piccolo appartamento. Ma da allora erano successe tante cose nella sua vita che le sembrava trascorso un secolo. Si chiese se quella sarebbe rimasta la sua casa, o se i Montgomery l'avrebbero sfrattata prima ancora della fine del podcast. Forse sarebbe stata una benedizione, vivere in un posto che non glieli riportasse tanto spesso alla mente.

«Be', fino ad allora, io resterò in ascolto» disse Jenn, facendole un cenno con la mano. Ruth ricambiò il saluto, ribaltando prontamente il matcha. Quando finì di asciugare la pozza, Jenn era sparita.

A pochi isolati dal condominio di Ruth c'era un cimitero, con un muro a mosaico e un piccolo giardino della memoria. C'era una panchina nel giardino dove le piaceva sedersi al tramonto, inspirando il profumo intenso del gelsomino notturno. E spesso, seduta là, pensava a lui. Non aveva mai saputo dove fosse sepolto, o persino se avesse avuto sepoltura, perciò quel giardino era diventato il suo memoriale sostitutivo.

Ci tornò anche quella sera, dopo un altro pomeriggio passato con Daphne. Doveva ancora montare il materiale registrato, ma sentiva il bisogno di uno stacco, un momento di pausa da tutte le emozioni imbottigliate. Le era sempre più difficile trovarsi a stretto contatto con quella donna, conservare il contegno quando lei si vantava dei suoi delitti. E ogni volta che la sentiva raccontare un omicidio, Ruth la immaginava incombere su di lui, con una siringa di insulina in mano, un sorriso crudele sulle labbra.

Una volta, quand'era al college, aveva assistito al processo per omicidio di un suo compagno, che a una festa, dopo una lite da ubriachi, aveva scaraventato un diciannovenne da un balcone. Ruth seguiva le udienze come inviata del giornale scolastico. Il giudice aveva guardato il ragazzo, circondato dai parenti in lacrime (i propri e quelli della vittima), e aveva detto: «È mostruoso privare una persona del corso naturale dei suoi giorni». Un modo stranamente poetico di descrivere un assassinio, soprattutto a un processo penale, ma a lei era rimasto impresso. Era questo che Daphne aveva fatto a tante persone. Le aveva derubate della cosa più preziosa: il tempo. E l'aveva tolto anche a Ruth, negandole un futuro con lui, privandola di un milione di conversazioni e risposte alle sue domande, brunch all'aperto e passeggiate serali, una vita non lacerata dalla tragedia e dal trauma generazionale.

Inspirò a fondo, avvertendo il tepore dei listelli di metallo della panchina, surriscaldati dalla giornata torrida, e lasciando che le sciogliessero i muscoli contratti. Si sorprese di sentire le lacrime scorrerle sulle guance rapide e fluide come il getto di un rubinetto. Le scesero sul mento e le gocciolarono in grembo, senza che lei facesse un gesto per asciugarle; le lasciò fluire e basta.

Si era affannata tanto a lungo a correre, cercando di superare un mistero irrisolto, e senza mai avanzare di un centimetro. Ora, finalmente, aveva la sua risposta. Mancava solo che Daphne la pronunciasse ad alta voce. Che la dicesse forte e chiaro, affrancando Ruth da anni di rimpianti, confusione e diffidenza. Era stata Daphne a ficcarla in quell'inferno e adesso aveva il potere di liberarla: non doveva fare altro che *dire la verità.*

Restò nel giardino finché anche l'ultimo bagliore del tramonto sparì e il custode, con delicatezza, la accompagnò ai cancelli, richiudendoli alle sue spalle.

Era ancora là quando vide il flash di un cellulare puntato verso di lei. Il lampo improvviso la disorientò, e subito lei si accucciò, come davanti a un pericolo. Quando ritrovò il controllo, la persona col cellulare, chiunque fosse, si era volatilizzata.

A che scopo fotografarla? Forse l'aveva riconosciuta, oppure aveva trovato romantica l'immagine di una donna che di sera esce da un cimitero. Ruth poteva solo sperare di non rivedersi online, come parte della galleria « artistica » di qualche profilo Instagram. Perché se anche il suo fotografo estemporaneo non l'avesse riconosciuta, qualcuno online avrebbe potuto farlo.

Ed era vitale che nessuno ricomponesse il puzzle prima di lei.

C'era un'auto della polizia nel parcheggio quando, il giorno dopo, Ruth arrivò al Coconut Grove. Sentì la ghiaia scricchiolare sotto le sue scarpe sportive e si sforzò di alleggerire il passo, per non richiamare più attenzione dello stretto necessario. Si ritrovò a trattenere il fiato quando si avvicinò alla fiancata dell'auto, pregando di non riconoscere gli agenti all'interno e che loro la ignorassero. Sarebbe stata felicissima di passare il resto della vita senza mai più doversi confrontare con un tutore della legge, soprattutto sotto una luce al neon e accanto a un falso specchio.

E poi la testa bionda di Rankin spuntò dal finestrino del conducente. Ruth era talmente vicina che notò lo scalpo arrossato da una scottatura recente. Il cuore le saltò in gola e le tremarono le ginocchia. Ma resistette all'impulso di fermarsi. Lui le rivolse un sorrisetto e batté una manata sull'esterno della portiera, e il tonfo rimbombò nel parcheggio deserto.

« Hai l'aria stanca, Ruth! So che ti piace lavorare di notte, però non ti sembra un po' troppo tirare fino all'una del mattino? » disse, in tono disinvolto. Il suo collega, un tizio dai capelli rossi che Ruth non riconobbe, scoppiò a ridere.

Lei annuì, brusca, e continuò a camminare, sentendo la schiena e la nuca esposte come un bersaglio. Non si girò a controllare se la stessero fissando. Lo sapeva anche senza vederli. Detestava quei giochetti di potere, i mille modi che hanno gli sbirri di vessarti senza violare in modo troppo esplicito la legge; non che la legge fosse mai davvero bastata a fermarli.

Fu solo superato l'ingresso che l'impatto della frase del poliziotto la colpì in pieno. Si lasciò cadere su una poltroncina nella lobby, stringendosi lo zaino al petto. La sera prima aveva davvero lavorato fino a tardi, seduta alla sua scrivania. Alzandosi per andare a letto e spegnendo la luce del salotto all'una esatta. Significava che per tutto il tempo in cui era rimasta al computer, a riascoltare le registrazioni delle interviste, a montare il nuovo episodio del suo podcast, l'agente Rankin se ne era stato acquattato in un angolo buio del parcheggio, a spiarla. Era stato lui a scattarle quella foto, davanti al cimitero? Impossibile saperlo con certezza. Le lacrime le salirono agli occhi, ma lei strizzò furiosamente le palpebre, con il terrore che qualcuno la vedesse piangere e ne scrivesse online.

Perché adesso il mondo intero la stava guardando. E lei non poteva farci niente.

Trovò Daphne addormentata sulla poltrona. Sembrava minuscola su quel trono enorme, fragile come una bambina. Ruth le si sedette di fronte e restò a guardarla dormire. Sembrava serena, con la fronte liscia e il volto disteso, le labbra che vibravano in un mormorio silenzioso. Dormiva il sonno degli innocenti mentre, ovunque nel Paese, decine di brave persone che avevano perso un famigliare per mano sua non riuscivano più a chiudere occhio, angosciate e sconvolte dalle sue rivelazioni.

Ruth si rialzò e cominciò ad aggirarsi nella suite, pensando a tutti i modi in cui avrebbe potuto ucciderla. Indifesa com'era in quel momento sarebbe stato facile. Bastava un cuscino premuto sulla faccia. Oppure uno spintone nel bagno. Nessuno avrebbe pianto per la sua morte, e le autorità avrebbero tirato un sospiro di sollievo, smettendo di sprecare tempo e risorse per istruire un caso a suo carico. E Ruth sarebbe stata libera. Niente più ricerche, niente più conversazioni esasperanti con una vecchia sociopatica, niente più notti insonni ad arrovellarsi sul vero significato delle sue parole.

Daphne St. Clair sembrava credere che servisse un tipo molto speciale di coraggio per uccidere qualcuno. Ruth afferrò un cuscino decorato dalle frange e lentamente lo sollevò, tendendo le braccia in avanti. Certo sarebbe stato un finale indimenticabile per il suo podcast. Quanto a lungo Daphne avrebbe cercato di resistere? Avrebbe capito il motivo del suo gesto?

Il cuscino le sfiorò una guancia e lei arretrò di scatto la testa, borbottando qualcosa, nel sonno. Ruth sospirò e lasciò il cuscino, che atterrò con un tonfo smorzato sul tappeto. Non era un'assassina. Lo sapeva, e tra poco anche tutti gli altri lo avrebbero saputo. La sua unica arma era documentare i fatti, mettendo a nudo la vita di Daphne: tutto ciò che vi era di bello, brutto e cattivo. Tutto finalmente alla luce del sole.

Si chinò a svegliarla, scuotendole piano un braccio. Ora di rimettersi al lavoro.

[MONTAGGIO: NON INCLUDERE NEL PODCAST]

[Ruth sistema il microfono, poi preme un comando sulla tastiera]

RUTH: Vorrei chiederti cos'è successo tra te e tuo figlio. Perché avete troncato i rapporti?

DAPHNE: Non intendo parlarne. Non lo vedo da quando aveva vent'anni.

RUTH: Dev'essere dura.

DAPHNE: La cosa più dura della mia vita.

RUTH: Però sai dove si trova, giusto? O magari sono le gemelle a mantenere i contatti?

DAPHNE *[in tono rabbioso]*: Gesù, vuoi mollare l'osso? Ti ho detto che non voglio parlarne. E se provi a mettere questo pezzo nel tuo podcast, puoi scordarti il resto!

[Bussano alla porta]

INFERMIERA: Le sue pastiglie.

DAPHNE: Lasciale sul mobile. Le prendo dopo! Ho da fare, adesso!

[La porta sbatte]

25

Non dirò mai a Ruth cos'è successo a James. Non l'ho detto a nessuno.

Certe mattine, ancora nel dormiveglia, mi trovo a rivivere i miei ricordi più belli come se stessero accadendo per la prima volta. E al centro di quei ricordi c'è sempre James. A volte torno nel nostro minuscolo appartamento, con lui che dorme tranquillo al mio fianco, la sua guancia morbida premuta sulla mia. Altre sono al volante della mia lussuosa decappottabile, con James più grandicello che ride sul sedile accanto. Altre ancora sono a Yale, alla sua cerimonia di laurea.

Questa mattina ho sognato quella cerimonia. Mai in vita mia mi ero sentita fiera come quando James è salito su quel palco, così alto e compunto nella sua toga nera. Era valsa la pena sopportare ogni fatica, ogni sacrificio, per vedere il successo del mio splendido ragazzo, sapendo di averlo amato con tutte le mie forze. Mio figlio usciva da un'università della Ivy League a pieni voti e senza un centesimo di debiti. Niente male per una madre che non era neanche andata al liceo. Il pensiero di assistere alla sua vita di adulto, ai suoi traguardi, alla sua felicità, mi riempiva di una gioia indescrivibile. James era il mio trionfo.

Peccato che mio marito Roy fosse troppo malato per presenziare alla cerimonia. O al rinfresco. O alla cena di celebrazione. A quel punto eravamo sposati da due anni. Roy era alto e magro come un cowboy, con un bel paio di baffoni e sopracciglia così folte che andavano tagliate con regolarità, altrimenti gli finivano sugli occhi. Era a capo di un impero dei macchinari agricoli, ma sembrava più un vecchio stalliere che un milionario. Amava stare all'aperto, trafficando con motori e marchingegni nel garage, andando e venendo in furgone dalla discarica per recuperare pezzi. Ultimamente, però, non si era sentito bene, e si era messo a letto. Le gemelle erano fuori casa, per un semestre in mare (una crociera camuffata da vacanza studio), e in segreto io ero felice che quella sera fossimo soltanto io e James a festeggiare. Ordinammo un Martini per il brindisi, e io restai a guardare lo splendido ragazzo davanti a me, fiera di ciò che avevo realizzato: avevo cresciuto un brav'uomo.

« Congratulazioni, James » dissi, dopo il primo sorso. « Non so dirti quanto sono orgogliosa di te. »

« Grazie, mamma. Di tutto. Immagino non sarà stato facile, crescere tre figli... Un giorno spero di essere io a prendermi cura di te » rispose di slancio, con il volto che brillava di devozione.

« Oh, tesoro, di questo non devi preoccuparti » gli dissi, anche se in realtà la sua sollecitudine mi aveva commossa. « So badare a me stessa. »

« E a Roy, naturalmente » aggiunse lui, inarcando un sopracciglio. E di colpo, quel marito infermo diventò il convitato di pietra, il guastafeste invisibile.

« Sì. Mi occuperò anche di lui. »

Qualche settimana dopo, James tornò a trovarci nel nostro ranch nel Montana, per sgomberare le sue cose e pianificare il suo immediato futuro. Quasi ogni sera restavamo alzati fino a tardi, seduti a parlare in veranda, per non disturbare il sonno di Roy. James era un tesoro con lui; gli portava in camera il vassoio dei pasti e gli leggeva il giornale quando era troppo debole per farlo da solo.

Una mattina mi alzai alle cinque e in punta di piedi scesi in cucina. In casa regnava il silenzio, e il cielo cominciava appena a tingersi di rosa. Il mio umore era dello stesso colore: mi sentivo leggera, come se di punto in bianco la vita fosse tornata facile.

Scaldai l'acqua, aggiunsi i fiocchi d'avena e li lasciai a sobbollire sul fuoco. Poi presi la mia scorta segreta di pasticche e cominciai a macinarle. Ero così persa nei miei pensieri felici che non lo sentii entrare.

« Mamma, no » disse James, appoggiandomi una mano sul polso. Io sobbalzai, con i nervi subito a fior di pelle.

« James! No cosa? »

Lui assunse un'aria solenne, malgrado indossasse una vecchia T-shirt con lo stemma del liceo e un paio di boxer scozzesi. « Non mettere quelle pillole nel cibo di Roy » disse.

Mi impietrii. «Non stavo...» cominciai, senza convinzione. Ma mi bastò vedere l'espressione del suo volto per capire che era inutile negare: lui sapeva.

«Immagino di averlo sempre saputo. I nomi cambiati, i mille traslochi... e il fatto che già da bambino fossi stato a più funerali di quanto facciano altre persone in una vita intera» disse lentamente, e senza guardarmi negli occhi.

«Ma che dici? Ho perso due mariti per il cancro e uno per suicidio: sfortuna, tutto qui!»

Ma lui ignorò l'obiezione, e proseguì. «È che mi sembrava impossibile. E non avevo mai visto niente che potesse confermare i miei sospetti. Almeno fino a ora.»

Io restai in silenzio, e lui mi prese le mani. Per un momento la sua espressione si addolcì, e io mi sentii sciogliere, le mie ossa diventate burro. Come oppormi al mio bambino?

«Ti prego, mamma» mi implorò. «Mi sembra di essere pazzo, dimmi la verità.»

Con chiunque altro avrei mentito. Ma quello era James. Non volevo che soffrisse.

«Sì. È vero» sussurrai, ammettendolo per la prima volta. «Ma l'ho fatto per te e le ragazze.»

Lui aggrottò la fronte, e di colpo mi lasciò le mani. «No, invece. Geoffrey era ricco. Avremmo potuto avere una vita normale e sicura con la sua eredità. E David? Era stato come un padre per me! Ma tu non hai saputo accontentarti, sempre in cerca di nuovi diversivi. Un tempo mi dispiaceva per te, per tutte le persone che avevi perso. Invece eri tu la responsabile» disse, sprezzante.

Quando una persona che ami ti guarda con disgusto, una parte della tua anima muore.

«Volevo darvi tutto...» ritentai, ma lui mi interruppe di nuovo.

«Non posso neanche denunciarti. Sei mia madre. E non hai fatto altro che amarmi.» Gli si incrinò la voce e scoppiò a piangere.

«Sì, proprio così.» Tesi le braccia per dargli conforto ma lui arretrò di scatto, e una smorfia di repulsione gli contrasse il volto. Le mie mani restarono sospese nel vuoto, i muscoli delle braccia contratti per lo sforzo di reggere un peso d'un tratto divenuto insostenibile.

«Serve solo a farmi odiare me stesso, sapere che sei un'assassina. E che io non posso fermarti!» gridò, indicando bruscamente il soffitto, la stanza in cui Roy giaceva nel letto, inerme e indifeso.

«Oh, tesoro, non avrai pensato che...» Non mi lasciò finire.

«E mi fa odiare anche te. Perché sei stata tu a farci questo. Ci hai rovinati» disse. Non osai più cercare di difendermi. Non riuscivo neanche a respirare, come se la mia cassa toracica fosse implosa. «Non voglio rivederti mai più.»

«No! Ti prego! James!» lo implorai, ma lui non mi ascoltava, con il corpo rigido come l'acciaio.

«Me ne andrò lontano da qui e cambierò nome. E cercherò di dimenticare che sei mai esistita.» Poi mi voltò le spalle.

«Ti scongiuro...» gemetti, premendomi le mani sullo stomaco come se mi avessero sparato. Lui non si voltò nemmeno. Prese il suo zaino dall'anticamera e infilò la porta.

Fu l'ultima volta che lo vidi.

Non uccisi Roy. Smisi di somministrargli il veleno e poco alla volta, lentamente, lui ritrovò le forze. Fu una scocciatura, perché lui era un paziente capriccioso, spazientito dalla convalescenza quanto lo era stato dalla malattia. Attesi che guarisse e poi lo lasciai. Mi sembrò un finale deludente, preparare una valigia e chiamare un avvocato invece che vederlo morire e telefonare alle pompe funebri. Ma ogni volta che immaginavo di ucciderlo, rivedevo l'espressione affranta di James. Speravo che, sapendolo ancora vivo, sarebbe tornato da me. Ma non andò così.

Mi erano toccate esperienze terribili nella vita. Ma perdere mio figlio fu la sentenza più crudele che il destino potesse comminarmi. Persino le gemelle smisero di chiedere di lui, sapendo quanto soffrivo solo a sentirne pronunciare il nome. Forse avrei dovuto confessare allora.

Quella sera, Ruth sedeva al suo computer, con le dita sospese sulla tastiera, in attesa di un lampo di ispirazione. Era sempre stata fiera delle sue doti investigative, una delle qualità che la facevano spiccare nel suo lavoro, offrendole un netto vantaggio nella competizione al coltello del giornalismo freelance. Che si trattasse di rintracciare un fidanzato disperso nella Seconda guerra mondiale per un articolo sentimentale o di scovare il fermacravatte di un mafioso incriminato per un sito di true crime, le sue ricerche non avevano mai mancato il bersaglio.

Per questo, fin dal momento in cui Daphne aveva confessato di non avere notizie di James da decenni, Ruth si era chiesta se lei, invece, non potesse snidarlo. Certo sarebbe stato un colpaccio per il podcast. Poteva dedicare interi episodi al racconto delle ricerche e, quando l'avesse trovato, concludere in grande stile, con la reazione di James alla confessione della madre. Un finale col botto. E poi James le sembrava di capirlo. Anche lei era cresciuta con una madre single in un mondo che spesso le era sembrato caotico e fuori dal suo controllo. E le azioni di Daphne avevano condizionato entrambi, innescando effetti stranamente simili.

Ma come trovare qualcuno quando non hai dati? Sedeva a quel computer da un tempo incalcolabile, sforzandosi di formulare una domanda, una domanda *qualsiasi*, da cui avviare la ricerca. Stava cercando un quasi settantenne bianco che poteva vivere ovunque nel mondo e che *forse* si faceva ancora chiamare James. Una missione impossibile.

Cercò di immaginare un tranquillo padre di famiglia che esce a fare qualche commissione, poi rincasa, accende il televisore e vede sua madre e le sue sorelle che campeggiano su ogni notiziario. L'avrebbe detto alla sua nuova famiglia? Probabilmente no. Perché condividere la loro gogna? No, avrebbe continuato a tacere, senza confidarsi con nessuno e vivendo nell'angoscia di venire identificato.

Tempo dopo, a mezzanotte passata, Ruth era ancora seduta al computer, con gli occhi assonnati fissi sullo schermo. Il fiume di richieste di interviste e offerte di articoli non aveva fatto che gonfiarsi a ogni nuovo episodio, e lei faceva sempre più fatica a orientarsi. Aveva il terrore di perdersi un'opportunità irripetibile, che un solo passo falso potesse rovinare tutto, e questo le rendeva sempre più difficile staccarsi dalla posta elettronica. Si accese una canna, continuando a scorrere distrattamente il susseguirsi di messaggi, nella speranza di riuscire a riposare un po' quando l'erba avesse fatto effetto.

Si allungò sullo schienale e restò un momento a guardarsi intorno. Non le andava l'idea di dover rinunciare all'appartamento: una conseguenza di tutti i traslochi obbligati della sua infanzia. Però chissà, forse sarebbe stato un sollievo ricominciare da capo, in un posto libero dal ricordo di Jenn e degli scontri con i Montgomery.

Lasciò cadere la cenere in una lattina vuota di Diet Coke, aprì un file e fece scorrere qualche vecchia foto, fermandosi su un ritratto di famiglia di suo padre. Ricordava la prima volta che Richard l'aveva presentata agli altri: il fratello e la sorella, la figlia, i cugini. Era accaduto in una villa sfarzosa, con cancelli altissimi e un viale stipato di auto di lusso. Ruth si era sentita in soggezione già solo a metter piede lì dentro, figurarsi alla prospettiva di incontrare tutta quella gente raffinata e facoltosa che senz'altro avrebbe guardato dall'alto in basso l'intrusa illegittima, nata da un adulterio con una segretaria. Ma Richard le aveva accarezzato la mano e le aveva rammentato che non aveva niente da rimproverarsi, e anzi, che lui era fierissimo di lei.

«*Non è solo la mia famiglia. È anche la tua. E con il tempo impareranno ad amarti, proprio com'è accaduto a me. Oggi è il primo giorno della tua nuova vita come una Montgomery.*»

«*Grazie*» aveva mormorato lei. Un padre. Una famiglia. Era tutto ciò che aveva sempre desiderato.

Al tempo si era sentita come Cenerentola, ripescata dalla cenere e condotta per magia al palazzo reale. Ma se si trattava di una fiaba, era sicuramente una dei fratelli Grimm. E senza l'ombra di un lieto fine in vista.

26

EPISODIO 8: 1981-2018

DAPHNE: Poi sono state le gemelle ad andarsene. Si sono iscritte all'università, a un corso di Fashion Management, per poi ritirarsi dopo un anno e aprire una boutique finanziata da me. Boutique che nel giro di poco hanno fatto fallire. A quel punto si sono cercate un marito ricco e hanno cominciato a scodellare marmocchi. D'un tratto mi sono ritrovata completamente sola, e proprio nel momento in cui cominciavo a invecchiare. Ero ancora attraente, beninteso, ma non ero più bella come un tempo. Però non è di questo che vuoi parlare, vero? Non interessa a nessuno sentire quant'è traumatico invecchiare per una donna. O passare dall'essere la persona più importante per i tuoi figli, a un peso. No. Tu vuoi solo sapere se ci sono stati altri delitti.

RUTH: Ebbene? Ce ne sono stati?

DAPHNE: Sì. Sono come un'alcolista che continua a ricascarci. Ero ricca, ero libera, ma uccidevo lo stesso.

RUTH: Okay. Chi, dunque? Sentiamo.

DAPHNE: Che smania! Quanti delitti volete ancora? Più sono e meglio è, immagino direte tu e i tuoi morbosi ascoltatori. Ne ho commesso uno solo: un unico altro delitto, poi mi sono ritirata dalle scene fino alla morte di Warren Ackerman. Si chiamava Donald St. Clair. Ero sulla cinquantina e lui aveva dieci anni più di me. Avresti molto da imparare da Donald, Ruth. La sua unica passione nella vita era la carriera, e quando l'ho incontrato vantava tre divorzi, un infarto che l'aveva costretto al pensionamento e figli che lo ignoravano, perché lui aveva ignorato loro. Il lavoro è importante, non dico di no, ma se ti dedichi solo a quello, ti ritroverai sola e senza nessuno ad aiutarti se resti chiusa nel gabinetto.

RUTH: Okay. Cercherò di crearmi una vita ricca e piena, con montagne di debito studentesco, un affitto che ogni mese mi riduce alla fame, e un genitore che tra non molto avrà bisogno dell'assistenza domiciliare. Grazie comunque della perla di saggezza.

DAPHNE: Non c'è bisogno di essere polemici. Sto solo dicendo che i soldi non sono tutto nella vita. Anche se ammetto che averne è proprio piacevole! Ma Donald St. Clair era arrivato al punto in cui il suo vero desiderio era una moglie. L'ho conosciuto nel 1990, alle Hawaii, un posto fantastico per incontrare vecchi babbioni ricchi. Poco dopo, eccomi nella sua megavilla in Colorado, praticamente una replica di quell'hotel di *Shining*.

[MONTAGGIO: NON INCLUDERE NEL PODCAST]

RUTH: Dove di preciso?

DAPHNE: Vicino ad Aspen.

RUTH: Oh. Ho dei parenti, in Colorado. Mia madre ci è cresciuta. Lei e mia nonna si trasferirono in Florida quando mio nonno se n'è andato con un'altra.

DAPHNE: Gesù. Le donne della tua famiglia non riescono proprio a tenerselo un uomo, eh?

RUTH: Non sappiamo tenerci nessuno, uomini o donne... Comunque, quanto durò il matrimonio con Donald?

[FINE DELLA SEZIONE TAGLIATA]

DAPHNE: Io e Donald siamo rimasti sposati per meno di due anni. Forse meno. Credevo che tanto lusso sarebbe bastato a tenermi occupata. Avevo visto *Dynasty*, sapevo che il Colorado pullulava di gente ricca. Ma poi ho cominciato a stancarmi di ritrovarmi bloccata in casa dalla neve, ad ascoltare gli epici racconti di Donald su come un tempo fosse un pezzo grosso. Ho dovuto ucciderlo, per salvarmi da un altro inverno in montagna. Già prima del Natale del '91 rieccomi a New York, a bere con gli occhi le luci delle insegne al neon! Su di lui non ho altro da aggiungere. La nostra storia è durata poco, ma ha lasciato un segno: il cognome. Daphne St. Clair era un nome così bello che ho deciso di conservarlo.

RUTH: Tutto qui? Degli altri delitti hai parlato all'infinito, e quel poveretto di Donald lo congedi con due parole? Ti rendi conto di quanto è offensivo per i suoi famigliari?

DAPHNE: Offensivo perché? L'ho ammazzato, per la miseria!

RUTH: All'inizio sembrava che uccidessi gli uomini che ti maltrattavano, ma adesso il tuo movente è solo che ti stancavi di loro. È come se quegli uomini non avessero contato *niente* per te.

DAPHNE: Oooh, che astuta analisi della mente criminale! Non so perché ti scaldi tanto. Quel tizio non aveva proprio niente di speciale.

[Ruth fa un lungo sospiro e resta in silenzio per un po']

RUTH: E i suoi figli? Ricordi i loro nomi? Vorrei intervistarli. Il padre meritava di meglio.

DAPHNE: Perché vuoi sprecare il tuo tempo?

RUTH: Te l'ho già spiegato. Servono testimonianze. I dati per le ricerche puoi fornirmeli di tua iniziativa oppure lasciare che sia io a scovarli. In ogni caso sai che ci riuscirò.

DAPHNE: Cos'è, una minaccia?

RUTH: Più una promessa. Salvo che in realtà il tuo sia solo un depistaggio.

DAPHNE: Certo che sei paranoica! Io non ho detto altro che la verità!

RUTH: Tutta la verità?

DAPHNE: Giuro su Dio.

RUTH: Perché ti avverto, sono in parecchi a interessarsi al tuo caso online, e a indagare possibili collegamenti con altri famosi omicidi irrisolti. Ho letto i forum, e citano la strage del Tylenol, il caso della Dalia Nera, alcuni delitti nel nord dello Stato di New York, persino gli avvelenamenti a quella festa di Capodanno a Miami... Io voglio solo la conferma che non hai ucciso nessun altro.

DAPHNE: Ruth, cosa stai cercando di dirmi?

RUTH: Mi sto solo chiedendo se i tuoi delitti li hai davvero confessati tutti.

DAPHNE: Che assurdità! Perché dovrei mentire? L'unico motivo per cui sapete che sono un'assassina, e persino che quelle morti sono dovute a delitti, è che sono stata io stessa a dirvelo!

RUTH: Be'... non è insolito che un killer menta, anche dopo che è stato scoperto. A volte lo fa per megalomania. Sono in molti, per esempio, a ritenere che Charles Manson fosse il mandante di altri omicidi che godeva a tenere segreti. Oppure è una leva di ricatto. Ted Bundy ha continuato a sostenere di avere ucciso molte altre donne di cui la polizia ancora non sapeva niente, e che avrebbe rivelato nomi e luoghi in cambio di un rinvio dell'esecuzione.

DAPHNE: Sì, ma tutti quei killer sono stati scoperti loro malgrado. Io ho *confessato*. Quindi, lo ripeto: perché mentire adesso?

RUTH: Ottima domanda... Magari perché i tuoi delitti sono troppi... O perché hai commesso azioni tali da renderti persino più odiosa agli occhi del mondo. Oppure lo fai per tenermi sul filo. Il punto è che ancora nessuno riesce a spiegarsi *perché* hai confessato. E dato che non so cosa ti ha spinta, niente esclude che tu stia tacendo anche molto altro.

DAPHNE: Okay, adesso mi hai proprio stancata! Non so se ho bisogno di un goccetto o di una bella scopata, ma qualcosa deve cambiare. Perciò fuori di qui!

ShockBlaBla
Urca, Donald l'ha davvero liquidato in due parole.

> **MangiaPregaUccidi**
> Forse, a furia di ammazzare, le vittime finiscono per confondersi.
>
> > **ShockBlaBla**
> > Il cognome però è davvero elegante. Daphne St. Clair. Fa molto Sasha Fierce.
> >
> > > **Rock&Troll**
> > > Elegante un corno. È un nome da pornostar.
> > >
> > > > **ShockBlaBla**
> > > > Ehi, vi siete accorti di quel riferimento al nostro forum? Ruth ci segue! Ma cos'è che secondo lei Daphne nasconde ancora?

MangiaPregaUccidi
Forse niente. Anche se, da come la sta torchiando, sembra proprio che abbia in mente qualcosa di specifico.

Rock&Troll
Strano modo di ringraziarla per l'influenza e i soldi che ne ha ricavato. Daphne è stata il suo biglietto vincente alla lotteria!

ShockBlaBla
Non saprei. Dal tono, si direbbe qualcosa di personale...

CapoteParty
Certo però è sospetto che ci sia un buco di tanti anni. Voglio dire, un attimo prima siamo nel 1970 e di punto in bianco è il 1991? Cos'è accaduto in quei decenni? Forse è lì che Ruth vuole andare a parare.

ShockBlaBla
Magari non è accaduto niente. Magari Daphne le ha parlato di quegli anni, e lei non li ha ritenuti abbastanza interessanti per il podcast.

MangiaPregaUccidi
Così si fa! Solo delitti, niente riempitivi, grazie!

INTERVISTA CON LEAH SIMMONDS,
FIGLIA DI DONALD ST. CLAIR

RUTH: Dunque ora sa la verità. Conosceva Daphne?

LEAH: No... A quel punto non vedevo mio padre da oltre dieci anni. Ancora non riesco a credere che sia stato ucciso. È stato uno shock quando la polizia mi ha informata.

RUTH: Cosa ne pensa ora?

LEAH: Penso che mio padre non meritava quella fine. Nessuno la merita. Io sono figlia del suo secondo matrimonio. È durato appena quattro anni, ma lui restava comunque mio padre. Una parte di me non aveva mai smesso di sperare che magari in futuro, dopo il suo pensionamento, avrebbe avuto il tempo e la voglia di conoscermi davvero, che mi avrebbe dimostrato un qualche interesse... Una possibilità di cui Daphne ci ha privati.

RUTH: So che sua madre è mancata. Sincere condoglianze. Forse ha qualche informazione sulla terza moglie di Donald? A quanto ho capito, anche da quel matrimonio era nata una figlia.

LEAH: Vorrei aiutarla, ma di loro non so proprio niente. Di fatto mio padre non ha mai fatto parte della mia vita. Non faceva che lavorare e passare da una donna all'altra, da un matrimonio all'altro. Ai suoi occhi, i figli erano un effetto secondario.

RUTH: Mi dispiace. A volte i rapporti padre-figlia sono davvero complicati.

LEAH: Già. Senta, ora che sappiamo che è stato ucciso, non ci sarebbe un modo di rivendicare l'eredità? Dice che dovrei rivolgermi a un avvocato?

RUTH: Può tentare, ma ho il sospetto che Daphne abbia speso tutto. Non è un tipo tanto parsimonioso.

LEAH: Mostro.

Il mio quinto decennio di vita trascorse in una foschia deprimente. Spendevo. Viaggiavo in luoghi esotici. Cominciai a bere cocktail a pranzo, perché le giornate finissero prima. La vita, che sembrava brillare di mille possibilità quando avevo vent'anni e lavoravo al Bergdorf, era diventata terribilmente noiosa. Avevo soldi a sufficienza da bastarmi finché campavo. Un appartamento nell'Upper West Side e una villa negli Hamptons. Ero ancora una donna piacente, e ora che i miei figli erano cresciuti, ero libera di fare come mi pareva. Ma chissà come, quella libertà mi impediva di sognare. Da adolescente volevo così tante cose: tre pasti caldi al giorno, un vestito nuovo e che mio padre tenesse le manacce a posto. Adesso non riuscivo a farmi venire in mente niente che desiderassi davvero.

Al tempo mi sentivo spaventosamente vecchia: ridicolo, a pensarci oggi, perché allora non avevo proprio idea di cosa significasse la vecchiaia. Ero ancora autonoma, e non dovevo preoccuparmi che solo il bordo arricciato di un tappeto mi separasse dall'obitorio.

Eppure mi sembrava che ormai non mi restasse altro che aspettare la morte.

Bevevo sempre di più. La mia serata ideale era restare stesa sul divano del salotto, senza luci tranne il bagliore del televisore, a scolare un Cuba libre dietro l'altro, in attesa di superare quella soglia deliziosa in cui avrei cominciato a parlare con i personaggi in televisione e a ridere da sola delle mie battute.

Perché bevevo? Per ammazzare la noia, credo. E forse anche per seminare un passato che di colpo mi mordeva i talloni. Avevo recitato un numero tale di ruoli che adesso le scorie di tutte quelle identità premevano sottopelle, come schegge di una granata. Tutti quei drammi e quel glamour per diventare l'ennesima banale donna di mezza età, sola e invisibile, dimenticata da suo figlio.

La trama si sfilacciava. Smisi di dire alle mie figlie se uscivo con qualcuno, smisi di dire agli uomini con cui uscivo che avevo figli adulti. A volte perdevo il filo nei miei stessi racconti, finendo per contraddirmi da sola. La mia vita aveva perso consistenza, e lo stesso le menzogne.

Fu in quel decennio che cominciai a documentarmi sui serial killer. Stranamente, non mi ero mai considerata una di loro. Più una donna incastrata in relazioni così bizzarre da essere costretta a uccidere per tornare single. Ma leggendo le loro storie, mi resi conto che qualcosa in comune ce l'avevamo davvero: un'infanzia terribile. Solo che la gente si impietosisce sempre per Oliver Twist, mai per Ted Bundy. Non che mi identificassi con quelle merde che stupravano e uccidevano le donne. Sono i mostri come loro a produrre i mostri come me. E poi loro li avevano beccati, mentre io vantavo decenni di delitti impuniti. Viene da chiedersi quanti altri killer insospettabili ci siano in circolazione.

Poi, poco prima dei miei settant'anni, lasciai New York per l'ultima volta. Era il dicembre 2001, e la mia città ormai non la riconoscevo neanche più, non aveva più un cuore. Fu comunque triste dirle addio. New York era stata la mia stella polare, il faro che mi aveva sempre riportata a casa quando mi smarrivo altrove nel Paese. Diane mi aveva invitata a vivere con lei in Florida. Aveva appena divorziato, e si sentiva sentimentale. Io accettai, principalmente perché davo per scontato che ormai non mi restasse molto da vivere, e mi sembrava bello morire con l'abbronzatura. Avessi saputo allora che avrei campato altri vent'anni, forse avrei deciso diversamente.

Diane credeva che saremmo diventate amiche e che io avrei condiviso le mie perle di saggezza raccontando ai nipoti aneddoti sulla brava gente dei bei tempi andati. Malauguratamente, i miei nipoti erano adolescenti egocentrici, e ai suoi bei tempi la nonna ammazzava mariti ricchi per intascarne l'eredità. Peggio ancora, io e Diane cominciammo a litigare. Trovavo inaccettabile il suo stile di vita. Avevo fatto cose orribili per offrirle opportunità, e lei le aveva sprecate tutte. Era ricca, certo, ma si era ridotta a vivere esattamente come me, sfruttando i mariti e la propria bellezza. Le avevo aperto un mondo di privilegi, ed ecco il risultato.

Dopo qualche anno mi trovai un'altra sistemazione. A quel punto Diane se ne infischiava, perché nel mentre si era risposata. E io mi ritrovai sola e alla deriva, in Florida. L'isolamento è un modo rischioso di vivere.

HauteHistoire: Dunque, per questo nuovo video abbiamo a che fare con due estetiche distinte. Da una parte, la moglie di un milionario del Colorado, lo scenario perfetto per chi ama i SUV, i falò all'aperto e le piste di coca sul bordo della jacuzzi in veranda! Ed eccovi il look: stivaletti scamosciati, un'ampia gonna di lana a plissé, cintura con medaglioni d'argento, in stile Navajo, un morbido dolcevita e gioielli di turchese. La *mise* perfetta per un'assassina di alta quota!

Dopodiché ci spostiamo al mare per il look nonnetta in Florida. Lo so, non è esattamente nella vostra classifica dei preferiti, ma qui l'abbiamo ritoccato per includere il lato «killer». Perciò, insieme agli articoli basic – camicia di lino e pantaloni alla pescatora – ho aggiunto una bella borsa a rete, per tenerci tutte le bottiglie di rum trincate dalla nostra eroina, e un fantastico paio di sandaletti di rafia firmati Tory Burch, perché dubito che anche da sbronza Daphne si sarebbe mai fatta sorprendere in Birkenstock. E meno ancora che volesse un promemoria del suo periodo nel ridente Vermont. La tenuta ideale per una pedalata sulla spiaggia, riflettendo sulla vostra mortalità e su tutti gli uomini che avete spinto giù dalla rupe!

27

Fallito l'esperimento di convivenza con Diane, mi trasferii a Sweetwater Beach, in un condominio di lusso chiamato Blue Diamond. Il mio appartamento era pieno di luce, con tende di organza bianca e un balcone affacciato sull'oceano. La sera andavo a sedermi su quel balcone, a bere caffè e pensare alla morte. Ne ero stata testimone parecchie volte – osservando quell'indefinibile fiammella spegnersi nello sguardo delle mie vittime, lasciando i loro occhi opachi e vuoti – eppure non riuscivo ad afferrarne i come e i perché. La stessa sensazione che avevo provato stringendo per la prima volta mio figlio James tra le braccia, incredula di aver creato una vita, di trovarmi così vicina ai misteri dell'universo eppure ancora incapace di comprenderli.

Dopo un paio di mesi sul balcone, mi resi conto che dovevo piantarla col caffè e rispolverare il mio talento migliore: la seduzione. Gli uomini non mi avevano mai resa felice, ma erano pur sempre un utile diversivo. E poi a chi non piace scroccare cene al ristorante?

Se siete in cerca di ricchi attempati stufi di bere da soli, la Florida è il vostro Eldorado. C'era da pescarne a piene mani, se non arricciate il naso davanti a un pesce con le rughe. E malgrado i miei settant'anni, io potevo ancora contare su un fisico snello, un culetto sodo e un viso piacente. Certo, uscire coi maschi della mia età significava ascoltare il racconto delle guerre in cui avevano combattuto (il mio target demografico includeva la Seconda guerra mondiale, quella di Corea e l'inizio di quella del Vietnam), ma se avevi la pazienza di sorbirti per l'ennesima volta la storia di come avevano tenuto la mano del povero soldato Shorty mentre gli uscivano le budella, poi erano pronti a tutto per te.

Tornai a divertirmi. Passai innumerevoli pomeriggi su yacht e barche a vela. Vivevo di ostriche e frutti di mare, e sviluppai una predilezione per i rum pregiati e la tequila di qualità. Gli uomini mi regalavano interi guardaroba da spiaggia e set di borse Louis Vuitton di pelle scura e ruvida quanto la loro. E la cosa migliore era che solo di rado pretendevano di scopare. Bastava sfiancarli un paio di volte all'inizio della relazione. Dopodiché, felici della conferma di essere ancora virili, ti lasciavano in pace, e si poteva tutti conservare le energie per le serate di salsa e le gite ai Caraibi.

HauteHistoire: Ehilà, TikToker! Ho un video bonus da offrirvi per questo episodio! Ammirate il nostro ensemble da giovane velista, in una versione riveduta per la signora matura che vive i suoi anni d'oro nel clima tropicale. Jeans bianchi a gamba larga, canottiera alla marinara, e un bel borsone Louis Vuitton che strilla: «Questa me l'ha appena regalata il mio nuovo spasimante!» Darà sui nervi ai bianchi puritani quanto la tote bag Burberry di *Succession*, ma in Florida resta un must, perciò infischiatevene! Come accessori, occhiali da sole dorati di Versace e un paio di sandaletti coi tacchi, perché Daphne non è proprio il tipo da scarpe pratiche, nemmeno sul ponte di una barca. Un look solare per una donna losca, e ideale per una settantenne che torna a gettare la rete, cercando di lasciarsi il passato omicida alle spalle!

Una sera uscii con un tizio appena incontrato, un certo Joseph McLaughlin. Andava per gli ottanta, era originario di Chicago (la Winnipeg degli Stati Uniti) e prima di ritirarsi in Florida aveva fatto fortuna con lo sviluppo edilizio.

Un tipo gentile, ma un po' rallentato: le parole dovevi cavargliele di bocca con le tenaglie, il che era irritante. Gli appuntamenti erano diversi a settant'anni, ma questo non implicava che mi piacesse farmi corteggiare dalla vittima di un ictus. Tuttavia, ci sedemmo sulla terrazza del ristorante, a guardare la luce rosata del tramonto che si rifletteva sull'oceano e a bere un bianco ghiacciato. Piacevole ma non memorabile, e stavo già archiviando Joe alla voce A (archivio) della mia agendina mentale quando lui mi chiese se potevo riaccompagnarlo a casa.

«Mi gira un po' la testa. Temo che il vino abbia fatto interazione con i miei farmaci» biascicò, asciugandosi la fronte. Per un momento mi chiesi se fosse la versione ottuagenaria della collezione

di farfalle, ma aveva davvero il viso sudato e sofferente, perciò lo assecondai.

Abitava in una di quelle anonime ville moderne, tutte vetro e cemento. Lo scortai all'interno, tenendolo a braccetto mentre lui si aggrappava a me. Lo sentivo tremare come una foglia per lo sforzo di reggersi in piedi. Era evidente che era solo al mondo. Per quanto lussuosa, la casa era spoglia, con pochi mobili color beige che sembravano comprati in blocco all'asta fallimentare di un hotel.

Lo accompagnai nel salotto, una stanza enorme arredata soltanto con una poltrona reclinabile, un televisore a megaschermo e una lampadina appesa al soffitto, con un paralume di plastica. Stavo per parcheggiarlo in poltrona, impaziente di andarmene da quel patetico mausoleo di vecchiaia maschile, quando lui si irrigidì e mandò una sorta di rantolo.

Mi sfuggì dalle mani, si accasciò a terra e cominciò ad ansimare, con una mano premuta sul petto. Io non sono un medico, ma non si vive fino ai settantacinque senza imparare a riconoscere un infarto. Nel panico cercò il mio sguardo, e io gli lessi negli occhi quant'era terrorizzato, quanto voleva vivere. Mi guardai freneticamente intorno, in cerca di un telefono per chiamare un'ambulanza. E poi... smisi. In modo cauto, deliberato, mi accomodai sulla sua poltrona e restai a guardarlo andare in convulsioni sul pavimento. Non riusciva più a parlare, però gemeva, tentava di chiedermi perché non lo stessi aiutando. Ma non potevo spiegarglielo. Sperai sapesse che non era niente di personale. La serata non era stata perfetta, d'accordo, ma nemmeno tanto male.

Non l'avevo avvelenato, e dubitavo che un'ambulanza avrebbe potuto salvarlo, però godevo a restarmene seduta lì, con il potere di decidere se chiamarla o no. Ero come un credente che si è allontanato dalla fede e di colpo si ritrova in chiesa, folgorato dalla rivelazione. Gli restai accanto, mentre gli occhi strabuzzati cominciavano a chiudersi, sapendo che stavo assistendo ai suoi ultimi istanti sulla Terra. Era elettrizzante esercitare quel potere oscuro, un'esperienza accessibile a pochi, e piacevole per pochissimi. Per me fu stupenda.

Quando fu finita, uscii dalla sua casa, riaccostando la porta ma senza chiuderla a chiave. Prima o poi l'avrebbero trovato: una donna delle pulizie o magari un vicino. Me ne andai a passi tranquilli, sicura che se anche qualcuno mi avesse vista, mi avrebbe subito dimenticata. È la parte migliore e peggiore della vecchiaia: diventi invisibile.

Dopo la morte di Joe, mi trovai a sperare che altri vecchi tirassero le cuoia davanti ai miei occhi. Ma per quanto mi sforzassi di fargli alzare la pressione, non accadde mai più. E io non presi iniziative. Dopotutto, ero venuta in Florida per lo stesso motivo di chiunque altro: per mettermi a riposo.

ShockBlaBla
Stavolta mi si è ghiacciato il sangue, giuro. Che mente perversa! Dovrò ascoltare cinque episodi di *My Dad Wrote a Porno* per disintossicarmi.

> **MangiaPregaUccidi**
> Ho trovato il necrologio di Joe. Ora vi giro il link.
>
> > **ShockBlaBla**
> > Cavoli, qui dice che per decenni aveva aiutato i profughi a trovare alloggi economici a Chicago. È un reato, quello di Daphne? Non chiamare aiuto?
> >
> > > **BibliotecariaD'Assalto**
> > > Non so granché di giurisprudenza. Io ho studiato arte. Però sarebbe GIUSTO che fosse perseguibile per legge. Magari omicidio involontario?
> > >
> > > > **Rock&Troll**
> > > > Giusto arte potevi aver studiato! A questo punto, chissenefrega se anche questo è o non è un delitto. Morirà in carcere in ogni caso, no?
> > > >
> > > > > **ShockBlaBla**
> > > > > In Florida aveva una vita da sogno e ancora andava in cerca di guai. Non capisco.
> > > > >
> > > > > > **CapoteParty**
> > > > > > Probabilmente neanche lei.

BibliotecariaD'Assalto
È come se fosse allo sbando. Succede a certi killer: diventano più depravati, più imprudenti. Non è più questione di soldi o di vendetta: adesso godeva a vedere morire gli uomini, punto. Probabile sia stato per questo che ha ucciso Warren.

MangiaPregaUccidi
Già, come Ted Bundy. All'inizio adescava le studentesse, sorprendendole da sole e convincendole a salire sulla sua macchina, ma alla fine si introduceva direttamente nei dormitori a fare strage. La sua ultima vittima è stata una bambina di dodici anni, la più giovane in assoluto.

ShockBlaBla
Strano, però. Quell'ultimo delitto non lo aveva compiuto in Florida? Magari la Florida fa svalvolare anche i serial killer.

MangiaPregaUccidi
Un'altra manifestazione del Florida Man Challenge... nemmeno gli assassini ne sono immuni.

CapoteParty
Per curiosità, qualcuno sa in quale casa di riposo sia finita Daphne? Tra qualche giorno sarò di passaggio in Florida, e mi piacerebbe visitare i luoghi della vicenda. Conosco bene Palm Haven, ma le strutture per anziani sono tantissime...

Rock&Troll
Ma non mi dire. In Florida? Sorprendente.

MangiaPregaUccidi
Ehi, io sono del posto. So che stanno cercando di conservare il riserbo su certe informazioni, in caso qualcuno decida di farle la pelle, però... insomma, ho una cugina che lavorava alla casa di riposo Coconut Grove, e lei si ricorda di Daphne e di Warren Ackerman. Dunque eccoti la risposta.

Quel giorno l'intervista partì col piede sbagliato. Ruth aveva passato una notte d'inferno, continuando ad alzarsi per controllare e ricontrollare che tutte le tende e veneziane fossero abbassate, la porta d'ingresso chiusa a doppia mandata. A un certo punto un bidone dell'immondizia era rotolato sul marciapiede e lei si era svegliata di soprassalto, convinta che qualcuno stesse cercando di introdursi in casa. Per giunta, non riusciva a smettere di pensare alla storia di Joe McLaughlin.

Quell'omicidio per omissione era così simile a quello che lei stava cercando di risolvere che per un momento si chiese se Daphne non avesse cambiato il nome e ritoccato i dettagli per non beccarsi un'altra accusa di omicidio in Florida. Aveva descritto tutto in modo così vivido che lei non aveva la minima difficoltà a immaginarla in un altro salotto, a guardare un altro uomo perdere lucidità e cadere a terra in preda alle convulsioni, con gli arti scossi dagli spasmi fino a placarsi nella quiete della morte. Mancava solo la fiala di insulina. Vedeva Daphne contemplare compiaciuta la scena e poi tornarsene tranquillamente a casa sua, nel condominio accanto. Era una scena ripugnante, ma continuava a scorrerle nella mente, in un loop infinito, ogni volta che chiudeva gli occhi.

Al mattino non sentì la sveglia, e arrivò al Coconut Grove con un'ora di ritardo, trovando Daphne immusonita e scontrosa. Aveva acceso il registratore da pochi minuti quando l'anziana cominciò ad agitarsi sulla poltrona, premendosi le mani sullo stomaco.

«Mi serve una pausa» disse, asciugandosi la fronte. I capelli erano spettinati, il volto sudato e pallido.

«Stai bene? Devo chiamare qualcuno?» domandò lei, spegnendo il registratore. Stava per morirle davanti agli occhi?

«No» rispose Daphne, aggrappandosi al deambulatore per alzarsi. «Solo un po' di nausea. Ho la pancia in subbuglio.» Ruth intuì da come chiuse la porta che ci avrebbe messo parecchio.

All'istante balzò in piedi e, badando a non fare rumore, si precipitò nella stanza da letto.

Al loro primo incontro Daphne si era infuriata di trovarla là, perciò Ruth non si era più avvicinata. Ma c'era un dettaglio su cui continuava a riflettere, una piccola incongruenza che la rodeva come un tarlo. Nell'armadio era quasi tutto nuovo, ogni borsa e scatola lucida e pressoché intonsa. Ma sul fondo aveva notato una vecchia scatola da scarpe con il logo di Roger Vivier, talmente ammaccata che doveva risalire agli anni Sessanta o Settanta. Daphne non era il tipo da conservare scarpe troppo a lungo, anche se costosissime, e Ruth non aveva più smesso di pensare a quella scatola e a cosa potesse contenere.

La sfilò dall'armadio, guardandosi alle spalle per accertarsi che l'anziana fosse ancora in bagno. Era leggera, troppo per contenere un paio di scarpe. Si inginocchiò sulla moquette e sollevò il coperchio. In cima c'era un sacchettino a rete da gioiellieri, con cinque anelli: uno splendido smeraldo, due diamanti che brillavano come cristalli di ghiaccio (montati rispettivamente su una fascetta d'oro e una di platino), un diamante canarino e uno zaffiro antico. I suoi anelli di fidanzamento? Probabile.

Sotto il sacchetto c'era un plico di foto. In gran parte avevano gli sbiaditi colori pastello tipici delle foto anni Sessanta. Ruth riconobbe Daphne, alta ed elegante come una modella, con curve e abiti da far invidia a una diva del cinema. In un'immagine indossava cappotto e cappello leopardati, e teneva per mano un bimbetto bruno in paletot. In un'altra sedeva su un divano di velluto, avvolta in una nube di tulle nero, con una sigaretta tra le dita e le gemelle che giocavano con le bambole ai suoi piedi. Ruth sorrise. Daphne era stata davvero una donna stupenda. Un premio di consolazione per tutti gli altri svantaggi con cui era nata, e una risorsa formidabile, se combinata alla sua spietata ambizione.

C'erano anche foto di uomini. Un tizio magro e stempiato, con le orecchie a sventola e un sorriso da orecchio a orecchio, che giocava alla lotta sul pavimento con i bambini. A giudicare dall'età dei figli di Daphne, doveva trattarsi di David. Un uomo più giovane, in un completo attillato e di ottima fattura, con una sigaretta che gli pendeva tra le labbra. Forse Geoffrey. Un altro, bruno e aitante, con un braccio sulle spalle di una Daphne ventenne, tutta capelli corvini e rossetto scarlatto. Doveva essere Carl, il padre di James. E innumerevoli foto dei bambini, dalla primissima infanzia fino alle nozze delle gemelle, e persino qualche scatto dei nipoti da piccoli. Niente foto di Warren, ma parecchie altre di uomini che Ruth non conosceva o non riuscì a identificare con certezza. Perché *lui* non c'era?

E fu allora che la vide. Un ritratto formale di famiglia, tutti in abiti da cerimonia, irrigiditi in posa. Daphne era in piedi, splendida in camicia bianca di seta e pantaloni dal taglio maschile, fulgida di gioielli. Diane e Rose indossavano vestitini coperti di paillettes: due bellissime bambine bionde che fissavano dritte nell'obiettivo, senza sorridere. James sedeva accanto a loro, appena adolescente, con la frangia scura che gli scendeva sugli occhi e una giacca con il bavero ad alettoni. Sulle labbra gli aleggiava un sorriso che non arrivava agli occhi. Quella ritratta nella foto non era una famiglia felice.

Ma erano le altre due persone nella foto ad avere attirato la sua attenzione. Un uomo in piedi accanto a Daphne, con la fede nuova di zecca al dito e un sorriso tutto denti. Era alto, di mezza età, con i capelli scuri screziati di grigio, in un completo tre pezzi. Ruth aggrottò la fronte, sforzandosi di collocare lo sconosciuto. Daphne aveva detto di essere rimasta single per parecchio tempo dopo David. Non aveva mai neanche accennato a un altro matrimonio.

E poi c'era la ragazza. Sedeva tra James e le gemelle, con un golfino blu e un filo di perle, un cerchietto di velluto sui capelli lucidi, e sorrideva al fotografo. Era più piccola di James, ma poco più grande delle gemelle.

Chi era? Aveva i capelli scuri e la pelle chiara di Daphne, quindi forse erano parenti. Ruth provò il brivido di un dubbio. Possibile che la donna avesse taciuto l'esistenza di una quarta figlia, nata appena prima delle gemelle? Non riusciva a immaginare un motivo per nasconderla, e comunque come si tiene un segreto di quell'entità? Diane e Rose avrebbero ricordato una sorella. E anche James. Per questo se n'era andato?

Sentì tirare lo sciacquone.

Richiuse di scatto la scatola e in fretta e furia la rimise al suo posto, quasi inciampando sulla moquette. Mentre dal bagno le arrivava lo scroscio dell'acqua del rubinetto, tornò al volo in salotto e sulla sua poltrona, sforzandosi di rallentare il respiro. Non aveva avuto il tempo di riordinare le foto, e c'era il rischio che Daphne si accorgesse che qualcuno aveva frugato nella scatola, ma ormai era tardi per rimediare. E a quel punto i sospetti dell'anziana erano l'ultimo dei suoi pensieri. L'immagine di quella ragazza ignota la tormentava, rimetteva in discussione tutto ciò che aveva creduto di scoprire durante il podcast.

Chi era Daphne St. Clair?

DAPHNE: Avevo settantacinque anni quando ho lasciato la casa di Diane per trasferirmi in un condominio di lusso sulla spiaggia.

Sono rimasta in quell'appartamento per undici anni, sorprendendomi ogni giorno di essere ancora viva. Avevo commesso il mio primo omicidio più di mezzo secolo prima, e forse da allora non avevo mai smesso di aspettarmi il giusto castigo.

RUTH: Invece eri ancora al sicuro, in un appartamento sfarzoso...

DAPHNE: Comprato con i soldi di una sfilza di mariti morti: lo so. A quanto pare i fondamentalisti si sbagliano. Il frutto del peccato è una prestigiosa proprietà immobiliare.

RUTH: E in quegli undici anni hai ucciso qualcuno?

DAPHNE: Nossignora.

RUTH *[in tono esasperato]*: Ma perché smettere dopo tanto tempo? Soprattutto considerato il brivido che avevi provato vedendo morire quel vecchio?

DAPHNE: Spiacente di deluderti. Cos'è, dovevo ammazzarne altri per farti contenta? Comunque, non so spiegarlo nemmeno io. Sono un enigma persino per me stessa. Ero solo... stanca di tutto.

RUTH: Daphne, è importante. Dimmi la verità.

DAPHNE: Te l'ho detta! Non accadde niente di speciale in quegli anni. Be', Diane si era risposata, e nel 2010 ha avuto una figlia assurdamente tardiva. Non potei fare a meno di provare pietà per quella povera scalognata: concepita in un forno premenopausa, partorita da una madre surrogata, e atterrata in un matrimonio in crisi.

RUTH: Le vuoi bene sul serio, vero? A tua nipote.

DAPHNE: Ammetto di avere un debole per lei.

RUTH: Non credo uscirà indenne da questa storia. Come potrà tornare a fidarsi del prossimo, sapendo che sua nonna è una bugiarda e un'assassina? Come potrà avere una vita normale, sapendo ciò che hai fatto?

DAPHNE: Com'è che di colpo ti preoccupi tanto dei bambini? Senti, mia nipote è cresciuta ricca, in larga misura grazie alle opportunità che io ho offerto a sua madre. E quando in futuro avrà la sua laurea targata Ivy League e un fondo fiduciario a suo nome, sono certa che riuscirà a cavarsela.

RUTH: Come vuoi. Dunque, perché hai lasciato quell'appartamento? Stavi cercando di sfuggire a qualcosa?

DAPHNE *[perplessa]*: No. Avevo ottantasei anni. Ed è *dura* essere vecchi. Sei debole, vulnerabile. E sempre tormentato dal ricordo della persona che eri, capace di ballare fino all'alba senza l'assillo di dover restare a tiro di una poltrona o di un gabinetto. Ho preso la decisione dopo una caduta in bagno. Sono rimasta là per ore, incapace di rialzarmi, a pensare alla mia vita. Ho temuto davvero di morire, il che era seccante, perché avevo sempre sperato di andarmene nel sonno. Ma infine il custode del palazzo mi ha trovata, ed è stato allora che mi sono trasferita qui.

SESTO DELITTO

28

EPISODIO 9: 2018-2022

DAPHNE: Con l'ospizio ho avuto l'impressione di essere arrivata al mio ultimo capitolo. Anche se mi sa che adesso ne ho aggiunto qualcuno! All'inizio ho cercato di tenermi occupata. Leggevo i miei libri sui serial killer, nuotavo in piscina, andavo ai balli organizzati dal centro, facevo ginnastica dolce. Ma nel giro di poco sono diventata troppo fragile per la salsa, troppo timorosa per nuotare. Da sola riuscivo a reggermi in piedi solo per pochi passi, e per uscire dalla stanza mi sono ritrovata a ricorrere al deambulatore e poi alla sedia a rotelle.

RUTH: Ho un genitore che comincia ad avere problemi di mobilità, ed è terribile vedere il suo declino. Il fatto è che non riesci a dimenticare la persona vitale e piena di energie che era un tempo.

DAPHNE: Ah, certo. Anch'io soffro profondamente per tutti i sani costretti ad assistere al mio disfacimento...

RUTH *[fa un verso di disappunto]*: Com'è stato vivere la pandemia in un luogo come questo?

DAPHNE: Spaventoso. Passavo tutto il tempo chiusa in questa stanza, guardando il mondo che moriva in diretta tv.

RUTH: Quando hai cominciato a frequentare Warren Ackerman?

DAPHNE: Un anno fa. Io ne avevo ottantanove. Il lockdown sembrava non finire mai, e a quel punto dubitavo di riuscire a vedere un altro episodio di *NCIS* senza impiccarmi a una trave del soffitto. E nel parterre di maschi del Coconut Grove, Warren spiccava di una spanna. Però la concorrenza era agguerrita. Alla mia età, ci sono tre donne per ogni uomo. Mi ricordava i miei vent'anni a New York, quando dovevo competere con le altre commesse di Bergdorf Goodman per accaparrarmi un appuntamento. Anche se in realtà non c'era storia: vincevo sempre io.

RUTH *[sconsolata]*: Quando hai deciso di... ucciderlo?

DAPHNE: Poco dopo il mio novantesimo compleanno. Erano passati secoli dal mio ultimo delitto, ma la pandemia mi aveva messo voglia di correre qualche rischio, e volevo vedere se avevo ancora la stoffa. Lui era un bersaglio facile: nessuno batte ciglio quando un vegliardo torna al mittente.

RUTH: E come ci sei riuscita? Da sola fatichi persino ad arrivare in bagno!

DAPHNE: Okay, Ruth, non c'è bisogno di rigirare il coltello nella piaga. Però sì, non è stato semplice. Con la mia artrite, persino versargli le pastiglie macinate nel caffè era un'impresa. Ma giocava a mio favore che Warren non fosse precisamente sul pezzo, perciò non si è mai accorto che il caffè aveva un sapore strano. Il risultato di decenni di sigarette: una lezione preziosa per tutti i fumatori in ascolto.

RUTH: Così è morto. E tutti hanno dato per scontato che sia stato per cause naturali.

DAPHNE: Esatto.

RUTH: E questo ti ha contrariata? Eppure era il tuo metodo da sempre, no? Fare in modo che il decesso sembrasse dovuto a un problema di salute? Dare a credere che la tua vittima fosse morta di cancro, di infarto, oppure di diabete?

DAPHNE: Diabete? E chi ha mai parlato di diabete? Comunque sì, in effetti ci sono rimasta un po' male, quando la faccenda è passata inosservata. Chissà, forse questa volta *volevo* che qualcuno mi smascherasse. Warren non l'ho ucciso per soldi; non eravamo neanche sposati. L'ho fatto per il brivido, per provare di nuovo quell'eccitazione, invece mi sono sentita persa. È stata la mia ultima avventura, da quel momento in poi non ci sarebbero più state sorprese. Finché... finché ho deciso di concedermi un bel colpo di scena!

RUTH *[spazientita]*: Non ti credo. Non può essere solo per questo che hai confessato. Di certo esistevano altri modi per vivacizzarti le giornate. E forse dovrei anche rammentarti che stiamo parlando dell'omicidio di un essere umano, e che la parte triste della storia non è che tu l'abbia trovato un po' deludente.

DAPHNE: E bla bla bla. Senti, facciamo che la predica la riservi per i tuoi commenti fuori campo, così risparmi a tutti di dover risentirla due volte.

RUTH *[voce fuori campo]*: Non è stato facile vederla godere in quel modo dell'assassinio di un signore anziano. Ma sapevo che a lei non importava il mio disagio, la mia preoccupazione per ciò che avrebbero provato gli amici e i parenti di Warren Ackerman ascoltando il podcast. Se ne fregava di lui e di me, e giudicava irrilevanti i nostri scrupoli. E mi sono chiesta cosa si provasse a vivere così: se la libertà che offriva quella sovrana indifferenza valesse il dolore che causava.

ShockBlaBla
Continuo a non capire perché l'ha fatto. Perché ha ucciso tutte quelle persone. E perché ha confessato quando nessuno sospettava niente. Era per sentire di avere il controllo? Per essere lei a scrivere la parola fine alla sua storia? Non ne ho idea.

> **MangiaPregaUccidi**
> Scusa, ma che ti aspettavi? «La verità è che ho un'intolleranza al glutine ed è per questo che ammazzavo a nastro»? Come si spiega qualsiasi comportamento umano?
>
> > **BibliotecariaD'Assalto**
> > Ve lo dico io qual è la formula per capire Daphne: patriarcato, capitalismo, colonialismo. E questo spiega tutto. Lei è il lato oscuro del sogno americano, o quantomeno il suo sottoprodotto.
> >
> > > **Rock&Troll**
> > > [questo commento è stato cancellato dal moderatore]
> > >
> > > > **MangiaPregaUccidi**
> > > > Però Ruth posterà altri episodi, giusto? Magari persino una seconda stagione. Io voglio sapere della vita di Daphne in carcere. E se è stata davvero lei la responsabile della strage del Tylenol.
> > > >
> > > > > **Rock&Troll**
> > > > > E BASTA CON 'STA STRAGE DEL TYLENOL!

Secondo i calcoli di Ruth, adesso il podcast doveva intitolarsi *I sei delitti di Daphne St. Clair.* Anche se la morte di Joe poneva un problema per il titolo. Vale come omicidio guardare qualcuno che muore d'infarto senza chiamare un'ambulanza? Moralmente era sbagliato, su questo non c'erano dubbi, ma aveva lo stesso peso dei delitti che Daphne aveva sulla coscienza? Doveva ripiegare su *I sei delitti e mezzo*, per stare sul sicuro? Oddio, non era granché.

«Tanto per confermare: sei proprio certa di non aver dimenticato nessuno?» chiese ancora Ruth. «Perché la parentesi senza delitti tra Donald St. Clair e Warren Ackerman è piuttosto lunga.» Si costrinse a deglutire, cercando di arginare l'ondata di disperazione che le era montata dentro. Non poteva essere tutto qui. Daphne la stava privando della possibilità di spiegare perché quell'inchiesta era tanto importante per lei, perché quella donna le avesse cambiato la vita senza neanche sapere della sua esistenza.

«Mica sono delitto-dipendente, sai? Molti killer smettono. Alcuni ci ricascano, come Dennis Rader, altri no, come Joseph DeAngelo...»

«Okay, sappiamo già che sei un'esperta in materia» sbottò Ruth, suo malgrado.

Abbassò lo sguardo sulle mani, strette al microfono con una presa così convulsa da essersi indolenzite. Immaginò di scaraventare la vecchia sul pavimento e di prenderla a calci con le scarpe che aveva schernito tanto spesso. «Non m'interessano gli altri serial killer. Voglio sapere perché *tu* hai smesso. Perché finora niente spiega un periodo così lungo tra i delitti.»

«Secondo me hai bisogno di una pausa. Stai sudando come una puttana in chiesa» disse Daphne, lentamente. Sedeva quasi immobile e la guardava di sbieco, come un rapace. Ruth si portò una mano al volto, e lo trovò coperto di sudore.

«Okay» disse, alzandosi, malferma sulle gambe. «Vado un momento a rinfrescarmi la faccia.»

Barcollò fino in bagno e chiuse con decisione la porta, sentendo il petto tremare a ogni respiro. La quantità di caffè che aveva trangugiato per riprendersi dall'ennesima notte insonne le aveva procurato un senso di nausea, l'aveva resa febbrile.

Malgrado le tante ore passate nella suite di Daphne, era la prima volta che entrava nel suo bagno. Il gesto le era sempre sembrato troppo intimo, imbarazzante. Come conservare la debita distanza psicologica dal tuo intervistato dopo esserti seduta sulla tavoletta ancora tiepida del suo gabinetto? E quella era decisamente la stanza da bagno di una donna anziana. C'erano due maniglioni ai lati della tazza e un sedile di plastica impermeabile nella doccia. Cercò di non immaginare Daphne seduta là, nuda e cascante, mentre un inserviente bilioso la strofinava con una spugna.

Si sciacquò il volto con l'acqua fredda e si lavò le mani con un sapone che emanava un penetrante profumo floreale. Nel tentativo di ritrovare il contegno, lesse i nomi dei rossetti di Chanel, ciascuno dei quali doveva costare quanto la sua spesa settimanale. Antoinette, Marie, Gabrielle, Etienne, Adrienne: una carrellata di nomi regali come quelli che Daphne si era scelta nel corso della vita, cambiandoli con la stessa disinvoltura dei rossetti. Dopotutto, Chanel non avrebbe mai lanciato sul mercato un rossetto da cinquanta dollari chiamato « Loretta ».

Dopo qualche minuto si sentì un pochino più calma, anche se le doleva la testa e le mani continuavano a tremare. Inspirò a fondo, fissandosi allo specchio.

È quasi finita, convincila a confessare e poi sarai libera.

Prima di uscire dal bagno, quasi senza pensarci, si mise in tasca il tubetto dorato di un rossetto chiamato Gabrielle, come un piccolo atto di rivolta contro Daphne.

Appena tornata nel salottino notò che l'anziana sedeva in punta alla sua poltrona, e aveva il respiro un po' ansimante, come dopo uno sforzo. Lentamente, lo sguardo di Ruth cadde sulla sua borraccia, rimasta sul tavolino. Non aveva mai mangiato o bevuto niente offerto da Daphne, ma aveva preso l'abitudine di portarsi l'acqua da casa, dentro la sua borraccia di metallo, per schiarirsi la voce durante le interviste. Ma mai prima di allora l'aveva lasciata incustodita e alla portata di Daphne.

La posizione della borraccia era cambiata? Forse. Le sembrava di ricordare che prima fosse al centro del tavolino, ma non ne aveva la certezza. Riprese il suo posto sul divano, avvertendo il battito accelerato. Daphne la scrutava, con uno strano sorriso sulle labbra. Le aveva messo qualcosa nella borraccia? Candeggina? Pastiglie? L'aveva appena spostata, per farle credere di averla avvelenata? Oppure le sue erano soltanto paranoie, alimentate dal deficit di sonno e dalla consapevolezza di trovarsi in una stanza con una fottutissima assassina?

Lo sguardo di Daphne era fisso su di lei. Poi – in modo lento ma inequivocabile – si puntò sulla borraccia. Era un segnale? Era il caso di svitare il tappo e controllare all'interno? Verificare se nell'acqua si intravedesse ancora il pulviscolo lasciato dallo sciogliersi della pastiglia? Daphne si muoveva a fatica, con lentezza. Il tempo che lei aveva passato in bagno le sarebbe bastato per manomettere la borraccia?

D'un tratto Ruth sentì la bocca asciutta, e contrasse una mano, come per l'istinto di afferrare la borraccia. Daphne continuava a scrutarla mentre lei si arrovellava sul da farsi: esaminarne il contenuto? Andarsene? Esigere una spiegazione?

Infine Daphne parlò. «Allora, cos'era che insistevi a chiedere, poco fa?»

«Perché hai smesso di uccidere. Perché è passato tanto tempo tra l'omicidio di Donald e quello di Warren...» riuscì a spremersi lei, distogliendo a forza lo sguardo dalla borraccia.

«Immagino perché ormai ero vecchia, e stanca. È una faticaccia fingersi la donna ideale di un uomo, sedurlo, convincerlo a sposarti e poi restarci sposata per un tempo ragionevole prima di cominciare ad avvelenarlo. Ero stanca delle persone. Stanca di fingere» mormorò Daphne, stringendosi nelle spalle ossute. Fissava il tavolino – o la borraccia? – con uno sguardo distante, vuoto.

«Okay, credo che per oggi possa bastare. Se dici che non hai ucciso nessun altro, allora è così» disse Ruth, tutto d'un fiato, tra le labbra secche, riarse. Tutto il suo piano di metterla alle strette, costringerla a confessare, era evaporato al calore bianco del terrore che avesse cercato di avvelenarla. Perché non le era mai venuto in mente che poteva essere rischioso forzare la mano a Daphne, cercando di cavarle qualcosa che voleva tenere nascosto? Che un killer con le spalle al muro era più letale che mai?

«Esatto. È così» confermò Daphne. Stava ancora fissando il tavolo, ma lo sguardo si era fatto tempestoso. Ruth aggrottò la fronte. L'anziana sembrava proprio sincera. Che bugiarda spudorata.

Qualcuno bussò alla porta. Ruth lanciò un'occhiata al suo orologio. Doveva essere l'inserviente con le pastiglie.

Appena Daphne andò in bagno a prenderle, lei strappò il tappo della borraccia e scrutò all'interno. Non sembrava contenere altro che acqua, la stessa con cui l'aveva riempita quella mattina, dal lavabo del suo appartamento. Con estrema cautela ci avvicinò il naso: nessun odore strano. Pensò di assaggiarla, ma le mancò il coraggio.

Uscendo dal Coconut Grove, gettò la borraccia in un bidone dell'immondizia.

Era stato tutto un trucco per metterla in agitazione? Oppure era un avvertimento?

Era vicina. Troppo vicina.

Quella sera, si trovava di fronte all'ingresso del Seacrest, a registrare rumori d'ambiente per il podcast: la risacca dell'oceano, gli schiamazzi dei gabbiani, il rombo delle auto di passaggio, per la maggior parte più costose dei suoi quattro anni di università. Era in momenti come quello, quando si concentrava sulla struttura del podcast, calibrava le sue apparecchiature, organizzava mentalmente la narrazione, che si sentiva davvero in pace col mondo.

«Che ci fai qui?» sbraitò una voce, riscuotendola di colpo dalla sua trance. Si girò di scatto e se la trovò davanti. Lucy.

L'aspetto di Lucy Montgomery metteva in soggezione. Persino più alta di lei, indossava un'impeccabile tenuta da yoga color crema, con un materassino griffato Chanel arrotolato sotto il braccio, e senza un capello fuori posto nella coda di cavallo biondo platino. Era più composta ed elegante al ritorno da una seduta di yoga della gente normale nel giorno delle nozze, ma c'era un'espressione di rabbia gelida sul suo volto.

«Ti avevo già vista stazionare nel mio parcheggio, e ora ti metti addirittura a piantonare l'ingresso?» chiese, in tono imperioso, guardandola dall'alto in basso.

« Il marciapiede è suolo pubblico, e io non sto facendo niente di male » rispose Ruth.

Lucy alzò gli occhi al cielo. « Niente di male? Lo sanno tutti cosa cerchi di fare, con quel tuo podcast. È lampante e, francamente, piuttosto patetico. » Il tono altero riportò Ruth agli anni delle medie, quando la sua timidezza e gli scadenti abiti di seconda mano l'avevano resa il bersaglio scontato per tutte le compagne ricche e benvestite.

« Sto solo cercando di scoprire la verità » disse.

Lucy si lasciò sfuggire una risata brusca, quasi un ringhio. « La verità? La verità la sappiamo già tutti. L'hai ucciso » disse, in tono basso e minaccioso. « L'hai ucciso, l'hai fatta franca, e adesso non hai neanche la decenza di lasciarci in pace. »

« Non l'ho ucciso. Io non ho mai fatto del male a nessuno! » ribatté lei, con un tremito nella voce. Non che l'accusa fosse una novità, ma non aveva mai smesso di ferirla.

« Ti ho chiesto di smetterla. Ti ho messa in guardia sui rischi. Non fare la vittima con me, Ruth. Le azioni hanno conseguenze. »

« È anche la mia famiglia » replicò lei. « Potrà non piacerti, ma è un dato di fatto. I Montgomery sono la mia famiglia e tu sei la mia sorellastra. »

« Ma fammi il piacere! » sbuffò Lucy. « I miei genitori sono stati sposati per più di quarant'anni. Credi che un'avventuretta con tua madre sia la stessa cosa? Be', ti sbagli. Tu non sei una Montgomery. Noi ti abbiamo scaricata appena hai mostrato la tua vera natura. »

Lucy avanzava, trafiggendola con le sue parole, costringendola a indietreggiare verso una colonna. Ruth deglutì, sforzandosi di tenere a bada l'angoscia che le montava dentro.

« Sai, lui aveva *implorato* tua madre di abortire » proseguì Lucy, un sorriso crudele sulle labbra. « Fosse riuscito a farla ragionare, tu non saresti mai nata. E sarebbe stato meglio per tutti. Meglio persino per te. Ma vista la situazione, mi accontenterò di vederti in galera. E per questo non è troppo tardi. C'è tutto il tempo. »

« È così che siete abituati a gestire le cose, vero? Prevaricando il prossimo per costringerlo alla sottomissione » sbottò Ruth. Era bello riuscire a dirlo, finalmente, dopo tanti anni di risentimento e frustrazione, immaginando – senza però averne la certezza – che fossero i Montgomery la fonte della sua sfortuna.

« Sì, e se fossi in te, mi darei una regolata » rispose Lucy, prima di girarsi e avviarsi con il suo incedere disinvolto nell'atrio del palazzo, sicura del suo posto nel mondo quanto Ruth era incerta del proprio. La vide parlare con il custode, indicare lei e poi il telefono sul banco della reception. Senz'altro gli stava chiedendo di chiamare la polizia, perciò si affrettò a radunare le sue apparecchiature e corse alla macchina. Sgommò via, e solo a parecchi isolati di distanza, bloccata da un semaforo rosso, aprì la portiera e si sporse a vomitare, tremando in tutto il corpo per lo stress.

Lucy l'aveva *davvero* spaventata. A dispetto del contegno freddo e distaccato, era parsa quasi infiammabile, aggressiva come un serpente pronto ad attaccare. Ruth doveva portare a termine il podcast appena possibile, per rendere pubblica la piena confessione di Daphne prima che i Montgomery la fermassero per sempre. Solo così sarebbe stata al sicuro.

MangiaPregaUccidi

Ho di nuovo avvistato Ruth! Stavolta è stato un po' strano. Ero nei pressi del mio condominio quando l'ho vista con le sue apparecchiature davanti al Seacrest. Di colpo è andata da lei una tizia e hanno cominciato a discutere molto animatamente. Poi la tizia è entrata nell'atrio e Ruth se l'è data a gambe. Immagino temesse l'arrivo della polizia.

BibliotecariaD'Assalto

Urca, questo sì che è un avvistamento! La tizia si è scaldata perché Ruth stava filmando là?

MangiaPregaUccidi

Non so. Da come parlavano, ho avuto l'impressione che si conoscessero. Il tono però non era amichevole. Se non ho capito male, le ha persino dato dell'assassina. O forse era solo arrabbiata perché Ruth ha offerto a Daphne una piattaforma?

ShockBlaBla

Sai chi era l'altra tizia?

MangiaPregaUccidi

No. L'aspetto era identico a quello di un mucchio di donne da queste parti: faccia di plastica e borsa firmata.

BibliotecariaD'Assalto
Non avevi detto che Daphne abitava in quel palazzo prima di trasferirsi al Coconut Grove? Forse la tizia la conosceva e non voleva essere intervistata.

MangiaPregaUccidi
No, Daphne stava al Blue Diamond, che è nello stesso isolato. Però è la seconda volta che vedo Ruth davanti al Seacrest. Non ne sono sicura, ma mi sembra di ricordare che fosse accaduto *qualcosa* là, anche se erano soltanto voci. Al tempo non abitavo in zona. Qualunque cosa fosse, le persone coinvolte erano abbastanza ricche da tenerla fuori dai giornali.

ShockBlaBla
Magari Ruth sta già conducendo le ricerche per la seconda stagione!!!

BibliotecariaD'Assalto
Cavoli, lo spero proprio. Anche se dubito che riesca a superare il livello di questa. Ma a quanto pare ti è toccata un'ottima anticipazione. Bel colpo!

MangiaPregaUccidi
Se solo riuscissi a ricordare cos'è successo al Seacrest...

29

Lucan. Ruth aveva sempre saputo che le sue ricerche l'avrebbero condotta lì dove tutto era cominciato: la terra arida in cui Daphne era nata, e dove la crudeltà degli altri aveva distorto la sua crescita.

Aveva pianificato il viaggio già da un pezzo, ma poi aveva dovuto attendere la consegna postale del suo primo passaporto. L'itinerario era impegnativo: una successione di scali aerei e poi un lungo tragitto in macchina. Ma infine eccola ai margini della cittadina, circondata da un paesaggio che le era completamente estraneo. In Florida il cielo aveva sempre l'oceano a delimitarlo, una distesa d'acqua a sorreggerlo. A Lucan era come una ciotola appoggiata sopra la terra, una cupola immensa, profonda come l'eternità. La luce del sole era implacabile e cocente, e l'orizzonte era una riga piatta, interrotta solo da un albero o una casupola qua e là.

Certo non era il momento ideale per andarsene dalla Florida, mettendo bruscamente in pausa la sua routine, ma la visita era essenziale per il podcast. Poteva solo sperare che le difficoltà del viaggio non le esaurissero del tutto le forze. Ormai la sua insonnia aveva superato la soglia di guardia. Viveva le ore di veglia come stando sott'acqua, con la mente ovattata e il nervosismo dato dai troppi caffè. E di notte era anche peggio. Un'ansia diffusa la teneva costantemente sul chi vive. I nervi così a fior di pelle la facevano scattare di colpo a ogni soffio di vento o gorgoglio delle tubature.

Era assediata dalla paura, una paura senza nome, pervasiva e indefinibile. La morte e l'angoscia la stringevano da ogni lato, e lei sapeva che non poteva continuare così ancora a lungo: doveva concludere il progetto, arrivare in fondo e poi, finalmente, lasciarsi quella storia alle spalle. La speranza era che, tornando al luogo in cui era cominciata, avrebbe trovato il modo per mettere la parola «fine».

EPISODIO 10: 2022

RUTH: Buongiorno, e benvenuti al podcast *I sei delitti di Daphne St. Clair.* Io sono la vostra conduttrice, Ruth Robinson. Oggi mi trovo a Lucan, una cittadina di novecento anime pressoché invisibile online, senza eventi famosi o personalità abbastanza illustri da meritare l'attenzione del pubblico. O almeno così sembrava prima. Perché, come ormai sapete, Lucan è il luogo di nascita di Loretta Cowell, la ragazza destinata a diventare Daphne St. Clair. Sono venuta qui nella speranza di trovare qualcuno che ancora la ricorda, anche se da allora è passato moltissimo tempo.

[In sottofondo, i suoni di una tavola calda: un brusio di conversazioni e risate, acciottolio di posate]

CAMERIERA: Desidera altro?
RUTH: Solo il conto, grazie. Senta, io sto lavorando a un progetto di ricerca su una donna di nome Loretta Cowell, cresciuta qui negli anni Trenta e Quaranta. Immagino che lei non la ricordi?
CAMERIERA: Io non ero ancora nata, ma ho sentito parlare dei Cowell. Erano una famiglia numerosa, però, e non ricordo niente di specifico su una Loretta. A quel tempo la gente se ne andava in massa da qui, in cerca di lavoro.
RUTH: E gli altri figli dei Cowell... Sa cosa ne sia stato?

[La cameriera ride]

CAMERIERA: Perché non lo chiede direttamente a Buzzy? Lui è rimasto.
RUTH: Buzzy?
CAMERIERA: Russell Cowell. Uno dei figli minori. Non so perché, ma qui lo chiamano tutti Buzzy.

RUTH: Un fratello di Loretta?

CAMERIERA: Presumo di sì. Non so di che si sorprende. Da queste parti certa gente leva le tende appena è in grado di camminare, ma altri non si spostano nemmeno di un centimetro. Comunque, Buzzy è l'unico Cowell che non sia emigrato o sottoterra, quindi le conviene parlare con lui.

RUTH: Grazie.

C'era un'unica casa di riposo in città, che consisteva di un complesso di piccoli appartamenti e stanze annesso all'ospedale locale, perciò fu facile rintracciare Russell Cowell.

Ruth chiese indicazioni a una signora in sedia a rotelle ferma a fumare davanti all'ingresso del centro, e la donna le indicò un vecchio seduto fuori. Aveva la pelle coriacea, una semplice giacca di cotone e un berretto da baseball calcato sulla fronte stempiata. Sedeva su una poltroncina del patio, con le mani appoggiate alle cosce, a fissare l'orizzonte come per decifrare il clima in vista di una decisione importante.

«Buongiorno. Lei è Buzzy?» domandò Ruth, avvicinandosi. Frugò nel suo zaino in cerca del microfono.

«In persona» rispose lui, guardandola con diffidenza.

«Io mi chiamo Ruth Robinson. Sono una giornalista. Sto cercando informazioni su sua sorella, Loretta. Sarebbe disposto a parlarmene?»

Le sopracciglia di Buzzy schizzarono sopra la montatura squadrata degli occhiali scuri. «Loretta? Sono passati secoli dall'ultima volta che ho sentito quel nome! Non la vedo da più di settant'anni! Come mai le interessa?» Il suo atteggiamento era completamente cambiato. Indicò la poltroncina davanti a sé e Ruth vi si accomodò, con il microfono in mano.

«Ora le spiego tutto. Prima, però, mi serve la conferma che lei la ricorda.»

«Ma certo! Era la mia sorella maggiore. Era lei a prendersi cura di noi piccoli, l'unica a cullarci quando piangevamo o a distrarci quando papà andava in bestia. Ma avevo appena sette anni quando se n'è andata.»

«Sa perché avesse lasciato Lucan?» domandò Ruth, chiedendosi se la faccenda del predicatore o il furto nella sua casa fossero mai diventati di dominio pubblico.

« No » rispose Buzzy, secco. « Però non era un mistero. Nostro padre era un animale. Soprattutto con le mie sorelle » aggiunse, in tono eloquente. Ruth avrebbe dovuto convincerlo a dirlo in modo esplicito. Non si fanno interviste coi sottintesi. Anche se non fu uno dei momenti più gloriosi della sua carriera di giornalista, chiese: « Come si comportava con le sue sorelle? »

Buzzy la incenerì con lo sguardo, e per un attimo lei temette che l'avrebbe cacciata. Infine l'impazienza di avere notizie di Loretta ebbe la meglio, o forse era solo il piacere di parlare con qualcuno di diverso dal solito. Se c'era qualcosa che Ruth aveva imparato negli ultimi mesi, era che la vita nelle case di riposo era di una monotonia desolante, con le giornate tutte uguali e gran parte degli anziani condannati a morire di noia.

« Lui... abusava di loro. Però di questo non voglio parlare » rispose, sventolando una mano in aria. « Accade tutto sotto il tuo naso, quando si vive in una baracca di un'unica stanza, ma questo non significa che mi vada di rivangare il passato. »

« Com'è stata la vostra vita dopo che Loretta se n'è andata? » chiese Ruth.

Buzzy aggrottò la fronte. « Be', noialtri piccoli abbiamo pianto come fontane. E la mamma è diventata sempre più taciturna, come se volesse sparire. Papà invece ha fatto finta di niente. Una volta mio fratello Ray ha chiesto di Loretta e lui ha risposto con un manrovescio. E noi abbiamo imparato la lezione: da quel momento nessuno ha più osato pronunciarne il nome. »

Sospirò e si zittì, come se il fiume di parole l'avesse sfinito. Per qualche minuto restarono in silenzio, a strizzare gli occhi contro il riverbero del sole, a cuocere nell'afa.

« Si diventava cattivi, in quella casa. Imparavi a preoccuparti solo di te stesso » disse infine Buzzy, rompendo il silenzio. « Ora, vuole dirmi perché mi ha chiesto di Loretta? »

« Loretta... ha cambiato nome. Adesso si fa chiamare Daphne St. Clair » cominciò Ruth. Si era aspettata un lampo di riconoscimento, ma l'uomo restò impassibile. Forse a Lucan non arrivavano i notiziari americani, oppure lui seguiva solo i canali di cronaca sportiva. « Vive in Florida, e di recente ha confessato una serie di delitti. Sposava uomini ricchi e poi li avvelenava. » Una semplificazione davvero eccessiva, ma Ruth non sapeva come altro condensare decenni di vita di Daphne.

Silenzio. Buzzy restò a lungo attonito, infine si portò le mani nodose al volto e fece un colpo di tosse gorgogliante. « È uno shock » disse. « Non ti aspetti mai che sia qualcuno che conosci, anche se non lo vedi da tantissimo tempo. »

Ruth riconobbe la generalizzazione come un meccanismo di difesa. Buzzy aveva parlato come se stessero discutendo in astratto dell'esperienza di avere un assassino in famiglia, non come se la faccenda riguardasse sua sorella. Poteva capirlo: a volte anche lei usava lo stesso espediente, parlando con Daphne, per mettere da parte provvisoriamente il fatto che quella donna le aveva rovinato la vita, per riuscire a restare nella sua stessa stanza.

Buzzy strinse le labbra screpolate, emettendo un fischio basso. « Stavo quasi per cascare dalla sedia. Be', almeno ha cambiato nome. »

Ruth restò zitta, in attesa che proseguisse.

Ma lui continuò solo a scuotere la testa, ancora incredulo. « E la polizia l'ha acciuffata? » domandò, infine.

« No. È stata lei a confessare, di punto in bianco, dopo che il suo delitto più recente era stato archiviato come morte naturale. »

« Ha confessato? E perché? Per rimorso? »

A Ruth tornò in mente il sorriso arrogante di Daphne mentre parlava della morte di Warren. « Decisamente non per rimorso. Ma il vero motivo non l'ha capito nessuno » disse, stringendosi nelle spalle.

« Lei lo ha detto alla gente di qui? » chiese Buzzy, in tono esitante.

« No » rispose lei. « Sono appena arrivata. Ho chiesto informazioni a una cameriera, ma senza spiegarle perché. »

« Bene. Continui a tenerlo per sé. Dopo la morte di mio padre e la partenza di mio fratello maggiore, che era un tipo un po' scalmanato, non ci sono più state chiacchiere sulle malefatte dei Cowell. Io mi sono costruito una vita, qui, ci ho cresciuto i miei figli. Non voglio che la città riprenda a sparlare di noi. »

«Ma... si verrà comunque a sapere» obiettò Ruth. «Tutti i media si sono occupati della notizia. E questo podcast è sempre più seguito.»

Buzzy sorrise e rispose, con sicurezza: «Non ci scommetterei. Se non riguarda il baseball o l'hockey, da queste parti non interessa a nessuno».

«Okay» disse Ruth, pur sapendo che Buzzy si sbagliava: la possibilità di restare isolati dal mondo era una cosa del passato.

«Era una ragazza così dolce» riprese lui, quasi tra sé. Ruth restò interdetta. Di tutti i conoscenti di Daphne che aveva intervistato, lui era stato l'unico a dirne una parola buona. «Perché avrebbe fatto certe cose?»

«Non lo so» rispose. «Lei ha detto di aver avuto una vita dura, e che non ha avuto scelta. Però è evidente che c'è sotto dell'altro.»

Restarono a lungo su quel patio. Ruth raccontò a Buzzy di Daphne, gli parlò della vita della sorella e di com'era adesso. Lui annuiva, senza commenti ma continuando a fare domande. Finché, approfittando di un momento di pausa, Ruth decise che adesso toccava a lei fare qualche domanda.

«Cosa ne è stato degli altri fratelli?» chiese.

«Be', quasi tutte le ragazze hanno sposato bastardi tali e quali a nostro padre, immagino perché non conoscevano altro. Sono state buone madri, però non credo che basti, quando devi fare i conti con un marito canaglia. E anche alcuni dei fratelli hanno avuto i loro guai. Uno è finito in galera per rapina, altri hanno divorziato o avuto problemi con l'alcol e il gioco d'azzardo. Un paio però se la sono cavata, compreso me.»

Prese una tazza rimasta sul tavolino e bevve un lungo sorso, anche se ormai il caffè doveva essere freddo. Poi proseguì. «Sa, Loretta era parecchio legata alla seconda delle nostre sorelle, Irene.»

«E lei è ancora... tra noi?» domandò Ruth, cercando un modo delicato per sapere se Irene stesse a due isolati di distanza o due metri sottoterra.

«No. Morta nell'86» rispose Buzzy. «Incidente d'auto. Difficile dire come è andata, ma secondo me si è schiantata di proposito. O comunque era così sbronza che per lei era uguale.»

«Era una donna infelice?»

«Direi proprio di sì. Tre mariti, ciascuno più alcolizzato e cattivo del precedente. Anche lei beveva, ma più che altro soffriva di depressione. Se devo essere onesto, per me è stato un sollievo perdere i contatti con i miei famigliari. Preferivo non sapere cosa ne era stato.» Buzzy aveva abbassato la voce a un sussurro. Di colpo sembrava persino più gracile, quasi tornato un bambino.

Ruth annuì. Irene era l'esempio plastico di come sarebbe stato il futuro di Daphne, se fosse rimasta a Lucan.

Aveva sperato che quel viaggio avrebbe offerto chiarezza, invece era più confusa di prima. Un'intera nidiata di bambini trascurati e abusati, divenuti adulti diversissimi tra loro. Alcuni si erano costruiti una vita sana e felice, altri erano caduti nella spirale di matrimoni disastrosi, dipendenze e crimine. E una era diventata un mostro. Perché avevano tutti imboccato strade diverse? E quanto controllo reale aveva potuto esercitare Daphne sul suo viaggio nelle tenebre? Negli ultimi sei anni, anche la sua vita era andata a catafascio, con un susseguirsi di testacoda sentimentali e professionali, e un'ossessione per il mistero al cuore di tutto. Era diventata un'altra, e niente di quanto le era accaduto le era sembrato una scelta. Lei e Daphne erano entrambe infilate in una sorta di tunnel oscuro, incapaci di sfuggire alla propria natura, anche quando riuscirci sarebbe tornato a vantaggio di tutti.

Buzzy attese che Ruth spegnesse il registratore, guardandola con gli occhi arrossati mentre lo riponeva nella custodia e chiudeva la cerniera.

Solo allora, con una voce flebile, indifesa, chiese: «Le dirà che la saluto?»

«Certo, ma se vuole le lascio il suo numero di telefono. Potrebbe chiamarla lei stesso» rispose Ruth, mettendosi la borsa a tracolla. Buzzy scosse la testa, e la visiera del berretto dei Saskatchewan Roughriders gli oscurò il volto.

«No. Ormai sarebbe come parlare con un'estranea» mormorò. «Le porti solo i miei saluti.»

Ruth se ne stava già andando quando lo sentì gracchiare: «Okay! Mi dia quel numero, casomai cambiassi idea».

HauteHistoire: Be', quest'ultimo episodio non offriva molta ispirazione per la nostra serie TikTok. Ho scelto un look campagnolo... Un paio di Levi's... una giacca di Carhartt con un berretto da baseball. Decisamente non il mio lavoro migliore, ma tant'è.

MangiaPregaUccidi
Ehi, gente, ho qualcosa di inquietante da condividere. Mia cugina, quella che lavorava al Coconut Grove, è rimasta in contatto con una delle infermiere. A quanto sembra lo staff ha notato un tizio sospetto che si aggira intorno alla casa di riposo. Porta uno zaino e un berretto da baseball, e sparisce tra gli alberi appena viene avvistato. Il personale è in allarme, e adesso nessuno di loro si azzarda a uscire da solo nel parcheggio: alle macchine vanno sempre in gruppo.

ShockBlaBla
Okay, magari vi sembrerà strano, ma se fosse un FANTASMA? Daphne ha ammazzato un mucchio di gente, e almeno uno dei loro spiriti sarà inquieto, vi pare?

Rock&Troll
Non è che da piccola sei caduta dal seggiolone? L'ipotesi migliore, per Daphne, è che sia un reporter. La peggiore, il famigliare di una delle sue vittime a caccia di vendetta. Oppure un ammiratore morboso, che vuole farle la pelle per ricavarne un cappotto.

MangiaPregaUccidi
LOL... Dovrà usare un bel po' di crema anti-age, per togliere le rughe al suo nuovo paletot.
@CapoteParty: Ci sei poi andato in Florida?

SETTIMO DELITTO?

30

> Le autorità dello Stato di New York stanno indagando sui possibili collegamenti tra Daphne St. Clair e il caso irrisolto dell'investimento mortale di una dodicenne, avvenuto nel 1974. La polizia ha motivo di credere che la vittima in questione, Gabrielle Hanks, fosse la figliastra di Daphne St. Clair, in quel periodo nota come Daphne Hanks. Poco dopo la morte di Gabrielle era morto anche il padre, Robert Hanks, in quello che al tempo era stato considerato un suicidio.

Lo sguardo di Ruth era incollato allo schermo del portatile, collegato in streaming a un notiziario. La nuova inchiesta era cominciata quando un residente di Abrams, nello Stato di New York, aveva riconosciuto Daphne da una foto circolata sui media e aveva contattato la polizia. Ruth non sapeva quali prove avessero scovato le autorità locali, ma di certo la scoperta che la vittima di un crimine irrisolto era la figliastra di una serial killer meritava degli accertamenti.

Provò un conato di nausea e dovette correre a rigettare in bagno. Poi restò accasciata accanto alla tazza, con la fronte che scottava appoggiata alla ceramica fredda.

Daphne non si fermava neppure davanti ai... *bambini.*

Il che spiegava parecchie cose. L'anziana aveva abilmente sorvolato sugli anni in cui i figli erano al liceo, liquidandoli come irrilevanti, per impedirle di indagare sugli Hanks. Ripensò alla foto che aveva trovato nella scatola da scarpe. La ragazzina bruna nel ritratto doveva essere lei: Gabrielle. Ancora una volta Ruth si ritrovava in un territorio ignoto guidata da un navigatore inaffidabile, con il rischio molto concreto di andarci personalmente di mezzo. Per quante interviste conducesse con i testimoni e a dispetto di tutte le sue ricerche, il suo podcast rischiava di non essere altro che un accumulo di menzogne e depistaggi. E lei rischiava di farsi odiare più della stessa Daphne.

Cosa le aveva dato a credere di poter battere in astuzia una serial killer? Era inevitabile che Daphne continuasse a mentire, a occultare altri delitti. Le aveva già tolto tutto in passato, e adesso lo stava facendo di nuovo.

Rock&Troll
Quella donna è la feccia della Terra.

> **BibliotecariaD'Assalto**
> Questo cambia tutto. Io credevo che ammazzasse solo gli UOMINI. Non capisco...
>
> > **Rock&Troll**
> > Oh, povera stella: la serial killer ti ha delusa?
> >
> > > **ShockBlaBla**
> > > Così è troppo. Non mi piace più.
> > >
> > > > **Rock&Troll**
> > > > Neanche prima doveva piacerti, psicopatica.

ShockBlaBla
Un momento. Qualcuno aveva già citato Abrams... Forse in una discussione su alcuni delitti irrisolti?

> **BibliotecariaD'Assalto**
> È vero!
>
> > **MangiaPregaUccidi**
> > Era stato CapoteParty... @CapoteParty, come mai avevi associato Daphne a quei casi? Sai qualcosa che non ci hai detto?
> >
> > > **ShockBlaBla**
> > > @CapoteParty: ci sei?

Dopo quella notizia, la gente cominciò davvero a odiarmi. Ero stata un personaggio interessante finché mi avevano creduta una giustiziera di maschi. Forse, nel segreto dei loro cuori, certe donne capivano come fosse possibile sorridere in faccia a tuo marito mentre gli avveleni il caffè. Oppure il motivo era soltanto che a tutti piace un bel giallo, pieno di colpi di scena, sesso e valanghe di soldi.

Ma un'assassina di bambini? No, a quel punto non era più divertente.

Non mi ero mai sentita tanto sola. E adesso ero ancora più angosciata dal rischio di uno stalker. Avevo già fornito munizioni più che sufficienti, ma quell'ultima rivelazione rischiava davvero di spingerne uno oltre il limite. E non sbagliavo.

«La direzione mi ha chiesto di informarla di un fatto accaduto stanotte» disse un'infermiera del Coconut Grove, in tono freddo, robotico. Poi allungò la mano e mi sbatté le pastiglie sul palmo, con una violenza tale da farmi tremare il braccio.

«E lei questo lo chiama informare? Perché io ne so quanto prima» sbottai, stringendo le pastiglie nel pugno. Le mie dita artritiche protestarono per lo sforzo. L'infermiera sospirò, come a dire: *Ci risiamo. Daphne la difficile tornata alla ribalta.*

«Un uomo si è presentato alla reception chiedendo di lasciare una lettera per lei. La collega in servizio ha risposto che qui non c'era nessuno con quel nome, e si è rifiutata di accettare la lettera. Il tizio è andato su tutte le furie, insistendo che erano tutte balle, perché lui sapeva benissimo del suo ricovero qui. Se n'è andato solo quando hanno minacciato di chiamare la polizia.»

«Mmm... chissà cosa diceva quella lettera...» riflettei io ad alta voce.

«La direzione voleva solo avvertirla di non farsi vedere alle...»

«Sì, sì, lo so» la interruppi io, indicando alle mie spalle con la mano libera. «Le porte sono chiuse a chiave e le tende tirate, perciò potete stare tranquilli. Qui dentro c'è più buio che nel culo di una strega.»

Il volto dell'infermiera si indurì e lei avanzò fino a starmi quasi addosso. Io arretrai e dovetti appoggiarmi al deambulatore per il tremito alle gambe.

«Non le conviene usare questo tono con noi» sibilò. «Già prima eravamo stufi di proteggerla. Immagini adesso che si è rivelata una killer di bambini. Sarebbe un vero peccato se ci distraessimo...» Ciò detto infilò la porta. L'avrei fatta licenziare in tronco, se avessi saputo come accidenti si chiamava.

Era un problema dover fare affidamento sullo staff. Uno di loro poteva essere spinto (per soldi o anche solo per astio) a lasciare aperta una porta di servizio, a indicare la mia finestra a un malintenzionato. Oppure a scambiarmi le pastiglie. Era più che evidente che non vedevano l'ora di liberarsi di me. Non potevo fidarmi di nessuno, e di certo non di *loro*. Un vero peccato, perché prima della faccenda di Warren ero benvoluta da tutti, probabilmente perché ero tra i meno incontinenti nel mio gruppo di età.

Lasciai le pastiglie in bagno e tornai alla mia poltrona, restando per un momento con la mano appoggiata sul telefono. L'unico rumore della suite era il ticchettio dell'orologio, l'inesorabile promemoria che ero sola e avevo i giorni contati. Fissai il tessuto pesante che oscurava le finestre. Le tende dovrebbero farti sentire al sicuro, uno scudo tra te e il mondo. Ma non poter vedere cosa c'era là fuori rendeva tutto più inquietante.

Poteva esserci chiunque in agguato.

BibliotecariaD'Assalto
Certo che è un po' immorale offrire un pulpito a un'assassina di bambini.

ShockBlaBla
Non sarebbe meglio che Ruth interrompesse il podcast? Francamente comincio ad avere i miei dubbi su di lei...

HauteHistoire: Ho deciso di non occuparmi più di Daphne sul mio canale TikTok. Mi sono resa conto che i miei video esaltavano e offrivano visibilità a un'assassina efferata, e che stavo contribuendo alla cultura di violenza nel nostro Paese. Scoprire che potrebbe avere ucciso una bambina è stata la goccia che ha fatto traboccare il vaso, perché ci stavo già pensando da un botto di tempo. Questi video hanno incrementato in modo enorme il mio numero di follower, e spero che tutti voi mi seguirete in questo nuovo viaggio, riflettendo con me su quanto è sbagliato monetizzare le sofferenze del prossimo. Ho imparato molto in questo periodo, e vi ringrazio di ciò che mi avete insegnato. Sto cercando di usare questa folle esperienza che chiamiamo vita per diventare una persona migliore. Comunque restate collegati, perché domani presenterò un nuovo video di moda, sulla mania del look da tossici che imperversava negli anni Novanta, dimostrandovi come apparire perfette eroinomani con un'unica strisciata di carta platino! Per oggi passo e chiudo. Pace e amore a tutti.

Daphne non rispondeva più al telefono, il che era particolarmente esasperante per Ruth, perfettamente consapevole di come la vecchia signora fosse confinata nella sua suite, con l'apparecchio sempre a portata di mano. Non riuscendo a entrare in contatto con lei, si ritrovò a passare le ore scorrendo i vari post relativi alla nuova indagine, incassando una quantità di commenti astiosi, in attesa che qualcuno scovasse una prova concreta in grado di confermare o smentire il collegamento tra Daphne e la morte di quella bambina.

Data la situazione, non sarebbe stato meglio sospendere il podcast? Poteva dire addio alla sua carriera se le persone si fossero rivoltate contro di lei. L'opinione pubblica poteva convincersi che stava dalla parte di Daphne, o persino che avesse sempre saputo dell'assassinio di Gabrielle, e avesse taciuto per opportunismo. E lei non era mai stata il genere di persona che dà il meglio di sé quando è sotto pressione. Ogni volta le sembrava di essere di nuovo rinchiusa nella stazione della polizia di Palm Haven, a fissare un falso specchio, cercando invano di spiegare com'era possibile che un'innocente sembrasse così inequivocabilmente colpevole.

I commenti postati su Reddit esigevano a gran voce un nuovo episodio in cui Ruth spiegasse tutto ciò che sapeva o aveva sospettato, offrendo al mondo una ragione davvero convincente per assolverla. Il risultato fu che Ruth smise di uscire dall'appartamento, poi di aprire le tende, infine di alzarsi dal letto.

Adesso i media non parlavano d'altro che della figliastra morta di Daphne: uno tsunami di comunicati stampa e condanne da parte di incitatori all'odio. Spariti gli attivisti, gli accademici o i disobbedienti che prima avevano sostenuto che l'anziana meritasse comprensione, se non addirittura un pizzico di empatia. Nessuno voleva apparire in televisione per difendere una donna che forse aveva ucciso una bambina. La gente smise di sfoggiare magliette con il ritratto di Daphne e il *Saturday Night Live* di trasmettere sketch sulla sua vicenda. La conclusione era unanime: la sua storia non era più divertente. Era così dannatamente *difficile* trovare un serial killer davvero etico, un assassino accattivante e in perfetta sintonia con il dibattito sociale sulle problematiche di genere, violenza e potere.

Ruth aveva sempre pensato che la narrazione centrale sulla vicenda di Daphne (quella che la descriveva come una vedova nera, vittimizzata dagli uomini finché aveva deciso di ribellarsi e vittimizzare loro) fosse autentica. Adesso si era resa conto che la verità era un'altra: Daphne era pronta a uccidere chiunque avesse trovato sulla sua strada. Il fatto che quegli ostacoli fossero stati perlopiù uomini, perché erano loro a detenere soldi e potere, non significava che le vittime fossero sempre e soltanto loro.

Dopotutto anche la storia di Robin Hood non era altro che una leggenda. Nella storia, persino lui era molto più simile a Daphne St. Clair.

Non sapendo dove sbattere la testa, Ruth telefonò a sua madre. Le spiegò delle nuove accuse, precisando che non sapeva se fossero fondate o no, ma che comunque l'avevano fatta dubitare della legittimità del suo podcast. Si aspettava che Louise gliela facesse pesare, a colpi di «te l'avevo detto!», e ribadendo che doveva subito rinunciare. Invece sua madre la sorprese.

«Ruth, ormai è tardi per tirarti indietro. Abbandonare adesso il podcast equivarrebbe a un'ammissione di colpa. Forse, tenendo duro, ne ricaverai una buona offerta di lavoro in un altro Stato. In Florida non sei più al sicuro, perciò adesso ti servono un po' di soldi e una scusa per trasferirti altrove.»

«Non è giusto che sia costretta ad andarmene. Io sono innocente!» protestò.

Louise sospirò. Ruth aveva colto la stanchezza nella sua voce, lo sfinimento per la lunga giornata di lavoro e la fatica di gestire i suoi sintomi.

«Chiudi con il passato e concentrati sul futuro. Il tuo podcast non servirà a riportare in vita tuo padre, e della sua eredità non vedrai comunque un centesimo. Perciò usalo come trampolino di lancio per lasciartelo indietro.»

«Ma non starò comunicando il messaggio sbagliato, continuando a offrire una piattaforma a Daphne?» obiettò lei, più che altro per cercare di chiarire a se stessa il groviglio di emozioni contraddittorie che provava.

«Ruth, l'etica e la morale non pagano l'affitto. Perciò turati il naso e fallo per i soldi, perché non c'è un cazzo di nobile a essere povera» rispose Louise, gelida. Parlava con cognizione di causa, avendo sempre campato con il minimo sindacale, rimbalzando da un lavoro precario all'altro, negli uffici, nei ristoranti, nelle fabbriche, qualunque impiego fosse riuscita a procurarsi. Nel mondo di Louise Robinson non c'era spazio per i dibattiti accademici; anzi, non c'era spazio proprio per niente. Era malata, stremata, e sua figlia si stava comportando da codarda.

«Ma...» ritentò Ruth.

«Sono stanca morta» la interruppe sua madre. «Questa faccenda è stata dura anche per me. Hai voluto la bicicletta, adesso pedala. Arriva fino in fondo.»

Ruth fu svegliata nel cuore della notte da un bussare leggero alla porta. Il suono era così lieve che non era sicura di averlo sentito davvero. Forse l'aveva sognato? Oppure era stato il ramo di un albero che batteva sul muro esterno della palazzina? No. Eccolo di nuovo.

Restò impietrita nel letto, incerta sul da farsi. Era mezzanotte passata, e nell'appartamento c'era buio pesto, con le tende tirate. Accese la torcia del cellulare e restò in ascolto. Ed ecco di nuovo il suono alla porta.

«Ruth... Ruth...» Una voce la chiamava. Lentamente, senza fare rumore, scese dal letto, badando a evitare un'asse del pavimento che scricchiolava. Percorse in punta di piedi il piccolo corridoio e superò la cucina, dove tutti i suoi elettrodomestici sembravano gemere e mugugnare nel sonno.

«Ruth... Ruth...» insisteva la voce. Era un uomo. Il tono era sommesso. Suadente. Arrivata in anticamera, lei controllò che il chiavistello fosse chiuso. Strinse in mano il cellulare, pronta a chiamare il 911 nel caso l'intruso avesse sfondato la porta. Poi, con estrema cautela, avvicinò un occhio allo spioncino. Trattenne il fiato, sapendo che quell'uomo, così determinato a trovarla, adesso era a pochi centimetri da lei.

Il pianerottolo era in penombra e l'uomo indossava una felpa color verde scuro, con il cappuccio calato sulla testa. Ma quando si voltò, la luce fioca dalla rampa delle scale gli illuminò il volto.

Era l'agente Rankin. Però non era in divisa, ed era solo. Ruth scrutò la felpa. Impossibile capire se nascondesse un'arma.

«Guarda che ti sento» mormorò lui. «So che sei lì.»

Ruth arretrò di scatto dallo spioncino, coprendosi la bocca per la paura. Abbassò lo sguardo sul cellulare, rendendosi conto che in realtà non poteva chiedere aiuto a nessuno, di certo non alla polizia. Era sola in casa, con l'unica via d'uscita bloccata da quell'uomo.

Non poteva tornare a letto, sapendolo là fuori. Si appoggiò al muro e, lentamente, si accasciò sul pavimento, respirando a fatica, con la mano ancora premuta sulla bocca. Quanto a lungo sarebbe rimasto?

«Finora ti è andata bene, ma adesso è ora di finirla» disse lui, aspro.

Quando Ruth continuò a tacere, tentò un'altra strada.

«Ti sei attirata troppe attenzioni. Ti piace stare sotto i riflettori di internet? Benissimo, Ruth. Io sono tutto orecchi. È ora di dirci la verità.»

Lei si sforzò di respirare, anche se il peso che sentiva sul petto era sempre più schiacciante.

«Non puoi continuare così. Non te lo permetteremo. Nessuno la passa liscia, con un delitto. Ormai dovresti saperlo persino tu, stupida stronza che non sei altro.»

Non è qui in veste di poliziotto. Non questa volta. Un agente in servizio non si sarebbe comportato in quel modo, e non a caso Rankin si era presentato da solo. Ruth lo sapeva al soldo dei Montgomery, e ormai era evidente che era là per rappresentare loro, non certo le forze dell'ordine. Era venuto a ucciderla? A notte fonda, niente sembrava impossibile.

«*Ruth... Ruth...*» riprese a bisbigliare lui, con la voce quasi smorzata dalla porta. Ruth fu scossa da un brivido, e si strinse le braccia intorno alla vita.

Restò seduta a terra per un tempo interminabile, paralizzata dalla paura. A un certo punto lui smise di chiamarla, di minacciarla e blandirla. Lei continuò a restare immobile, temendo che Rankin tacesse solo per indurle un falso senso di sicurezza, magari al punto da commettere un'imprudenza come aprire la porta per controllare che se ne fosse andato. Infine, chiamando a raccolta il suo coraggio, Ruth si azzardò a sbirciare di nuovo dallo spioncino. Il pianerottolo era deserto, ancora avvolto nell'ombra.

Fu solo la mattina dopo, quando infine si azzardò a uscire, che trovò la foto appesa con il nastro adesivo sul lato esterno della porta. Il suo vecchio ritratto insieme ai Montgomery, fianco a fianco con le stesse persone che adesso volevano farla sparire.

E accanto all'uomo assassinato da Daphne.

31

Ruth decise di proseguire con il podcast.

Ormai era nell'occhio del ciclone, perciò non restava che dimostrare che il suo resoconto su Daphne St. Clair, e su se stessa, era incontestabile. Il modo in cui avrebbe affrontato la faccenda di Gabrielle avrebbe determinato la sua condanna o la sua assoluzione da parte dell'opinione pubblica.

Quando infine Daphne si scomodò a rispondere al telefono e accettò di concederle un'altra intervista, Ruth si precipitò al Coconut Grove, determinata a postare il nuovo episodio nel più breve tempo possibile, prima che gli ascoltatori la abbandonassero. Era essenziale chiarire al mondo che finora aveva sempre detto la verità, e che adesso l'avrebbe rivelata fino in fondo. Tutta la verità su Daphne, certo, ma anche su Ruth Robinson. E doveva sbrigarsi, prima che fossero gli altri a trarre le proprie conclusioni.

Sulla strada per la casa di riposo tenne spenta la radio, ascoltando solo il rumore del motore e il sibilo del vento dai finestrini. Ferma a un semaforo, si passò una mano sul volto e si sorprese di trovarlo coperto da una patina di sudore freddo. Guardandosi nello specchietto si vide gli occhi arrossati e incavati, messi in risalto dalle occhiaie livide. Quell'inchiesta le era costata quasi tutte le forze, portando a galla i ricordi che si era sforzata di reprimere, e Ruth sapeva che non sarebbe riuscita a resistere ancora a lungo. Qualcuno doveva cedere: o lei o Daphne.

C'era un'auto della polizia parcheggiata davanti all'ingresso, ma lei la superò a lunghe falcate, rifiutando di girarsi a controllare chi sedesse nell'abitacolo. Tanto niente di quanto avrebbero potuto dire o fare sarebbe riuscito a fermarla. Conosceva la posta in gioco, sapeva quali sarebbero state le conseguenze se avesse fallito, e quanta gente si augurasse proprio un suo fiasco. In ogni caso, quello sarebbe stato il giorno decisivo.

Entrò risoluta nel salottino, notando subito che anche Daphne sembrava diversa dal solito. C'era elettricità nell'aria, come prima di una tempesta tropicale. Gli occhi della donna continuarono a scrutarla mentre sistemava le apparecchiature, e quando rialzò la testa le sorprese sul volto quell'espressione fredda, predatoria, che assumeva sempre quando non si sentiva osservata. Senz'altro si stava chiedendo come la sua intervistatrice avrebbe gestito le nuove accuse, su quale lato del dibattito avrebbe schierato il suo podcast. E Ruth si chiedeva la stessa cosa.

Infine inspirò a fondo e cominciò a registrare, pregando di riuscire nel suo intento.

EPISODIO 11: 1972-1974

RUTH: Daphne, questa settimana è stata diramata una notizia, una rivelazione estremamente controversa. Perciò oggi vorrei parlare del tuo periodo ad Abrams, nello Stato di New York.

DAPHNE: Certo. Comunque ero arrivata più o meno a quel punto, nel mio racconto.

RUTH: Be', no, non proprio. In realtà nell'ultimo episodio eravamo già al 2022. Perciò adesso bisogna riavvolgere il nastro di... cinquant'anni.

DAPHNE: Forse senza il tuo vizio di interrompermi non avrei saltato di netto gli anni Settanta! Dunque, vediamo. Dopo Leosville, tornai a vivere a New York. Iscrissi i miei figli alle scuole migliori della città, oltre al ventaglio completo di sport e corsi extra. Le vacanze estive le passavamo negli Hamptons. Qualunque cosa volessero, io gliela compravo.

RUTH: Sempre con i soldi di David.

DAPHNE: Sì, ovvio. Comunque, a quarant'anni mi sono sposata di nuovo, con Robert Hanks. Avevo ripreso ad annoiarmi, ed ero davvero convinta che questa volta sarebbe stato tutto diverso.

RUTH: Parlami di lui.

DAPHNE: Robert era la mia balena bianca: un uomo ricco e senza figli, felice di adottare i miei. I bambini piccoli non gli erano mai piaciuti, ma non lo infastidiva avere qualche preadolescente in giro per casa. È dura trovare un ultraquarantenne che non si sia ancora trasferito in periferia con una propria nidiata di mocciosi.

RUTH: Quanto a lungo vi eravate frequentati, prima di fidanzarvi?

DAPHNE: Un anno. Avevamo preso le cose con calma, continuando a condurre ciascuno la sua vita. C'è qualcosa, nel matrimonio, che agli occhi di un uomo ti trasforma da irresistibile seduttrice alla rompipalle che gli blocca la visuale del televisore. Persino i migliori ci cascano, e non appena ti ficcano l'anello al dito, i venerdì sera negli champagne bar si trasformano in cene stravaccati sul divano, a guardare la partita e grattarsi le palle.

RUTH: Alla fine però vi siete sposati.

DAPHNE: Gesù, quanta fretta hai oggi! Però sì. Immagino che Robert fosse meno scettico di me sul matrimonio. Mi ha portata al Lutèce, che all'inizio degli anni Settanta era uno dei ristoranti più esclusivi di New York. Mi ha presentato un anello con uno smeraldo enorme dentro un calice di champagne. C'è stato un piccolo momento di imbarazzo, quando con le sue dita tozze non riusciva a toglierlo dalla flûte, ma infine ce l'ha fatta, propinandomi il solito discorsetto sul nostro fantastico futuro: la vita a New York, i viaggi in tutto il mondo eccetera eccetera. Il mio primo marito mi aveva tradita con mezza città, il secondo mi aveva annoiata a morte, perciò pensai che forse Robert fosse la giusta via di mezzo. Così ho accettato la proposta, e mi sono accaparrata l'anello.

Quella notte restammo a lungo svegli nel letto, ancora effervescenti per tutto lo champagne e l'emozione della serata.

«Voglio davvero che funzioni, tra noi» mi bisbigliò Robert. «Non potrei tollerare un altro divorzio.»

«Era stato doloroso?» chiesi. A quel punto l'unico dei miei uomini a uscirne con la pelle ancora intatta era stato Carl, il padre di mio figlio, perciò non avevo molta esperienza in fatto di separazioni.

«È stato orribile. Il matrimonio è durato appena due anni, ma

dopo i primi sei mesi abbiamo... smesso di amarci. Il semestre successivo l'abbiamo passato a renderci infelici a vicenda. Dopodiché lei ha cominciato a tradirmi.»

«Com'è finita?» chiesi, sperando che arrivasse subito al dunque per tornare a concentrarsi su di me.

«Lei ha aspettato che partissi per un viaggio di lavoro, dopodiché ha prelevato ogni spillo di valore dall'appartamento e si è trasferita sulla West Coast. Una settimana dopo ho ricevuto per posta le carte del divorzio. Abbiamo sbrigato la pratica in Nevada, per fare prima, e da allora non l'ho più rivista.»

«Dev'essere stata dura» commentai, distrattamente. Ero più interessata a contemplare il luccichio del mio anello alla luce dell'abat-jour. Lui si girò sul fianco e mi accarezzò i capelli.

«Certo, io non riesco neanche a immaginare quanto sarà stato difficile per te perdere il padre dei tuoi figli, ritrovarti vedova...» Okay, mi ero presa una piccola licenza poetica, semplificando un po' la trama per dare ai miei figli un unico padre defunto invece di una sfilza di patrigni e morti sospette.

«Almeno però sapevi che tuo marito non voleva lasciarti» disse Robert. «Non se n'è andato di sua iniziativa.»

«No» concordai. «Ad andarsene non ci pensava proprio.»

Quell'anno passò in un vortice di felicità. Ci eravamo sposati con una piccola cerimonia civile perché – e so che questo potrà sorprenderti – io non sono mai stata tipo da grandi ricevimenti. Le partecipazioni di nozze, le frotte di invitati, le foto pubblicate sui giornali sono una trappola: il modo perfetto per farsi beccare. Poi ci sistemammo in un fantastico superattico, il tipo di appartamento che ti fa sentire nel cuore pulsante della città anche solo stando nel tuo salotto.

Io e Robert andavamo d'amore e d'accordo. A lui piaceva essere di nuovo sposato, dopo anni vissuti da scapolo, e io ero ben contenta di giocare alla brava mogliettina, fintanto che nessuno pretendeva che cucinassi, mi occupassi delle faccende o sfornassi bambini. Robert si prendeva spesso una pausa dal lavoro per invitarmi fuori a pranzo, e le nostre serate erano un susseguirsi di feste, cene al ristorante, spettacoli a teatro. Lui mi lasciava piena libertà di fare come mi pareva, e poi pagava il conto. Era il marito perfetto.

I miei figli, però, mi sembravano un po' freddi con lui. Una sera decisi di parlarne con James. Andai a sedermi sul suo letto, fuori soffiava un gelido vento di novembre, e per un po' restai a guardarlo costruire il modellino di un aeroplano sotto l'alone della sua lampada da tavolo. Eravamo appena tornati dal cinema. Io volevo a tutti i costi vedere il nuovo film di Audrey Hepburn e lui mi aveva accontentata, sapendo quanto l'avevo amata in Colazione da Tiffany.

«James, ti piace Robert?»

Lo vidi stringersi nelle sue spalle ossute di adolescente. Notando il tremito delle scapole, sotto la maglietta, provai l'impulso di baciarle, anzi, di coprirlo di baci dalla testa ai piedi, come facevo quand'era piccolo e il suo corpo apparteneva soltanto a me. Non che adesso avrei osato, beninteso. Alla madre di un adolescente sono concessi al massimo un paio di abbracci svogliati con cadenza semiannuale, di solito dopo un regalo particolarmente costoso. Era triste vederlo crescere e allontanarsi da me.

«Normale» disse. Il tono era perfettamente neutro, come gli avessi chiesto se gli piaceva il pane in cassetta.

«Magari potresti cercare di essere più cordiale con lui? Dopotutto ci ha offerto una bella vita» azzardai. Era il massimo del rimprovero che avessi mai avanzato con James, il mio bambino perfetto. Però non mi sembrava eccessivo chiedergli un sorriso in cambio della retta per la scuola privata, i biglietti dei musei, i viaggi all'estero. Io avevo dovuto fare ben di peggio per molto meno.

James ruotò sulla sua poltroncina e restò a fissarmi, con le mani strette in grembo. La frangia scura gli era scesa sugli occhi, e io resistetti alla tentazione di scostarla con le dita.

«Mamma, di papà ne abbiamo avuti parecchi, nel corso degli anni. Perciò non voglio affezionarmi troppo.»

«Ma tesoro, con Robert è diverso. Lui è l'uomo giusto.»

«L'avevi detto anche di David» rispose lui, sottovoce.

«Be', mica potevo saperlo che gli sarebbe venuto il cancro» obiettai io.

Sul momento lui restò zitto, limitandosi a fissarmi e a torcersi le mani. Io cambiai posizione sul letto, a disagio, incerta su cosa aspettarmi.

«Sto solo dicendo che è più facile se non mi affeziono» bofonchiò alla fine. A quel punto, mio malgrado, rinunciai, alzandomi e ac-

carezzandogli una spalla mentre uscivo dalla stanza. Mi dispiaceva che proprio mio figlio, la persona che mi conosceva meglio di chiunque al mondo, non avesse più fiducia in me e nel mio matrimonio. Oppure forse mi conosceva davvero...

Avrebbe potuto finire lì. Potevo passare il resto dei miei giorni felicemente sposata a Robert, a Manhattan. Resto convinta che tra noi avrebbe funzionato, non fosse stato per Gabrielle.

È strano, perché quando pensi alla ragazza che manderà all'aria il tuo matrimonio, immagini una cameriera ventenne con due tette a gravità zero. Nel mio caso, invece, fu una bambina di dodici anni.

Cominciò tutto dopo un proficuo pomeriggio di shopping, quando, al ritorno a casa, trovai mio marito seduto per terra, accanto al telefono, con il volto della stessa tonalità di grigio del suo completo di lana.

«Ti senti bene?» chiesi, appoggiando i miei sacchetti sul tavolo con la delicatezza con cui si depone un infante nella culla, e poi accosciandomi al suo fianco.

«C'è una cosa che devo dirti» mormorò lui. «Non so neanche da dove cominciare.»

«Dimmelo e basta» replicai, con decisione, aiutandolo a sedersi sul divano. Lui restò a lungo in silenzio, tanto che mi venne voglia di battere la punta di una scarpa a terra, come una maestrina in attesa di una risposta da uno scolaro svogliato.

«Ho appena parlato con un avvocato, in California. La mia ex moglie è morta» disse infine, con la voce rotta. Io scossi la testa, chiedendomi quale fosse il punto. Se fossi crollata ogni volta che mi moriva un coniuge, non avrei mai combinato niente nella vita!

«Capisco che tu sia triste, però non la vedevi da più di dieci anni» risposi.

Robert fece un respiro tremulo, poi si passò una mano sulla bocca. Il volto sembrava molle e rilasciato, come dopo un'anestesia dal dentista.

«L'avvocato... ha detto che Sheila era incinta quando abbiamo divorziato. Ho una figlia di dodici anni.»

«Cosa?»

«Sheila ha messo il mio nome sul certificato di nascita. Non riesco a credere che me l'abbia tenuta nascosta» disse lui, inasprito. «Proprio tipico della mia ex.»

«E stai pensando di andare a conoscerla, questa bambina?» chiesi, riflettendo già su un modo di girare la situazione a mio vantaggio. Non ero mai stata in California.

«Conoscerla? Verrà a vivere con noi» sbottò lui.

«Cosa?» ripetei io, allibita.

«Sheila l'ha lasciato scritto nel testamento. In caso di un suo decesso, voleva che fossi io a crescerla» disse Robert, ancora con quel tono rabbioso. Non era mai stato tanto brusco con me. Manco la conoscevo, e già quella ragazzina mi stava guastando il matrimonio.

«Ma è assurdo...» cercai di obiettare. «Fino a poco fa non sapevi neanche che esistesse!»

«A me lo dici?» ringhiò lui. «Ma cos'altro dovrei fare? Comunque questa casa è già piena di bambini, uno in più non farà differenza!» Ciò detto scattò in piedi e uscì come una furia dal salotto.

«Non hai neanche la certezza che sia davvero tua!» gli gridai dietro io.

La mia speranza che Sheila fosse una puttana bugiarda naufragò nell'istante esatto in cui incontrai Gabrielle. Era la copia sputata di Robert: stessi capelli scuri, volto allungato, occhi grigio-azzurri. Sheila aveva detto la verità. E io odiai quella stronza defunta con tutte le mie forze.

Gabrielle non sembrava affatto californiana. Più una bostoniana, con la carnagione chiara, i lineamenti sofisticati da bambina ricca. Restò piantata nell'anticamera, avvolta nel costosissimo cappotto rosso che le avevo comprato e mandato con Robert, poiché entrambi avevamo dato per scontato che non avesse un guardaroba adatto all'inverno newyorkese.

«Ciao» le dissi, tendendo una mano per accarezzarle una spalla.

«Ciao» rispose lei, rigida. Se avevo pensato di vederla in soggezione, mi sbagliavo di grosso. Non aveva battuto ciglio, scrutandomi con gli occhi assottigliati. Mi ricordava un'iguana vista una volta allo zoo, perfettamente impassibile sul suo ramo, mentre una scolaresca intera martellava di pugni il vetro della sua gabbia.

«Io sono Daphne, la moglie di tuo padre» le dissi. «Non so come vorrai chiamarmi. Signora Hanks o zia. Come preferisci.» Speravo fosse sufficiente a segnalare che «mamma» era fuori discussione.

Attesi una risposta, ma lei restò zitta, continuando a fissarmi con quello sguardo altero, perciò proseguii.

« I miei figli sono impazienti di conoscerti e di mostrarti la città. » Una balla clamorosa, ma quel giorno mi sentivo una santa. Le altre mogli ricche non facevano che organizzare raccolte fondi a tutela dell'infanzia bisognosa, ma quante di loro erano disposte a un vero gesto di beneficenza, accogliendo in casa una piccola estranea?

Ancora nessuna reazione. Tipa tosta. L'ultima volta che avevo sentito volare le mosche in quel modo era stato al saggio di violino delle gemelle, ma quel silenzio di tomba loro se l'erano meritato, per la miseria. Io stavo solo cercando di essere gentile.

« Vuoi vedere la tua stanza? Immagino vorrai riposare. »

Lei annuì e io la accompagnai in corridoio.

Fino a poco prima, la sua stanza era stata il mio guardaroba. Molto controvoglia, avevo spostato tutti i miei trucchi, gioielli e vestiti, toccando già con mano quanto fosse ingombrante la presenza di quella ragazzina in casa nostra. Per compensare, mi ero lanciata negli acquisti, creando una stanza da sogno per una bambina della sua età: mobili di vimini, un letto a baldacchino con un tendaggio di seta azzurra, carta da parati con una stampa a fiordalisi. Aprii la porta con un gesto solenne, come svelando un sacrario, e di nuovo restai in attesa di una reazione, magari un sorriso, o un'esclamazione a bocca aperta. L'unica risposta fu un'olimpica indifferenza. Si sfilò il cappotto nuovo, lasciandolo cadere sul pavimento, e si buttò sul letto senza levarsi le scarpe. Solo allora si fece uscire la voce.

« Potresti chiudere la porta, Daphne? » disse in tono insolente, con un lampo di sfida negli occhi. Io annuii, resistendo all'impulso di sbattere la porta mentre uscivo.

Non proprio un inizio promettente.

E neanche in seguito la situazione migliorò. Io avevo preferito James alle gemelle, e adesso avevo una figlia che mi piaceva anche meno.

Gabrielle era una bambina scontrosa, con il vizio di ignorare tutto quello che dicevo, comprese le domande: un modo semplice ma straordinariamente efficace di dare sui nervi a qualcuno. Restava a guardarmi immusonita e il messaggio era chiaro: non voleva una nuova mamma, per quanto io mi fossi ben guardata dal propormi per la parte.

Ma la cosa peggiore fu come si incollò a Robert, come un mollusco sulla chiglia di una nave, o un parassita. C'era qualcosa di inquietante nel modo in cui gli si arrampicava in grembo quando sedeva sul divano, avvinghiandosi a lui con le lunghe braccia da adolescente, manco fosse stata una bambina piccola. Gli occhi le brillavano di possessività quando gli parlava, tubando in una vocetta infantile. Una volta, mentre sedevamo tutti davanti alla televisione, le gemelle restarono a guardarla bisbigliare all'orecchio di Robert, poi distolsero lo sguardo, disgustate. Persino due bambine di dieci anni avevano capito che la recita era francamente eccessiva.

I miei figli cercarono di dimostrarsi accoglienti. James assunse il ruolo del benevolo fratello maggiore, chiedendole della scuola e offrendosi di portarla al cinema, ma in genere lei lo ignorava. Avrebbe potuto legarsi alle gemelle, più giovani di appena due anni, ma era evidente che le considerava soltanto delle rivali. Era tornata da un padre che credeva perduto solo per trovarlo già in compagnia di due graziose bimbe bionde. Gli attriti tra loro furono pressoché immediati.

«Mamma, non troviamo più le nostre coccarde delle gare di equitazione» mi riferì Diane il secondo giorno.

Erano nel bagno degli ospiti, a galleggiare nel serbatoio dello sciacquone.

«Mamma, la gonna della mia divisa scolastica è tagliata in due.»

Trovai le forbici della scatola del cucito nella stanza di Gabrielle.

«Mamma, i nostri cuscini sono bagnati.»

Quel mistero preferii lasciarlo irrisolto.

Sarebbe stato sopportabile se almeno avessi potuto riderne con Robert, ma lui aveva perso la testa per quella bambina. Tipico voltafaccia maschile. Gli uomini passano decenni a proclamare di non volere figli, sprecando il nostro tempo e le nostre riserve ovariche, e quando per noi è troppo tardi, vengono a dirci che la paternità è la cosa più gratificante che abbiano mai sperimentato.

Per lui Gabrielle aveva sempre ragione. Per quanto torturasse le gemelle o disobbedisse a me, quella bambina aveva la sua stessa faccia, perciò non poteva che essere perfetta. E poi dicono che i figli non si fanno per narcisismo.

Un giorno annunciò che voleva trasferirci tutti in campagna.

«Assolutamente no» risposi, secca. Era sera tardi ed eravamo già a letto. Robert intrecciò le dita sopra il suo pigiama di cotone azzurro, esibendosi nella sua migliore imitazione di Robert Young nella serie anni Cinquanta Papà ha ragione.

«Daphne, per i bambini sarebbe molto meglio crescere in campagna. Non hanno abbastanza spazio in questo appartamento, e Gabrielle è abituata a vivere all'aria aperta.»

«Non avevi niente da obiettare alla vita di città finché si trattava soltanto dei miei figli» ribattei. Robert era nato e cresciuto a New York. Quelli come lui avevano tutti il chiodo fisso della campagna, cosa che io trovavo incredibilmente irritante. Come credevano si vivesse in mezzo ai campi? Pensavano che ogni mattina arrivassero le allodole a servirti il caffè mentre un'avvenente lattaia ti faceva un lavoretto di mano?

«Solo ora mi rendo conto che sono stato egoista» rispose. «La presenza di Gabrielle mi ha insegnato che i figli devono avere la priorità.»

Alzai gli occhi al cielo. Era genitore da mezzo secondo e si credeva già Padre Teresa. Aveva saltato a piè pari gli anni di notti insonni e pannolini puzzolenti, e si metteva in cattedra perché dopo il lavoro passava due ore con una dodicenne adorante?

«Ma perché traslocare adesso, quando tra un paio d'anni i ragazzi se ne andranno di casa?» obiettai, mentre i flashback di Leosville mi scorrevano davanti agli occhi. «E poi siamo negli anni Settanta, ed è importante che imparino a vivere in città! A che genere di professione vuoi prepararli per il futuro? Alla pastorizia?» Fu in quel momento che Robert, il mio amabile, accondiscendente maritino, decise di tirar fuori le palle e far valere la sua autorità.

«Sono io a portare a casa lo stipendio, e se vuoi continuare a godere lo stile di vita che ti garantisco verrai in campagna» sbottò.

Sospirai.

Gli uomini non fanno che ripetere di considerarti una loro pari, ma quando si viene al dunque è il titolare del conto in banca ad avere tutto il potere. Avrei voluto urlargli in faccia di goderselo da solo il profumino dello sterco di vacca e piantarlo in asso, ma ancora non mi sentivo pronta a rinunciare a lui. Era troppo ricco. Non restava che rassegnarmi, augurandomi che l'impatto con la realtà infrangesse la sua visione idilliaca della campagna, insegnandogli che non eravamo adatti a un posto in cui non puoi ordinare un pasto cinese a domicilio alle due del mattino. O a qualsiasi ora, se è per questo.

32

Daphne: Appena finito l'anno scolastico, la famiglia al gran completo si è trasferita ad Abrams, una ricca cittadina dormitorio nel bel mezzo del nulla. Abbastanza vicina a New York da renderla raggiungibile ai pendolari, ma comunque troppo lontana perché chiunque altro si prendesse la briga di andarci. Nei giorni feriali si segnalava per una surreale assenza della popolazione maschile, con le strade popolate soltanto di madri e bambini.

Ruth: Dai l'impressione di aver detestato ogni posto che non fosse New York.

Daphne: Solo perché i miei mariti si ostinavano a trascinarmi sempre in culo al mondo! Non avrei avuto obiezioni a trasferirmi a Los Angeles, a Londra o a Parigi. Ma Abrams? Dopo un'infanzia a spaccarmi la schiena nei campi, che mi fregava di vivere nella natura? Per non parlare poi dei cosiddetti valori delle piccole città!

Ruth: I ragazzi come si trovavano?

Daphne: Le gemelle erano felici perché vicino a casa c'era un famoso maneggio. Andavano a cavallo già da anni, ma solo una volta alla settimana; adesso ci passavano le giornate. Era un po' noioso sentirle blaterare di dressage, trotto e galoppo tutto il tempo, però mi piaceva vederle ai concorsi, con le giacche di velluto e gli stivali da cavallerizze. A Geoffrey piaceva umiliarmi ricordando le mie origini plebee, ma nessuno avrebbe mai potuto fare una cosa del genere con le mie figlie.

Ruth: E James?

Daphne: Lui era un ragazzo di città, proprio come me. Li avevamo iscritti tutti a una scuola privata della zona, la Abrams Country Day, ma i maschi là erano fissati con lo sport. Per mio figlio era difficile farsi nuovi amici, perché a lui non interessavano le partite di lacrosse; i suoi passatempi preferiti erano i musei e la fotografia. Dunque ero preoccupata per lui e per il mio matrimonio con Robert. La vocina dentro la mia testa aveva ripreso a bisbigliare quant'era più facile tenermi i soldi e non il marito. Io però mi sforzavo ancora di ignorarla.

RUTH: E Gabrielle? Lei non l'hai neanche citata.

DAPHNE: Be', l'aria pura non guarisce la stronzaggine. Gabrielle continuò a essere villana e a derubare me e le gemelle. Ad Abrams girava con un gruppo di ragazzi più grandi e usciva a tutte le ore, sempre alle feste, a bere e a fumare. E in casa non faceva che provocarmi. Ma il peggio era che mio marito non si accorgeva di niente.

Una sera, quando ci coricammo, tentai di nuovo di parlarne con Robert.

«Ultimamente Gabrielle è proprio sgarbata» cominciai, appoggiandogli la testa sul petto. «Ed esce tutte le sere. Durante la settimana, quando tu non ci sei, non rispetta mai il coprifuoco.»

«Continui a ripetermelo, ma io vedo solo una bambina dolce e docile» rispose lui, agitandosi nel letto, come se la mia vicinanza lo infastidisse.

«Ti sta manipolando. Fidati, non è dolce come credi. So che fuma e beve, e quando dice che dorme da un'amica in realtà va alle feste.»

«Forse non sopporti il fatto che io abbia una figlia. Magari sei solo gelosa. Gabrielle ha perso sua madre, e tu non fai che tormentarla.»

«È lei a tormentare me! E sta rendendo un inferno la vita delle gemelle» protestai.

Robert si irrigidì, e con gesti lenti e deliberati si alzò dal letto e prese il suo cuscino. «Non credo a una sola parola di quello che dici. E trovo disgustoso il tuo tentativo di mettermi contro la mia bambina.» Pestando i piedi andò alla porta, ancora con il cuscino sottobraccio. «Mi trasferisco nella stanza degli ospiti. E ci resto finché non avrai cambiato atteggiamento.»

«Benissimo» sibilai. «Vattene, allora!»

Lui richiuse la porta, ma non prima di avermi lanciato un ultimo sguardo incredulo. Io strinsi i pugni e cominciai a colpire il cuscino, con lo smeraldo del mio anello che mi tagliava le dita a ogni colpo.

Quella notte, consumata da emozioni fin troppo familiari, non riuscii a dormire.

DAPHNE: Era passato quasi un anno. Era l'ottobre 1974 e io vivevo ancora ad Abrams. Non avevo amici, nessun hobby, e uno stuolo tale di domestici da non potermi neanche distrarre con i lavori di casa. Non che ne avessi mai avuta la tentazione. Ogni mattina Robert si alzava presto e andava in ufficio in città, mentre io accompagnavo i bambini a scuola. Dopodiché... aspettavo che arrivasse l'ora di tornare a prenderli.

RUTH: Come, aspettavi? Non facevi altro tutto il giorno?

DAPHNE: Più o meno. Guardavo la televisione. Mi preparavo qualche cocktail. A volte prendevo un Valium, solo per spegnere il cervello. Tutto qui.

RUTH: Non mi sembra da te. Pensavi al passato?

DAPHNE: Di continuo. A volte i ricordi mi coglievano alla sprovvista. Tornavo dalla spesa oppure ero a una gara di dressage delle gemelle e di colpo pensavo: ho ucciso quattro uomini. E mi tornava in mente la sensazione di potere che avevo provato, mentre avvelenavo David e Geoffrey. Quasi non riuscivo a crederci io stessa. Un tempo facevo accadere le cose. Adesso era la vita ad accadere a me.

RUTH: E come andava con Robert?

DAPHNE: Di male in peggio. Dopo quel litigio, lui si è trasferito definitivamente nella stanza degli ospiti. Per non disturbarmi con la sua insonnia, diceva, ma io sapevo che non mi aveva perdonato di non amare sua figlia. E io non riuscivo a perdonargli di aver distrutto la vita felice che avevamo prima.

RUTH: Potrà sembrarti una domanda insensibile, ma cosa aspettavi a liberartene?

DAPHNE: Io sono da sempre una grande sostenitrice del delitto come via d'uscita, però uccidere Robert non avrebbe risolto niente, perché sarebbe rimasto il problema di Gabrielle.

RUTH: Perché non un divorzio, allora?

DAPHNE: Perché i divorzi costano, e anche la vita che volevo offrire ai miei figli a New York costava. Robert era stato ben attento a non intestarmi niente, e per giunta aveva un mucchio di amici avvocati. Se avessi chiesto il divorzio, mi avrebbe lasciata senza un centesimo. Così abbiamo continuato a litigare.

RUTH: Su cosa?

DAPHNE: Gabrielle, soprattutto, e il mio pessimo rapporto con lei. Era esasperante. Non riuscivo più a controllare niente nella mia vita, nemmeno quella mocciosa. Robert imputava a me la sua mancanza di disciplina. Diceva che ero fredda con lei e che privilegiavo sempre i miei figli. In sostanza, qualsiasi cosa andasse storta, per lui era colpa mia.

RUTH: La luna di miele era proprio finita, dunque.

DAPHNE: Già. Il ghiaccio nei Margarita si era sciolto e ci eravamo presi un'insolazione. A quel punto era piuttosto evidente che Robert non mi amava più. Anzi, gli stavo proprio sulle palle. E perdio se il sentimento era reciproco.

La presenza di Gabrielle era un problema anche per i miei figli. Per reazione ai conflitti in casa, James si chiuse ancora di più in se stesso e cominciò a passare tutto il giorno in biblioteca. Come sempre andava molto bene a scuola e non mi aveva mai dato problemi, ma prima era stato il mio migliore amico, mi mancava la nostra confidenza, e detestavo il fatto che a casa non si sentisse più a proprio agio. Ma il peggio toccò alle gemelle. Loro erano particolarmente esposte alle angherie di Gabrielle perché avevano appena due anni meno di lei. Una notte trovai Rose in lacrime nel suo bagno, molto dopo che gli altri erano andati a letto. Era rannicchiata sul pavimento, con un asciugamano premuto sulla faccia per smorzare il pianto.

«Ti prego, non costringermi ad andare a scuola domani» mi implorò, desolata.

«Perché? Stai male?» chiesi, sedendomi sulla tazza e accarezzandole le spalle scosse dai singhiozzi.

«No... Gabrielle... ha messo in giro un sacco di bugie su di noi!» squittì lei, mentre un nuovo fiume di lacrime le inondava la faccia.

«Che genere di bugie?» domandai, sentendo nelle vene una strana freddezza da predatore.

«L-l-lei... dice che io e Diane siamo delle spostate! Che facciamo

il bagno insieme e ci baciamo!» bisbigliò Rose, tra le lacrime, piena di vergogna. «E adesso nessuno vuole più essere nostro amico.»

«Oh, Rose» sospirai, scuotendo la testa e prendendola tra le braccia. «D'accordo, domani restate a casa. E non preoccuparti, troveremo una soluzione» le mormorai tra i capelli.

La sentii tremare come una foglia. «Ti prego, non dirlo a Robert» sussurrò. «Se no si arrabbia. E poi lui la difende sempre.»

«Promesso, non gli dirò niente.»

Due giorni dopo Rose e Diane erano ancora a casa. Io mi ero già informata sul trasferimento a un'altra scuola, ma non perdonavo a Gabrielle di averle costrette a ricominciare da capo per l'ennesima volta.

Era un giovedì, e quella sera, tornato dal lavoro prima del solito, Robert non poté non notare che, nell'ennesima violazione del suo coprifuoco, Gabrielle non era ancora rientrata.

«Hai provato a telefonare ai suoi amici?» mi chiese.

«Certo, ma solo quelli che conosco» risposi. «Tua figlia è parecchio reticente su chi frequenta.»

«Potrebbe essere finita in un fosso chissà dove» ribatté lui. Io ero sul divano a guardare la televisione insieme alle gemelle, che a quello scambio si dileguarono subito in camera, rivolgendomi uno sguardo preoccupato.

«Gabrielle fa così ogni sera!» sbottai. «E se la metto in castigo, mi ignora. Ho continuato a ripetertelo, ma tu non mi hai mai voluto credere. Cos'altro potevo fare?»

Robert restò impalato a fissarmi, gelido e pieno di livore. Non era più l'uomo che avevo sposato, quando per andare al lavoro gli bastavano quindici minuti di taxi e la sua unica preoccupazione era la scelta del ristorante per la serata. Adesso era stremato dal pendolarismo, irritabile per i nostri litigi, e ossessionato dal pensiero di sua figlia. Di me non gli importava più niente.

«Io lavoro tutto il giorno e l'unica cosa che ti chiedo è di badare ai bambini» disse, scagliandomi addosso la mia borsetta. «Perciò adesso esci a cercarla. E non tornare finché non l'avrai trovata!»

RUTH: E l'hai trovata?

DAPHNE: No. Mi sono impegnata davvero, ma alla fine ho pensato che l'ipotesi più probabile era che fosse a qualche festa, a fumare erba e sbronzarsi. Robert era fuori di sé quando sono tornata a casa, e a quel punto è uscito lui a cercarla, ma è tornato dopo una ventina di minuti. Comunque l'avevo previsto: non aveva la minima intenzione di passare la notte a battere la campagna. Voleva solo dimostrare di essere più preoccupato di me. Due ore dopo uno sbirro ci ha suonato alla porta. Aveva gli occhi lucidi e il berretto in mano. Gabrielle era stata investita da un'auto in una stradina tra i campi, dall'altra parte della città. Il conducente non si era fermato, ed era passata più di un'ora prima che qualcuno la trovasse. Alla notizia Robert si è accasciato a terra, scoppiando in lamenti disperati. Io l'ho tenuto stretto per un tempo lunghissimo, cercando di offrirgli conforto.

RUTH: E tu come hai reagito alla notizia?

DAPHNE: La morte di un ragazzino è sempre tragica, ma lei aveva reso la vita impossibile a me e ai miei figli. E in fondo era stata colpa sua. Se avesse obbedito e rispettato il coprifuoco, non si sarebbe trovata in giro a quell'ora, da sola e su una strada fuori mano.

RUTH: Dev'essere stato devastante per Robert.

DAPHNE: Altroché. Il dolore lo ha distrutto, lasciandolo insonne e incapace di reagire. Era stato un padre per appena diciotto mesi, ma non riusciva ad accettare che fosse finita. Vedi, non sono stata io a uccidere Gabrielle, ma ammetto che la sua morte ha facilitato moltissimo le cose. E più ancora quando, a distanza di qualche settimana, Robert si è ucciso. Ed è stato davvero premuroso nella scelta del metodo, buttandosi dalla finestra del suo ufficio, così che non ci sono stati dubbi che si era davvero trattato di suicidio. Con lui non ho dovuto muovere un dito.

ShockBlaBla
Voi ci credete?

BibliotecariaD'Assalto
In effetti... sembra proprio una balla. Una bugia improvvisata, senza il tempo di esercitarsi a raccontarla.

ShockBlaBla
E secondo voi Gabrielle era davvero la peste che dice?

MangiaPregaUccidi
No.

BibliotecariaD'Assalto
Può anche darsi. Oppure era soltanto una bambina che aveva perso l'unico genitore che avesse mai conosciuto. Perciò magari non era stronza, solo disorientata dal lutto.

Rock&Troll
E con questo? Anch'io ho perso mia madre da piccolo.

MangiaPregaUccidi.
CVD.

ShockBlaBla
Certo è strano che nessuno abbia cercato di vendicarsi di Daphne, soprattutto dopo la notizia che uccideva anche i bambini. Ormai saranno in parecchi a sapere dove vive. Mi sorprende che qualcuno non abbia pensato di tenderle un agguato e farla fuori.

MangiaPregaUccidi
Quel qualcuno farà meglio a sbrigarsi. La chiuderanno in carcere da un momento all'altro.

CapoteParty
Come lo sai?

MangiaPregaUccidi
L'amico di un amico. Non posso dire altro senza metterlo nei guai. Comunque è questione di giorni.

ShockBlaBla
Ehi, un momento: @CapoteParty?! Sei tornato? Ci stavamo chiedendo tutti dove fossi finito!

ShockBlaBla
...@CapoteParty?

ShockBlaBla
Oh, cazzo. Sparito di nuovo.

33

Andò davvero così. Più o meno.

Quel che raccontai a Ruth era tutto vero, tranne l'ultimissima parte. Una donna ha diritto ai suoi segreti, e chi non vorrebbe tenere per sé il suo «peccato» peggiore? Soprattutto quando non provi rimorsi? Perché la verità è che quella notte fui io a trovare Gabrielle, ma la storia era cominciata qualche settimana prima, quando, al ritorno dal supermercato, la sorpresi nella sua stanza a fumare, in un giorno di scuola.

Sedeva sulla sua poltroncina di vimini, con i piedi nudi sulla scrivania e le mani che si facevano vento per asciugare lo smalto giallo sulle unghie, con l'aria altera e sinistra di una cattiva in un film di James Bond. Si era pettinata, e i capelli castani brillavano alla luce del sole come mogano antico. Una sigaretta accesa le pendeva dalle labbra, e le volute di fumo le circondavano la testa come una corona impalpabile. Vedendomi entrare, lasciò cadere la cenere in una tazzina d'argento di Tiffany, un ricordo del battesimo delle gemelle.

«Come ti permetti di fumare in casa? E non credere che non abbia riconosciuto quella tazzina, ladruncola che non sei altro» sibilai.

Lei si limitò a sorridere e ad aspirare un'altra boccata. Io provai un brivido di inquietudine. Quel comportamento era troppo spavaldo, persino per lei.

«Sai, ieri è successa una cosa interessante» disse. «Rose stava compilando il vostro albero genealogico per una ricerca scolastica. Ha scritto il tuo nome come Cecilia Dubois, poi l'ha cancellato e l'ha corretto in Daphne Hanks. Buffo, non trovi? Che razza di imbecille non conosce il nome della propria madre?» Il tono era svagato, come se riflettesse ad alta voce.

Ah, Rose. No, decisamente non un'aquila. Grazie a Dio era ca-

rina e aveva una sorella che le avrebbe impedito di convertirsi alla prima setta che le avesse promesso una vacanza in Guyana.

« Be', è il mio secondo nome... » cominciai, ma Gabrielle proseguì, imperterrita.

« Così l'ho presa in disparte per una chiacchieratina a quattr'occhi. All'inizio non voleva parlare, ma io ho minacciato di mettere in giro un'altra voce su lei e Diane. Qualcosa di davvero disgustoso. A quel punto ha confessato che ti chiamavi Cecilia Dubois quand'eri sposata a un certo David. Le ho chiesto se era suo padre, e lei ha detto di no. Che suo padre era morto pochi mesi dopo la sua nascita. Mi è sembrato un dettaglio interessante, ma sapevo che mi serviva qualcosa di più. »

Aggrottai la fronte. Qualcosa di più?

« Perciò sono salita in solaio a frugare nella tua vecchia valigia. Ho sempre saputo che era nascosta là, solo non pensavo che custodisse chissà che segreti. Invece ci ho trovato un mucchio di tue foto con vari uomini. Parecchi uomini, per la verità. E documenti. Carte importanti. »

Provai un vuoto allo stomaco. Avevo fatto il possibile per eliminare prove incriminanti dal mio passato, ma certe cose andavano preservate. Soprattutto nel caso avessimo dovuto filarcela in fretta. Lei continuò a parlare, fissandomi mentre fumava di gusto la sua sigaretta.

« C'erano parecchi rendiconti bancari, con ogni conto intestato a un nome diverso: Jacqueline, Cecilia, Daphne... Un mucchio di nomi e cognomi. Perciò mi sono chiesta: perché cambiare nome tanto spesso? È il tipo di cosa che fanno i delinquenti. E ho trovato anche un certificato di adozione di James, firmato da un certo Geoffrey Van Rensselaer. Il periodo corrispondeva più o meno alla nascita delle gemelle, quindi immagino che fosse lui, il loro padre. Ma di certo non era il padre di James. »

Sorrise, con quell'aria compiaciuta che hanno gli adolescenti quando credono di aver già capito il mondo degli adulti e di averne penetrati i segreti. Io strinsi i pugni, fino a conficcarmi le unghie nei palmi.

« Quindi, o ti sei sposata tre volte, oppure non hai mai sposato il padre di James. In ogni caso, ne esci maluccio. Hai mentito a mio

padre. A lui hai raccontato di un unico marito, passato a miglior vita. Invece ne hai avuti almeno due, magari persino tre. Oltre a un figlio illegittimo. E hai usato una sfilza di nomi diversi e raccontato un mucchio di balle sul tuo passato. Dubito che papà sarebbe felice di scoprirlo. No, credo proprio che non gli piacerebbe per niente.»

«Ma per favore! Tuo padre sa già tutto» bluffai. «Non è un segreto. È solo che non ci siamo presi il disturbo di dirlo a te.»

Avevo sfoderato tutto il mio talento di attrice, ma lei sorrise e scosse la testa.

«Invece secondo me è un segreto. E losco, anche. Secondo me ne hai combinata una grossa. Per questo nascondi la tua identità, continuando a cambiare nome. E non credo proprio che mio padre ne sappia niente.»

«Se anche vai a dirglielo, lui continuerebbe a tenerlo segreto. Uno scandalo danneggerebbe la sua carriera» dissi, con cautela. In realtà non avevo idea di come avrebbe potuto reagire Robert. C'era già una tale freddezza tra noi, e rancore. Magari avrebbe taciuto, ma mi avrebbe odiata ancora di più. Poteva persino pretendere un divorzio-lampo, in cambio del suo silenzio, e senza lasciarmi un centesimo. O addirittura ottenere l'annullamento, perché gli avevo mentito sulla mia identità.

«Sì, forse parlarne con lui sarebbe inutile» convenne Gabrielle. «Forse dovrei rivolgermi direttamente alla polizia.» Tese una mano verso il telefono sulla scrivania e la lasciò sospesa a mezz'aria, in attesa della mia reazione.

Io restai impassibile, reggendo il suo sguardo senza battere ciglio. Sarebbe finita così, dunque? Decenni di impenetrabile impunità mandati all'aria da un'adolescente con il complesso di Elettra?

«E se invece tieni la bocca chiusa?» le chiesi, senza inflessione. Era come giocare una partita di poker con una posta altissima, ed era sempre più evidente che non ero io ad avere le carte vincenti.

Lei si allungò sullo schienale della poltroncina concedendosi un sorrisetto.

«Posso farlo, ma d'ora in poi sarò io a stabilire le regole. Niente più coprifuoco, niente più imposizioni, niente più scuola, salvo che mi vada di andarci. Se a pranzo voglio una fetta di torta, tu esegui.

Se voglio che mi compri la birra, mi accontenti. Se voglio passare la notte fuori, mi lasci fare. Se provi a fiatare, racconto tutto a papà e alla polizia.»

Quella stronzetta gongolava. D'altronde, a quale adolescente non piacerebbe impartire una lezione a un'odiata matrigna? Di certo Cenerentola aveva la stessa identica espressione quando mostrò il dito medio alla sua e se ne andò con il principe.

«Benissimo» dissi, a denti stretti. Poi voltai di scatto le spalle e uscii dalla stanza, allibita che una ragazzina qualsiasi fosse riuscita a sopraffarmi. Un nodo d'ansia mi stringeva lo stomaco. Dopo tanto tempo, qualcuno aveva scoperto il mio segreto. Ed era la persona peggiore in assoluto.

Le due settimane successive furono un supplizio. Gabrielle faceva come le pareva. Quando suo padre non c'era, sedeva al tavolo della colazione, sfilava una sigaretta dal pacchetto e con uno schiocco di dita mi chiedeva da accendere. La sera usciva carica di bottiglie di vino, ordinandomi di comprarne di più pregiati la volta dopo. I miei figli osservavano sgomenti, incapaci di spiegarsi quell'andazzo. Solo Rose ne intuiva il motivo, ed evitava accuratamente di guardarmi negli occhi. In ogni caso io non intendevo rimproverarla. Non volevo che i miei figli si rendessero conto di quant'era precaria la nostra situazione, di quanto le nostre vite dipendessero dal buon cuore di un'adolescente sociopatica.

Se incrociava il mio sguardo, Gabrielle mi rivolgeva quel suo sorrisetto arrogante, come per rammentarmi che adesso vivevo della sua carità, e che poteva decidere di denunciarmi in qualsiasi momento. E io sapevo che, per quanto mi sforzassi di assecondarla, prima o poi mi avrebbe comunque denunciata alla polizia. Perché non voleva tra i piedi né me, né i miei figli: voleva il padre tutto per sé. E quando il brivido di avermi in pugno fosse sbiadito, mi avrebbe spedita dritta in prigione.

Urgeva un piano. Non sarebbe stata la prima volta che mi smarcavo da una situazione difficile: l'inferno di Lucan, la relazione tossica a Winnipeg, la mia vita di madre nubile e spiantata a New York. Era quello il mio superpotere: riuscivo sempre a sopravvivere.

Ma per quanto mi arrovellassi, quella volta non vedevo vie d'uscita. Potevo lasciare che Gabrielle chiamasse la polizia e giocarmela di spavalderia, facendola passare per una sciocca ragazzina che aveva letto troppe storie di Nancy Drew. Ma fino ad allora me l'ero sempre cavata perché nessuno mi prestava troppa attenzione, e io mi ero ben guardata dall'attirarne. Se qualcuno si fosse messo in testa di tracciare la cronologia della mia vita, avrebbe capito subito che i conti non tornavano. La polizia non avrebbe potuto fare a meno di notare che tutti gli uomini che mi si avvicinavano troppo tendevano ad avere una data di scadenza stranamente anticipata.

Potevo prendere i miei figli e tagliare la corda, cambiare di nuovo nome e ricominciare da zero. Ma Gabrielle sarebbe rimasta comunque a conoscenza del mio segreto. E prima o poi (più prima che poi, probabilmente) l'avrebbe spifferato ai quattro venti, e a quel punto mi avrebbero inseguita, braccandomi come cani rabbiosi. Perché Gabrielle mi odiava. Non le bastava sbarazzarsi di me: voleva vedermi umiliata.

E quando mi avessero arrestata, di certo Robert non si sarebbe preso cura dei miei figli, perché adesso ne aveva una tutta sua. I miei bambini sarebbero finiti in affido alla velocità della luce. E non lo meritavano. Non era giusto che fossero loro a pagare le mie colpe.

Smisi di dormire. Quando gli altri andavano a letto, io restavo a vagare per ore, trascinandomi per casa nella mia vestaglia di seta, con un filo spettrale di fumo che mi seguiva da una stanza all'altra. Ogni notte mi chiedevo se sarebbe stata l'ultima, se quella dopo l'avrei passata chiusa in una cella, senza figli, senza soldi, senza la mia libertà, senza tutto ciò che contava davvero. A volte ero così sfinita da cadere preda delle allucinazioni. Mi sembrava di sentir bisbigliare la casa e gli alberi davanti alle finestre, e tutti ripetevano che per uscirne non c'era che un'unica strada, che dovevo trovare il coraggio di compiere quell'ultimo passo verso l'inferno...

La verità era che Gabrielle non si rendeva conto di cosa aveva fatto. Sapeva che nascondevo qualcosa, ma non aveva idea della portata dei miei segreti. Di fatto aveva spinto spalle al muro un'assassina, ed è in quella situazione che gli assassini diventano davvero pericolosi. Peggio ancora, si era messa tra una madre e i suoi figli, e non esiste posizione più rischiosa.

La sera che non rincasò e Robert mi ordinò di uscire a cercarla, mi trovai davvero tra due fuochi. Lui pensava che fossi io a imporre la disciplina in casa e a tenere in riga sua figlia, ma io non potevo, non ora che quella carognetta mi ricattava. Ed ero sull'orlo di un esaurimento nervoso, dopo settimane appesa a un filo, in attesa che Gabrielle facesse la sua mossa, con mille scenari che mi scorrevano nella testa. Ero bloccata tra una figliastra ricattatrice e un marito che sembrava aver perso ogni rispetto per me. E il fatto che entrambi avessero il potere di controllarmi – me, una donna adulta che in passato non si era mai piegata a nessuno – mi mandava in bestia.

Guidai per chilometri, tornando a scervellarmi su un modo di sfuggire a quella famiglia con le mie finanze e la libertà intatte. Continuavo a escogitare nuovi piani e poi a scartarli, crivellandoli io stessa di obiezioni.

C'era buio fitto. I lampioni erano rari in quelle stradine di campagna, con gli alberi e le siepi che le stringevano su entrambi i lati, costringendomi a procedere al centro dell'asfalto. Il fascio dei miei fari illuminava rami scheletrici e io scrutavo nervosamente la strada, strizzando gli occhi per il fumo delle mie sigarette, con il terrore di schiantarmi contro un cervo sbucato all'improvviso dai cespugli.

Poi, di colpo, la vidi. Comparve come un miraggio davanti a me, con le gambe magre che pedalavano furiosamente sulla bici, il busto proteso in avanti, la schiena ossuta contratta per lo sforzo. Io alzai gli occhi al cielo. Era quasi mezzanotte ed eccola lì, di ritorno dall'ennesima baldoria. Ancora poco e sarebbe rincasata come niente fosse, con una disinvoltura e un'audacia immeritate per una ragazzina di quell'età. Il pensiero mi mandò su tutte le furie. In vita sua, quella principessa non aveva mai dovuto fare i conti con la paura.

Era la fonte di tutti i miei problemi, e io l'avevo sorpresa da sola, in bicicletta su una stradina buia. Ammettetelo: nei miei panni, anche voi sareste stati tentati. Pedalava così in fretta da sembrare davvero una preda, in fuga da chissà quale inseguitore. Esitai per un momento. Uccidere una bambina, persino una orribile quanto lei, non era mai stato nei piani. Era il genere di delitto che indigna l'opinione pubblica, che gli inquirenti mettono in cima alle priorità, che le comunità non dimenticano. Io davo il mio meglio quando nessuno manco si accorgeva che c'era stato un delitto. Ma ormai avevo passato in rassegna tutte le alternative, senza trovare una so-

luzione che le risparmiasse la vita. Era stata lei a montare tutto il casino, e adesso toccava a me chiudere la faccenda.

Di colpo mi trovai ad accelerare, con il pedale schiacciato a tavoletta. Per un istante vidi il suo volto, sbiancato dal terrore, poi sentii un tonfo trionfale. L'esatto opposto del veleno: un'esplosione istantanea di suono e movimento invece del processo lento e ovattato di accompagnare dolcemente qualcuno alla morte.

La strada era così deserta, il mondo così silenzioso, che azzardai una brevissima sosta, per accertarmi che fosse proprio morta. Avrei avuto il mio da fare a giustificarmi con Robert se, ferita e sanguinante, fosse riuscita a trascinarsi fino a casa per puntare il dito contro di me. Esistono problemi troppo grossi per i consulenti matrimoniali.

Scesi dall'auto e la raggiunsi, facendo bene attenzione a non mettere i piedi nella pozza di sangue. Giaceva contorta sull'asfalto, gli occhi sbarrati nell'agonia. Esalò un respiro, un tremulo rantolo, poi, con uno spasmo di tutto il corpo, morì. Ma negli ultimi istanti le lessi negli occhi che mi aveva riconosciuta, e aveva capito che ero stata io. E le avevo visto in faccia la paura, l'improvvisa presa di coscienza di quanto in realtà fosse stata vulnerabile la sua piccola vita, quanto illusoria la sua sicurezza. Ci avevo goduto? Dopo diciotto mesi di mancanza di rispetto e settimane di minacce alla mia famiglia? Non proprio. Come madre, il pensiero di uccidere una bambina mi ripugnava. E rimpiango davvero che si fosse arrivati a quel punto.

La cosa strana è che, nelle settimane tra la morte di Gabrielle e la sua, sorpresi spesso Robert a guardarmi, piccole occhiate furtive, quando pensava che non me ne accorgessi. E quegli sguardi erano la prova che aveva cominciato a nutrire dei dubbi, e poi che quei dubbi si erano cristallizzati in sospetti. Con il passare dei giorni, i suoi occhi si fecero sempre più duri, e io capii che il sospetto era diventato certezza. Alla fine, padre e figlia morirono avendo scoperto la verità su di me.

Sapete, quando ci eravamo sposati, Robert aveva giurato che quello sarebbe stato il nostro ultimo matrimonio.

Per metà, ci aveva azzeccato.

34

Davvero Daphne credeva che Ruth si sarebbe bevuta quella balla? Dopo tutte le ore passate insieme, tutte quelle interviste, aveva così poco rispetto della sua intelligenza? Ovvio che era stata lei a uccidere Gabrielle. Non soltanto perché aveva ammesso apertamente di odiarla, ma per il modo stesso in cui aveva raccontato la storia, accumulando argomenti che giustificassero quell'odio, per poi troncare di colpo il racconto. Una lunga sequenza di verità conclusa con una menzogna. Un mozzicone di sigaretta spento sulla panna montata. Quella stronza. Aveva confessato una sfilza di omicidi, d'accordo, ma quanti altri ne aveva taciuti, raccontando a Ruth la sua vita?

«Poco fa hai detto che la morte di Gabrielle ti facilitò moltissimo le cose» cominciò. «Un po' troppo perché quella morte fosse davvero accidentale.»

«La vita è proprio strana a volte, eh?» rispose Daphne, senza scomporsi.

Ruth distolse lo sguardo, disgustata dal suo sorriso compiaciuto. «Non ti credo» la incalzò. «Se fosse vissuta, sarebbe stata Gabrielle a ereditare i soldi di suo padre. E stava rendendo un inferno la vita delle tue figlie. Sei stata tu a ucciderla.»

«Una volta, quando abitavo a Leosville, un ragazzo fu colpito da un fulmine. Vuoi accollarmi anche la sua morte?» replicò Daphne, inarcando le sopracciglia sulla fronte rugosa. «Ho ammesso di avere avvelenato i miei mariti e di avere ammazzato un paio di uomini violenti con uno spintone. Però bambini non ne ho mai uccisi.» Il tono era così lapidario che un dubbio si insinuò nella mente di Ruth, ma lei lo scacciò.

«Passerai comunque il resto della vita in prigione, tanto vale essere sincera fino in fondo» ribatté, sorpresa lei stessa del rancore nella sua voce.

Qualcosa era cambiato. L'aria crepitava di elettricità per la nuova tensione tra loro. Daphne era sorpresa che Ruth non fosse più dalla sua parte. Forse pensava di poter raccontare la sua vita come meglio credeva mentre l'altra doveva solo sedere composta e star zitta. Ma lei era stanca di tacere.

«Io sono sempre stata sincera» disse Daphne, in tono altezzoso e risentito. «Non dimenticare che nessuno avrebbe mai saputo dei miei delitti, se non fossi stata io stessa a confessare. Ci vuole coraggio a compiere un passo del genere.»

«Credi davvero che gli ascoltatori ti applaudiranno per il tuo coraggio?» domandò Ruth, scettica.

«Certo, perché no? Almeno io ho agito. Gran parte delle donne si limita a subire passivamente quel che la vita sceglie per loro. Basta guardare te! In tutta la storia degli Stati Uniti non c'è mai stato un momento migliore per nascere donna, e tu cosa ne hai fatto? Ti credi tanto speciale? Hai paura persino a lasciare la fottutissima Florida! Fossi stata nei miei panni, saresti ancora a Lucan.» Il tono grondava disprezzo. Daphne sembrava così fiera di sé, una vecchia fragile e incattivita, che Ruth non provò altro che disgusto.

«Cioè, secondo te dovremmo seguire il tuo esempio? Trarre ispirazione dalla tua storia? Tu non hai fatto altro che mentire e uccidere! Tutto quello che hai, lo hai ottenuto con l'inganno!»

«Scusa tanto, ma devo essermi persa la parte in cui il mondo ti tratta con giustizia. Il sistema è truccato a svantaggio delle donne, e noi dovremmo comunque rispettarne le regole? Solo un'idiota si comporterebbe così» rispose Daphne, grondando sarcasmo.

Ruth capiva benissimo chi si sentiva privato di ciò che gli spettava di diritto. Daphne però non si era mai fermata a ciò che le apparteneva, e nemmeno a ciò che meritava: aveva sempre voluto di più.

«Forse non riuscirò proprio mai a capirlo» disse Ruth.

«Capire che?» sbottò Daphne.

«Come tu sia riuscita a fare certe cose, come hai potuto fare del male a quelle persone.»

«Eppure non ti soffermi a riflettere sul male che quegli uomini avevano fatto a *me*. La gente liquida sempre quella parte in fretta e furia, come se spiegasse tutto ma non significasse niente» rispose Daphne, con gli occhi scaltri che alla luce della lampada brillavano come quelli di un corvo. «Almeno ai miei mariti ho dato qualche bel ricordo, mentre io dagli uomini non ho avuto nemmeno questo.»

«Già, peccato che non hai ucciso soltanto uomini violenti, ma anche degli innocenti. Insisti a parlare solo dei momenti in cui eri la vittima, però sei stata anche una carnefice» replicò Ruth, gelida, fissandola dritta in faccia.

«E con questo cosa vorresti dimostrare? Che sono una cattiva persona? Sono una serial killer! Cos'altro ti aspettavi?»

Ruth pensava di capire. *Credevo davvero che a fissare l'enigma abbastanza a lungo, sarei riuscita a scioglierlo. Ma le violenze che hai subito e quelle che hai inflitto... niente di tutto questo ha un senso. A far deragliare completamente la mia vita è stato solo un impulso passeggero.*

«Ma allora perché hai confessato? Dici che sei cattiva, ma il fatto stesso di confessare non dimostra una qualche forma di rimorso?» chiese. Era soltanto una delle molte domande senza risposta sul conto di Daphne, ma sembrava essenziale.

«Non è stato per rimorso» disse l'anziana. «È che mi piaceva l'idea di dimostrare al mondo che l'avevo fatta franca.»

Ruth strinse gli occhi. Quella risposta l'aveva già sentita. Daphne l'aveva ripetuta un mucchio di volte, con le parole che le uscivano in un fiotto dalle labbra, lucide e levigate come ciottoli di fiume. Qualunque fosse la ragione che l'aveva spinta a confessare, non era quella.

«Per dimostrare che sei più intelligente di noi?» la incalzò, incredula.

«Certo. La gente presta attenzione alle donne solo se vuole scoparle o ucciderle. E se sono vecchie, le ignora del tutto. Ero fiera di averla passata liscia, però non c'è gusto a vincere, se non lo sa nessuno.»

«Otterrai solo di farti odiare» disse Ruth. «Se davvero non avevi un altro motivo più grande, nessuno potrà capirti.»

Daphne sbuffò, stringendo le labbra in una linea dura. «Diciamo le cose come stanno, Ruth. Tu non mi stai intervistando perché mi credi Madre Teresa. Sei qui perché la gente non è mai stanca di delitti. Vogliono sentire la storia in tutti i dettagli più raccapriccianti, e meglio ancora se dalla bocca stessa del mostro.»

«La gente è interessata alle storie di true crime perché sono avvincenti, e perché insegnano qualcosa sui metodi di indagine e... sulla società» concluse Ruth, fiaccamente.

«Balle. Sono come i bifolchi che rallentano sulla strada per guardare un incidente. La gente si *eccita* per le disgrazie altrui. E sai che ogni cosa terribile che ti dico ti farà ottenere più ascoltatori, più fama e più soldi. Ma non sarà mai abbastanza. Chi segue questo podcast vorrebbe che avessi ucciso più gente, e in modi più efferati. Perché adesso persino il delitto gli è venuto a noia. E tu sei qui per trarre profitto dagli impulsi peggiori delle persone, così come ho fatto io dai miei.»

Ruth provò un impeto di furia incandescente, una rabbia così profonda e primordiale che dovette trattenersi per non sfondare con un pugno il tavolino di cristallo di Daphne. Aveva raggiunto il limite.

«Per la verità, Daphne, sono qui perché tu hai ucciso mio padre.»

OTTAVO DELITTO?

35

[PROVA: NON INCLUDERE NEL PODCAST]

RUTH: Se stai ascoltando questo, significa che ho convinto Daphne a confessare l'omicidio di mio padre. È stata questa la motivazione principale che mi ha spinta ad avviare il progetto: scoprire la verità, risolvere il mistero, ottenere giustizia per mio padre e dimostrare una volta per tutte la mia innocenza.

[PROVA: NON INCLUDERE NEL PODCAST]

RUTH: Quando mio padre è morto, la polizia mi ha prelevata a forza e trascinata in una saletta da interrogatorio. La famiglia di mio padre, i Montgomery, aveva detto agli sbirri che ero tornata nella sua vita da appena un anno, e che lui aveva deciso di cambiare testamento per intestarmi metà del suo patrimonio. Mi avevano dipinta come una sorta di truffatrice, decisa a spillargli soldi, come se il rapporto che io e Richard stavamo costruendo non contasse niente. I due agenti che mi interrogavano hanno detto che qualcuno l'aveva ucciso con un'overdose di insulina, procurandogli una crisi convulsiva, il coma e poi un blocco respiratorio. Che quella persona aveva ripulito la siringa e la fiala di ogni impronta. Mi hanno raccontato la sua agonia per filo e per segno, per vedere come avrei reagito. È stato spaventoso trovarmi scrutata da quegli agenti, sapendo che una sola parola sbagliata poteva innescare una rovinosa reazione a catena, destinandomi al carcere a vita. E dal loro atteggiamento... si capiva benissimo che stavano solo cercando qualcosa per dimostrare che ero colpevole.

Da ultimo mi hanno detto che Richard aveva già fissato un appuntamento con il suo avvocato per cambiare il testamento, e che aveva informato la famiglia della decisione di spartire tutto equamente tra le due figlie. Ma l'appuntamento era fissato per lunedì, e lui era morto il giorno prima, quindi gli sbirri mi hanno sbattuto in faccia che non avrei visto un centesimo. So che i soldi non avrebbero dovuto avere importanza, che la cosa triste era aver perso mio padre, e proprio nel momento in cui avevamo finalmente cominciato a conoscerci. Ma io non mi ero resa conto che, morendo, Richard si sarebbe portato via tutto il mio futuro.

[Un singhiozzo soffocato]

[PROVA: NON INCLUDERE NEL PODCAST]

RUTH: Per mesi ho vissuto nel terrore che la polizia avrebbe trovato qualcosa per collegarmi al delitto, o che un agente, magari motivato dai suoi agganci con la famiglia di mio padre, si introducesse in casa per piazzarci una prova incriminante. Temevo che sarei stata io a pagare le conseguenze della sua morte, e immagino sia andata davvero così. La famiglia di Richard ha fatto in modo che tutti sospettassero della mia colpevolezza e, data la loro influenza, le opportunità di lavoro hanno preso il brutto vizio di evaporare. La polizia mi sorvegliava, sempre in attesa di un mio passo falso. E il pensiero della vita che avrei potuto avere se Richard fosse sopravvissuto, di come sarebbe stato tutto più facile, diventò un'ossessione. Non riuscivo più ad avere relazioni con le persone perché rifuggivo ogni intimità, per la paura di uscirne di nuovo scottata. Sono passati cinque anni senza un colpevole, tanto che ho finito per pensare che quel delitto non avrebbe mai trovato una soluzione.

[PROVA: NON INCLUDERE NEL PODCAST]

RUTH: Poi ho visto un servizio su Daphne al telegiornale. Il filmato mostrava il Blue Diamond, il condominio in cui abitava prima di trasferirsi nella casa di riposo. L'ho riconosciuto subito. Era proprio accanto al Seacrest, il palazzo in cui mio padre aveva vissuto e dove era avvenuta la sua morte, il misterioso avvelenamento di un uomo ricco e maturo, che dopo la perdita della moglie aveva appena cominciato a frequentare un'altra donna. Ogni dettaglio corrispondeva alla perfezione, e io ho capito all'istante di aver trovato la risposta che cercavo. Era stata Daphne a ucciderlo.

«Per la verità, Daphne, sono qui perché tu hai ucciso mio padre.»

«C-cosa?» farfugliò lei. Per la prima volta sembrava davvero sorpresa. Apriva e richiudeva di scatto la bocca rugosa, come una trota che boccheggia, sforzandosi di respirare sul ponte di un peschereccio.

«Mio padre, Richard Montgomery, è morto il 10 aprile del 2016. Non soltanto era un ricco chirurgo plastico, ma era membro del consiglio di amministrazione del Sunshine Development Group, l'impero immobiliare della sua famiglia. È morto nel suo appartamento, nel condominio accanto a quello in cui vivevi tu, e poco prima mi aveva detto di avere allacciato una relazione con una donna. Aveva quasi ottant'anni ed era diabetico, ma è morto di un'overdose di insulina che la polizia considerò sospetta, perché il segno della siringa era sulla nuca. Tu avevi persino visto una sua foto sul mio computer, e commentato che ti sembrava di conoscerlo. Al primo servizio di telegiornale sul tuo conto io ho capito subito la verità. L'ho *sentita*. Perciò puoi smettere di recitare. Sei stata tu a ucciderlo.»

Ma lei continuò a fissarla come se di colpo fosse diventata un'altra. Ruth sapeva quanto fosse fiera del suo dono di decifrare le persone, lo stesso talento che le aveva permesso di ingannare tanti uomini. Non aveva previsto che una come Ruth potesse batterla in astuzia.

«Dunque tutta questa storia del podcast serviva solo a cogliermi in fallo?» sbottò infine, imperiosa. «Magari non sei neanche una giornalista.»

Ruth provò un senso di trionfo. Finalmente l'aveva presa in contropiede, e aveva assunto il controllo.

«Invece sì, sono una giornalista, e sì, avevo davvero bisogno di soldi. Ma il vero scopo di questo podcast era documentare la tua colpa, quando avessi confessato di avere ucciso anche mio padre, o almeno trovare qualcosa che ti collegasse alla sua morte. E dimostrare a tutti che cosa hanno significato i tuoi delitti per i superstiti, fino a che punto hai rovinato la loro vita. Insieme a mio padre, io ho perso tutto. La sua famiglia si è convinta che fossi io la colpevole, mi ha ostracizzata e ha sabotato la mia carriera. La polizia mi ha dato la caccia, tenendomi sotto torchio nella speranza che cedessi alla pressione e finissi per confessare. Le mie relazioni sentimentali sono fallite perché ero ossessionata dalla morte di Richard e da ciò che aveva significato per me. Ho passato anni in terapia con gli antidepressivi... »

« Be', è l'America. Di questi tempi tutti... » cercò di interromperla Daphne, per riprendere le redini della conversazione, ma Ruth non glielo permise.

« E oltre a mio padre, ho perso l'eredità che mi spettava. Il giorno prima di morire, mio padre mi aveva detto che intendeva cambiare testamento, per intestarmi il suo patrimonio alla pari con la mia sorellastra, Lucy, la figlia cresciuta con lui. Un mucchio di soldi, sufficienti a comprarmi una casa, a saldare il mio debito studentesco, e a spesarmi un vero esordio come giornalista. Credo volesse farsi perdonare di non essere stato presente durante la mia infanzia, e anche dimostrarmi quanto credeva nelle mie capacità, perciò significava moltissimo per me. Avrebbe dovuto vedere il suo avvocato quel lunedì, ma morì di domenica. Perciò persi mio padre e mi ritrovai a mani vuote. »

« Bella sfiga » commentò Daphne, con una smorfia solidale, ma Ruth proseguì imperterrita, parlando a un ritmo frenetico, per dire tutto prima che quella donna la interrompesse di nuovo.

« *So* che sei stata tu, perciò perché non lo ammetti? Per te non cambierebbe niente, solo un altro delitto da aggiungere a una lunga lista, e almeno io potrei ritrovare la mia pace mentale. Questa storia... mi ha distrutto l'esistenza. La tua vita è quasi finita. Aiutami! » Poi di colpo si zittì, vergognandosi del tono disperato del suo appello. Ma solo Daphne poteva permetterle di chiudere con il passato, dimostrando una volta per tutte che

Ruth non era un'assassina, e che non era pazza. Una sua parola e l'avrebbe assolta di tutto.

«In effetti non hai torto» disse, e Ruth trattenne il fiato. «Vivevamo nello stesso isolato, e lui sembra proprio il mio tipo, un uomo ancora piacente e ricco sfondato. E non nego di provare una certa soddisfazione a veder morire i vecchi» aggiunse, con un sorriso di scherno sulle labbra. «Immagino la tua incazzatura. Finalmente la fortuna era girata, e puff, al paparino viene un colpo. A proposito di padri assenti!»

«Lo stai ammettendo, dunque?» domandò Ruth, febbrile, incredula che l'incubo stesse finalmente per finire.

«L'ho fatto?» replicò Daphne, svagata. «Non mi pare. L'unico delitto avvenuto in Florida di cui mi sia confessata colpevole è quello di Warren. Aggiungerne un altro potrebbe... complicare le cose.» C'era un brillio nei suoi occhi. Disperazione e trauma erano linfa vitale per lei. Chiunque altro avrebbe annaspato. Lei ci godeva.

«Mi prendi per il culo?» sbottò Ruth, sbattendo le mani sul tavolino e ribaltando il portatile sul pavimento. Una rabbia incandescente le ribolliva nel sangue, cancellando tutto tranne il mostro seduto davanti a lei. Perché non strangolarla e basta? Non poteva essere tanto difficile spezzarle quel collo gracile, e almeno la sua morte sarebbe stata un modo per chiudere la faccenda. «Che importanza può avere, ormai? La partita è chiusa e puoi smettere di giocare. Di' la verità e facciamola finita!»

«Santo cielo, non ti avevo mai vista scaldarti tanto. Per fortuna avrò la registrazione da tramandare ai posteri! Hai ragione, non ha più alcuna importanza. Forse sono stata io a ucciderlo, o forse è stato qualcun altro. Il mondo è pieno di gente che uccide e poi la fa franca. Se ne vanno in giro a godersi la vita, mentre il resto di voi si taglia le gambe da solo, affannandosi a rispettare le regole.» Esplose in una gran risata, con il volto acceso dal trionfo.

Ruth distolse lo sguardo, squassata da un tremito per lo sforzo di trattenersi, per tutti gli anni passati ad arrovellarsi su quel caso. Perché Daphne rifiutava di confessare quell'ultimo delitto? Non era come la morte di Gabrielle; non avrebbe cambiato granché la sua immagine pubblica, e nel meraviglioso mondo di Daphne, uccidere un uomo come Richard Montgomery era ordinaria amministrazione. Dunque, a che scopo tacere? Per continuare a esercitare il controllo su di lei? Per usare quel delitto da esca e guardarla abboccare? O più semplicemente perché amava il senso di potere? Perché adesso che non poteva più uccidere, doveva almeno torturare? A quel pensiero Ruth provò un'ondata di nausea.

«Mi fai schifo» sibilò.

«Non proprio un'opinione originale» commentò Daphne, impassibile, con un'alzata di spalle. «Perché non la smetti di dare in escandescenze e mi spieghi con calma quali prove avresti a mio carico? Chissà, alla fine potrei davvero sentirmi costretta a confessare.»

Sorrideva, ma c'era un bagliore cupo nei suoi occhi.

Si diverte? Lentamente, la rabbia di Ruth si tramutò in autentica ripugnanza. Aveva davanti una donna spiritosa, intelligente, unica, che aveva passato la prima parte della sua vita da vittima, e tutto il resto da predatrice. Che spreco di talenti. Ruth non tollerava di restare in sua presenza, soprattutto adesso che le aveva confidato una cosa tanto importante di sé. Ora la guardava con occhi diversi, e in lei non vedeva altro che frustrazione e disincanto. Una donna così non poteva liberarla. Non era in grado nemmeno di liberare se stessa. Ruth avrebbe dovuto trovare da sola una via d'uscita.

«No, con te ho chiuso. Tanto ormai è evidente che continuerai a mentirmi, su Gabrielle e su mio padre. Sto solo perdendo tempo» disse, chiudendo di scatto il portatile e ficcandolo nella borsa.

Daphne restò come interdetta. Probabilmente pensava di poterla tirare in lungo quanto voleva, con Ruth seduta tranquillamente al suo posto, a dire grazie per qualsiasi stronzata avesse deciso di imbandirle.

«Che razza d'ingrata!» esclamò. «La storia che ti ho raccontato è lo scoop della vita!» Sembrava offesa, ma Ruth se ne fregava. Non tollerava più di ascoltarla, di vederla distorcere la verità per trovare un miliardo di giustificazioni diverse per l'omicidio a sangue freddo. Era un veleno che goccia a goccia le aveva contaminato il sangue, annebbiandole la vista e lasciandola intossicata. Tanto non sarebbe mai riuscita a cavarle la verità, e in ultima analisi non aveva importanza. I morti non tornano più, e i vivi devono cavarsela da soli.

« Sì, ma tutte le storie hanno una fine » ribatté.

Poi le diede le spalle, lasciando Daphne sola nella sua stanza, troppo debole per inseguirla. Solo quando infilò il portone, emergendo alla luce, le sembrò di tornare a respirare.

MangiaPregaUccidi

Cioè, finisce così? Ruth contesta a Daphne la morte di Gabrielle Hanks, le due scazzano e la registrazione si chiude su Daphne che paragona i patiti del true crime ai curiosi che si fermano a guardare un incidente stradale. E poi più niente?! Cos'è, una scelta artistica di Ruth oppure le si è bloccato il registratore?

> **ShockBlaBla**
>
> Significa che il podcast è finito? Oppure Ruth sta solo aspettando la sentenza del giudice per riprendere la storia?
>
> > **BibliotecariaD'Assalto**
> >
> > Oddio... e adesso cosa ascolto?

ShockBlaBla

Okay, io avrei una strana teoria da proporre: nessuno di voi ha avuto l'impressione che CapoteParty fosse... Ruth? Rifletteteci un momento. CapoteParty sembrava sempre un passo avanti a tutti. E mentre prima postava tutti i giorni, di colpo ha chiuso le trasmissioni.

> **MangiaPregaUccidi**
>
> Ma allora perché avrebbe chiesto dove viveva Daphne? Ruth non può non saperlo.
>
> > **ShockBlaBla**
> >
> > Per depistarci.
> >
> > > **BibliotecariaD'Assalto**
> > >
> > > O magari... era Diane? O uno dei nipoti di Daphne?
> > >
> > > > **Rock&Troll**
> > > >
> > > > Oppure... un signor nessuno senza uno straccio di collegamento al caso. Per vostra info, siete persino più paranoici di

me, e io sono convinto che la strage di Sandy Hook e il Covid siano state balle del governo!!!

BibliotecariaD'Assalto

[questo commento è stato cancellato dal moderatore]

MangiaPregaUccidi

[questo commento è stato cancellato dal moderatore]

36

Era sera tardi, e io mi ero addormentata sulla poltrona, con una copia del *Mostro di Firenze* ancora aperta sulle ginocchia. La giornata era stata faticosa, ed ero sfinita.

Era stato uno shock scoprire che Ruth, la persona alla quale avevo affidato la mia storia, aveva mentito spudoratamente, e fin dall'inizio. Sapevo di aver reagito in modo aggressivo e che probabilmente lei avrebbe troncato ogni rapporto, ma mi aveva colta alla sprovvista, ed ero così arrabbiata che volevo solo punirla.

Di colpo, da fuori, sentii un coro di urla. Un fatto senza precedenti al Coconut Grove, dove i residenti potevano innervosirsi per un tiramisù insoddisfacente o per l'annullamento di una lezione di Zumba-soft, ma senza mai alzare davvero la voce. A fatica, mi issai dalla poltrona al deambulatore e mi avvicinai alla finestra, aprendo le tende di uno spiraglio per sbirciare.

Fuori era buio, ma le luci che filtravano dalle altre finestre illuminavano la sagoma di un uomo, in piedi proprio davanti alla mia suite. Mi dava le spalle, ma vidi che indossava una felpa con cappuccio e un berretto da baseball.

Provai un brivido di paura. Dunque lo stalker esisteva davvero. Lo staff non se l'era inventato per tormentarmi. Mi venne il dubbio di aver dimenticato di chiudere il chiavistello della porta, e in preda al terrore immaginai lo sconosciuto che si voltava, apriva la porta e faceva irruzione, senza mai smettere di fissarmi negli occhi, sapendo che per una manciata di secondi, forse addirittura minuti, sarei stata completamente alla sua mercé. Tesi la mano verso la maniglia, con le dita che tremavano per l'artrite e il panico, e la trovai chiusa.

Sentii un altro grido e mi voltai, ritrovandomi semiaccecata da un fascio abbacinante: la sagoma dello sconosciuto si stagliò brevemente in controluce davanti alla porta. Aveva qualcosa di familiare? D'un tratto si diede alla fuga, inseguito dai fasci impazziti delle torce. Stava cercando di raggiungere il boschetto per sfuggire alle guardie di sicurezza.

Restai impietrita dalla paura. Ero certa che sarebbe tornato, tempestando la porta di pugni, con gli occhi spiritati, nel tentativo forsennato di sfondarla, di raggiungermi. Il chiavistello non avrebbe resistito alla furia di un pazzo, e prima o poi le guardie se ne sarebbero andate, mentre lui poteva restare nascosto, aspettando tutto il tempo necessario. I miei timori furono confermati quando, dopo un'ora a passare al setaccio il bosco, tutte le guardie emersero dagli alberi a mani vuote.

Chiunque fosse quell'uomo, adesso sapeva dove trovarmi. Lasciai cadere la tenda e controllai di nuovo serratura e chiavistello. A quel punto non era chiaro chi sarebbe venuto a prendermi per primo, se lo Stato della Florida o il mio stalker.

L'indomani mattina squillò il telefono. Tesi una mano irrigidita verso il ricevitore, con il corpo dolorante e pieno di contratture per la notte passata in poltrona, troppo spaventata per andare a letto, troppo spaventata per tornare alla finestra, con l'angoscia di ritrovarmi davanti quell'uomo.

«Pronto» ringhiai, bevendo un sorso d'acqua stantia da un bicchiere rimasto sul tavolino.

«Ho qualche novità» disse il mio avvocato. «Come sa, ho fatto l'impossibile per tenerla fuori dal carcere durante le indagini preliminari, insistendo sulla precarietà del suo stato di salute.»

«Sì, lo so.»

«E sa anche che, dopo la sua dichiarazione di colpevolezza, dovrà attendere in prigione la sentenza del giudice?»

«Certo» risposi. «E poi ci passerò il resto della vita.» Stavo cercando di conservare il distacco, concentrandomi solo sulle parole, non su ciò che significavano.

«Be', quel momento è arrivato. La vogliono in aula domani. Per... fissare la data.»

Mi venne freddo. Un brivido, lungo e lento, mi ghiacciò la pelle. Avevo sempre saputo che sarebbe finita così, fin da quando avevo chiamato la polizia e confessato. Tutto ciò che era accaduto da allora – il podcast con Ruth, i miei quindici minuti di celebrità, la possibilità di dimostrare alla mia famiglia chi fossi davvero – non era stato altro che una serie di deviazioni sulla strada verso quel traguardo. Un processo avviato novant'anni prima, sui campi riarsi di una fattoria isolata, stava finalmente arrivando a compimento.

« Quindi queste saranno le mie ultime ventiquattr'ore da donna libera? » chiesi, anche se gli arresti domiciliari in un ospizio non corrispondevano precisamente alla mia idea di libertà.

« Sì. Domani sarò al suo fianco, per sostenerla in ogni modo. Quanto a oggi, se ha conservato qualche buona bottiglia di vino, le suggerirei di stapparla. »

« Certo, meglio uscire col botto » dissi, senza convinzione. « Adesso devo salutarla. Ho qualche telefonata da fare. » E riagganciai, con il ricevitore che minacciava di sfuggirmi dalle dita.

Restai qualche minuto immobile sulla poltrona, di colpo pienamente consapevole che era arrivato il momento in serbo per me da decenni. Era finita. Una fine triste e frustrante, ma inevitabile. Mi chiesi se si fossero sentiti così anche gli uomini che avevo avvelenato. Non mi ero mai soffermata a riflettere su cosa potevano aver pensato, quando avevano capito di non avere scampo. Le cose non sembrano mai reali finché non capitano a te.

Lentamente, con un gesto semiautomatico, ripresi in mano il ricevitore e digitai il numero di Ruth. Sentivo il bisogno di parlarle, di rimediare in qualche modo a quell'ultimo incontro. Lei rispose dopo un paio di squilli. Dalla voce era evidente che l'avevo svegliata.

« Pronto? » disse, nel timbro roco di un'adolescente.

« Volevo solo informarti che domani sarò in aula per dichiararmi colpevole, e che subito dopo mi porteranno in carcere. Così puoi riferirlo nel tuo podcast. »

Seguì un lungo silenzio. La gente non sa bene come reagire all'annuncio: « Domani vado a beccarmi un ergastolo ». Nessuno ha mai pensato di stampare biglietti d'auguri per celebrare l'occasione.

« Okay. Registrerò un episodio di aggiornamento » disse Ruth, in tono esitante.

« Devo chiederti un favore. Potresti dire alle mie figlie di ascoltare il podcast? Finora si sono rifiutate, ma forse tu puoi convincerle. »

« Ci proverò. E, senti... so che la situazione è complicata, però ti ringrazio di avermi concesso queste interviste » disse, a denti stretti.

« Be', dubito che l'avrei fatto, se avessi saputo che stavi indagando su di me. »

« Ti prego, Daphne, dimmi la verità: sei stata tu? Lo devo sapere. »

Non ero sicura se si riferisse alla morte di Richard o a quella di Gabrielle, ma comunque la mia risposta non variava. « Preferisco rimandare alla seconda stagione. Tra l'altro, che titolo hai scelto, alla fine? »

« *I sei delitti di Daphne St. Clair* » rispose, ora con una punta di irritazione. Era evidente che ancora non mi aveva perdonata, che non intendeva dimenticare. Annuii decisa tra me.

« Bene. Sono contenta che non ti sei lasciata sviare dalle illazioni su Gabrielle. »

« In realtà... be', avevo già ordinato il materiale pubblicitario. Comunque adesso non sono più sicura di quanti siano i delitti. Il primo non era un omicidio, non in senso stretto, e un buon avvocato sarebbe riuscito a farti assolvere dai due successivi. Ma in fondo il numero non conta granché. »

I sei delitti di Daphne St. Clair. Significava così tanto e al tempo stesso così poco. La storia di una vita intera ridotta all'osso, a uno slogan acchiappalike in grado di attirare i tanti assetati di sangue che si aggirano su internet. Niente analisi sociale, umorismo o aspirazioni all'originalità; soltanto delitti, grazie, e più sono e meglio è.

« Sì, mi sembra adatto » dissi, e riagganciai, sbattendo giù il ricevitore con più forza del voluto. A volte mi era difficile parlare con Ruth. Mi ricordava tutto ciò che avevo sognato da giovane, tutto ciò che mi era stato negato.

« Potrò venire a trovarti, in prigione? » domandò Harper, quando la chiamai per darle la notizia.

«Non mi sembra una buona idea» risposi. «Sei un po' troppo piccola per bazzicare penitenziari.»

«Magari potremmo sentirci al telefono?» ritentò lei, abbacchiata.

«Forse. Lasciami ambientare e poi vedremo» dissi, decisa a non alimentare le sue speranze. Era una brava ragazzina, e volevo proteggerla, almeno finché mi era ancora possibile.

Avrei dovuto chiuderla lì, invece mi dilungai, provando l'insolito impulso di impartire consigli da nonna sulla vita.

«Sai, Harper, devi impegnarti a capire cosa ti rende felice. Io non l'ho mai saputo. Non lo so nemmeno adesso.»

«È molto triste, nonna» disse lei, in tono solenne. Io annuii, anche se lei non poteva vedermi. In tutti quegli anni, avevo brancolato nel buio, sforzandomi di trovare un modo per riempire il vuoto che avevo dentro, invano.

«E se non riesco a capirlo?» domandò Harper.

«Ci riuscirai. Una ragazza come te può tutto. Vedi solo di non diventare stronza da grande» dissi, e riagganciai, senza darle il tempo di aggiungere altro. Tesi la mano a prendere di nuovo il bicchiere, per sciogliere il nodo che mi chiudeva la gola.

Era mezzanotte ma non riuscivo a dormire, sapendo che tutto stava per cambiare. Sedevo sulla mia poltrona, con le tende spalancate e la porta solo accostata, per lasciar filtrare la brezza. Non intendevo rinunciare alla mia ultima occasione di godere dell'aria fresca e vedere le stelle.

Fu allora che comparve. Una sagoma scura emerse dal boschetto e avanzò rapida verso di me. I suoi passi erano silenziosi sull'erba del prato, il fisico magro e semi-accucciato in rilievo sull'orizzonte.

Afferrai il deambulatore e mi issai in piedi, cercando di raggiungere la porta ma sapendo già che non sarei mai arrivata in tempo. La sagoma era come un'apparizione spettrale dal passato, l'amalgama di tutti gli uomini malvagi che avevo sconfitto nel corso degli anni, tornati per trascinarmi con loro all'inferno. In preda a un tremito incontrollato, avanzai verso la porta con una lentezza esasperante, tradita dal mio stesso corpo persino nel momento del massimo pericolo.

E di colpo lui parlò. «Mamma?»

Io restai impietrita. «James?»

«Sì.» Sembrava quasi lo stesso di un tempo, anche se la voce era più bassa, più roca.

Io emisi una sorta di rantolo, come se i miei organi interni fossero collassati, e dovetti aggrapparmi al deambulatore per non crollare a terra.

«Entra, entra» riuscii a gracchiare, lasciandomi cadere sulla poltrona. Lui richiuse la porta, si tolse il berretto, ed eccolo. Il mio James. Gli occhi mi si riempirono di lacrime, poi scoppiai in singhiozzi, grata ma anche indescrivibilmente stanca. Aspettavo quel momento da decenni.

Lui si sedette davanti a me, sulla poltrona che nella mia mente ormai apparteneva a Ruth. Io lo frugai con gli occhi, cercando di bere ogni dettaglio. Era appena un ragazzo l'ultima volta che l'avevo visto, e adesso aveva superato i sessanta. I capelli scuri erano diventati grigio chiaro, e la barba nascondeva la fossetta sul mento, ma gli occhi erano caldi come allora, il piccolo sorriso lo stesso di sempre. Solo guardarlo mi rendeva più felice di qualsiasi cosa avessi vissuto negli ultimi quarant'anni. Mi sentii trasportata a ritroso nel tempo, a quando lui era piccolo e condividevamo un letto in quell'appartamentino di Brooklyn, e io mi addormentavo accarezzando il suo faccino liscio, inspirando il profumo dei suoi capelli. Il tempo in cui eravamo noi due contro il mondo.

«Sei tornato» sussurrai, tendendo una mano ad afferrare la sua, come fosse il più squisito dei doni. Lui annuì, ma lentamente la ritrasse.

«Sì. Ho sentito che presto andrai in prigione. Ho pensato che non ci sarebbero state altre occasioni.»

«Ma perché tanti sotterfugi?» chiesi. «Perché aggirarti di nascosto, a notte fonda?»

«Lo sai che scalpore ha suscitato il tuo caso, sui media? Temevo che, se avessi chiamato il tuo avvocato o la casa di riposo spiegando chi ero, la notizia sarebbe arrivata alla stampa. Non voglio che la gente mi trovi, che sappia chi sono.»

«Come sei riuscito a trovarmi?»

« Be', ho seguito il podcast, naturalmente, quindi sapevo che eri in Florida. Poi ho assunto un investigatore privato, che però non ha scovato niente di concreto. Così mi sono iscritto a varie chat che discutevano online del caso, per cercare di raccogliere informazioni conservando l'anonimato. E qualcuno su un forum ha parlato del Coconut Grove. » Sorrise. « Saresti felice del nickname che mi ero scelto per quel sito. Una sorta di omaggio a te. »

« E sarebbe? » domandai, augurandomi che non fosse qualcosa di orrendo, tipo « Arsenico&Alzheimer » oppure « TardonaSatanica ».

« CapoteParty. »

« Oh, perché aveva scritto *A sangue freddo*? Il capostipite di tutti i true crime? »

James scoppiò a ridere e scosse la testa. « No. Per *Colazione da Tiffany*! Dicevi sempre che era il tuo film preferito. Mi trascinavi a vederlo ogni volta che un cinema lo metteva in cartellone. » Le cose che sapeva di me, i ricordi che avevamo in comune, mi scaldavano il cuore. James era la parte migliore di me, una parte smarrita troppo a lungo.

« È il mio preferito ancora adesso. Lei era tutto ciò che avrei voluto essere. »

« Lei *era* te » rispose James, allibito che non ci fossi arrivata da sola. Poi restammo in silenzio.

« Allora, che ne dici del podcast? » domandai, tanto per dire qualcosa.

« A volte ascoltarlo è stato doloroso » rispose lui. « Soprattutto quando parlavi di cose che ricordo. Ma in un certo senso sono felice che adesso sia tutto alla luce del sole. Mi ha sorpreso che avessi accettato di raccontare la tua storia. E anche che avessi confessato, quando potevi passarla liscia. »

Scossi la testa. Ora sapevo che non l'avevo passata liscia, non davvero, non quando le mie azioni mi erano costate la persona che amavo di più al mondo.

« Avevo sperato che... quando la faccenda fosse diventata di dominio pubblico, tu saresti tornato a cercarmi. »

« Per questo hai confessato? » domandò, sorpreso.

Io sorrisi, sentendomi modesta e nobile, anche se non lo meritavo. « Sì. Tu non volevi proteggere i miei segreti. E adesso non sei più costretto a farlo. »

Di colpo i suoi occhi si fecero lucidi, le spalle si ingobbirono.

Lo vidi scosso da un tremito, come per lo sforzo di trattenere i singhiozzi, di frenare di nuovo le sue emozioni. Lo faceva anche da ragazzo. Aveva cominciato non molto dopo la morte di David. E a mia volta sentii bruciare gli occhi, come se anch'io fossi sull'orlo delle lacrime. Non tolleravo di veder soffrire il mio bambino. Tutta quella storia era cominciata proprio per ritrovarlo e renderlo libero. Volevo che fosse felice.

« Ma mamma... » cominciò, quando riuscì a ritrovare il contegno, asciugandosi la faccia e drizzando il busto. « Io volevo anche che smettessi di uccidere. » C'era una tristezza profonda nella sua voce, una delusione devastante. Aveva saputo di Donald, certo. E di Warren. Avrei voluto dirgli che era acqua passata, ma la morte di Warren era recentissima. Non avrei proprio dovuto ucciderlo, ma era stato come un ultimo sorso di whisky: un po' di coraggio liquido per rammentarmi di cos'ero capace, prima di consegnarmi alle autorità. E poi mi serviva una prova, un delitto verificabile, perché gli sbirri mi prendessero sul serio.

« Be', tesoro, a volte devi accettare le persone così come sono. Puoi... dirmi di te? » chiesi, in tono esitante, per il timore che fosse la cosa sbagliata e la porta tra noi tornasse a chiudersi. Lui inspirò a fondo, e per un momento sembrò sul punto di rimettersi a piangere, ma poi cominciò a parlare.

« Be', adesso vivo in Nuova Zelanda. All'inizio mi ero trasferito in Australia, ma la Nuova Zelanda mi è più congeniale. È il posto più bello che abbia mai visto. Insegno scienze in un liceo, anche se tra non molto andrò in pensione. Mi sono sposato due volte. Il primo matrimonio è durato poco. Avevo troppi problemi irrisolti. Adesso però sono sposato da venticinque anni. »

« Hai figli? » chiesi.

« Sì. Un maschio di diciassette anni e una femmina di diciannove. Sono un papà vecchio! Ma sono davvero felice. »

« Sono sicura che sei un padre fantastico » dissi, ricordando la sensibilità che aveva sempre dimostrato, fin da bambino. « Sapere finalmente della tua vita... è più di quanto potessi sperare. Non ho pensato ad altro che a te, in tutti questi anni. »

Lui non rispose. Era difficile parlare, come procedere su un insidioso sentiero di montagna, così diverso dalle conversazioni spontanee di un tempo.

« Hai paura di andare in prigione? » chiese.

« No. Dopo tutto ciò che ho visto nella vita, non mi spaventa più niente » dissi, a disagio. « Ma forse, quando mi avranno arrestata, potresti telefonare alle tue sorelle? So che anche loro sentono la tua mancanza. »

James restò zitto per un momento, riflettendo su come sarebbe stato riprendere i contatti, e a come avrebbe cambiato per sempre la sua vita. Infine, annuì. Io sospirai di sollievo. Non volevo che sparisse di nuovo, perduto a tutti noi.

« A tua moglie e ai tuoi figli... hai detto di me? » chiesi.

Non rispose subito. Fece un lungo respiro, prendendo tempo per raccogliere le idee. Io immaginai di baciarlo, come facevo quando era piccolo, e nemmeno un milione di baci al giorno mi bastava mai.

Mi accontentai di prendergli di nuovo la mano, di sentire le sue ossa sulle mie.

« A loro ho detto che sei stata una brava madre, che mi leggevi le fiabe per farmi addormentare, mi organizzavi feste di compleanno. Che eri affettuosa, e buona, e piena di glamour. Ma che sei morta molto tempo fa » aggiunse, quasi sottovoce.

« Sì » dissi. « In fondo è la verità. »

Diciamo le cose come stanno: non era mai stato nei piani rassegnarmi alla galera, lasciare quella suite tanto comoda e il mio materasso in memory foam per una cella di cemento con una branda e un cesso di metallo senza partizioni. Avevo deciso di confessare come ultimo tentativo di ritrovare mio figlio e alleggerirlo dal peso di custodire i miei segreti. In vita mia non avevo mai ceduto il controllo, e non intendevo rinunciarci adesso. Volevo solo un ultimo fuoco d'artificio prima di uscire di scena, un'opportunità per cambiare le cose.

Ho detto ad alta voce cose che pensavo di portarmi nella tomba, ed è stato liberatorio. I bastardi che mi avevano fatto soffrire erano morti e sepolti, dimenticati dalla storia. Mentre io ero sopravvissuta, e nessuno al mondo mi avrebbe più dimenticata. Potevo ritenermi soddisfatta.

Quando James se ne andò, recuperai dal mio nascondiglio la scorta di pastiglie che avevo cominciato ad accumulare fin dal giorno della confessione, tutte quelle che le infermiere credevano avessi preso nella privacy del mio bagno.

Le ingollai a manciate, costringendomi a deglutire con lunghe sorsate d'acqua. Poi mi misi a letto. Era giunta l'ora di calare il sipario.

Una volta Ruth mi aveva chiesto se credevo in Dio, e io avevo risposto di no, e che non pensavo proprio ci fosse un aldilà. « Ma questo non rende persino peggiori i tuoi crimini? » aveva domandato lei. « Perché secondo le tue convinzioni, stavi condannando le tue vittime al nulla. »

Io avevo risposto con un'alzata di spalle, dicendo che non era affar mio cosa succedeva alla gente dopo la morte, che io pensavo solo a mandarcela.

Mi ero sempre chiesta se da morta avrei ritrovato le persone che avevo ucciso. Forse, negli ultimi istanti, non sarebbe stata la mia vita a scorrermi davanti agli occhi ma quelle che avevo troncato, tutti coloro la cui ultima immagine del mondo era stata il mio volto, intento a fissarli. La prospettiva non mi spaventava, anzi: sarebbe stato bello rivederli.

E accadde davvero.

Circondavano il mio letto come un tendaggio. In gran parte sembravano arrabbiati, con le facce astiose, un'accusa negli occhi. David, invece, sembrava solo triste, con la fronte aggrottata, come se solo ora vedesse chi ero davvero, e ne soffrisse. Per tacito accordo, i miei fantasmi avevano concesso a Robert e Gabrielle il posto d'onore, ai piedi del letto. Gabrielle indossava gli stessi abiti della notte in cui l'avevo investita, con i capelli ancora sporchi di terriccio. Robert le teneva un braccio sulle spalle e piangeva. Non riuscivo a sentire le sue parole, ma gli lessi sulle labbra una domanda: *Perché?*

Volevano tutti una spiegazione, sapere perché, invece di prendermela con chi mi aveva davvero ferita, mi ero vendicata su persone che aspiravano soltanto a ciò che vogliono tutti: amore, compagnia, la possibilità di essere apprezzati.

Ma io non avevo risposte da offrire. Nessuno di noi ne ha. Poi sprofondai nel buio.

37

La mattina dopo, gli inservienti del Coconut Grove trovarono Daphne St. Clair senza vita nel suo letto. Aveva preso un flacone intero di pastiglie e si era spenta nel sonno.

Non era la prima volta che il personale della casa di riposo vedeva un cadavere, e anche il suicidio non era senza precedenti, tra gli anziani. Eppure la vista di Daphne li turbò. Forse era per lo strano effetto delle ombre sul suo volto, ma sembrava quasi che sorridesse.

Così si trovarono a ripetere i gesti di sempre, chiudendo il cerchio della storia, trasportando un altro corpo fuori dal portone della residenza per anziani. Tranne che nel parcheggio, invece di una fidanzata rimasta sola, c'era una folla di cronisti televisivi informati da una soffiata di qualcuno dello staff.

Alla notizia trasmessa dai telegiornali, quella sera, quasi tutti reagirono con un'alzata di spalle e una smorfia, magari un commento buttato là sul fatto che almeno l'assassina aveva risparmiato ai contribuenti la spesa di mantenerla in galera, e che solo i buoni muoiono giovani. Ma in tutto il Paese le donne si trovarono come imbambolate, ad asciugare distrattamente lo stesso piatto o a fissare senza vederlo il cortile di casa oscurato dal crepuscolo, provando una strana miscela di tristezza, rimorso, eccitazione, rimpianto.

Solo loro potevano capire la rabbia che aveva animato Daphne, una rabbia ammassata e compattata, come un mucchio di spazzatura dentro un sacchetto troppo piccolo. Solo le donne sapevano che basta un piccolo cedimento perché quella rabbia ti spacchi a metà. Negli uomini, la rabbia è un'esplosione. Nelle donne, è un ascesso.

Loro sapevano che la vita di Daphne era stata dominata dalla frustrazione. E forse era esattamente per questo che si immedesimavano in lei. Perché avevano vissuto sulla loro pelle la negazione di ogni sogno e desiderio, che fosse per paura o semplicemente perché era questo che il mondo si aspettava da loro, perciò avevano finito per esigerlo da se stesse. Era accaduto così tante volte, quando sedevano con un figlio piccolo addormentato in braccio, di aver provato l'improvviso bisogno di muoversi, di sgranchirsi e correre libere per le strade, spensierate come bambine. Era accaduto così tante volte di trovarsi da sole in cucina, le uniche sveglie mentre tutta la casa dormiva, con gli occhi gonfi di pianto per una tristezza intollerabile, sapendo benissimo che piangere non sarebbe servito a niente.

E poi c'erano i lati oscuri della femminilità, appena sotto la superficie, come stagni bui sotto una cava allagata. La minaccia costante della violenza, dello stupro, un terrore che ti invade la coscienza fin dall'inizio della pubertà e non ti lascia più fino alla morte, quando ormai i bastardi non possono più raggiungerti, o ferirti di nuovo.

Per tutte quelle donne, Daphne era stata al tempo stesso una figura familiare e una rivelazione. Aveva vissuto in un moto perpetuo, in fuga dai predatori della sua infanzia, alla ricerca di un posto nel mondo in cui una bambina cresciuta nella miseria in una fattoria spazzata dalle tempeste di sabbia avrebbe trovato riconoscimento. Finché aveva assorbito tutto il dolore e la paura che erano il pane quotidiano delle donne per incarnarli lei stessa.

E nessuna di quelle donne, così miti e perbene, l'avrebbe mai ammesso, ma conoscere la storia di Daphne e il modo in cui aveva affrontato la vita, travolgendo tutto sulla sua strada, con la violenza e l'impeto spaventoso di un tornado, era stato come tornare a respirare. Le aveva riscosse dal letargo, risvegliando in loro una fame rimasta sopita troppo a lungo. Non necessariamente fame di delitto, ma del tipo di donna capace di *qualsiasi* cosa, il tipo di donna che a notte fonda poteva camminare impavida nei vicoli bui, senza paura, perché sapeva che erano le ombre a temere lei.

Forse, quando il mondo avesse smesso di pretendere tanto dalle donne, rinunciando a tenerle in riga con un carosello infinito di violenza, e giudizio, e distorsioni cognitive, allora non ci sarebbe più stato bisogno di donne come Daphne St. Clair. Ma sapere che Daphne aveva vissuto, e che aveva trovato la più cupa forma di libertà, rendeva un pochino più sopportabili quelle lunghe notti passate da sole, nell'isolamento di casa.

38

Ruth fu svegliata da un messaggio di sua madre che la informava della morte di Daphne. Afferrò il portatile e si collegò ai siti di informazione, con la bocca ancora asciutta dal sonno, le tempie che pulsavano, la mente annebbiata.

Restò seduta davanti allo schermo, incerta su cosa stesse provando o persino su cosa fosse giusto provare. Daphne le aveva scatenato un groviglio di reazioni contraddittorie: rabbia, risentimento, senso di protezione, che si erano mescolati in un gran pantano emotivo. Nel corso della sua vita quella donna aveva commesso azioni terribili. Aveva guardato negli occhi persone che la amavano e le aveva uccise. Forse pure il padre di Ruth. Però non era nata così, i ricordi di suo fratello Buzzy lo dimostravano senza margine di dubbio, e Ruth non avrebbe mai smesso di chiedersi che cosa sarebbe diventata, se fosse cresciuta in un altro tempo e in un altro luogo.

Di certo non poteva che ammirare la teatralità della sua uscita di scena. Daphne St. Clair aveva fatto la sua ultima vittima. E in questo modo le aveva garantito per sempre l'esclusiva. Nel bene e nel male, le aveva cambiato la vita, e Ruth sapeva che un giorno, quando fosse toccato a lei ritrovarsi vecchia in un ospizio, di tanto in tanto avrebbe ancora ricevuto la visita di un reporter, venuto a chiederle com'era stato intervistare la Vedova grigia. Aveva il sospetto che Daphne avrebbe continuato a definire la sua esistenza anche molto dopo la propria morte.

«Stavolta niente registratori» disse Diane, appena aperta la porta. Aveva un aspetto più sobrio rispetto al loro primo incontro, con un paio di pantaloni blu e una maglietta a righe, quasi senza gioielli. Era come se avesse smorzato il volume su tutto, dagli abiti al trucco.

«Non l'ho portato» rispose Ruth.

Il suo scopo, quel giorno, era solo di presentarle alcuni episodi del podcast, senza fare domande ma rispondendo alle sue. Avevano fissato di proposito l'appuntamento nell'orario scolastico di Harper, affinché Diane avesse il tempo di ascoltare le interviste senza interruzioni.

«Come vanno le cose?» chiese Ruth, acutamente consapevole che la donna davanti a lei aveva appena perso la madre, l'unico genitore che avesse mai conosciuto. L'espressione di Diane si irrigidì, e con un gesto secco le indicò una poltrona.

Sul tavolino era già pronta la stessa caraffa della prima volta, con i cubetti di ghiaccio firmati Gucci, e la condensa sul vetro brillava alla luce del mattino.

«Allora, sentiamo questo podcast, visto che mia madre ci teneva tanto» disse, in tono formale. Ruth annuì e prese il cellulare. Era evidente che Diane amava parlare di sentimenti quanto Daphne.

Ascoltarono i primi cinque episodi: la vita di Daphne a Lucan, a Winnipeg, e poi quello ben più dirompente, sull'omicidio di Geoffrey, il padre di Diane. Lei restò tutto il tempo pressoché immobile sul divano, spostandosi solo per andare in bagno o bere un sorso d'acqua griffata. Ruth la scrutava di sottecchi, per non farla sentire osservata. Diane non somigliava per niente alla madre, ma c'era qualcosa nella sua rigidità, nella tensione della postura, che gliela ricordava. A tradire lo stress era soltanto una piccola contrazione delle dita, e Ruth si chiese se fosse il riaffiorare dell'astinenza di una ex fumatrice.

Quando il quinto episodio finì era già primo pomeriggio, ed entrambe restarono in silenzio, una quiete interrotta soltanto dal ticchettio di un orologio antico in corridoio.

«Dunque ha davvero ucciso mio padre» mormorò infine Diane, in un tono stranamente distaccato. «Harper me l'aveva anticipato, ma è diverso sentirlo ammettere dalla sua stessa voce. A noi aveva sempre raccontato che era stato il cancro.»

«Be', il cancro però ce l'aveva davvero» disse Ruth, pentendosene all'istante. Aveva passato così tanto tempo con Daphne che a volte le sembrava di averne assimilato il punto di vista, come se si fosse condannata a vivere il resto dei suoi giorni considerando il mondo attraverso due paia di occhi diversi.

«E io lo scopro solo quando è troppo tardi per rinfacciarglielo» commentò lei, con una risata amara. «Tipico di mia madre. Sempre stata abilissima a sottrarsi alle conseguenze.»

«Già.»

«Non credo che questo cambi niente» disse Diane, infine. Ruth non era sicura di cosa intendesse con «questo»: il racconto di Daphne? La sua morte? Ciò che provava per sua madre? Attese, ma la donna non aggiunse altro.

«Che ne pensa del podcast?» chiese.

«Be', ora che l'ho sentito, mia madre mi piace anche meno, però la capisco un pochino di più. Immagino che, come ritratto, sia accurato.»

«Scusi se non l'ho detto prima, ma vorrei porgerle le mie condoglianze» disse Ruth, impacciata. Era in difficoltà a gestire i rituali del lutto. Nel suo caso, ogni perdita che aveva subito l'aveva mandata in tilt, una catastrofe tale da farle rimpiangere che la sua visione laica della vita non lasciasse spazio alla speranza rassicurante di un aldilà.

Diane sospirò e bevve un sorso d'acqua. Il suo sguardo sembrò diventare opaco, e rimase in silenzio.

«La perdita ha molto colpito i suoi figli?» ritentò Ruth.

«Ai maggiori è scivolata addosso, mentre Harper è un po' scossa. Mia madre le ha intestato un lascito gigantesco, probabilmente solo per fare dispetto a me, visto che non mi ha lasciato un centesimo. Compiuti i diciotto anni, Harper potrà fare tutto ciò che vuole. Io perderò ogni autorità su di lei.»

«Ho visto che Reid ha perso le elezioni» disse Ruth.

«Sì, ma almeno di questo mia madre non ha colpa, per quanto lui si stia sforzando di intestarle la sconfitta. È un dato di fatto: più parla, e più Reid sta sulle palle alla gente.»

Ruth premiò la battuta con la risata di rito; Diane si rilassò e proseguì.

«Sa, quando ha avuto James, mia madre era povera in canna. Io e mia sorella invece siamo nate nel lusso. Cresciute in case stupende, con splendidi abiti e tutto ciò che potevamo desiderare.» Abbassò gli occhi e unì le mani perfettamente curate, come se si stesse confessando con un prete. «Certo, a ogni trasloco dovevamo lasciarci quasi tutto alle spalle, ma io sapevo che ci sarebbero sempre stati altri abiti e altre bambole, e persino più belli di quelli che avevo prima. Adesso però so da dove venivano i soldi che usava per offrirci quella vita, e questo ha guastato tutto.»

Davanti agli occhi di Ruth comparve l'immagine di tutte quelle bambole di porcellana, con le guance rosee e i capelli lucidi, gli abitini vezzosi, vaporosi come zucchero filato, che lentamente affondavano nel fango.

«Non la sorprenderà sapere che non era facile vivere con mia madre. Certo, era una persona indulgente. Ci portava a cena nei ristoranti costosi, lasciandoci mangiare solo gelato. Le piaceva vederci felici. Ma una brava madre ci avrebbe imposto di mangiare le verdure. Lei non pensava mai a cosa fosse meglio per noi, a come aiutarci a diventare persone sane, equilibrate. Preferiva accontentarci. Eppure ogni volta che si trovava di fronte alla scelta tra ciò di cui aveva bisogno lei e ciò di cui avevamo bisogno noi, sceglieva sempre se stessa.»

Ruth non aveva difficoltà a crederlo, anche se l'aveva conosciuta per poco tempo. Daphne sceglieva sempre se stessa. Anche quando non era necessaria una scelta.

«Per certi versi la capisco. Nessuno dà priorità ai bisogni delle madri. Lei sì. Ma io ho dovuto passare la mia intera vita da adulta ad arrovellarmi su cosa fosse normale e quale fosse l'atteggiamento giusto di un genitore. E questo quando credevo che mia madre fosse soltanto una narcisista. Non un'assassina. Comunque, resta il fatto che era mia mamma. Una donna vitale e avventurosa, che si è accertata che avessimo sempre un cappotto caldo per coprirci, e che ci comprò un cane, anche se detestava l'idea di un animale in casa.»

Ruth non fiatava nemmeno, affascinata da quel racconto. Avrebbe voluto registrarla, ma sapeva che alla vista di un microfono Diane si sarebbe richiusa a riccio, spine comprese. Tuttavia la sbalordiva scoprire così profonda una donna che all'inizio aveva liquidato come la starlet di un reality.

Le donne erano molto di più di come il mondo le considerava, con vite segrete di gran lunga più complicate e frustranti di quelle degli uomini, perché erano sempre alle prese con il fatto di avere più potere di quanto credevano ma meno di quanto gliene sarebbe spettato.

« Un tempo la vedevo come una guerriera, una persona nata povera che si era davvero costruita una vita. Però, quando ha confessato, mi è sembrato che avessimo perso il diritto di essere fieri di lei. Eppure, anche andandosene, ci ha lasciato qualcosa. Nostro fratello si è rifatto vivo con noi. Devo chiederle di non dirlo nel suo podcast: James ha diritto alla sua privacy, anche se io e Rose ne siamo state private. »

Ruth ignorò la frecciata, troppo allibita dalla rivelazione.

« James? Davvero? E come sta? »

« Benissimo. Anzi, sembra proprio felice, anche se non è particolarmente benestante » rispose Diane, come se non riuscisse nemmeno a concepire l'idea di poter essere felici con un salario normale. « Non le fornirò altre informazioni, perché so che lui preferisce così, ma ho pensato le avrebbe fatto piacere sapere che sta bene. Credo che da adesso in poi resteremo in contatto. »

« Be', almeno da tutto questo è venuto fuori qualcosa di positivo. »

« Sì, anche se non certo per merito suo » commentò Diane, acida. Scosse la testa e si alzò. L'incanto era rotto, e lei si diresse alla porta, il chiaro segno che Ruth era congedata.

« Sa, probabilmente è meglio che sia morta » disse. « Adesso la mia famiglia potrà passare oltre. »

L'atteggiamento era risoluto, ma la voce lasciò trapelare un pizzico di esitazione, un tremito di incertezza. Perché adesso non ci sarebbe più stato modo di riconciliarsi, nessuna possibilità di riparare gli strappi. D'ora in poi, ogni ulteriore comprensione o riflessione su chi era stata sua madre poteva venire solo e soltanto da Diane.

Una volta Daphne aveva detto a Ruth che voleva una lapide con la scritta: « Madre. Puttana ». Alla fine invece fu cremata, e le sue ceneri disperse nei pressi del suo vecchio appartamento, appena oltre il condominio in cui era morto Richard. Nessuno sapeva se era ciò che avrebbe voluto, ma Ruth sospettava che Daphne avrebbe preferito la Quinta Strada.

Ovviamente lei non fu presente alle esequie. C'erano soltanto le gemelle e un paio di nipoti, inclusa Harper. E James. Dopo decenni di lontananza, era tornato per dirle addio. In seguito Diane le disse che avevano cercato di spargere le ceneri nell'oceano, ma che un'improvvisa folata di vento gliele aveva rigettate in faccia, lasciandoli a sputare e tossire.

Sembrava un tributo calzante a Daphne.

39

La mattina dopo il funerale, Ruth trovò una email di Harper: *Il giorno prima di morire, la nonna mi ha chiesto di registrare un messaggio per lei. Mi ha detto di mandarglielo dopo il funerale.* Allegato all'email c'era un file audio.

Ruth aveva passato un'infinità di ore ad ascoltare la cadenza secca della voce di Daphne, con le parole brusche, quasi sputate. Ma niente poteva prepararla all'esperienza di sentirla di nuovo, un messaggio da una mente e una bocca ora ridotte in cenere su una spiaggia.

«*Ho chiesto a Harper di registrare questo messaggio, per avere un'ultima conversazione a senso unico con te. Mia nipote se la cava bene con le diavolerie tecnologiche, perciò fammi un favore: tra un paio d'anni, offrile uno stage estivo. Credo sia portata per il giornalismo. Comunque. È più facile parlare chiaro, senza le fastidiose interruzioni di chi ti intervista.*»

Ruth si appoggiò ai cuscini, rivolgendo uno sguardo incupito al soffitto. Era ancora a letto, in pigiama, e adesso le toccava ascoltare un'altra tirata di quella donna. Proprio da Daphne, abbandonarsi a un ultimo sfogo quando non era più possibile contestarla.

«*Ho parecchie cose da dirti, perciò apri bene le orecchie. La prima riguarda il mio testamento. A Harper ho destinato metà del mio patrimonio. Le mie figlie hanno già scialacquato abbastanza dei miei soldi, e lei è l'unica nipote a piacermi davvero. Però non volevo guastarla, lasciandole tutto. Quindi l'altra metà l'ho lasciata a te. Tra non molto verrai contattata dal mio avvocato, anche se immagino ci vorrà un po' di tempo prima che il testamento diventi esecutivo, data la mia... situazione legale. Mi sono divertita parecchio a sperperare, nel corso degli anni, però il gruzzoletto che ti ho intestato è di tutto rispetto. Potrai continuare a produrre il tuo podcast senza sprecare la vita scrivendo classifiche per i dementi su internet. Ricorda: per le donne, i soldi equivalgono alla libertà. Non dar retta a chi cerca di convincerti del contrario.*»

Ruth mise in pausa la registrazione e scivolò giù dai cuscini, con il respiro ansimante, la testa che girava. Possibile che fosse vero? Tutto era cominciato quando si era trovata esclusa dall'eredità di suo padre, e adesso avrebbe ereditato dalla donna che sospettava di averlo ucciso? Quei soldi erano sporchi di sangue. Per contro, aveva già tratto profitto da Daphne St. Clair, dunque dov'era la differenza? Forse era il suo modo per rimediare ai danni che le aveva causato.

Riaccese la registrazione.

«*Infine, volevo parlarti di tuo padre*» disse la voce di Daphne.

Ruth si impietrì, stringendo i bordi del portatile con una violenza tale da intorpidirsi le dita. Il momento della verità. La confessione sul letto di morte. Tutta la sua sofferenza ora avrebbe trovato un senso. E finalmente Ruth sarebbe stata libera.

«*Non sono stata io a ucciderlo. Ti stavo solo prendendo per il culo.*» Una risata. Ruth ritrasse di scatto la testa, come se Daphne le avesse sferrato uno schiaffo, con tutto il corpo irrigidito dallo shock. Dunque quel giorno puntava solo a provocarla? La crudeltà di un comportamento simile la lasciò senza fiato. Ma Daphne non aveva ancora finito.

«*Ciò detto, sui killer io ne so molto più di te. Considera l'arma del delitto. Qualcuno gli aveva iniettato un'overdose di insulina. Quel qualcuno doveva sapere che tuo padre era diabetico, sapere che teneva sempre l'insulina in casa, e dove trovarla. Dunque si tratta di una persona che lo conosceva bene. L'omicidio di un uomo ricco e anziano con un'overdose di insulina non ha i contorni di un delitto passionale. Chi uccide per passione può spaccarti la faccia con un mattone o spingerti giù dalle scale, non incasinarti i livelli di glucosio. No: questo è stato un delitto premeditato, ed eseguito a sangue freddo. E secondo me è stata una donna. È tipico delle donne centrare l'obiettivo facendo il minor casino possibile: portare fuori la spazzatura, sbarazzarsi di qualcuno... in fondo è la stessa cosa.*

«*Perciò, se ci rifletti, la soluzione del mistero è piuttosto ovvia. Gli sbirri hanno preso di mira la figlia sbagliata. Anche se forse lo sapevano benissimo. Perché per la tua sorellastra dev'essere stato proprio un giorno nero quello in cui tuo padre ti ha ritrovata. Dubito che avrebbe accettato di buon grado di spartire il suo patrimonio con la figlia di una relazione clandestina, la figlia che adesso suo padre si era messo a ostentare sotto il naso di tutti, presentandola come una della famiglia. Soldi, vendetta, oltraggio: la tua sorellastra aveva tutti i motivi di agire prima che tuo padre cambiasse il testamento. Immagino lo odiasse giusto un filino di più di quanto odiava te, perché altrimenti saresti stata tu la vittima. Comunque, fattene una ragione: hai una killer in famiglia. Capita anche ai migliori.»*

No. Ruth mise di nuovo in pausa la registrazione. Impossibile. Lucy non poteva avere ucciso il suo stesso padre. Scosse rabbiosamente la testa. Daphne continuava a provocarla... oppure no? Però più ci rifletteva, più si rendeva conto che Lucy non aveva mai accettato il suo arrivo nella famiglia, e che la sua mera esistenza era la prova che Richard aveva tradito la sua amatissima madre. E se quella domenica fatale il padre le aveva rivelato il piano di lasciare metà del patrimonio alla figlia illegittima, non c'era alcun dubbio che Lucy sarebbe andata su tutte le furie. Quello non era il delitto di una seduttiva vedova nera; era una storia di avidità e vendetta, di gretta rivalità tra sorelle e di famiglie disfunzionali.

Ruth si coprì gli occhi con le mani, premendo così forte da veder accendersi lampi luminosi dietro le palpebre. Si era lasciata abbagliare dalla sua teoria su Daphne, dal modo impeccabile in cui ogni indizio e dettaglio sembravano corrispondere, al punto da restare cieca alla verità, alla meschina piccola creatura acquattata nell'angolo.

«*Mi dispiace, so che avresti preferito me come colpevole. Per giunta, non posso fornirti prove concrete che sia stata lei. La sua famiglia è potente in questa città, e chissà quanti sbirri obbediscono ai suoi ordini, perciò sapere la verità non ti servirà a un bel niente*» cantilenò la voce di Daphne, come condannandola a una vita di rimpianti.

Ruth sospirò. Senza prove non poteva nemmeno formulare le sue accuse nel podcast, o avrebbe rischiato una devastante denuncia per diffamazione. Dopotutto il mondo era pieno di principi del foro disposti a ridurre i giornalisti in bancarotta con un'interminabile causa legale, e senz'altro i Montgomery ne avevano parecchi sul libro paga.

«*Dunque non ti resta che accettare il fatto che tua sorella è il tipo di persona che non acconsentirebbe mai a prendersi metà di una fortuna quando può intascarsela tutta. Tu eri troppo concentrata sul fatto di avere finalmente un padre, mentre lei pensava solo ai soldi. Hai giocato secondo le regole, Ruth, lei no, e ha vinto. Questa è una lezione per te, ma non starò a ripeterti che ti avevo avvertita.*»

La registrazione era finita ma Ruth restò a lungo seduta sul letto, incapace di muoversi. Il messaggio era stato sconvolgente: la promessa di un'eredità e una serie di rivelazioni sulla vera assassina di suo padre. Un finale uscito dritto da un romanzo delle sorelle Brönte, non il genere di cose che poteva succedere alla conduttrice di un podcast nel 2022.

Ruth immaginò Lucy Montgomery che proprio in quel momento si svegliava nel suo lussuosissimo superattico al Seacrest, lo stesso un tempo appartenuto a suo padre. La vide alzarsi da un letto immacolato in una stanza completamente bianca, sullo sfondo azzurro dell'oceano che brillava ai suoi piedi. Poi si sarebbe aggirata in salotto, sorseggiando tranquilla il cappuccino, calpestando distrattamente il punto della moquette su cui Richard aveva avuto le convulsioni, dopo che lei gli aveva conficcato quella siringa nel collo. Ripensava mai a quel momento? A ciò che suo padre doveva aver provato, vedendosi tradito dalla sua stessa figlia? Forse no, o non più, adesso che aveva ottenuto tutto ciò che voleva da lui... cioè tutto ciò che lui avesse mai avuto.

A Ruth sembrò davvero di vederla, a fissare distrattamente nel vuoto mentre pedalava sulla sua cyclette ultimo modello, con una hit parade anni Novanta e gli incoraggiamenti generici di un invisibile personal trainer a zittire la violenza dei suoi pensieri. Pensava mai a Ruth? Quasi certamente sì. Davvero una sfortuna, per un'assassina, ritrovarsi una sorella giornalista specializzata in true crime, per giunta produttrice del podcast numero uno nel Paese. Di certo quel pensiero l'aveva assillata, mostrandole Ruth come una minaccia ben più grave di quanto fosse in realtà.

La immaginò intenta nelle sue routine: mentre faceva la doccia, indossava un completo firmato color crema, scendeva in ascensore e saliva su una fiammante auto sportiva. Andando in ufficio, avrebbe ascoltato qualche pezzo pop, del genere vacuo e narcisistico che riempiva la colonna sonora di *Selling Sunset*, canticchiando tra sé, tra le labbra color ribes, ogni strofa di quegli inni al capitalismo. La immaginò entrare nella sede del Sunshine Development Group, con un paio di costosissime scarpe col tacco dodici che ticchettava sui pavimenti di marmo, la lunga coda di cavallo biondo platino che le oscillava sulla schiena, come un cappio.

40

Un'ora dopo Ruth ricevette un'altra email di Harper, con altri tre file audio allegati. Il messaggio recitava: *La nonna aveva detto di aspettare un'ora prima di mandarti questi, per darti il tempo di metabolizzare.* Lei deglutì a fatica e cliccò su «play».

«*Rieccomi. Lo so, lo so, sono come un herpes, non c'è verso di liberarsi di me. Però quando mi hai parlato di tuo padre sei stata tu a dirmi:* 'La tua vita è quasi finita. Aiutami'. *E avevi ragione. Ruth, non sempre tra noi è filato tutto liscio, io però sono molto soddisfatta del tuo lavoro, e be', forse mi rivedo un pochino in te. La vita ti ha servito carte schifose, e io vorrei contribuire a ristabilire gli equilibri. E ora ti spiegherò come. Registrerò due messaggi audio. Nel primo, confesserò di avere ucciso tuo padre; nell'altro, dirò l'esatto contrario. Starà a te decidere quale usare. Per me fa lo stesso. In fondo la scelta è semplice: puoi scegliere la verità, facendo la cosa giusta, e dando un'altra svolta al tuo podcast. Però passerai la vita a guardarti alle spalle, sempre sul chi vive contro tua sorella, la sua famiglia e gli sbirri. Oppure puoi usare la falsa confessione, e offrire al tuo podcast un finale esplosivo: Ruth Robinson, la giornalista che ha risolto il mistero del delitto di suo padre! Immagina i libri, gli articoli... Potresti persino aggiudicarti un programma televisivo, se ti va. Saresti sistemata a vita. Ma, ovviamente, dovresti sopportare il peso di un segreto. E accettare il fatto che tua sorella non pagherà mai per le sue azioni. Comunque, la decisione è tua, Ruth. Io stessa ho preso molte decisioni difficili ai miei tempi, ma è questo che significa essere un adulto. Ed è venuto il momento che anche tu assuma il controllo della tua vita. Grazie delle risate. È stato uno sballo.*»

Ruth restò a fissare gli altri due file, senza aprirli. Tanto il contenuto lo conosceva già. La verità e una falsa confessione. Daphne la stava mettendo alla prova per l'ultima volta? Oppure il suo era davvero un dono disinteressato? Con Daphne St. Clair, la risposta era sempre: entrambe le cose.

Lentamente, come in trance, indossò una canottiera e un paio di calzoncini, infilò i suoi sandali. Uscì dall'appartamento e cominciò a camminare, guardando il mondo senza vederlo, immersa nelle sue riflessioni. Le macchine le sfrecciavano accanto, investendola con folate d'aria calda, ma lei non notava niente, solo il marciapiede fessurato sotto i suoi piedi.

Daphne l'aveva posta davanti a un dilemma.

Poteva usare la falsa confessione. Ormai era morta, perciò per lei non sarebbe cambiato niente. Ruth sarebbe stata al sicuro da Lucy, lasciandola ignara dei suoi sospetti, e ci avrebbe guadagnato fama e una carriera di possibilità infinite. Oltre ai soldi, una valanga di soldi. Per se stessa. Per sua madre.

Oppure poteva scegliere la verità. Sarebbe stata la sua occasione di fare giustizia, di smascherare la sorellastra e inchiodarla alle sue responsabilità. E magari alla fine recuperare il patrimonio che le spettava di diritto. Dopotutto la legge vieta ai killer incriminati di ereditare. Certo, sarebbe stata dura, forse addirittura impossibile, ma Ruth avrebbe avuto la consolazione di essere rimasta fedele a se stessa e di aver fatto la cosa giusta, per suo padre e persino per Daphne. E avrebbe potuto vivere alla luce del sole, senza più segreti da nascondere, senza più trame occulte.

Quasi inavvertitamente si trovò davanti ai cancelli del cimitero dove andava sempre quando voleva ricordare Richard. In fondo era il posto adatto a decidere come raccontare la sua morte. Perché in ultima analisi era questo il senso di tutto: raccontare una storia che spiegasse le persone e il mondo in cui vivevano.

La menzogna l'avrebbe resa libera. La verità avrebbe salvato la sua anima. Cos'era meglio, una vita felice o una vita morale? Con un sussulto, si rese conto che anche Daphne si sarebbe posta le stesse domande, se si fosse concessa un momento di introspezione.

Sedette sulla sua panchina preferita e chiuse gli occhi, sentendo il calore del sole sulle palpebre. Una brezza le accarezzò il volto, e lei si ritrovò a pensare a Daphne. E a Richard. E a rimpiangere di non poterli rivedere almeno un'ultima volta.

Perché Daphne le aveva insegnato anche questo. Che la morte non era la fine della storia.

Era solo l'inizio.

Epilogo

Sei mesi dopo

«Come mai da queste parti, stasera?» le chiese un tizio alto, con i capelli schiariti dal sole e il naso scottato, in piedi accanto a lei al bancone. Ruth si girò a guardare il suo tavolo, dove sua madre, Jenn e la sua amica Chelsea si agitavano sulle sedie al ritmo della musica latina trasmessa dalle casse. Era bello vedere Louise ridere insieme alle sue amiche. Le rammentava che, a dispetto di tutti i cambiamenti, lei c'era ancora, e che non bisogna permettere al lutto di domani di guastare la felicità di oggi.

«Stiamo festeggiando» rispose, mentre il barista le preparava due caraffe di Margarita. Tornando a voltarsi verso il tavolo Ruth incrociò lo sguardo di Jenn e d'istinto sorrise. Erano soltanto amiche, per ora. Ma domani, chissà?

«E cosa festeggi?» chiese il tizio. Dagli occhi arrossati si capiva che a lui non serviva una scusa per bere, che anche una serata qualsiasi avrebbe meritato una doppia caraffa di Margarita.

«Il podcast che ho prodotto ha appena vinto un Webby, un premio enorme per la categoria!» rispose Ruth, cercando di impedire alla sua voce di salire di un'intera ottava, ma poi godendo di sentire il suo acuto. Nell'ultimo anno era cambiato tutto. Adesso la gente la fermava per strada per complimentarsi sul suo podcast. Soprattutto dopo quell'ultimo episodio, trasmesso dopo la morte di Daphne. Per settimane nessuno aveva parlato d'altro. Gli utenti di Reddit lo stavano ancora analizzando.

«Congratulazioni! E di cosa parla il tuo podcast?» domandò il tizio, ingollando una bella sorsata di birra. Ruth sorrise, provando una buffa miscela di orgoglio e imbarazzo per quanto si stava vantando.

«Be', in sostanza si tratta di una serie di interviste con una signora di novant'anni. Ho ricostruito tutta la storia della sua vita. Era nata in miseria, durante la Grande Depressione, e aveva subito violenze e prevaricazioni terribili. Tempo dopo era approdata a New York, dove era diventata ricca grazie ai suoi mariti, ma quei matrimoni erano sempre stati infelici. Insomma, è la storia di una donna, della sua vita come figlia, moglie e madre, e della sua lotta per l'indipendenza.»

Il tizio annuiva, ma il suo sguardo aveva già cominciato a vagare, e Ruth notò che stava per sfilare il cellulare dalla tasca – *Sul serio, pantaloni militari? Gesù...* – e per quanto quell'uomo non le piacesse per niente, trovò offensiva la sua mancanza di interesse.

«Ma il fatto è che questa donna è stata anche una serial killer, quindi la storia della sua vita è anche la storia della gente che ha ucciso» aggiunse, in un tono un po' troppo gioviale per l'argomento. Però funzionò: il cellulare ricadde prontamente sul fondo del tascone, il tizio bevve un altro sorso, poi avvicinò il suo boccale di birra alla caraffa di Ruth, come per un brindisi.

«Una serial killer? Cacchio, questo sì che è affascinante. Vado matto per le storie di delitti. La serie su Dahmer l'avrò vista almeno tre volte.» Prima che Ruth potesse fermarlo, ordinò con un gesto un drink per entrambi. Poi si girò, le sorrise, e il suo volto si addolcì. «Solo un piccolo consiglio. Quando descrivi il tuo podcast, non cominciare dicendo che è la storia di una donna. Quello non interessa a nessuno. Parla solo dei delitti. È così che si cattura l'attenzione della gente.»

Ringraziamenti

Questo libro è stato una «fatica d'amore», e per me è una grande emozione vederlo spiccare il volo. Sono moltissime le persone che mi hanno sostenuta lungo il tragitto, e non esistono parole per descrivere la mia gratitudine nei loro confronti.

Un grazie di cuore alla mia agente, Gaia Banks, per l'intuito, l'aiuto e la capacità visionaria. Dieci anni fa hai scommesso su una studentessa venticinquenne con un romanzo per ragazzi, e mi hai cambiato la vita. Grazie anche agli altri nella squadra Sheil Land che hanno lavorato a questo libro, comprese Lauren Coleman e Natalie Barracliffe.

La versione italiana non sarebbe mai stata possibile senza Barbara Barbieri, di Andrew Nurnberg Associates, e Giuseppe Strazzeri e Fabrizio Cocco di Longanesi. Sognavo da sempre di vedere un mio libro tradotto in un'altra lingua. Grazie di avermi esaudita.

Ringrazio la mia editor, Beth Wickington, per aver creduto in Daphne St. Clair e per le intuizioni uniche su come rendere più incisiva la sua storia. I tuoi suggerimenti hanno reso infinitamente migliore il libro, e io sono ammirata dalla tua capacità di vedere il quadro più vasto. Grazie anche a Isabelle Wilson, Marta Juncosa, Phoebe Khalid, Rebecca Bader, Sinead White, Ellie Wheeldon, Anna Goldfinch e Helena Newton.

Ringrazio le mie amiche e prime lettrici, in particolare Chelsea Smith e Catherine Kirkpatrick: il vostro incoraggiamento e la nostra lunga amicizia significano molto per me.

Ringrazio la mia famiglia: mia madre, mio padre, mia sorella, mio nipote e i miei suoceri. Siete una parte essenziale della mia vita. Ringrazio anche le mie due nonne, Jean Common e Grace Frost, i cui racconti e ricordi hanno ispirato l'idea di Daphne e alcuni aspetti della sua personalità. Rimpiango che non abbiate potuto leggere questo libro. Credo che Daphne vi sarebbe piaciuta.

Grazie a mio marito, Martin, per l'aiuto a realizzare i miei sogni e per la disponibilità ad ascoltarmi quando sono in crisi. Sei il mio migliore amico, il mio confidente e il mio compagno di vita. Ti amo.

E infine, grazie ai miei figli. Siete il senso di tutto.

Indice

Questo libro è stampato col sole

Azienda carbon-free

PEFC
PEFC/18-31-226
Certificato PEFC
Questo prodotto è realizzato con materia prima da foreste gestite in maniera sostenibile e da fonti controllate
www.pefc.it

Finito di stampare
nel mese di maggio 2025
per conto della Longanesi & C.
da Grafica Veneta S.p.A.
di Trebaseleghe (PD)
Printed in Italy